# *Frances Fyfield*

# *Corrientes ocultas*

Traducción de
Cristina Macía y Justo E. Vasco



*Círculo de Lectores*

A Jill y Robin Stockwell, con cariño,
de vuestra prima Fyfield

## AGRADECIMIENTOS

Quiero dar las gracias al doctor Ben Lloyd por su generosa información sobre el tema de la hemiplejia. Todos los errores e imprecisiones son responsabilidad mía. Agradezco también a John Granville, de Instituciones Penitenciarias, haber respondido de forma tan exhaustiva todas mis preguntas, y a Stephen Marriott, George Woolford y *Senta* por estar siempre a mi lado. Y, finalmente, gracias a Joyce por la canción.

Feliz el hombre a quien la verdad instruye no con palabras e imágenes superficiales sino por sí misma, tal como es. A menudo nuestras opiniones son erróneas y nuestra visión, borrosa. ¿De qué sirven los sofismas sobre lo recóndito y lo oscuro, nuestra ignorancia de los cuales ni siquiera llegará a mencionarse en el juicio?

Tomás de Kempis

# Prólogo

*Plas, plas, oigo el rumor de las olas amortiguadas. El sonido del agua al batir suavemente, los graznidos de las gaviotas. Un verano caluroso en la playa.*

*Alguien se llevó el chal y alguien lo devolvió. En este lugar hay una extraña especie de cortesía, y más tolerancia de la que habría podido imaginar, igual que hay rasgos de mi propio comportamiento que tampoco creía posibles. Tengo un cierto estatus, pero ya no me hago ilusiones de poder controlar la situación, y debo de limitar mis palabras; esto tendrá que sustituirlas. Es mi oportunidad para racionalizar. Al menos estoy sola en mi propia habitación.*

*Mi padre me enseñó a dominar las palabras, pero la capacidad de articular puede resultar traicionera. Siempre llega un momento en que se puede decir demasiado. Si se lo dijera todo, oirían el rumor de las palabras, pero no escucharían. Lo comprendo, desde luego; ni siquiera me siento capaz de criticarlos. ¿Por qué va a escuchar nadie, cuando la culpabilidad nos hace generar tal entramado de mentiras? Lo que decimos aquí suele tener mucho mayor porcentaje de mentiras que de verdades. Tenemos que mentir, es casi un deber para escapar a la tiranía de la consciencia. Pero en raras ocasiones robamos. Alguien me devolvió el chal y, por absurdo que parezca, me sentí inmensamente agradecida. Cuando hablo, hablo de nimiedades, como si estuviera en una fiesta y cuidara mis modales.*

*Lo que más añoro es el mar, y como reflexión es terrible, si lo pienso bien. Debería añorar sobre todo a los niños. Para ser mejor madre debería haber sido más excluyente en mis afectos. No hay disculpas, solo culpabilidad, pero es así, es así...*

*Lo que más añoro es el mar...*

Francesca Margaret Chisholm

# Capítulo 1

Nadie le había prevenido sobre lo que pasaría si llegaba en febrero. Él sabía cómo eran los inviernos en su hogar: fríos, punzantes, secos, soportables incluso a ocho grados bajo cero, pero no se le había ocurrido relacionar la costa inglesa con un frío gélido. Ella jamás se lo había descrito así. Mencionó hogueras y caminatas a paso vivo, la brisa que escocía en los ojos al contemplar el mar desde las almenas de un castillo, descripciones amplificadas por un recuerdo de Dickens y postales que sugerían una ligera capa de nieve, o un confortable halo de niebla en el exterior, todo perfectamente organizado sin otro propósito que el de hacer más grata la chimenea y más delicioso el brindis con una bebida caliente. El frío amable que tanto ayuda a los diseñadores de interiores, porque contrasta con la comodidad de una estancia.

Al salir de la estación el viento atacó su chaqueta como un perro salvaje. La lluvia restallaba en los remolinos de viento y le arañaba la cara y el sombrero. Su equipaje era un peso muerto que le doblegaba el hombro y lo hacía caminar de lado por el aparcamiento. Era un desafío contra la ligera sensación de triunfo que había sentido al conseguir apearse del tren, pese a la oposición de una puerta anticuada cuando se detuvo entre sacudidas ante una señal tan oscura que apenas pudo leerla. «WARBLING», un nombre más apropiado para un pájaro dodo. El doctor Henry Evans, científico amante de la poesía, con impecables credenciales transatlánticas y un cómodo estilo de vida norteamericano, se sintió injustamente engañado por el clima, y no le gustaba verse ridiculizado. Pero también se congratulaba por el nivel de preparación, su marca personal: había adquirido un mapa, había escuchado con suma atención las instrucciones que le dieron por teléfono, y sabía con precisión adónde se dirigía.

La lluvia le escupía con vigor renovado. «No tiene pérdida, señor. Calle abajo desde la estación hasta llegar al mar. Gire a la izquierda. Un hotel grande, señor. Nelson se alojó allí la noche antes de que construyeran el atracadero.» Pese a la suciedad, Henry había disfrutado del viaje en el tren. Al menos podía abrir la ventanilla y respirar. No le gustaba estar dentro de esas cápsulas de transporte en las que el viajero no tiene control alguno.

Aguardaba con anhelo la primera visión del mar. Era un ser de tierra adentro, enamorado de los dulces sonidos del océano. Ya lo imaginaba en su mente, tranquilo y oscuro, melancólico a la luz de la luna, rebosante de inspiración. Las tiendas que vio por el camino eran pequeñas y, en la oscuridad de las persianas bajadas, no resultaban pintorescas. Se fijó en un cine desierto, con carteles de películas que ya había visto hacía una década, en un bar con un solo cliente, en las puertas cerradas de una oficina de Correos que al parecer era también la farmacia, y en una floristería sin flores, pero aparte de un par de carteles luminosos encendidos no había más luces dignas de mención que los semáforos Belisha para peatones, allí donde la carretera descendía hacia una calle peatonal antes de volver a subir hacia el mar. Las esferas amarillas parpadeaban sobre una mujer solitaria que esperaba como si le hiciera falta un permiso adicional para cruzar la calle desierta. La seguía de lejos un perro grande, negro, que no parecía suyo. Henry la saludó con un gesto de la cabeza y le dijo «hola». No obtuvo respuesta, lo que le recordó otra característica de los nativos con los que se había encontrado hasta el momento. No eran groseros, más bien parecían absortos. No mirarían hacia otro lado si los saludabas con la mano frente a frente, pero, para que dieran acuse de recibo de cualquier gesto que no hubieran iniciado ellos, había que repetirlo varias veces. Decidió, valeroso, que no era gente descortés, sino poco efusiva, y que su reserva natural era el medio a través del cual llegaría a una cordialidad arraigada y útil en el trato. «Eres un bígaro, Henry, y tienes que aprender a salir de tu concha. Nadie lo puede hacer por ti.» En aquel momento no recordaba qué era un bígaro.

La calle, que había descendido hacia la encrucijada, ascendía de nuevo para encontrarse con el paseo marítimo y los sonidos que le eran propios. El camino hasta allí le había hecho olvidar las enloquecidas ráfagas de viento en el aparcamiento de la estación, y el vendaval y la lluvia volvían a golpearlo con una serie de puñetazos tan crueles y violentos que tuvo que agarrarse a una baranda. Se le escapó un chillido. Una bocanada de aire gélido le ahogó el grito en la garganta. El viento le golpeó el brazo, la baranda tenía una humedad pegajosa. Trastabilló y se vio catapultado hacia un soportal. Su nariz topó contra el cristal de un escaparate, y se encontró mirando frente a frente el cartel que había al otro lado, en el que aparecía una copa alta llena de helado con una guinda encima, contra un fondo azul veraniego. El viento le aullaba en los oídos. Dio las gracias por llevar gorra y, aunque en cualquier otro momento la incongruencia del cartel lo habría hecho reír, las ráfagas lo golpeaban en la espalda. El mar era un coro demencial de rugidos animales, seguido por el siseo cruel y airado del agua que lanzaba zarpazos contra las piedras y, frustrada, entrechocaba las fauces; después, otro choque, otra explosión, otro siseo, una batalla de furia silbante con el contrapunto de la voz grave y profunda del eco.

Henry se caló la gorra, recuperó el equilibrio y salió del soportal siguiendo las indicaciones que le habían dado. Gire a la izquierda, eso ya lo había hecho. Cruce la calle, eso lo iba a hacer en aquel momento. Volvió a ver al perro, o tal vez fuera un perro diferente, que trotaba por la acera contraria. No tiene pérdida, señor. Es el único edificio a ese lado de la calle. Nelson se alojó allí. Recordó su *frisson* de emoción ante la idea de pernoctar en el mismo lugar donde se había alojado Nelson, y con lady Hamilton, nada menos. Ya se imaginaba un polibán en medio de la habitación, un biombo de tela, el *déshabillé* de la dama, el héroe reclinado en una *chaise-longue* con su copa de oporto en la mano, repleto de conquistas. Unas cortinas espesas que dejaban fuera a la luna... El viento tuvo un ataque de generosidad y lo impulsó por la calle sin herirlo. El cielo era luminoso, gotas de agua de mar le salpicaron el rostro. La mole del hotel se alzaba ante él, sin luces, ominosa, y a medida que se acercaba empezó a percibir otros sonidos que competían con el del mar. Voces que hablaban a gritos, el zumbido de una maquinaria.

En la recepción, una vela le proporcionó cierta sensación de bienvenida. Suspiró aliviado. Luego, la naturaleza extraña del ruido y la intensidad del vendaval volvieron a helarle el alma. El único mueble que había era un enorme escritorio, antiguo, sólido, sobre una gruesa alfombra roja que chapoteaba bajo sus pies como un lodazal del color del vino rosado. Dio un paso adelante con cautela, el peso de su equipaje era insoportable. En el piso de abajo había un bar, en el folleto lo describían como un local selecto con vistas al canal de la Mancha. En aquel momento lo ocupaban hombres con botas de goma que chapoteaban en varios centímetros de agua. Uno de ellos se apartó del grupo, y vadeó hacia el estrecho pasillo donde estaba Henry. Llevaba sobre los brazos extendidos un montón de cojines, como si se los ofreciera.

–¿Quiere quitarse de en medio? ¿Qué busca aquí?

–Tengo una reserva...

–¿Una habitación? ¿Quiere una habitación aquí? Es para troncharse, vaya si es para troncharse. ¡Eh, aquí hay un tipo que quiere una habitación! –gritó escaleras abajo, en dirección a las carcajadas que obtuvo como respuesta.

–Pues sí, la suite Nelson –dijo Henry, casi disculpándose.

Se oyó un ruido de cristales rotos más allá de las escaleras, y de pronto el retumbar del mar pareció más cercano. Al hombre se le atragantó la risa. El aliento le olía a whisky, pero su rostro mostraba una sobriedad inquietante.

–¿Es que no ha visto una inundación en su puta vida? Vuelva la semana que viene.

–Mi equipaje... mi habitación...

–La semana que viene.

–Pero ¿adónde voy ahora?

Mientras hablaba, Henry tuvo la sensación de que estaba recitando la frase más habitual y lastimera de su vida. Sabía que había pronunciado aquellas palabras muchas veces en el pasado, y hasta a él mismo le parecían infantiles y exigentes. Debería estar haciendo algo, subirse las mangas, reaccionar, ser útil, o por lo menos tolerable. Pero, de repente, se sintió dominado por el agotamiento, aliado con una decepción de proporciones catastróficas. Llevaba veinte años posponiendo una visita a la romántica Inglaterra, y no deseaba desilusionarse. Quería sentir su optimismo, debilitado por la noche, puesto a prueba por aquel condenado tren con lavabos destrozados por vándalos, golpeado por una ciudad cerrada a las ocho de la noche, por Dios santo, a las ocho, y ensordecido por el fragor de un mar de aspecto venenoso. Y con los pies mojados, y con un maletín que tenía vida propia y que resultaba cada vez más pesado, sin poder dejarlo sobre aquel suelo sucio y húmedo... ¿cómo podía ser útil? Había llegado al límite, era él quien necesitaba ayuda.

–¿Adónde puedo ir?

–A donde le dé la gana menos aquí.

El hombre lo apartó a un lado. Henry no podía moverse. Se lo impedían unos pies que sentía cada vez más grandes y pesados, y sabía que su rostro mostraba una expresión testaruda, algo habitual en él. El hombre pasó junto a Henry y chapoteó en dirección al escritorio.

–Venga, sosténgame la lámpara, ¿vale?

–¿La qué?

–¡La lámpara, imbécil!

–Ah, la linterna. Claro, cómo no.

Una lámpara era algo que colgaba del techo, o se sostenía de pie sobre el suelo. Sujetó la linterna mientras el hombre pasaba las hojas de una libreta de direcciones. Cada uno de sus movimientos denotaba irritación.

–Seguro que está todo lleno. Es muy tarde, ha sido usted el último. Ah, sí, claro. Espere un momento...

La luz de la linterna captó el brillo malicioso en sus ojos. Henry sintió que caía mal, y tuvo que controlarse para no ceder a la sensación de injusticia que empezaba a invadirle. El hombre le miraba la chaqueta. Debería haber sonreído, mostrado compasión, haber hecho algo o dicho alguna broma. Habría sido la actitud de cualquier persona inteligente y diplomática.

–Solo hay un lugar donde pueda alojarse. Y esa gorra... –dijo al tiempo que cerraba la libreta de golpe y empujaba a Henry hacia la puerta–. La Casa Encantada. Un lugar adorable –añadió con la voz cargada de ironía–. La Casa Encantada. Así la llama todo el mundo. Oiga, no tendrá usted prejuicios, ¿verdad? No será homófobo, ni le asustarán los fantasmas, ¿eh? Entonces le irá de maravilla. –Empujaba a Henry cada vez con más fuerza–. Siga todo recto. Avance por el paseo marítimo unos cien metros. Es en el número 196 y medio. Manténgase a la izquierda de la calle y cuente bien. No tiene pérdida, señor. A lo mejor se alojó allí la princesa Diana. Y nosotros nos tuvimos que conformar con el cabrón de Nelson.

Henry y su maletín volvían a estar en la calle. Se subió el cuello de la chaqueta. Era una chaqueta especial, de suave cuero gris con múltiples bolsillos y forro de piel, una prenda de lujo comedido por cuya calidez se sentía lleno de agradecimiento. Giró hacia la izquierda y caminó por la acera del mar. A su derecha, las aguas rugían, se abalanzaban hacia él, estallaban. Al otro lado de la calle se divisaban los contornos irregulares de las casas, unas oscuras y otras iluminadas, todas insensibles al clima y a la carnicería que tenía lugar dentro del hotel. La evidente indiferencia de las ventanas iluminadas tenía una extraña cualidad reconfortante. El maletín, cuyo peso no se debía tanto a la ropa como a las vitaminas, minerales y remedios que consideraba vitales para su salud, era como una roca desmañada que le golpeaba repetidamente la espalda. De repente su gorra, una prenda con orejeras tipo Sherlock Holmes, adquirida en una tienda de caza y que en cualquier otro lugar resultaba de una elegancia ridícula, salió volando como un pájaro, y Henry la vio caer entre las olas y danzar sobre la espuma durante una fracción de segundo. No pudo hacer nada al respecto. La orilla del mar era empinada, las olas altas, y él estaba empapado hasta los huesos. Solo era una gorra. Pero es que ni siquiera podía conservar una gorra, lo que le pareció el resultado de su ineptitud. Estaba perdido.

A un lado se alzaba la forma de un gran muro. Allí no había casas. Pasó de largo, y las viviendas reaparecieron. Ella habría dicho que eran un revoltillo. Contó despacio, ochenta y uno, ochenta y dos, ochenta y tres, hasta que de pronto los números regresaron al cincuenta. Intentó silbar para anticiparse a la ignominia de las lágrimas, pero ya sentía el sabor a sal en los labios. Había recorrido todo aquel camino en busca de una mujer. Estúpido, estúpido de él.

La Casa Encantada se alzaba en una rinconada, en el punto más alto de la calle que daba al mar. El mobiliario de la habitación era elegante, pero excesivo. El único toque de modernidad lo daba un televisor que mostraba una serie de silenciosas imágenes veraniegas. Peter Piper estaba sentado en un sillón, en el mirador acristalado de la sala del primer piso, con la perra en el regazo, señalando los puntos más destacados del paisaje, es decir, las crestas de las olas que se retiraban y las luces a lo lejos.

–Mira allí, *Senta*, eso seguro que es una especie de buque cisterna. No es el buque faro. Me encanta cómo está de iluminado, ¿a ti no? Parece un árbol de Navidad. Qué quieto está, ¿verdad? Caray, cómo se deben de alegrar de avistar tierra. Seguro que les parece que podrían nadar hasta la orilla para estar aquí, con nosotros, en lugar de que nosotros estemos allí, con ellos. ¿Qué te parece, cenaremos algún día? Tim está tardando mucho, mucho. Nos vamos a morir de hambre antes de que sirva la cena. –Acarició el pelaje suave de las orejas de la perra–. Una más, cariñín, solo una más. La última.

Cogió una nuez de un plato, y *Senta* la tomó con delicadeza de sus dedos. La sostuvo entre las patas, rompió la cáscara limpiamente con los dientes, y consumió los fragmentos del fruto con una precisión asombrosa.

–El día menos pensado –dijo Peter con afecto– aprenderás también a recoger los restos. Antes lo hacía Harry, ¿te acuerdas? Así ejercitaba las manos; pobre Harry.

Se levantó para avivar el fuego con un tronco y varios listones que antaño habían recubierto un suelo de madera. Era un despilfarro quemar madera de tan buena calidad en una chimenea, pero les salía gratis, y ellos hacían servir cualquier cosa que no costase dinero. La búsqueda de restos en la basura era una especie de arte, un desafío, una parte fundamental de su forma de vida. Las llamas chisporrotearon. Al avivar el fuego siempre había un momento crucial, el de tomar la decisión de alimentarlo, bajar la temperatura, calcular la cantidad de madera. Parte de una disciplina.

–Vivirás según el ritual –murmuró Peter a la perra al tiempo que le daba otra nuez–. Cuánto me alegro de que estés viva. Cuánto me alegro de que no haya nadie más aquí, solo nosotros. ¿Dinero? ¿Qué más da el dinero?

Bajó al piso inferior. La perra lo siguió. La ventana del descansillo estaba cubierta de condensación, que empezaba a gotear. Se cruzó más la chaqueta sobre el pecho. Las estancias eran cálidas, pero las escaleras y los pasillos estaban helados; el contraste era excelente para la salud. Debía acordarse de poner ladrillos calientes en las camas. Ladrillos de construcción, metidos en bolsas de piel fabricadas con los restos de un abrigo viejo de su madre. Eran un invento del que se sentía muy orgulloso. Resultaban coherentes con el espíritu de la época en la que deseaban vivir y, a diferencia de las bolsas de agua caliente convencionales, los ladrillos no tenían fugas.

Entre la primera planta y la planta baja había un tramo de escaleras bastante largo y ancho. A la izquierda quedaba el comedor, con su chimenea encendida. De la cocina, atravesada por otro pasillo gélido, emanaba el olor de curry. La mesa estaba cubierta con una mantelería de lino blanco; se fijó en que aquella noche había cubiertos para tres personas. En ocasiones, Timothy enloquecía y ponía cristalería y cubiertos de plata para cinco o seis personas, y Peter sabía que al día siguiente comerían las sobras disfrazadas, pero aquella noche la deferencia para con los fantasmas o los invitados se limitaba a un solo puesto en la mesa, situado a la izquierda de un artístico arreglo de ramitas y hojas, ante el asiento más cercano a la chimenea. Siempre comían con clase, Tim no consentía lo contrario. Decía que la comida era demasiado importante como para tratarla sin respeto. Pasaron por una temporada algo difícil cuando Tim decidió criar un cerdo y unos cuantos pollos en el jardín trasero. Al final tuvo que rendirse ante el vecindario, pero aún albergaba la esperanza de criar un avestruz. Sería un mes entero de carne con poca grasa. «Si criáramos ganado tendríamos que ocultarlo –había murmurado Peter–, y yo detesto, detesto disimular, ¿tú no?» Sería factible tener un avestruz en una casa de cuatro pisos, y eso por no mencionar el sótano. Una casa ideal para ocultar personas o para dejarlas en paz, y eso incluía a los huéspedes de pago. Una vez instalados en el desván o en el segundo piso, nadie podría localizarlos, pero según Peter un avestruz haría ruido en las escaleras.

Y sería una violación de la intimidad. Timothy adoraba a los huéspedes, pero por lo general tenía tendencia a exagerar a la hora de hacerlos sentirse cómodos. Creía firmemente que quienes llegaban a su puerta lo hacían por intervención divina. Peter no lo comentaba nunca, pero tenía la extraña sensación de que algunos no tomaban su actitud como una muestra de hospitalidad, sino como un acto de seducción, y eso era, sin duda, transmitir una impresión errónea. Si estaban allí era porque los necesitaban.

El atuendo vespertino de Tim variaba según sus caprichos, y también dependía de cuáles de las vistosas prendas, fruto de la caridad, estuvieran limpias en un momento dado. Uno de los rituales que gobernaban sus vidas consistía en cambiarse de ropa antes de cenar, aunque eso no implicaba estar obligados a vestir de etiqueta. Tenían que ponerse, simplemente, algo que no hubieran llevado durante el día, y nunca pantalones cortos ni bañador, aunque pensaran darse un baño después de la cena, en una noche calurosa de verano, cuando se alcanzaba una temperatura difícil de imaginar. Peter vestía un traje de paño que casi se adecuaba a su amplio pecho, una camisa desabrochada por arriba y que dejaba ver el menos variopinto de sus tatuajes, y completaba el atuendo con unos calcetines de un blanco níveo y zapatillas deportivas. Timothy, para estar a tono con un menú vagamente oriental, llevaba una gruesa chilaba de lana con la que barría el suelo y, para no tropezar con ella, sujetaba los pliegues a la cintura con una trenza amarilla de cortinas que destacaba con el color escarlata del tejido. Atuendo que, unido a su altura, esbeltez y a su nariz ganchuda, le hacía parecer un cardenal desubicado. En la mesa había pan casero y una ensalada y Peter salivó de aprobación al advertir que se trataba de hojas de espinaca, en cantidad suficiente para alimentar a un pequeño ejército. La campana de la puerta sonó.

Repicó, para ser exactos. Pues era una vieja campanilla de escuela, unida a un muelle, que se activaba desde el exterior a través de un tirador oxidado por el salitre. Los mecanismos antiguos eran los mejores. Peter echó un vistazo al asiento vacío junto a la mesa, dedicó una sonrisa beneplácita a Timothy, quien chasqueó los labios a modo de respuesta, y consultó el reloj que llevaba colgado al cuello.

–Llega un poco tarde, ¿no? Son las ocho y media, y estoy muerto de hambre. ¿Y si antes quiere darse un baño?

–Tendrá que aguantarse, porque la comida no espera.

La Casa Encantada era el edificio que Henry tenía delante, destacaba entre los demás a medida que se acercaba a él, sobre todo gracias a las torretas puntiagudas del tejado, que parecían salidas de un cuento de hadas. La oscuridad ocultaba los detalles, en cierto modo de agradecer, porque sus pensamientos volaban a toda velocidad, tratando de olvidar la pesadez que notaba en los pies. Volvía a tener la vieja sensación de hacer el ridículo, y la depresión creciente le retumbaba en el cráneo al ritmo de las olas. Luchó por recuperar la compostura, y empezó a contar los números de las casas, escudriñando las puertas de entrada a medida que pasaba ante ellas, tratando de imaginar cómo sería el edificio que recibía semejante nombre. En cuanto divisó las torretas, supo que no quería que se tratara de aquel. Buscaba algo más hogareño, algo que pareciera de juguete, lo bastante grande para acomodar a una patrona que tal vez le sirviera una sopa caliente, a modo de compensación por la frustración de no poder alojarse en una suite donde Nelson quizás había tonteado con lady Hamilton. Una pizca de amabilidad convencional le sería de gran ayuda. Volvió a notar que las lágrimas le escocían en los ojos, y decidió que llorar no tenía importancia. La lluvia le había pegado el cabello a la cabeza y la salpicadura de las olas lo había empapado. Al parecer, Julio César desembarcó en algún punto de los alrededores. No se le ocurría qué diantres podía buscar allí un italiano.

¡Qué casa! A primera vista parecía pintada de negro, con dos escalones que llevaban a una puerta tachonada. Mientras accionaba el tirador con un letrero en el que se leía CAMPANA, le asaltó otro temor. ¿Y si tampoco allí había habitaciones? «No pienses en eso. Vuelve a la estación, a ese tren tan, tan lento.» La siguiente parada era Dover. «Ve a Francia. Venga.» Siempre había conservado la opción de la retirada. Se oyó el tintineo de la campana, seguida de ladridos furiosos.

La puerta se abrió con un crujido. Ante él apareció una visión envuelta de pies a cabeza en escarlata, con una sonrisa con un cierto toque de impaciencia, como si hubiera interrumpido una labor importante y fuera demasiado cortés para decírselo.

—Vamos, pase, pase. Hace un tiempo espantoso, pero está mejorando, ya verá. Pase.

La puerta se cerró de golpe a su espalda. Se vio impulsado hacia el pie de unas escaleras empinadas que ascendían hacia el infinito, en una ola creciente de caoba pulimentada, mientras que el pasillo se extendía hacia regiones ignotas, con tapices en las paredes y lámparas de gas titilando en candelabros, todo ello envuelto en olores apetitosos. La visión sacerdotal le ayudaba a despojarse de la chaqueta, chasqueaba los labios al comprobar cuán mojada estaba, admiraba la textura; le quitó el maletín del hombro. Antes de que pudiera pronunciar palabra alguna, se encontró con una toalla para el pelo, para las lágrimas, para lo que fuera que lo empapaba, y de pronto se sintió ingrávido.

—Tenemos que cenar ahora mismo o se echará a perder. Ocupe la silla que hay al lado de la chimenea, y quítese los zapatos. Yo en su lugar lo haría. Por aquí. Peter, sirve el vino.

Más lámparas de gas, y un fuego que le caldeaba la espalda. El vino era púrpura, brillaba a través del grueso cristal. Se acordó de alzar la copa en dirección a cada uno de los comensales antes de empezar a beber. Dios, qué bueno estaba. El pan que le pusieron en el cestillo estaba caliente y olía a frutos secos; la ensalada se demoraba en el paladar con un retrogusto a pimienta; le retiraron el plato. En el centro del mantel había dos soperas muy elegantes. Henry contempló el vapor que salía de ellas, se embriagó con los aromas. Traje de paño y cardenal le sirvieron la comida como si fuera un bebé incapaz de hacerlo por sí mismo, al tiempo que murmuraban palabras alentadoras.

–Me temo que solo es arroz blanco. Uno siempre se siente mejor después de tomar algo caliente. Coma mucho.

Así lo hizo. La segunda ración que le sirvieron estuvo salpicada de conversación intrascendente.

–¿Viene de muy lejos? De América. Pues sí que es lejos. ¿Y allí hace más calor? No. No le importará que *Senta* olisquee en torno a sus pies, ¿verdad?

–No. Yo también tengo un perro.

La última afirmación, formulada pese a tener la boca llena, era una mentira a la que lo obligaba la cortesía. No tenía perro. No poseía nada que quisiera tener, excepto dinero suficiente, pero siempre había deseado tener un perro, y no pretendía ofender a aquellos hombres. La mentira era una manera de conseguir que lo aceptaran. Se había fijado en la perrita al pasar, una ovejera con pinta de cachorro, moteada, encantadora, a la que servían la misma comida y al mismo tiempo, pero por suerte en su propio cuenco y en un rincón, lo que lo llenaba de alivio. Los platos, fuentes y soperas desaparecieron de forma tan milagrosa como habían aparecido. Henry no recordaba si habían hecho las presentaciones de rigor. Sí. Timothy. Peter. Henry. Qué extraño. Nada de apellidos, ni una mención al precio. Mejor, se encargaría de eso al día siguiente.

–Bueno, Henry, ¿y qué lo trae por aquí?

–¿A mí? Eh... soy farmacólogo. Trabajo. Pero en realidad no he venido por eso. Me gustan los castillos. La verdad, no sé por qué estoy aquí. He recorrido el mundo entero excepto

Inglaterra. Mi padre murió, y me hacía falta un cambio de aires, y...

Volvió a sentir que las lágrimas le aguijoneaban los globos oculares, justo cuando ya estaba casi seco. Intentó volver a introducir los pies calientes en los zapatos; se buscó el pañuelo, pero no lo encontró.

–Lo que le hace falta es dormir, Henry, y mucho. Ahora no está en condiciones de hablar. Venga conmigo.

Se sentía aturdido, obediente de una manera antinatural. Por lo que a él respectaba, tanto habría dado que lo guiaran hacia el piso superior de un burdel masoquista, aunque no se le pasó semejante idea por la cabeza. Henry carecía de ese tipo de imaginación. El número de peldaños parecía infinito. Un giro de la capa del cardenal, una habitación en el ático, a la que llegaron cuando ya se había quedado sin aliento. Uno le llevaba el maletín, el otro los zapatos y la chaqueta de cuero que había vestido durante el viaje, ambos piaban explicaciones como estorninos de voces amortiguadas.

–... lo siento, pero el único baño está en la parte trasera de la cocina... Dejaremos las luces encendidas... Pronto volverá a haber agua caliente.

–... el excusado está en el descansillo... Su excusado, claro... Peter, te has olvidado de la lámpara de la mesilla. Ah, está ahí...

–Las toallas son estas... El radiador se apaga aquí. Mañana le pondremos uno mejor.

El radiador iba más allá de cualquier noción de antigüedad. Consistía en dos barras incandescentes que brillaban como luciérnagas paralelas y proyectaban un campo de calor hacia la cama, pero sin llegar a ella. Y qué cama. No era un lecho de matrimonio, ni siquiera mediano, pero era altísimo. Si se caía durante la noche podía romperse una pierna. Los ojos cansados de Henry se fijaron en la colcha, verde y azul con brillo de seda, que confería a la habitación desnuda su único rasgo de opulencia. Sus acompañantes pulularon por la estancia unos segundos más, y luego se retiraron. Fue como si el mundo entero saliera con ellos, y el silencio que se hizo fue casi absoluto.

«Ahora no está en condiciones de hablar.» Las palabras resonaban como un eco. ¿Cuándo sería capaz de hablar? No le había resultado posible en toda su vida. Nunca sabía bien qué decir, excepto cuando conversaba con su padre. Demasiados años de decir poca cosa, como si algún impedimento lo incapacitara para expresar cuanto le dictaba el cerebro. Una especie de brida restrictiva, la maldición del hombre tímido. Le gustó la facilidad con que se abría la ventana; le gustó la colcha, la acarició, y, pese al frío reinante en la habitación, sintió una gratitud inmensa por estar allí. Se dio cuenta de que se había comportado como un grosero con aquellos dos hombres extravagantes, que no les había expresado su gratitud, ni siquiera la había sentido, por haber reaccionado con tanta presteza a la llamada que obviamente les habían hecho desde el hotel inundado, y que también debía sentirse agradecido hacia el hombre que había telefoneado para que sus anfitriones le preparasen aquel encantador recibimiento. Y, mientras se despojaba de las ropas y trataba de recordar dónde estaba el cuarto de baño, y decidía que todo podía esperar hasta el día siguiente, todo, incluso las valoraciones, comprendió que el hombre del hotel inundado no se habría tomado la molestia de llamar, que habría olvidado su existencia en cuanto salió por la puerta. Pero nada importaba.

Vestido tan solo con la ropa interior y los calcetines secos, tiritando levemente, se acercó a la ventana. La luna se reflejaba sobre las aguas tranquilas, dibujando un sendero de plata. Parecía como si el mar tratara de pasar inadvertido mientras lamía los guijarros de la playa con mordiscos discretos y espumosos que jugueteaban con la orilla, devorándola con la silenciosa determinación de la perrita con su cuenco de comida. La imagen tenía una tranquilidad poética, una cotidianidad que le resultaba reconfortante, que bastaba para dejar de sentir que nada de todo aquello era normal, ni mucho menos. Lo invadió el temor irracional y repentino de estar encerrado, y miró la puerta de la habitación. No sabía qué le había llevado a imaginar semejante cosa, y al probar el pestillo silencioso comprendió que estaba equivocado. El personal de la casa era algo excéntrico, nada más. Nada de cuanto allí había debía preocupar a una mente equilibrada. Se quitó los calcetines y se metió en la cama, sintiendo con placer el frescor de las sábanas de lino y el peso de las mantas. Quería sentirse aplastado por el sueño, abrumado por la inconsciencia, pero cuando se estiró para percibir las dimensiones de la alta cama y rozó con los pies algo peludo y caliente, lanzó un grito. Allí dentro había un animal.

Henry apartó las mantas a un lado y corrió hacia la puerta. En el descansillo de abajo no se oía nada. Vio una luz encendida en el piso inferior. Qué estupidez, gritar de semejante manera por un gato. ¿Acaso era un chiquillo? Esgrimió la lámpara de la mesilla como si fuera un arma, y examinó lo que le había rozado los pies.

–Fuera de ahí –ordenó.

La cosa no se movió. La tocó con cautela, y luego la agarró, furioso. Necesitaba aquella cama. El pelaje estaba caliente. Se trataba de un animal enfermo. A través del tacto percibió la forma del ladrillo y le dio la vuelta. Un ladrillo dentro de una bolsa de piel. Qué ingenioso. Volvió a meterse en la cama y acercó los dedos de los pies al objeto. Empezó a adormilarse.

Se despertó con la luz de la luna en los ojos, las axilas húmedas y pegajosas, y una vez más convencido de que la cosa peluda que tenía a los pies estaba viva. Oyó cómo se reía, y le decía que no había nada que temer. Despierto, acuciado por la necesidad irresistible de ducharse, trató de recordar lo que había dicho el cardenal o el del traje de paño sobre la ducha. Que no había. Había un baño, junto a la cocina. Tenía calor, el agotamiento había acallado su pasión por la higiene pero ahora se sentía sucio. Volvió a ponerse los calcetines, cogió una toalla y emprendió la exploración.

Bajó, bajó, bajó... Ya divisaba la lámpara de gas del vestíbulo cuando se detuvo en el tercer rellano al percibir un sonido. Eran las pisadas más ligeras que se pudieran imaginar, procedían de una habitación que no había visto. La figura, alta y esbelta, de espesa cabellera clara, se hallaba en el rellano de abajo, indecisa, como si el último tramo de peldaños fuera un imposible. Siguió el último pasamanos, con el camisón blanco aleteando en torno a su cuerpo. Se oyó un golpe casi imperceptible. La figura se sopló las manos, flexionó los dedos y desapareció.

Los pies calientes de Henry parecían haber echado raíces. Tuvo la sensación de que había pasado allí una hora, y los pies se le habían vuelto a enfriar antes de volver a bajar por las escaleras, aferrado a la toalla y frotándose los ojos con ella, como si quisiera disipar la ilusión de lo que creía haber visto.

En el pilar de la base de la escalera había un hermoso chal indio. Tenía un tacto tan suave que era increíble, tan suave como el pelaje que había encontrado en la cama. Podría haber sido el chal de Francesca, el que él le había regalado. O el que tenía en la maleta, el que había comprado. Desde las profundidades de la casa le llegó el sonido del agua corriente, y una voz que cantaba. Henry Evans se sintió incómodo y volvió a la cama.

El pelaje seguía caliente. Se lo puso a la altura del pecho.

«Ahora no está en condiciones de hablar.»

*Aquí siempre hace calor. Es un calor de hospital o el de una habitación de bebé. Siempre me han gustado los niños; parece trivial que lo diga una maestra. Antes de morir, mi padre trató de convencerme de que no eligiera la enseñanza como profesión, decía que eso acabaría con mi percepción de la inocencia infantil y me haría incapaz de jugar. Yo me disponía a seguir su consejo (por lo general lo hacía, y por lo general él tenía razón) cuando murió. Desde entonces echo de menos su opinión. Parece que apenas hay un paso entre ser quien recibe sabios consejos y ser la persona de quien dependen otros para que se los proporcionen.*

*¿Qué pensaría de mí ahora? Creo que me lo imagino. Aquí se recuerda mucho la infancia, a la infancia de cada cual se le echan muchas culpas. Pero no es mi caso, excepto en la medida en que generó en mí el deseo abrumador de proporcionar a otros niños la misma seguridad que la que yo gocé.*

*Mi prima y yo solíamos sentarnos junto a la ventana para tratar de aprender versos. Mi padre nos decía que había cosas peores que aprender versos. Puede que Harry no hubiera sido capaz de hacerlo; le gustaba el mar y quería aprender a pescar. Intenté enseñarle rimas infantiles, poemillas antiguos y sin sentido, porque me gustan las cosas que no cambian, como el mar.*

> *Hubo una anciana que se tragó una araña*
> *que luego en sus tripas se revolvió con saña;*
> *se tragó la araña para cazar la mosca,*
> *no sé por qué la anciana se tragó aquella mosca.*
> *Quizá se morirá*

*Las rimas infantiles me hacen pensar en meriendas de cumpleaños, y no puedo permitirlo. Ya me han avisado de que los aniversa-*

*rios son peligrosos; la pena suelta la lengua. Y esto tiene que ser un registro de mis pensamientos, una demostración de que soy capaz de meditar sobre otras cosas. No debo arriesgarme a adentrarme en los hechos.*

FMC

# Capítulo 2

> Él murió primero. Por un tiempo ella intentó
> vivir sin él. No fue de su gusto, así que murió[1].

Henry despertó con el sonido de aquellas palabras que alguien le susurraba al oído desde la lejana distancia del recuerdo. Era un poema muy breve, pero siempre lo conmovía hasta lo más hondo. Trató de imaginar si sería igual al revés, ella murió primero, etcétera, pero no funcionaba. Los ruidos que lo habían confundido, junto con las palabras que habría jurado que alguien le susurraba al oído, procedían de una cacofonía de gaviotas y el batir irregular del mar, que resonaban en la habitación y se filtraban entre los tablones en una serie de suspiros que lo hicieron acercarse a la ventana.

La ventana sobresalía del tejado en un saliente acristalado apto para una única persona, situado en ángulo contra la pared inclinada de un torreón, de manera que allí se sentía parte del cielo. Las gaviotas trazaban círculos sobre su cabeza, disputaban y graznaban tan cerca de él que se agachó en un gesto automático, seguro de ser el causante de su enfado. En el cristal había una mancha de guano que empañaba la visión del sol acuoso, más claro que una yema de huevo, opaco, casi incoloro. Henry vivía entre colores artificiales, los primarios claros y brillantes de los sobres y píldoras, colores diseñados para llamar la atención e impedir el olvido. Nada que ver con aquello. Una nube se cruzó ante el sol amarillo yema. El propio mar era demasiado vasto como para tratar de aprehenderlo, el horizonte se perdía en

1. *«He first deceased; she for a little tried / To live without him, liked it not and died.»* Dístico de sir Henry Wotton (1568-1639) titulado «Upon the Death of Sir Albert Morton Wife». *(N. de la T.)*

la niebla. Henry miró hacia el suelo. No estaba tan distante como había temido.

Era más reconfortante mirar hacia abajo que hacia arriba. La inmensidad del mar y del cielo lo hacía sentir ínfimo, mientras que la actividad en tierra lo convertía en humano. Había un corredor con un chándal de felpa roja, que alternaba el fortalecimiento de diferentes músculos corriendo hacia atrás por la ancha acera frente a la Casa Encantada, a lo largo del mar. El deportista se detuvo, respiró profundamente, se puso las manos en las caderas durante un instante y contempló el mar antes de hacer estiramientos con las piernas, poniéndolas alternativamente sobre el muro bajo del parapeto e inclinando el torso hacia el muslo. «Bien hecho», aprobó Henry. Una mujer con un ejército de niños charlatanes y un bebé en su cochecito pasaron junto al corredor, sin prestarle atención. La mujer aminoró la marcha del coche para esquivar a una pareja que paseaba a dos perros ladradores, uno menudo y de pelaje manchado, otro grande y castaño, muy nervioso, que no paraba de tirar de la correa y meneaba la cola sin cesar. El deportista seguía haciendo estiramientos. Otro corredor entró en escena desde la derecha. Una niña esperaba el autobús sentada, arrebujada en su abrigo. En la orilla había un perro negro, que sacaba del agua un objeto marrón y arrugado y lo mordisqueaba. Henry pensó por un momento que podía tratarse de su gorra, y deseó que no fuera así. Sintió una ráfaga repentina e inexplicable de felicidad. Había personas allí. Un deportista que corría hacia atrás, gente que se mantenía en forma, lo normal. Los propietarios de los perros amonestaron a los animales.

Los perros lo volvían sentimental. No debería haber mentido acerca de tener uno, ni aun para congraciarse con sus anfitriones. El animal negro, siempre con la cola en movimiento, ladraba y gruñía junto al agua, grande, atrevido, asustado en secreto. Henry se rascó el pecho y sonrió, alentador. Cuando llegó una ola grande el perro retrocedió con un ladrido desafiante. «Te comprendo perfectamente, compañero. Todos tenemos que ladrar, tanto si es con sentido como si no.»

En aquel momento, procedente de la izquierda, apareció una figura extraña que caminaba tan deprisa que parecía competir con el corredor. Era un hombre alto y flaco, el traje y el abrigo lo cubrían como si se trataran de una serie de bufandas. «Atuendo de trabajo, siempre que el trabajo estuviera relacionado con las pompas fúnebres», pensó Henry. Un rabino que se había levantado con el pie izquierdo, un judío ortodoxo, heterodoxo y perturbado, que fumaba, hablaba solo, miraba al vacío como si tuviera la vista clavada en el interior de su propio cráneo, y sacudía el cigarrillo a ratos con furia, olvidando que lo tenía encendido. ¿Cómo se podía fumar con aquel viento? Las ráfagas le levantaban el pelo, negro como las ropas, mientras que la piel de sus manos era de un blanco alabastro. Salió a zancadas del campo de visión de Henry, sin dejar de agitar los brazos, el cigarrillo en precario equilibrio, inmerso en un debate con un adversario invisible, un cliente, un confesor, tal vez pronunciando palabras de advertencia o consejo, tan impetuoso que resultaba risible. Henry sonrió de nuevo, absorto en el espectáculo; entonces percibió una respiración que no era la suya y que empañaba la ventana. Alguien estaba a su altura, más cerca que las gaviotas.

–Se pasaría uno la vida mirando por la ventana, ¿verdad? –comentó Timothy con un suspiro, al tiempo que señalaba en dirección a la figura de abajo–. Está loco como una cabra, el pobre, pero es muy listo, ahí donde lo ve. ¿Dónde quiere que le deje esto?

Llevaba en las manos una delicada bandeja de olores fragantes: café, tostadas dulces, un atisbo de recipientes de plata bajo una gran servilleta de lino almidonada. Al igual que la noche anterior, a Henry se le pasó una idea irrelevante por la cabeza acerca de lo extraño que era que en una casa hubiera una cristalería tan delicada, cubiertos de plata, tazas de porcelana y, en cambio, careciera de calefacción central. Él lo habría vendido todo para invertir las ganancias en un poco de calor. Timothy vestía pantalones de pana gruesa, botas, camisa, jersey y chaqueta, un atuendo relativamente normal, y un contraste confortable con el de la noche anterior, a pesar de la gorra amarilla que se había calado en un ángulo gallardo. *Senta*, la perrita, entró tras él con el periódico en la boca, y lo dejó caer a los pies de Henry.

–Vaya, no esperaba que me trajeran el desayuno. Es usted muy amable. Me debería haber levantado antes.

Se obligó a reír, de repente lleno de la timidez que el agotamiento de la noche anterior le había impedido sentir.

–Esto no es un desayuno, es un simple café. El desayuno es muy diferente, hay que encargarlo. Y la verdad es que nos va muy bien que los invitados se queden en la cama hasta que Peter lo prepara todo, o por lo menos hasta que enciende las chimeneas. Es un jaleo. Hemos pensado que después podríamos ir de compras. ¿Quiere venir con nosotros? Ya sabe, para empezar a orientarse.

–¿Tienen ducha? –preguntó Henry.

–No, creo que ya se lo dijimos. Solo el cuarto de baño con bañera; está detrás de la cocina. Ahora mismo no hay nadie y hay agua caliente. Venga, no deje que se le enfríe la tostada.

Henry temió durante un momento que Tim se quedaría vigilándolo hasta que se hubiera tomado la tostada y el café, igual que un padre no pierde de vista a su hijo caprichoso. O que dejaría a la perra para asegurarse de que se portaba bien. Pero Tim se limitó a calarse la gorra, se dirigió hacia la puerta, la mantuvo abierta con el pie para que la perra saliera primero y se marchó. Henry siguió oyendo la cancioncilla que silbaba hasta que llegó al segundo rellano, y al final el sonido murió en la distancia.

Se preparó mentalmente para el largo descenso. Todavía no había recuperado el aliento tras subir, y reflexionó que la habitación en la que había tomado un baño escaso y apresurado era la instalación más arcaica que había visto en su vida. La bañera tenía el tamaño de un ataúd familiar, con grifos proporcionales, el lavabo era inmenso, las cañerías resonaban como truenos y en el exterior la temperatura debía de ser semejante a la del Ártico. Salió limpio, pero no refrescado, y menos tras el esfuerzo que le supuso abotonarse la camisa con los dedos entumecidos. Elegir la ropa del maletín (jerséis de cachemira cuidadosamente doblados, colocados de manera científica: Henry era meticuloso en lo relativo a su ropa) hizo que se preocupara. ¿De verdad quería ir a la ciudad en compañía de aquellos dos hombres?

Se sentó en la cama alta, se abotonó los puños de la camisa y meditó acerca del tema. Se dijo que él no era homófobo, no tenía nada contra los homosexuales, nada en absoluto. Sencillamente, no conocía a ninguno. No se movían en los mismos círculos que él, o si lo hacían no lo iban pregonando y se limitaban a sus propios clubes. No conocía sus códigos. Solo sabía que no deseaba que lo tomaran por uno de ellos, no quería entrar en aquella ciudad pequeña en compañía de dos hombres ataviados de manera excéntrica, y que la gente pensara que era igual que ellos. Volvió a mirar por la ventana. La carretera del mar se extendía en la distancia, y culminaba en un atracadero demencial. No sabía en qué dirección estaban las tiendas, ni recordaba lo que había memorizado del mapa, o qué camino recorrió desorientado por la lluvia. Sacó un puñado de píldoras de su enorme neceser, y se las tragó sin poder evitar un estremecimiento.

Y pese a todo, necesitaba un guía. No se encontraba en condiciones de ser muy selectivo, ni de salvaguardar su esnobismo. Sí, necesitaba un guía. «¿A eso se reduce todo, Henry? Eres un esnob, ¿ya lo sabías?» Cerró los ojos para oír la voz mejor, Francesca Chisholm, con su cristalino acento británico, la que vivía en un castillo y decía que él era un esnob.

«Él murió primero. Por un tiempo ella intentó/vivir sin él. No fue de su gusto, así que murió», recitó Maggie Chisholm.

Era una rima estúpida, sobre todo porque «él» no había muerto, y «ella», una mujer emancipada del siglo XXI, tal vez habría languidecido un tiempo, pero luego hubiera tenido en cuenta las compensaciones, como, por ejemplo, la libertad, y seguiría adelante. «Ella» no tardaría demasiado en comprender que la vida era mucho más que un vacío emocional. Seguro. Llegaría un momento en que ya no querría seguir sentada en su habitación de alquiler, escribiéndole cartas llenas de reproches que en realidad se dirigía a sí misma. «Ella» no se apoyaría en ningún hombre, y se dejaría absorber por su trabajo. Solo que, por el momento, le resultaba muy difícil.

El despacho donde se encontraba Maggie era llamativo por su falta de comodidades, cosa que en circunstancias normales ella ni siquiera habría advertido, ya que la comodidad no era una de sus prioridades; pero, en la fría penumbra de una mañana de febrero, un asiento lleno de bultos duros no era ninguna ayuda a la hora de concentrarse, algo con lo que ya tenía bastantes dificultades debido a la sombra de una resaca y a la presencia de gran número de archivadores de cartón que parecían húmedos al roce. En otra vida, se habría empeñado en cambiar las cosas, habría gritado o refunfuñado desaprobadora, habría asumido una pose autoritaria, lo que fuera con tal de conseguir una mejora en su oficina o al menos en el estado de su silla. Pero no era el lugar, ni el momento. Firmó una carta con una rúbrica florida y frunció el ceño al ver la escritura mecanografiada con tinta escasa y alguna que otra errata, corregida por su propia mano con la misma pluma azul que había usado para la firma. Margaret F. Hooper, su nombre de casada, el que utilizaba a nivel profesional, con la firma descendente hacia la esquina inferior izquierda de la página, como si también ella quisiera escapar. Por el momento ya era suficiente. Nadie advertiría su ausencia durante una hora. Los trabajos a tiempo parcial carecían de importancia. No hacía más que matar el tiempo, no quería hacer nada que conllevara una carga. En aquel punto de su vida, lo que de verdad quería era pasarse el resto de su existencia contemplando el mar, sin hacer nada, nada.

Maggie encendió un cigarrillo y observó cómo el humo se elevaba y descendía en combate desigual contra el aire frío de la habitación. «Maldito seas, Philip. ¿Por qué tuviste que abandonarme? ¿Por qué, por qué, por qué?»

Habría podido ayudarla, pero a ella ya no le quedaba elección. Iría al atracadero. El atracadero semihundido era bueno para el alma, porque estaba pudriéndose. Tenía, de punta a punta, la misma longitud que el *Titanic*. Allí podría estremecerse, tiritar y posponer asuntos complicados, desayunar algo en la cafetería, regresar antes de una hora. Salió de la habitación trasera hacia la puerta de entrada, y la cerró de un tirón a su espalda con todas sus fuerzas. Era una puerta grande, y el golpe al cerrarse resonó en todo el edificio, con lo que su salida no fue precisamente discreta. Se detuvo un instante para limpiar la placa de metal con la manga de la chaqueta. Aquel chisme era un descrédito, pero también lo era que la puerta del despacho de un abogado fuera en invierno tan difícil de abrir y cerrar como para exigir de un empujón firme con la bota o con el hombro. No era el tipo de actividad que se podía exigir a las personas que buscaban asesoría legal con desesperación, y que eran las que ella quería esquivar a toda costa. Las diez de la mañana, demasiada gente para su gusto, demasiados rostros conocidos en aquella calle. Había nacido en aquella ciudad, allí creció, de ella escapó; a ella tuvo que regresar humillada. No quería hablar. Con nadie.

El estruendo del portazo le llamó la atención por un momento. Henry estaba encantado con la calle Mayor. Una carnicería, una panadería, un fabricante de velas, le iba señalando Timothy, una pescadería, y todas esas cosas imprescindibles para la humanidad, o que la humanidad cree imprescindibles, como tiendas Dixons de televisores, una tiendecita encantadora de lencería y una verdulería donde se podía adquirir también leche cremosa y espesa, y huevos de granja. A los ojos de Tim, las tiendas de saldos merecían una mención especial y había cuatro o cinco. Fue describiendo con detalle cada una. Para asombro de Henry, lo hacía como si no hubiera nada más importante. «¿Supermercados?», murmuró, obviamente poco familiarizado con cualquier otro concepto que no fuera ese. Y en el momento en que llegó ante la puerta que se había cerrado de golpe, estaba encantado por la fila de tiendas disímiles, a la vez que intrigado sobre todo por los comercios de saldos e irritado por el tiempo que se necesitaba para rodearlos. A aquellas alturas, Henry ya estaba mareado ante la avalancha de chismorreos e información. El paso lento, con detallados comentarios sobre los edificios, cada uno de ellos descrito de manera exhaustiva hasta el último de sus ocupantes, iba salpicado de pausas desconcertantes, cuando lo único que él quería saber eran cosas como: «¿Esta calle es paralela al mar? ¿Dónde está el castillo donde vivía ella? ¿Dónde estoy? ¿Cómo se vuelve?». Se dio unas palmaditas en el mapa que llevaba en el bolsillo del pecho de su inmaculada chaqueta. Casi no notaba su presencia, pero era importante saber que lo tenía, le resultaba tranquilizador. Al fin y al cabo, había llegado allí para encontrarse a sí mismo e, incluso en su estado de desorientación, sintió el repentino deseo irrefrenable de estar a solas consigo mismo. Volvió a sentirse muy descortés. Estaba en una calle alegre, ajetreada, el contraste con la desolación del lugar que había visto la noche anterior era muy grato y no llovía, pero estaba impaciente.

–Ahí está la iglesia –le decía Timothy en aquel momento, al tiempo que lo agarraba por el brazo y le señalaba el edificio, calle abajo, con tanta prisa como si fuera a salir volando–. Bueno, una de las iglesias. Hay muchas aquí...

Caminaban junto a un edificio estrecho, a la derecha de Henry. Parecía pequeño en contraste con la gigantesca puerta de entrada y la placa de metal que aparecía a un lado.

CHISHOLM, LAWTON Y COOPER, LETRADOS. Lo que captó su atención y lo hizo detenerse, transido, fue el nombre de Chisholm, como recordatorio de lo que lo había llevado allí, si es que tal cosa le hacía falta; estaba en aquel sitio para ganarse la vida, para ver una parte del mundo que solo conocía por delegación, para hacer turismo, pero aun así el propósito oculto que lo envolvía todo apareció de repente en un primer plano y lo abofeteó al ver la placa.

–¿Qué es esto? –preguntó Henry al tiempo que la señalaba–. ¿Letrados?

–¿Qué? Ah, ustedes suelen decir abogados, creo.

Henry carraspeó. De pronto sentía la garganta cerrada.

–El apellido Chisholm, ¿es muy común aquí? O sea, ¿hay mucha gente que se llame así?

Trataba de formular la pregunta como si no tuviera mayor importancia. Peter inclinó la cabeza a un lado y a otro.

–Unas cuantas personas –dijo con cautela.

–Si no les importa, voy a entrar ahí.

–¿Por qué?

Henry se encogió de hombros. Peter se ofendió, pero la ofensa fue mínima. Se repuso al instante y sonrió.

–Bueno, no se olvide luego de dar un paseo por el atracadero antes de volver a casa.

¿A casa? ¿Creían que iba a seguir alojándose allí? ¿Con aquel cuarto de baño?

Peter y Timothy se cogieron del brazo con naturalidad, y agitaron las manos en gesto de despedida. Henry titubeó un instante antes de presionar la manija de la puerta y entrar. Un letrero escrito a mano, clavado a la pared, le indicó que girase a la izquierda. Se quedó allí de pie, inseguro, sin saber por qué había hecho aquello, deseando tener preparada alguna excusa. Se sentía a la defensiva. Pero los abogados eran abogados, no había tarea que no aceptaran, por frívola que pareciera. Conocerían bien la zona y, según la experiencia de Henry, para un abogado el cliente siempre tenía razón. No rechazaban a ninguno, a menos que no dispusiera de dinero. La desorientación de Henry, que empezaba a convertirse en algo habitual, la misma que sentiría quien fuera por ahí con una ligera gripe, se acrecentó mientras trataba de descifrar el origen de un sonido extraño, clac, clac, clac, interrumpido de cuando en cuando por el ¡zring! de una campanilla.

Entró en una sala iluminada por la luz que penetraba por la ventana, en la que había dos mesas y dos mujeres corpulentas sentadas ante ellas, aporreando máquinas de escribir vetustas, de las que se ponían en vertical cuando no se utilizaban, tan grandes que empequeñecían el formidable tamaño de sus bustos. Tenía el recuerdo lejano de su padre tecleando en uno de aquellos artefactos infernales cuando él era niño, una máquina que requería la misma cantidad de esfuerzo físico que se necesitaría para construir una carretera. Siguió mirando, asombrado. La mujer más cercana a él, de cabellos descoloridos y permanentados, y rostro acogedor, dejó de trabajar y se quitó las gafas.

–Dígame, señor, ¿en qué puedo ayudarle?

Era una orden a ritmo de metralleta, al compás del teclear de su colega, acompañada por una sonrisa que le hizo saber de inmediato que aquella mujer podía echarlo a empujones o darle la bienvenida, y que todo dependía de su propia actitud.

–Quisiera hablar con el señor Chisholm.

–Lleva cincuenta años muerto, pero si quiere hablar con el socio actual, veré si puedo hacerlo volver. No de entre los muertos, ya me entiende, es que ha salido hace un momento, debe de estar en el edificio. Creo. ¿Me dice de qué se trata? Tal vez el sustituto del señor Chisholm no sea la persona más adecuada.

–Prefiero hablarlo con él. Es algo... personal.

La mujer asintió, comprensiva. Llevaba la palabra «divorcio» escrita en los ojos cuando salió al vestíbulo para lanzar un rugido en la caverna de las escaleras.

–¡Señor Burns!

Recibió una respuesta, ininteligible en medio del eco. Asintió con la cabeza y volvió con Henry.

–Tome asiento en la sala de espera. Saldrá en un minuto.

Hablaba como si el señor Burns hubiera tenido la desgracia de quedarse atascado en un retrete, y no fuera posible calcular la cantidad de tiempo que un cliente debía esperar antes de recibir el privilegio de su presencia. De todos modos, Henry le dio las gracias.

La sala a la que lo acompañó, a la luz dura de la bombilla que colgaba del centro del techo apenas camuflada tras una pantalla de papel, parecía rebosante de objetos metálicos. A un lado había tres enormes cajas fuertes apoyadas las unas contra las otras, la del centro un poco mayor que sus copias a menor escala, parecían tres parientes viejas en medio de una conversación. Olían a metal y parecían gélidas al roce. Medían dos metros de altura, por lo que quedaba una estrecha franja de pared amarilla entre sus topes y el techo aún más amarillo. El matiz verde del metal parecía sugerir que el contenido era algo perecedero. Henry apartó la vista y buscó un asiento.

Contó doce sillas, alineadas junto a las paredes de la sala que no estaban ocupadas por las cajas fuertes, cada una de un estilo diferente, un par de plástico, otras dos que, a sus ojos de lego, podrían ocupar un lugar en un museo luciendo su raída belleza de tiempos del rey Jorge, junto con las tres muestras menores pero refinadas de la época victoriana, pese a alguna que otra pata carcomida aquí y allá. El suelo de madera estaba tan combado que llamaba la atención, y no muy limpio, ni demasiado pulido. Al sentarse rozó con los dedos un trozo de chicle gélido, en la parte de abajo del asiento de la silla por la que había optado. Esperó. La puerta de entrada se cerró con un golpe tan atronador como el que lo había atraído hacia aquel lugar. El clac, clac, clac de las máquinas de escribir, que se había reanudado, se vio interrumpido por el timbre del teléfono y por unas cuantas frases airadas. Siguió esperando. Una cabeza asomó por la puerta.

–Ya puede pasar, señor... ¿cuál es su nombre?

–Evans. Henry Evans.

–Buenos días. Qué frío hace, ¿no?

Las piernas negras que lo precedían subieron los peldaños de dos en dos y llegaron a una habitación más grande con vistas a la calle. La habitación estaba bien iluminada y, por suerte, era mucho más cálida. No tanto como para que Henry se quitara la chaqueta, pero la temperatura era aceptable.

–¿Viene de América, señor Evans?

–Sí, ¿cómo lo ha sabido?

–Por su ropa, hijo. Se les nota en la ropa. Y también por la manera de mover la cabeza cuando hablan. ¿Es la primera vez que nos visita?

–Pues sí. Siempre había querido venir, pero no tuve ocasión...

Se dio cuenta de que estaba asintiendo al tiempo que hablaba, y se obligó a mantener quieta la cabeza. También advirtió que tenía la boca abierta. Trató de recuperar el control. El señor Burns, aquel caballero pálido, con su espantoso corte de pelo y sus ropas mal cortadas, era el hombre al que había visto pasar aquella misma mañana. Todavía llevaba el pelo encrespado y, al observar detenidamente su camisa, se dio cuenta de que tenía el cuello raído. Los puños quedaban ocultos, ya que las mangas de la chaqueta eran tan largas que le cubrían los nudillos, causando la impresión de que sus dedos largos y flacos trataban de escapar por encima del escritorio. El escritorio en sí, grande como para dos personas, había sido magnífico en el pasado, aunque Henry no habría podido usar el mismo adjetivo para describir a su propietario. Pero la superficie de cuero estaba tan desgastada que el color rojo había dejado paso a un rosa polvoriento, y parecía como si Burns, o tal vez su mascota, dedicaran unas horas cada día a mordisquearla. Había dos posavasos, situados estratégicamente para poner tazas, una precaución para evitar usos y abusos ulteriores, pero era inútil porque la superficie estaba cubierta de manchas circulares e indicios de líquidos derramados.

Henry se aseguró de tener la boca cerrada e intentó mirar a los ojos de Burns, de hombre a hombre, pero su mirada se distrajo hacia un punto por encima de su cabeza, donde un gran pez embalsamado permanecía en una vitrina, petrificado sobre un fondo de algas marinas de un verde que daba miedo. Burns siguió la mirada de Henry.

–Le aseguro que no fui yo quien lo pescó, por Dios. Probablemente fue el primer señor Chisholm. Uno de mis predecesores, en torno a 1910. Los letrados vivían para esos deportes, de la misma manera que muchos de mis contemporáneos parecen vivir para el golf. Aquí se juega mucho al golf. Supongo que usted habrá venido a trabajar en Fergusons.

–Sí, claro. Otra buena suposición, señor Burns.

–Una deducción simple, mi estimado joven. Cuando aparece un americano en Warbling, o bien trabaja para Fergusons, o es un turista, y no tenemos muchos de estos en invierno, a no ser que estén locos. Supongo que está buscando casa.

La silla de Henry se tambaleó peligrosamente. Recordó que debía inclinarse hacia delante, no hacia atrás. En el señor Burns había algo de encantadora duplicidad. Más valía que así fuera para atreverse a salir al mundo con aquel aspecto.

–No, señor, no estoy buscando casa, al menos de momento. No tendré que empezar a trabajar en Fergusons hasta dentro de una o dos semanas, y no sé cuánto tiempo voy a quedarme, pero...

–Está experimentando un nuevo medicamento, ¿no es eso? ¿Una Viagra nueva, mejorada?

Burns se echó a reír. Henry pensó con irritación que la gente siempre soltaba una risita reprimida ante la mención del medicamento más famoso de entre los que Fergusons distribuía. Igual que un niño al descubrir las groserías. Esperó unos segundos, aguardando la siguiente pregunta más frecuente «¿No le sobrará algún comprimido?», pero después decidió que el señor Burns no era tan vulgar como para eso. Henry intentó equiparar a aquella gárgola con los abogados de su propio estrato social, gente elegante, bien vestida y calzada, de peinados esculpidos a base de secador y kilos de laca. Se inclinó un poco más hacia delante. La silla volvió a crujir. La habitación apestaba a humo de cigarrillos.

–Señor Burns, no quiero comprar nada. La verdad es que estoy buscando a alguien. A una mujer. Nació y se crió en esta zona y yo la conocí, pues... –Tosió, algo turbado–... Bueno, hace unos veinte años. Ambos éramos muy jóvenes, nos conocimos recorriendo la India con nuestras mochilas. Fuimos muy buenos amigos durante un par de meses, perdimos el contacto, ya sabe cómo son las cosas. Pero sé que ella regresó aquí. Me dijo que nunca podría vivir en otro lugar. –Una tos horrible lo estremeció de nuevo, y después dirigió su mirada hacia el pez–. Tengo la impresión de que su familia era de clase alta. Gente con clase, de apellido Chisholm, como su bufete. Francesca Chisholm. ¿Le suena de algo ese nombre? O, en caso contrario, ¿podría encargarle que la buscara? Pensé que, ya que se dedica a la abogacía en una población de estas dimensiones, seguramente conocerá a todos los que viven aquí.

Su voz vaciló. Vio una súbita imagen de Francesca con su chal, pasando de largo junto a él en aquel autocar destartalado, perdido por escasos minutos. Él había vacilado, pronunciado sus adioses estirados, y se marchó a la estación para tomar el tren como estaba planeado, ya que Henry era incapaz de alterar un plan. Entonces encontró el coraje para hacerlo, para volver corriendo, interceptarla antes de que ella montara en aquel maldito autocar y decirle: «O vienes conmigo, o me voy contigo, ¿de acuerdo? No importa, siempre que vayamos juntos. No debes ir sola, no estás preparada. Te amo. Te llevaré a casa». Demasiado tarde. Había subido corriendo la colina, como un orate en un día de calor, mientras el autocar avanzaba cuesta abajo. Ella no lo había visto, pero él sí vio el rostro de ella junto a la ventanilla, llorando contra el chal que le rodeaba el cuello. Abandonada por él, obsesionado desde entonces.

–No regresé a buscarla, señor Burns –se descubrió diciendo–. No regresé a buscarla con la rapidez necesaria. Debería haberlo hecho. Ella tuvo que volver aquí porque su padre había muerto. Yo no lo entendía. Teníamos planes. Intenté cambiar mi forma de pensar, pero no fui lo bastante rápido. Debí regresar.

Hubo un silencio, interrumpido por el tamborileo de los dedos contra la superficie gastada de la mesa.

–¿Hace veinte años, señor Evans? ¿Veinte años? Eso es toda una vida.

Las peculiares cejas de Burns, negras e hirsutas, se alzaron para aproximarse al desorden de su cabello. Los ojos de Henry vagaron de vuelta al pez en la vitrina, y se permitió preguntarse si en el canal de la Mancha había animales de semejante tamaño, como monstruos abisales. «Tu mente salta de un lado a otro como una rana –le había dicho Francesca en cierta ocasión–. Avanza en línea recta, a golpe de dar saltitos hacia los lados. No se puede decir que seas indeciso, para eso tendrías que poder concentrarte en tratar de tomar una decisión y eres incapaz.» Además de pensar en el posible origen del monstruoso pez, lo que le permitía apartar la mente de su propia perplejidad, Henry se preguntaba si todo lo que Francesca le había dicho era pertinente y perspicaz, o si se trataba de que la memoria, en romántico fraude, lo hacía parecer así. Pasaron la mayor parte del tiempo riendo; desde entonces no había conocido a una mujer que lo hiciera reír tanto, pero ella siempre parecía mucho mayor que él. En retrospectiva, creía que Francesca había salido de la adolescencia como una mujer formada, mientras que él continuaba siendo un chiquillo.

Burns encendió un cigarrillo con la torpeza furtiva de un niño; el olor trajo a Henry de vuelta al presente, lo hizo consciente de que se hallaba en un viejo despacho, que o bien se encontraba en total decrepitud, o era deliberadamente excéntrico, un lugar donde fumar no solo era un peligro para la salud, sino también un riesgo de incendio. Burns buscó un cenicero en el caos de la mesa, no lo halló y, distraído, sacudió las cenizas en el suelo. Abajo se escuchó un portazo, el edificio tembló y regresó a una cierta somnolencia.

–Qué pena que no esté buscando casa, señor Evans –prosiguió el abogado con locuacidad–. Hubiera podido ayudarle. Aquí nos encargamos sobre todo de testamentos, haciendas y casas, en especial casas. Hay una parte de la población rica que solo se dedica a cambiar de vivienda, cambian de piso hasta que finalmente mueren y entonces viene lo más divertido. También hay algunos crímenes, claro. Tenemos tres docenas de casas públicas en esta ciudad, llenas de estimulantes y parados, que arman líos de vez en cuando. Si se fueran a casa y tomaran esa Viagra suya, ¡ja, ja! Tendríamos menos puñeteros problemas por aquí...

–No quiero una casa ni hacer testamento –repuso Henry.

El pitillo cayó de la mano de Burns, aterrizó en la alfombra y siguió consumiéndose. Unas cuantas docenas de cigarrillos debían de haber seguido ese mismo camino, a juzgar por las marcas que había junto a la mesa. Henry se echó hacia atrás y contempló cómo Burns recuperaba el cigarro con sorprendente agilidad, abatiéndose sobre él como un ave de presa. Dio una calada rápida, desesperada, y tiró la colilla a la chimenea, a su espalda. Henry estiró el cuello para ver adónde había ido a parar, más sereno después de aquella pantomima, secretamente encantado por haber visto al hombre hacer un movimiento. Parecía estar compuesto de brazos y piernas extralargos, con un torso flaco en exceso. Burns se reclinó en su silla, algo que Henry no se atrevía a hacer, y entrelazó los largos dedos, que desaparecieron en el interior de los puños de su chaqueta negra, funeraria, sospechosamente polvorienta. De repente, la voz fue precisa y seca.

–Por supuesto que conozco a Francesca Chisholm. Para conocerla no me haría falta ser abogado. Solo tendría que leer la prensa. Pero precisamente porque soy abogado, señor Evans, y la señorita Chisholm es una cliente, no hay nada que yo pueda decirle, y debo añadir que sus motivos me parecen muy sospechosos. Si lo que dice usted es verdad, lo que lo convierte en otro hombre menopáusico en busca de un antiguo romance, entonces no podría aceptar su dinero a cambio de decirle lo que averiguaría gratis en nuestra excelente biblioteca. No soy un detective y no alquilo mis servicios. Si lo que dice usted es verdad, el único consejo que puedo ofrecerle es que la considere MUERTA. –Estaba encendiendo otro cigarrillo mientras sus hombros delgados se estremecían; parecía enfadado de verdad o, al menos, fingía estarlo–. Este lugar no existe para ganar dinero, señor Evans. Está para salvaguardar la confianza de otros, tanto como sea posible. Si necesita una casa o un testamento, vuelva a visitarnos.

Henry se sintió vagamente avergonzado y furioso a la vez.

–No deseaba molestar –fue todo lo que pudo decir–. No pido gran cosa, señor Burns.

Su recompensa fue una sonrisa radiante.

–En ese caso, no tiene usted nada en común con el resto de mis clientes. ¿Sabe dónde está la salida?

Abajo, donde la temperatura descendía con cada peldaño. Hubo un momento de pánico repentino cuando no pudo abrir la puerta y pensó que tendría que pedírselo a alguien, pero se controló mientras manipulaba el tirador y la cerraba con fuerza. Estaba fuera, en la acera llena de gente, recordando únicamente el hecho de que todas las calles conducían al mar. Y que Francesca Chisholm podía estar muerta a todos los efectos.

Quizá no hubiera debido mirar el pez. Quizás hubiera debido poner dinero sobre la mesa, pero tenía la sensación de que eso no habría cambiado absolutamente nada.

«Pero creo que la he visto, señor Burns. Está viva, por supuesto. Dejó su chal sobre el pasamanos.»

Maggie entró furtivamente en la habitación, con dos tazas de café que dejó sobre el cuero gastado de la mesa. Resopló con impaciencia y revisó un montón de papeles hasta descubrir el cenicero, que colocó junto al hombre. Retiró el cigarrillo de sus dedos inertes, le dio una calada rápida y lo apagó.

–Podías haberle cobrado la visita, Edward, era lo mínimo.

–¿Por qué?

–No sé. En realidad, es una tontería. ¿De qué se trataba?

–De nada.

–Bien. Seguro que me lo contarás dentro de un minuto. Sencillamente te sentí algo... no sé, molesto. No eras el de siempre, Edward, quiero decir que no sonabas normal.

La mujer recogió el diario que estaba tirado en una esquina, se sentó en la silla que acababa de ocupar el cliente y se puso a leerlo con indiferencia. Las noticias de antes de ayer eran bastante buenas. Edward Burns bebió su café de un trago y se escaldó la lengua, obviamente preocupado.

–La señora Forbes dice que parece buena persona –dijo ella–. Se aloja en la Casa Encantada, ya que el Nelson no estaba como para acoger a nadie, según he oído. Smith lo mandó allí, como una pequeña venganza personal contra el mundo porque su bar ha vuelto a inundarse. «Llevaba una gorra ridícula y era un idiota de marca mayor.» La cita es textual.

Edward asintió.

–Lo sé. Estuve allí esta mañana, examinando los daños. No es la persona adecuada para dirigir ese hotel, ni siquiera aunque nosotros, mejor dicho tú, examinemos sus libros y el registro dos veces por semana. Es incapaz de enfrentarse a una crisis y manifiesta al instante una hostilidad infundada hacia los extraños. Su actitud no es la mejor, vaya.

–¿Es apuesto ese americano? –preguntó Maggie, de forma casual.

Parecía más inquieta de lo habitual, se movía en el asiento como un gato nervioso y no miraba a los ojos de su interlocutor.

–Espantosamente bien vestido. Por lo demás, nada notable. No sobresaldría en una multitud. No sé. Yo nunca me fijo en esas cosas.

–No, Ed, ya lo sé.

–Parece bastante buena persona. Va a trabajar para Fergusons. Pero ¿qué puedo decirle? Quiere encontrar a Francesca. Dice que es un viejo amigo que la perdió de vista. La conoció en la India. Antes de que yo llegara.

–Oh, sí. Eso fue hace mucho tiempo. Antes de que la vida empezara, o empezara a terminar, depende de cómo lo veas. Debe decir la verdad. No hay nada que sugiera que se trata de un periodista disfrazado, ¿verdad? Después de todo, Francesca ya ha dejado de ser noticia. Todos tratamos de olvidarnos de ella. Como si pudiéramos. Aunque deberíamos. Yo no puedo.

–Tú la defendiste –dijo él, categórico.

–Sí, más allá de la obligación y el deber, como se suele decir. No me mires así. Sí, Edward, aciertas al valorarme. Habría podido ser abogada, pero soy frívola hasta la médula y parece que lo seguiré siendo, aunque eso no significa que sea una incompetente. Estoy completamente decidida a eludir responsabilidades. He probado la vida profesional y también la matrimonial, y me importa un comino. No tengo un techo bajo el que refugiarme: ¿quiero acaso la responsabilidad? Y una mierda. Trabajo para ti dieciséis horas a la semana... Es suficiente. Aquí, los delitos son muy aburridos. Se emborrachan, vomitan, se pegan, con el puño izquierdo o el derecho...

–Con la excepción de Francesca Chisholm. Tu prima. Cuyo antepasado fundó esta firma.

Ella sorbió el café con corrección. Su rostro, habitualmente pálido, estaba sonrosado a causa del frío.

–A Francesca no le importó quién la defendía. Lo hubiera podido hacer cualquiera. Y bastaba con dos horas a la semana para organizar la defensa de una mujer que insistía en declararse culpable. Eso nunca se debatió y ella no lo habría permitido. «¿Estás segura?», le decía yo. «¿Estás completamente segura?» Y ella decía: «Claro que estoy segura. Era yo la que estaba allí, quién lo va a saber mejor que yo. Pescar en el atracadero cuesta veinte peniques», decía, como si eso fuera lo único que le causara sorpresa. Y es tan largo como el *Titanic*. No desperdicies el dinero, le hará falta a algún otro. Termina pronto con todo esto, hazlo por mí y diles que lo siento. Quiero decir que todo lo que hice fue conseguir a una persona que le transmitiera todo eso al tribunal de la manera más cortés posible. Comprobé todo lo relativo a su protegido y su amiga, y gracias. Le llevo informes de su particular mundo perdido. Me ha encomendado una serie de tareas, y yo las llevo a cabo.

–¿Crees que habrías hecho un trabajo más minucioso si no hubieras estado inmersa en tu divorcio?

–Que te zurzan, Edward. Tú lo supervisabas todo. Recibimos instrucciones y las cumplimos al pie de la letra. Eso fue todo lo que pudimos hacer. Y supongo que te negaste a contarle nada de esto al americano, ¿no? ¿Lo echaste sin decirle una palabra? ¿La confidencialidad del cliente? Ella necesita amigos, incluso aunque no haya conseguido ninguno, y puede que él lo sea. ¿Qué importa que parezca idiota?

–Ella no merece tener amigos.

–¿Merece? ¿Qué tiene que ver eso? Siempre dice: «Ahora no puedo hablar», como si se dispusiera a hacerlo algún día. ¿Sabes que lleva casi un año allí? Odio los aniversarios. Ella también. ¿Adónde ha ido ese hombre?

Edward sopesó la respuesta.

–Se ha ido a pasear por el atracadero. Escucha, Maggie, no podemos decirle nada oficialmente.

–Oficialmente –dijo ella, mientras recogía las tazas de café y miraba por la ventana.

Edward volvió a suspirar y buscó su paquete de tabaco.

–No es apuesto, Maggie. No tienes por qué molestarte.

–Es simplemente otro hombre que se enamoró de Francesca –dijo Maggie–. Y la dejó. Igual que hicieron todos. Igual que hacen todos. En realidad, sois un montón de mierda.

–No todos –repuso Edward.

*Guardo el chal como un tesoro porque fue un regalo, no por sí mismo, aunque sea muy útil. Pero supongo que no apruebo el sentimentalismo o los gestos sentimentales. Se atraviesan en el camino de la emoción verdadera y la encubren totalmente. Ayer estaba intentando hacer un inventario de todas las personas que me han* GUSTADO *en la vida. No quiero decirles que he amado o adorado, sino literalmente* GUSTADO*. Hubo un hombre, hace mucho tiempo, al que adoré porque él no tenía la menor idea de cuán singular era. Debí mantenerme en contacto con él, pero no lo hice.*

*En aquellos tiempos, la gente era prescindible. Siempre daba por hecho que hallaría a otra persona del mismo calibre. Error. ¿Irías a cazar tigres con él?, habría preguntado mi padre. Sí, pero yo continuaba prefiriendo al tipo de varón extrovertido y social. También estaba la gente que adopté porque era injusto que nadie más lo hiciera. No resisto ver la soledad cuando puedo hacer algo para remediarla, pero la empatía con las personas que te necesitan no es exactamente lo mismo que gustarte. Creo que* GUSTARTE *es pariente cercano de respetar, pero respetar es más importante. Siempre fue difícil que Angela me gustara, pero merecía un gran respeto. Me gusta Maggie; no sabe cuán generosa es y no debo aprovecharme de ella. Tengo una tarjeta telefónica. Podría hablar con ella, pero no lo hago, no es correcto. En lugar de eso, seguiré confiándolo todo en el papel, evitando hechos y fechas.*

*Una vez papá nos llevó a casa de un militar amigo suyo, un hombre anticuado. Había colgado cabezas de animales en las paredes. Maggie y yo estábamos a medio metro una de la otra, contemplándolas con horror. Fue Maggie quien dijo que el resto del tigre estaba tras la pared, dispuesto a atravesarla en cuanto nos marcháramos.*

*Y yo la creí.*

FMC

# Capítulo 3

Henry recorrió la calle Mayor hasta el final, giró a la izquierda y se encaminó hacia el mar. Una brisa constante le levantaba el cabello y le hizo jurar que compraría una gorra nueva a la vuelta. Había divisado una tienda que, a primera vista, se especializaba en lo que otros hombres parecían llevar, un tipo raro de gorra que no daba la impresión de proteger las orejas, pero también había notado que los individuos que llevaban sombrero parecían pasar la mayor parte del tiempo con él en la mano. Entraban en una tienda y se lo quitaban; se tropezaban con una mujer y volvían a hacer lo mismo, un constante descubrirse, como si se tratara de una molestia. También había notado otra cosa en el bullicio de las estrechas calles: la manera en que, siempre que dos personas tropezaban, ambas partes decían «Disculpe», sin tomar en cuenta lo ocurrido. La palabra era como una contraseña, un prefijo de lo que viniera a continuación. «Disculpe, ¿podría sujetarme la puerta?... Disculpe, hoy no tengo cambio... Disculpe por haberme empujado.» Parecía obligatorio disculparse por ocupar un espacio.

De todos modos, Henry decidió que su encuentro con el abogado había sido extrañamente excitante, a pesar de la humillación implícita, e intentaba entender el porqué mientras avanzaba hacia el mar por una serie de callejuelas estrechas, tratando de acordarse de decir «Disculpe» a todos con quienes se cruzaba por el camino. Sentía que se quitaba un peso de encima al admitir delante de alguien, incluso de una persona tan ajena a él como el tal señor Burns, que lo que en realidad deseaba por encima de todo era encontrar a Francesca Chisholm. Y lo había hecho; lo había admitido ante un extraño; asumió un riesgo espontáneo y no se sentía tan tonto como supuso con antelación. Esa era la primera reflexión. La siguiente fue la sensación de alivio porque el abogado no había dicho: «¿Francesca, qué?». También hubiera podido murmurar: «Estimado señor, por supuesto que Francesca Chisholm está viva y en perfecto estado de salud, pero ¿qué le hace pensar que ella desee retomar la relación con un don nadie miserable como usted?». Y, en tercer lugar, había un leve sentimiento de triunfo que era lo más difícil de explicar. Francesca Chisholm estaba indudablemente viva y no en el cementerio, como algunos de sus coetáneos, como resultado de experimentar con drogas, ambiciones o coches de gran potencia. No podía imaginar a Francesca como una persona autodestructiva, pero le resultaba muy fácil visualizarla estrellándose en un coche. Sería impulsiva con lo que la entusiasmaba, nunca lo suficientemente científica para averiguar cómo funcionaba un motor. Pisaría los pedales y le ordenaría avanzar.

«¿Cómo lo sabes? –se preguntó–. No sabes nada. En realidad, no la conoces: era ella la que parecía conocerte.» Lo que más lo satisfacía del abogado con el pez muerto en su despacho era lo que reveló sobre Francesca, más que lo que le ocultó. No solo estaba viva, sino que fue noticia, había hecho algo que obligaba a su abogado a ponerse a la defensiva. Era una persona notoria en algún sentido, instigando desórdenes, encabezando movimientos de protesta, llevando una vida enloquecida, comportándose de modo escandaloso o al menos extraño, asombrando a los habitantes locales de una u otra manera, y se sentía muy orgulloso de ella por eso. A cada paso crecía la sensación vicaria de haber alcanzado un logro. «Eres conocida, Francesca; la gente sabe quién eres; hablan de ti. Eres alguien; no te has convertido en una entidad vacía con una carrera estéril, como yo; has seguido siendo la refulgente luz que eras.»

Tan brillante que podía emitir destellos en la oscuridad: eso le había parecido a él veinte años atrás. ¿Había sido tan espectacular su belleza o se trataba de una singularidad de otro tipo lo que la hacía tan cautivante, incluso en el escenario impresionante del subcontinente indostánico? Cielos de un azul brillante, los colores casi surrealistas de la vegetación y el plumaje de pavo real de la ropa sobre el fondo marrón apagado de las hojas de palmera secas que techaban las chozas del poblado... el cereza vívido de la sandía recién cortada, el amarillo de la piña diaria... Recordaba la extenuante embriaguez por la constante fiesta visual de todo aquello y también la recordaba a ella, allí, vestida con pantalones caqui, el largo cabello recogido en un moño. Podía rememorar, con dificultad, el impacto que le causaron las mujeres hindúes, las pobres en el campo, las ricas en los hoteles, universalmente exquisitas pero dolorosamente intocables. Las distanciaban sus ojos, la ropa, el idioma, el decoro y, sin lugar a dudas, su indiferencia ante un hombre joven y tosco que enrojecía al sol y era incapaz de digerir sus comidas. Que las observaba a hurtadillas, convencido de su propia torpeza y de la fragilidad de ellas. Debía haberlas recordado; debía haber guardado en la memoria la magnificencia del escenario, atrapado escrupulosamente por su cámara, pero solo recordaba a ella, la única a la que nunca se le permitió fotografiar.

Henry caminó con lentitud por las calles, sin ver nada. Cuando se conocieron, él era frágil, su estómago apenas se había recobrado lo justo para permitirle comer de manera selectiva y beber cada día litros de agua embotellada. Las reservas de agua pesaban en su mochila más que cualquier otra cosa, y se sentía demasiado débil para colgársela al hombro. Y también tenía hambre de conversación, tras el aislamiento deliberado durante sus viajes. Había decidido evitar las tribus errantes de viajeros con sus constantes alardes sobre alojamiento más económico, droga más barata o regateos más triunfales. Había deseado subir colinas para contemplar paisajes desconocidos y casi lo logró; estaba harto de aquello, y más harto aún de su propia indolencia. Adónde quiera que fuese, el resto de la gente trabajaba. Trabajaban con una dedicación intensa, incesante, mientras lo único que él había hecho en tres meses era seguir un itinerario complicado, minuciosamente preparado, y observarlos mientras sudaban, dedicados a sus labores. Se había sentido humilde ante la generosidad, furioso ante la pobreza incurable; solitario, nervioso y hastiado de responder a incontables «Hola, ¿cómo está?», con la única respuesta posible: «Bien, gracias», en la declamación constante de una mentira cotidiana. Cuando entró en el santuario de una umbría casa de huéspedes y la encontró sentada en el porche, contando cuentos a los niños, la atracción que sintió hacia ella no fue solo única, sino inevitable. Quizá porque a ella le gustaba la poesía y consideraba absolutamente natural llevar consigo un libro de poemas, cuando lo más útil habría sido un paquete de frutos secos. Era una noche fresca, ella llevaba un chal barato que le cubría los delgados hombros. Al verla desde atrás, había creído que se trataba de una mujer mayor.

Henry llegó a divisar el atracadero sin prestar atención a ninguno de los edificios que había dejado atrás, perdido en los recuerdos de otro tiempo, otro lugar, y soltó un juramento para sus adentros. Era el hábito más regular de toda su vida: viajar a destinos extraños, recorrer cada centímetro a pie, arreglándoselas de algún modo para no ver nada, dar vueltas con los ojos clavados en el suelo, ocupando en su interior otro espacio. Esa era la razón por la que, años después, pensando en la Francesca de aquel entonces, había dejado de llevar consigo una cámara fotográfica, ya que cuando miraba las fotos al regresar a casa no reconocía nada, como si tras la lente hubiera estado un ojo ciego, igual que Nelson con su telescopio. No tenía la sensación de haber estado allí en algún momento. Ahora se encontraba aquí y le ocurría lo mismo.

«En realidad, tú no miras, Henry, ¿verdad? Haces inventario y pasas de largo.»

Francesca no se había mostrado crítica al decirle aquello. Simplemente manifestaba curiosidad, como siempre hacía con todo. Era una parte esencial de su encanto.

Había visto el atracadero esa mañana, desde la ventana de la Casa Encantada, notando lo feo y extraño que era, construido con cemento incoloro, con patas rígidas y escuálidas que parecían arquearse al entrar en el agua. Las patas del atracadero no tienen tobillos ni rodillas, las palabras con las que ella lo había descrito retornaban para acosarlo, como si en aquel momento hubieran sido tan importantes como la calidad risueña de su voz. Había cuatro refugios en el atracadero, también de cemento, para que los utilizaran los pescadores, y una serie de farolas corrientes que señalaban un camino hasta el edificio de poca altura del final, que albergaba una cafetería y los sanitarios, y estaba flanqueado por plataformas semicirculares a un nivel inferior, más próximas al mar. La cafetería tenía el aspecto de una planta manufacturera en miniatura, inclinada sobre su propia maquinaria, mientras que el atracadero, como un todo, parecía un error sin importancia, una simple carretera que debería haber seguido sobre el mar, terminando donde terminaba, en el timorato comienzo de un puente peatonal, debido a que alguien, en alguna parte, hubiera decidido sencillamente ponerle fin. Henry caminó hacia el atracadero, decidido a mantener los ojos apartados del suelo y a no pensar en el frío que le mordía las orejas.

No era necesario buscar información: estaba allí, escrita en dos pizarras colocadas de forma cuidadosa en el pórtico de la entrada para acechar a los incautos. Información selectiva, pensó Henry, ya que las pizarras permitían que el cuidador del atracadero informara cada día sobre hechos diferentes, borrándolos con un paño y escribiendo trabajosamente letras nuevas, según su capricho. «Este atracadero tiene exactamente 259 metros con 53 centímetros de largo y fue inaugurado en 1957. Sustituye a otro atracadero contra el que chocó un buque durante la Segunda Guerra Mundial. La entrada es libre, a no ser que quiera pescar, en cuyo caso cuesta 20 peniques. Hoy, la fuerza del viento es de 1-2 y la temperatura del mar es de cero grados centígrados.»

Baja. Henry se encogió dentro de su chaqueta, se acordó de que tenía que comprar una gorra, y después se dijo que no debía seguir pensando en lo que haría a continuación, debía pensar en lo que estaba haciendo ahora. Caminando por la cubierta de una estructura absurda, carente de todo adorno, excepto los paraguas negros de los pescadores, los bancos de madera atornillados a las paredes laterales, otros paseantes. Era un sitio relativamente tranquilo: no había música alta, ni sonidos obvios de diversión, nada más que el rumor de la conversación frente al mar. Le encantaba que todo aquello fuera tan accesible y tenía hambre: los recuerdos de la India siempre le provocaban hambre, recuerdos de no estar nunca famélico, pero tampoco ahíto, que hicieron que su estómago rugiera feroz. La culpa la tenía el aire marino. Por una rejilla de ventilación, junto a la puerta de la edificación que se encontraba al final del atracadero, escapaba el olor delicioso y prohibido de la panceta frita.

Henry olvidó el paisaje. Dentro, el calor era sofocante y húmedo, y se descubrió acariciándose el estómago bajo la chaqueta, confortándolo con un masaje circular y midiendo después la piel sobrante. Había estado muy gordo, durante cinco años había sido obeso, y en los siete años que habían transcurrido desde entonces anheló la delgadez antinatural que logró conseguir en un año de llevar mochila. Sin ese peso, hubiera intentado encontrarla antes. Había llevado consigo su carga de vitaminas, minerales, oligoelementos y suplementos por varios continentes. Pesaba más que sus reservas de agua de veinte años antes. Examinó el menú, buscando alimentos vegetarianos. En la puerta de entrada había un letrero que anunciaba las horas de apertura y cierre. Decía: A VECES TEMPRANO Y A VECES TARDE.

–¿Puedo pedir la alternativa vegetariana?

–Aquí eso no tiene demanda, señor, lo siento.

No había desprecio, solo paciencia. El té era del color de la herrumbre. Henry cerró los ojos, bebió la infusión con azúcar, volvió al mostrador y pidió más. Después, comió panceta con huevos y tostadas de pan blanco, atormentándose con cada bocado. Eso le habría gustado a su padre. No pasaba un solo día sin que pensara en su padre.

Henry contempló la línea serena del horizonte y pensó en su padre. Llevaba tres meses muerto y ocupaba, junto con Francesca Chisholm, al menos la mitad de sus pensamientos al despertar, así como muchos de sus sueños. Solo cuando pensaba en su padre, en lo que podía haber heredado de él, Henry Evans se permitía pensar que él también podía ser un hombre digno. Miró hacia abajo, a la plataforma de pesca, y vio que faltaban algunos tablones y el agua burbujeaba en los agujeros. La sensación de fatiga volvió a dominarlo.

La niña tenía un aspecto angelical mientras dormía. Al verla en semejante estado, Angela esbozó una mueca de puro placer, asombrada de que la pequeña pudiera dormir con tanta gracia y placidez, sin tirar cosas ni darse vuelta, sin señal alguna de sufrimiento en su inconsciencia. Yacía boca abajo, con sus manitas perfectas reposando sobre la almohada por encima de la cabeza, la cara vuelta hacia un lado, exhibiendo sobre el blanco de las sábanas los hermosos rizos oscuros de su cabello. De un castaño rojizo perfecto, se dijo Angela admirada. Ese color, que sorprendentemente no combinaba con la piel pálida y los ojos azules de la pelirroja tradicional sino con un tono más incoloro, que siempre daba la apariencia de haber sido tocado por el sol. Con unos ojos castaños excepcionales sobre una nariz delicada, que parecía más dulce que nunca en un perfil como ese. Aspiraba y espiraba el aire con el sonido mínimo de un cachorrito satisfecho. Los labios estaban levemente separados; las yemas de los dedos formaban una curva leve; no tenía pesadillas y toda ella era una muestra de perfección que merecía ser el centro del universo; era digna de cualquier sacrificio que pudiera hacerse y dormiría durante horas. Angela apartó los ojos de la niña, sintiéndose satisfecha. Dormía un sueño de cansancio feliz, aire fresco, ejercicio, estímulos y mucha comida. Era una cosita pequeña, flexible. Bueno, no tan pequeña, y con una fuerza increíble. Podría convertirse en atleta; destacaba en los deportes escolares y mostraba capacidad para llegar muy lejos, siempre que todo aquello no fuera tan aburrido. Le resultaba difícil someterse a las reglas. ¿Por qué no dejar atrás a todo el mundo y meter el balón en la red usando la vía más rápida, aunque eso significara saltarse las reglas y empujar a los demás? ¿Por qué no utilizar el cráneo, los pies y los puños, y todo lo que resultara útil, incluso aunque uno solo debiera usar las manos o un palo? Sin embargo, aprendía, y aprendía deprisa. Angela sonrió con orgullo, tocó la almohada como en un gesto de bendición, y después acarició su propio pelo, oculto debajo de un crujiente gorro de ducha. Era hora de aclararlo. Veinte minutos como máximo, o al secarse tendría la apariencia de una llamarada. Solo lograría una leve semejanza con el hermoso color castaño rojizo de su hija. Tanya había contado que una niña en la escuela le había dicho: «¿Por qué tu mamá no tiene el pelo como tú?». La explicación, lógica y orgullosa, de que solo la mitad de las madres que aguardaban junto a la puerta de la escuela tenían un color de pelo parecido al de sus hijos, como era en el caso de ellas dos, no la había convencido. La lógica de Tanya tenía lagunas, al igual que su sensibilidad, y si quería que su mamá tuviera el mismo color de pelo que ella, bien, entonces mamá lo arreglaría todo. Angela se miró en el espejo y se preguntó si tío Joe notaría la diferencia la próxima vez que fuera a visitarlo. Seguro que sí. La henna ensuciaba mucho, y aplicársela era como meter la cabeza en una torta caliente de boñiga de vaca, con un color y una textura que no se diferenciaban mucho. Dejaba una mancha dondequiera que tocaba la porcelana; había pasado la mitad del tiempo de espera limpiándola, y la toalla que llevaba en torno al cuello nunca volvería a mostrar su color original. Quedaría relegada al montón de toallas para bañarse en verano. Si alguna vez volvían a hacerlo. Por supuesto que lo harían. Al final del verano anterior, Tanya sabía ya flotar como un corcho y nadar como una anguila, aunque las anguilas tenían una mejor comprensión del concepto «marea».

Angela se dedicó a quitarse el emplasto del cabello con ayuda de una pequeña ducha de mano, torciendo el cuello sobre el lavabo en un ángulo incómodo. Cuando terminó, sintió una gran impaciencia por secarse y ver el resultado. Quizás a Tanya no le gustara, y tendría que repetir de nuevo todo el proceso, pero si la pequeña salvaje decía que la próxima vez quería una mamá rubia, tendría una mamá rubia.

No. Rubia no. Ese era el color del pelo de Francesca. Eso se la recordaría.

Café; demasiado temprano para un trago, aún había luz solar. Registró ansiosa el refrigerador, controlando su contenido. Un trozo de pollo frío, una botella de vino búlgaro barato, una docena de yogures de los que tanto le gustaban a Tanya, eso bastaba para la cena. Los días de alimentos exquisitos habían pasado, terminaron con Francesca, igual que habían comenzado. Cuando sonó el timbre de la puerta, Angela hizo una revisión rápida y rabiosa de las reservas de té y café, y tuvo la esperanza de que no se tratara de una persona con la que estuviera obligada a manifestar hospitalidad. Como si hubiera alguien a quien ella le debiera algo, o algún día en que pudiera negarse a abrir la puerta, o eludir la explicación de por qué su hija estaba durmiendo en plena tarde. «Porque nos levantamos muy temprano, ¿sabe?» Al recorrer la alfombra (gastada, pero sometida a limpieza rigurosa, para que a nadie pudiera ocurrírsele que las normas se habían relajado), cambió la sintonía de la radio, llenando el piso con la música serena de Clásica FM. Eso daba la impresión de que todo estaba bajo su control, relajada, al mando, no como una persona a la espera de inspección.

Era Maggie, con su maldito aspecto reluciente, como siempre. Una figura en sazón, bien proporcionada, vistiendo el modelo adecuado de chaqueta ligera y cálida, pantalones ceñidos, botines elegantes que combinaban lo práctico con un toque de elegancia, saludando con un «¡Hola! Pasaba a ver si todo iba bien...» levemente jadeante, la muy zorra. «La odio.» Hacía la ronda de la simpatía, como algo que se regala sin que se haya pedido, haciendo que Angela se sintiera como cogida en falta. Era difícil aceptar la solicitud de una persona que nunca parecía necesitarla. Angela sabía lo que ella iba a decir antes de que lo hiciera: las palabras venían ya ordenadas como un paquete embalado para el correo. «¡Hola, Maggie, me alegro de verte, entra, por favor!», la sonrisa ya adherida al rostro como el sello en el sobre, con la esperanza de que solo estuviera de paso.

–Pasaba por aquí –dijo Maggie, con el tono en que se decía eso mismo cuando uno vivía en la dirección contraria.

Aquello de «solo pasaba» era un código vecinal que significaba meter las narices, y era de mala educación hacer como que se dudaba de su veracidad.

–Voy a salir –continuó Maggie–. Y ya voy con retraso. Pensé que te gustaría esto...

Eso mejoraba la situación: un anuncio inmediato de que no había intención de quedarse. A Angela le agradaban ese tipo de visitantes y sonrió con calidez adicional al tiempo que aceptaba las flores. Eran flores de invierno, campanillas blancas envueltas en papel marrón, aún frescas y arregladas con arte. Angela nunca sabía qué hacer con las flores. Aquellas eran deliciosas, sin ser comestibles.

–Pensaba mandarle algunas a Francesca –decía Maggie–, pero luego recordé que no se las dejarían tener. No sé por qué. Por infecciosas o algo así, una regulación nueva.

–Hijos de perra –dijo Angela, con auténtico sentimiento–. Hijos de perra. –Irguió los hombros, y colocó las flores sobre una silla junto a la puerta con un gesto de agradecimiento que no sentía–. Tengo que secarme el pelo. ¿Por qué no le echas un vistazo a Tanya? Está profundamente dormida, pobrecilla mía.

Era importante que cualquiera que lo deseara pudiera ver a la niña. Debía responder siempre al timbre de la puerta, comportarse con cortesía, dejar claro que no había absolutamente nada que ocultar. Maggie atravesó la sala de estar a pasos largos y entró en el dormitorio. Angela escuchó un «ahhh» sofocado cuando Maggie se detuvo junto al lecho, y estuvo a punto de apreciarla por aquello. Nadie que amara a la niña podía ser tan malo. Apreció todavía más a Maggie cuando regresó al instante, arreglándose la bufanda, lista para marcharse, sin el menor indicio de querer prolongar la visita. De su bolso sobresalía un gorrito de esquí con unas graciosas borlas. Hacía juego con sus botas marrones y le quedaría perfecto sobre el cabello, copioso y bien peinado. En torno al cuello llevaba una bufanda de color pálido; nunca atraparía un resfriado. La antipatía bruta, en estado puro, volvió a ella. Ambas se hallaban junto a la puerta. Maggie la había abierto y estaba allí, con elegancia, la mano apoyada en el marco.

–¿Neil ha pasado por aquí últimamente?

–Sí. La sacó a pasear el sábado. Es estupendo que a ella le guste tanto el castillo.

Como si Maggie no lo supiera. Como si no controlara también a Neil.

–Oh, a propósito. Hay un tipo en la ciudad, llegó ayer. Dice, humm, que conoció a Francesca hace años, quiere ponerse en contacto con ella. Yo... ¿tienes idea de qué debo decirle? Sí, soy su prima, pero tú eras su mejor amiga y, humm, seguramente la conoces mejor. ¿Qué crees que le gustaría a ella que dijera?

Hablaba como si estuviera haciendo preguntas descuidadas, carentes de propósito, pero vacilaba, parecía algo confusa, nunca se había mostrado así. Eso hizo que Angela fuera más suspicaz que nunca. Se encogió de hombros, pensó en la niña dormida y cruzó los brazos en gesto defensivo, atenta por no mostrar su irritación.

–No sé qué debes decir. Lo mejor es la verdad, ¿no? Yo que tú le diría adónde puede escribirle. Supongo que a ella le gustan las cartas. Escribía con frecuencia. Siempre estaba escribiendo algo.

Maggie asintió, sonrió y se fue. Angela recogió el artístico ramo de campanillas blancas, y después de pensar durante tres segundos si las aplastaba a pisotones, las desenvolvió con cuidado y buscó un jarrón donde ponerlas en agua, para que no murieran. Debía mostrarlas de manera ostentosa hasta que se marchitaran. Tenían el aspecto fresco de las flores de invierno, capullos apenas, que perdurarían varios días en una habitación fresca. Se las llevaría al tío Joe. La niña comenzó a agitarse y lloriquear en su sueño. Los sonidos repentinos como aquellos llenaban a Angela de ansiedad. Cuando la niña llegó a sus manos, tenía huesos recién soldados y cicatrices en cuya curación apenas podía creer.

Era una tontería que alguien pensara que una mujer no podía amar a un niño adoptado como si fuera de su propia carne y sangre. Era imposible amar más a nadie. Pero las madres auténticas, reales, negligentes y egoístas, no tenían que abrir la puerta cada vez que alguien llamaba. Ellas podían destruir a sus hijos y nadie se enteraba.

Los chillidos de las gaviotas despertaron a Henry, que dormitaba en el atracadero. Tuvo una vaga sensación de estar siendo observado. Una larga siesta, que lo había dejado mirando la hora al descubrir que el día tocaba a su fin. El último banco estaba protegido y le daba el sol; le pareció invitador y quiso sentarse en él, pero no durante tanto rato. De nuevo, estaba cansado. Culpaba al colesterol, que tenía el mismo efecto en sus arterias que todos aquellos militantes que bloqueaban las negociaciones en algún país de Europa, más allá del horizonte. Había dormitado con la presteza de un hombre muy anciano, y el final de la tarde había caído de improviso sobre él. Sentía en torno a los ojos una frágil costra de sal. Se puso en pie con las articulaciones rígidas, echó un vistazo a los rieles de la plataforma para pescadores y vio de nuevo las tablas rotas y el mar que batía suavemente abajo. Recordó las cosas que debía hacer –comprar una gorra nueva, buscar otro alojamiento– y se sintió indeciso, mareado a causa del sueño y avergonzado por ello. Muy despacio, comenzó a recorrer el atracadero, tan largo como el *Titanic,* de regreso a la ciudad.

La línea de la costa se unía con el mar formando una curva. Al detenerse, se sentía como si estuviera acercándose al borde del mundo, un recién llegado a ese lugar. Lejos, a la izquierda, divisaba algo que parecía ser un acantilado, algo que chocaba con la llanura de la costa, como si marcara el comienzo de un territorio nuevo y extraño kilómetro y medio más allá. A una distancia algo menor se divisaba el relieve achatado de uno de los castillos que había venido a ver, y al reconocerlo por las ilustraciones que había examinado se sintió decepcionado. Tenía un aspecto malévolo, achaparrado, agachado como un sapo, en lugar de elevarse contra el cielo, en brumosas almenas, como los castillos de los cuentos de hadas. El bloque de chalets de ladrillos rojos construido cerca le restaba imponencia.

Henry no quería rendirse al desencanto, por lo que dejó vagar la mirada lejos de las murallas pardas del castillo hacia un hermoso desfile de edificios blancos, hasta la encrucijada y después hacia las casas que se extendían a la derecha. Todas parecían de diferentes alturas y colores, rosadas, azules, blancas, con tejados inclinados, de pizarra y un bosque de chimeneas. Parecía como si hubieran sido construidas al azar, cada una según un diseño propio, y reunidas después para calentarse y hacerse compañía, las mejores frente al mar. Salía humo por las chimeneas desvencijadas. Cuando llegó a la mitad del atracadero, Henry se imaginaba las casas acomodándose para llenar los espacios vacíos. Desde allí podía ver más detalles: ventanas variadas y fachadas de anchos diversos, grandes canteros que mostraban manchas desiguales de verdor. Con extraño orgullo se dio cuenta de que alcanzaba a ver en la distancia la Casa Encantada, más grande que los edificios vecinos, con su torreta distintiva que parecía un sombrero, y la diferenciaba de los demás, aunque nada era uniforme. Imaginó las calles que había recorrido esa mañana, retorcidas como serpientes, alejándose de las fachadas, en un aglomerado de pintorescos alojamientos, cada uno con una chimenea de ladrillos para Santa Claus. Las casas más lejanas parecían hechas para que en ellas vivieran duendes; vistas desde más cerca adquirían una escala absolutamente humana. Henry se dio cuenta de que sonreía. El esplendor del gran hotel que perturbaba su línea de visión con su presencia intrusa cerca del extremo del atracadero le pareció de repente fuera de lugar. ¿Por qué iba a querer quedarse allí? Se sintió revitalizado por una peculiar sensación de haber llegado a casa.

A la entrada del atracadero había una escultura bulbosa en la que no había reparado antes. En el diseño habían entrelazado personas, naves y peces, todos de formas redondeadas. Era de metal, pero la intemperie le había dado un aspecto pétreo. Henry le dio unas palmaditas, en señal de aprobación.

La brisa, que había cesado y en sus estertores lo empujaba al sueño, revivió de nuevo y Henry echó de menos la gorra. Caminó colina abajo, seguro de que su ruta lo llevaría a las tiendas y a la casa que decidió considerar su hogar, al menos durante un par de días más, a pesar de aquel cuarto de baño. Quería estar de vuelta allí para contemplar cómo el cielo se tornaba rosáceo, mirando el paisaje desde el lado contrario, por el alto ventanal, mucho antes del crepúsculo. Percibió los detalles de los edificios pasados por alto en su paseo horas antes... Ah, ahí estaba la biblioteca, pero se ocuparía de ella al día siguiente. Y entonces, al hacer un giro en su camino desde una estrecha calle lateral, vio a una mujer alta y esbelta que se alejaba con rapidez, con la cabeza y el cuello cubiertos por una bufanda blanca que le caía por la espalda hasta la mitad del abrigo oscuro y largo. Alcanzaba a oír el sonido de los tacones en el pavimento por encima de cualquier otro sonido, pero no podía fijarse en nada que no fuera la luminosa blancura de la bufanda. Una tela de lana fina que flotaba en la estela de su movimiento. Una manera peculiar de caminar: podía ser ella. Dudó, indeciso y turbado. El paso de la mujer parecía hacerse más largo, como si hubiera decidido incrementar la distancia, y Henry echó a correr. ¿Qué importancia tenía que le tocara un hombro? Por eso no iban a arrestarlo.

Estaba rígido tras haber permanecido inmóvil; el cuerpo, que en su hogar obligaba a correr en aras de la salud, no quería cooperar allí. El régimen de ejercicios se había hecho menos estricto desde la muerte de su padre, al igual que muchas otras cosas, y además llevaba demasiada ropa para poder sentirse cómodo. La chaqueta de cuero blando era incómoda. La blancura de la bufanda lo hipnotizaba; Henry creía que podía alcanzarla, al menos llegar a su altura y mirarla a la cara antes de atreverse a saludarla. Podía decir «lo siento, pero...» y eso lo arreglaría todo. Entonces tropezó, trastabilló y cayó con lentitud agónica, rompiendo la caída contra una pared, con un dolor lacerante en una muñeca que lo hizo gritar. Cayó pesadamente de lado y quedó allí, sofocado y ciego. Tendría un chichón en la frente. El corazón le latía con fuerza.

Le parecía recordar que la acera estaba virtualmente desierta, pero ahora había una multitud.

–¡Eh, qué tropezón! ¿Adónde va con tanta prisa? ¿Está bien?

–¡Oh, vaya caída! Arriba, vamos, con cuidado... ¡Ahora!

Era como si una docena de manos lo estuvieran poniendo de pie. Su rostro estaba al nivel del rostro arrugado, marcado por el clima, de una abuelita, y el brazo de la mujer le servía de apoyo, protegiéndolo. Sonrió de manera automática.

–Lo siento... –comenzó a decir.

Ella le devolvió la sonrisa.

–Si yo fuera usted, hijo, lo bebería con un poco más de agua –dijo, y otras tres personas rieron con ella, en gesto de alivio.

Henry se sintió avergonzado, como si de verdad estuviera ebrio, cayéndose en la vía publica como un vagabundo que debiera ser rescatado por una mujer treinta años mayor que él y, en aquel momento, con el doble de sus fuerzas. Quizá si de verdad apestara a bebida, lo hubiera dejado caer de nuevo.

–Si yo fuera usted, me iría a casa y me lavaría ese arañazo –seguía diciendo la mujer en tono autoritario–. ¿Dónde vive?

–Más abajo, por la orilla. En la pensión de las torres. Por allí –señaló con un dedo.

–Lo acompaño.

No era una invitación, sino una orden.

Y así fue como Henry Evans caminó de vuelta a casa, a un lugar en el que nunca había pensado quedarse, no en compañía de la mujer que atormentaba sus sueños, sino con una anciana que podría haber sido su madre.

Le habló sin parar sobre Francesca Chisholm. Probablemente sufría una ligera conmoción, pues su locuacidad era ridícula, algo de lo que se sentiría avergonzado con posterioridad. O quizá por eso había acudido allí, para hablar con desconocidos de una manera que no podía hacerlo con amigos. ¿Qué amigos? ¿Quiénes habrían entendido su aplastante dolor por la pérdida de su padre, tan tímido como él? «Tómate una semana de vacaciones, Henry, todo pasará.» Pero no pasó: aquel dolor era una locura contenida. «Ve a un psicólogo, Henry.» «No. No. No. Si tengo que pagar a alguien para que me escuche y me enderece, mejor muero torcido: no quiero que me enderecen. Quiero hablar con ella. Porque el padre de ella también ha muerto. Y yo no supe comprender lo que eso significaba.»

–¿Por qué?

La abuela seguía colgada de su brazo. Él había olvidado lo que estaba diciendo. Caminaban por la acera interior, con el mar picado pero dócil al otro lado de la carretera, más una presencia que una amenaza. Si pudiera concentrarse en saber dónde se encontraba. Alcanzaba a ver las torretas de la Casa Encantada, que entraban en su foco de visión a lo lejos. El Santo Grial.

–Porque ella sabría de qué hablaba yo. ¿Sabe usted de qué se habla cuando uno tiene veintidós o veintitrés años? De los malditos padres. Yo criticaba a los míos, pero ella estaba orgullosa de los suyos. Los amaba con locura. No tendría una edad muy diferente de la mía ahora. Me refiero al padre de Francesca.

–¿Y entonces?

Caminaban sin parar, pero sin prisa. La mano de la anciana en el brazo de Henry se había convertido en su dominio sobre ella, no quería que la conversación terminara. Era como un grifo abierto, pero conocía lo suficiente del lenguaje para saber que quería decir una llave.

–Sabía hacerme hablar. Y solo ahora sé hasta qué punto le fallé. Porque ella me conocía y me quería, y entonces, cuando recibió la noticia de que su padre había muerto, yo no supe qué hacer. Era como si ella me estuviera abandonando, ¿sabe? Y yo tenía un plan, así que seguí adelante con él. No pensé en lo que ella sentía. Ahora sí. Creo que solo quería pedirle perdón. Decirle que intenté alcanzarla.

–Claro que sí.

La anciana se detuvo para tomar aliento. Él la miró por segunda vez. Notó que se trataba de un hermoso rostro envejecido, que lo alentaba con su silencio atento.

–Ahora seguramente tendrá hijos. Quizá crecidos. Sabía tratar a los niños, ¿sabe?

Habían llegado a la puerta. La había arrastrado a lo largo de los últimos pasos, pero mientras concluía su relato, la mujer intentó apartarse de él con delicadeza, volviendo la cabeza con la precaución considerada de una persona que está a punto de estornudar.

–¿Se siente usted bien? –preguntó Henry.

–¿Yo? Sí, por supuesto. Ahora ya está en casa. Los chicos lo atenderán.

La anciana sacó un pañuelo del bolsillo y se sonó la nariz. Habían recorrido una distancia bastante larga. Henry quería pedirle que entrara, ofrecerle una taza de té y decirle que la llevaría a casa. Pero no se trataba de su hogar y no tenía coche. Ella podía residir a varios kilómetros de allí. Sus modales iban a la deriva, había hablado por los codos y no sabía qué podía hacer, ofrecerle dinero o algo así; ni siquiera habría sabido decir si estaba tratando con una persona rica, pobre o de clase media. Confuso, no logró percibir el endurecimiento en el tono de la mujer. Seguía allí de pie, con las manos metidas firmemente en los bolsillos, queriendo decir algo.

–Francesca Chisholm dejó que a su hijo lo cuidaran unos maricones. Pobre crío. Ya me dirá usted. Qué hacen hombres como esos cuidando a un niño. –Las últimas palabras casi las escupió, pero luego la abuela logró controlarse; dio unas palmadas en el brazo de Henry e intentó sonreír–. No me haga caso. Usted parece un joven decente. No vuelva a caerse, ¿eh? A no ser que esté borracho a más no poder. Si no, no tendría sentido.

–Gracias por su ayuda...

La mujer hizo sonar la campanilla de la puerta y se apresuró a desaparecer antes de que respondieran. Él la vio alejarse.

Cuando entró, el pasillo le pareció cálido y de colores brillantes; la perra pinta ladró una bienvenida y olisqueó la pernera de su pantalón. Tim vestía su voluminosa chilaba, ceñida esta vez a la cintura por una gruesa banda de seda verde. Llevaba las gafas montadas sobre la frente y blandía un cucharón en la mano.

–Oh, *Senta*, basta. Ya sabe que te alegras de verlo. ¿Ya estamos todos? Entra, Henry, entra. Estábamos preocupados por ti, creíamos que te habías perdido. Nadie te ha visto desde hace horas. ¿Te gustaron los huevos con panceta? Oh, querido, ¿qué te ha pasado?

Henry era un hombre de estatura mediana (se había descrito a sí mismo una vez como Henry Evans, el señor Normal), mientras que Tim era alto y lo miraba desde arriba, examinando con mucha preocupación el chichón que tenía en la frente.

–Espero que no se tratara de una pelea, ¿eh? –preguntó Tim–. ¡Y nada más llegar! ¡Peter! –gritó, con una voz sorprendentemente fuerte y profunda–. ¡Ven a ocuparte de esto!

Los dos estaban de pie y lo examinaban a la luz de gas del pasillo. Cieno en los pantalones, un chichón en la cabeza, arañazos leves en las manos. Parecieron llegar a una conclusión silenciosa, sellada por gestos simultáneos de asentimiento.

–Un baño caliente, ¿no crees, Tim? Mientras, tú te ocupas de la cena y yo de sus ropas.

Otro gesto de asentimiento. Llevaron a Henry por el pasillo casi a empujones, cruzaron la cocina hasta el baño que esa misma mañana había despreciado, pero que ahora estaba tibio y acogedor. Tim abrió los grifos con más habilidad de la que Henry había manifestado para lograr su chorrito matutino. El agua empezó a caer en la bañera con la fuerza y el ruido de una fuente rabiosa; el vaho empezó a llenar la estancia.

–Deje su chaqueta y sus pantalones fuera cuando esté listo –dijo Peter–. Los plancharé. Y cuando esté en la bañera, póngase esto sobre esa hinchazón. Ayudará a bajarla.

Le entregó a Henry un apósito de muselina blanca húmeda, que olía suavemente a lavanda.

Henry hizo lo que le decían. Eso era algo más que habitual para él. Entreabrió la puerta y entregó sus ropas con cierto pudor, sintió cómo se las quitaban de la mano y la puerta se cerró. Se sumergió en la profunda bañera y se apretó el apósito contra la frente. El recinto estaba lleno de vapor de agua; era como bañarse en medio de la niebla, como flotar libremente en una profunda calidez. Alcanzó a oír la radio que señalaba la hora en la cocina... bip, bip, bip, bip..., seguida por el eco del Big Ben: «Ahora, las noticias de Radio Cuatro», a las que se sobrepuso una conversación.

Se le ocurrió que nunca en su vida lo había cuidado un hombre, con la excepción de su padre cuando era muy pequeño y antes de que ambos se habituaran a su ruda cortesía; aquella sensación de que lo cuidaran y atendieran de una manera rayana en lo íntimo debería haberle incomodado y, por un momento, así fue. La puerta se entreabrió; vio la corriente de vapor apresurarse hacia la salida abierta y una mano, que colgaba del picaporte una percha con su chaqueta y sus pantalones. La puerta se cerró de nuevo. Se dijo que debería ser más suspicaz; los hombres no eran bondadosos con otros hombres, sobre todo si se trataba de extraños. Era raro, quizá siniestro, pero no conseguía sentirse molesto.

Había demasiadas otras cosas. Tales como por qué –cuando ocurrió su caída en la calle, precisamente cuando estaba tan cerca, había hecho suficiente ruido como para atraer a los transeúntes–, por qué ella, fuera quien fuera, no se había detenido. Francesca se habría detenido. Incluso si hubiera creído que un enemigo la estaba persiguiendo, se habría detenido por pura curiosidad.

Las noticias de la radio siguieron retumbando, reforzada su importancia por la perfecta voz inglesa que las recitaba. Seguramente ella había aprendido a hablar allí. Mientras se erguía en la nube de vapor y se secaba con una toalla gruesa y basta, echó una mirada por la ventana trasera y vio que ya había oscurecido. Aquella casa comenzaba a gustarle. La calma ejercía allí una influencia dominante. Estaba libre de toda la claustrofobia a la que tanto temía en sitios ajenos.

*Supongo que el entorno en el que hemos vivido influye profundamente en nosotros. En ocasiones pienso que los edificios ejercen sobre la vida una influencia mayor que cualquier otra cosa, incluyendo la gente. No es que nadie pudiera sobrevivir aquí sin ser indiferente al entorno. No hay vistas, solo rostros.*

*No debo pensar en el mar, pero de todos modos, lo hago... lo extraño más que cualquier otra cosa. Hasta el mar agitado por el mal tiempo, cuando solo se oye su sonido.*

*Estoy aprendiendo nuevos oficios. Se denomina terapia ocupacional. Incluso se puede optar, así que elegí algo ajeno al intelecto, en contraposición con la biblioteca, que era demasiado obvio. Paso mis días en la cocina, donde mis compañeras no son curiosas y hay mucho ruido para bloquear un mar que no puedo oír, y ya he decidido a quiénes debo evitar. Tengo una amiga en la cocina; me gustan los olores.*

*Oh, qué tonterías escribo. ¿Acaso no puedo hacerlo mejor? No, pero temo hacerlo mejor, debo simplemente hacer más. Blindarme para el aniversario del día en que llegué a este gran hotel (de manera anónima, gracias a Dios) y todos los adioses que tendré que decir otra vez.*

*Es mejor no escribir mucho sobre nada. Pensaré en el castillo y la ciudad, pero no en los que vivían allí. Incluyéndome a mí.*

FMC

# Capítulo 4

–Muchas gracias por tu ayuda, Maggie –dijo Neil, como siempre.

–No tiene importancia. Es un placer.

–Los conté al entrar y los conté al salir –siguió él–. Como el vicario en la iglesia. ¿Sabes que lleva un recuento constante de su congregación, anotado en una libretita, para poder establecer «diferencias estacionales»? Qué hombre más raro. A mí me parece muy evidente. Cuanto más frío hace, menos gente sale a la calle. No importa que busquen cultura, historia o consuelo religioso. O hasta una excusa para ponerse un sombrero. Hemos llegado.

Cruzaron el arco que llevaba de la tienda del castillo al patio. El metal de los tacos de sus zapatos resonaba contra las piedras. Subieron los peldaños hasta la primera almena, siguiendo la ruta de los turistas, dejaron atrás los cañones, descendiendo luego varios escalones y rodearon la muralla circular del torreón interior. Neil, con un gruñido, recogió un par de envolturas de caramelos que habían tirado al suelo.

–Con lo que lleva la gente en los bolsillos –murmuró–, me sorprende que crean que un poco más de basura tiene importancia. ¿Por qué no se la llevan a casa consigo? ¿Quién creen que lo limpia todo?

La queja era el acompañamiento habitual al último recorrido en torno al castillo, antes de que Neil cerrara las puertas de noche. No se trataba de todo el castillo, eso llevaría medio día; solo la zona de los visitantes, una fracción del lugar, que se iluminaba con luz artificial después de que oscureciera; entraron en la penumbra del tercer bastión, dejaron atrás la maqueta de la fortaleza y siguieron el largo túnel hacia la cocina. Había profundos hornos negros de pan en una pared, un enorme fogón abierto, para asar, en un recinto sin amueblar del tamaño de una iglesia pequeña, rodeado por habitaciones menores con aspilleras en las paredes para los cañones y agujeros en los techos para que escapara el humo. Después, bajaron las escaleras hasta el nivel inferior. Estaban en un segmento de la estructura del castillo en forma de flor: cinco bastiones exteriores semicirculares que miraban a un foso vacío, cinco interiores para custodiar el torreón central. El temor del rey Enrique a una invasión francesa lo había llevado a construir una fortaleza inexpugnable de diseño astuto. Desde arriba, parecía una rosa abierta, construida en piedra, mientras que abajo cualquier soldado que lograba sobrepasar las murallas exteriores tenía que vencer la próxima, y después la siguiente, y ningún invasor lo había logrado jamás. Ningún extranjero había hecho una brecha en la seguridad del torreón central, aunque ahora llegaban en hordas amables para pagar con su dinero y mirar.

Para Maggie había algo indescriptiblemente entrañable en el hecho de estar dentro de un lugar que en algún tiempo alojó una villa hostil de hombres hambrientos y luchadores, y que ahora solo conservaba unos pocos recuerdos de ellos. Era como si las paredes solamente pudieran vivir y respirar con la ayuda de los ocupantes, para calentarse, y por la noche se colapsaran en una enorme melancolía. Sabía por qué Neil agradecía la compañía en el último recorrido de la tarde, siempre que fuera posible, en especial cuando descendían a la base del tercer bastión. Durante el día quizá detestaba a los turistas y amaba aquel lugar, pero al caer de la noche sentía miedo. Neil sabía que allí había fantasmas, esperando a quienes pudieran verlos, y se sabía poseedor de aquella propensión maldita. Veía fantasmas por todas partes; eso lo convertía en un excelente narrador de historias, proclive a llenarlas de maravillas para los turistas, mas cada vez que contaba relatos sobre aparecidos, inventaba otro, y tan pronto como la criatura surgía de su imaginación adquiría una existencia real y permanente. Ahora, el lugar estaba repleto de ellas, especialmente en los pasadizos.

Los «pasadizos» eran los corredores de las entrañas de los bastiones, bajo el nivel del mar, que salían del centro, formando una curva en torno a la base de la estructura, para volver a él por el otro extremo. «Pasarás junto a cincuenta y tres ventanas pequeñas antes de alcanzar el próximo túnel... cuéntalas al caminar.» Maggie casi podía escuchar las palabras de la cinta de audio para los turistas, imaginar el sonido de pies arrastrándose. Las luces iluminaban humedades blancas en las paredes, un manchón de algo levemente fungoide que no querría tocar por nada del mundo. Lo seguía por el pasillo estrecho, y él la avisó a tiempo para que esquivara un charco. Neil caminaba delante, confiado, dando pasos deliberadamente ruidosos, con los hombros erguidos, y Maggie sabía que, de haber estado solo, iría silbando bien alto para avisarles, no importa quiénes fueran, que dejaran libre el camino. Visto por detrás, parecía un hombre apuesto. Era una lástima que él y Angela se hubieran divorciado. Qué gran pérdida. Sus hombros casi tocaban las paredes a ambos lados de los pasadizos. Los hombres medievales eran mucho más pequeños. Visualizó a soldados en miniatura, que no alcanzaban ni su metro sesenta, corriendo por allí a toda velocidad, prestos a meter el mosquete por el ventanuco y disparar. Cincuenta y tres ventanucos por cada bastión, doscientos sesenta y cinco hombres con mosquetes y, en el nivel superior, los cañones. Bajo asedio, seguramente el ruido hubiera sido suficiente para matarlos; ahora solo se oían los pasos.

No había más envolturas de caramelos, signos de vandalismo o personas extraviadas. Caminaron por el túnel de salida hasta la puerta exterior. Neil, con una clara sensación de alivio, la cerró con un chasquido satisfactorio. Maggie se preguntó qué haría si las alarmas contra humo o contra ladrones se disparaban por la noche y él era el único que tenía llave mientras el guardián estaba ausente. No le haría gracia realizar una visita solo, y supuso que, si lo llamaban, él llamaría a su vez a la policía para que lo acompañara. Ellos tampoco manifestarían entusiasmo; parecían ser personas que temían a los fantasmas.

Para asegurarse, Neil dio un empujón adicional a la puerta. Estaba guarnecida y reforzada con suficiente hierro para impedir la entrada de un ejército de bárbaros extranjeros, pero los espíritus y los fantasmas no reconocían esas vanas restricciones, y ninguna puerta evitaría que escaparan. Maggie siempre sentía una cierta sorpresa ante la inconsistencia de las supersticiones de Neil. Parecía poco razonable creer en fantasmas, y al mismo tiempo negarse a aceptar que su naturaleza sobrenatural implicaba la imposibilidad de confinarlos. Si a ellos les gustaba su compañía, o si les apetecía atormentarlo, con toda seguridad podrían seguirlo a casa si querían; aunque quizás él pensaba que los fantasmas, como los ladrones, tendían a permanecer en su propio territorio. Se sentirían incómodos en la pequeña casa con terraza de Neil, situada cerca del centro de ocio. De la misma manera que la anchura del foso seco parecería enorme a los ojos de un soldado que se enfrentara al torreón interior.

«¿Cómo eran aquellos fantasmas?», le había preguntado. «Pequeños y pálidos de tanto vivir en la oscuridad –había respondido él–. Y están enojados. Creen que todo el mundo es su enemigo. Quizá fueron prisioneros aquí. Un castillo tiene muchos usos.» Pero claro, Neil era un hombre confuso. «No es ni siquiera un hombre –había dicho Angela en su solicitud de divorcio–. No es culpa suya, con la diabetes y todo eso, pobrecillo. No se le levanta, y ya está. O en ocasiones excepcionales.»

Subieron de vuelta las escaleras hasta las almenas más alejadas y se detuvieron para contemplar el paisaje.

Las farolas del atracadero estaban encendidas, eran diez pares de luces como centinelas benignos que delinearan la longitud de la estructura. Había una niebla ligera que difuminaba las luces y hacía imprecisos los límites del resplandor de la cafetería. La noche del sábado era noche festiva. Lejos, en el mar, Maggie divisó las vagas luces en movimiento de un transbordador en el horizonte, que pasaba lejos del faro. El efecto era elegante.

–¿Tienes planes para esta noche, Neil?

Él vaciló. A veces era abrumadoramente conversador, como un confesor, pero no siempre. Un día le narraba con muchos detalles todo lo relativo a los fantasmas, y después nunca volvía a mencionarlos. O podía hablar sobre Angela y él mismo, a veces con tal furia e indignación que la llevaba a cuestionarse su temperamento incierto. «La muy puñetera se mantuvo junto a mí solo para que pareciéramos una pareja y pudiéramos adoptar...» o «Pobre estúpida, no es culpa suya, ¿verdad? De todos modos, a veces me ayuda aquí, y a Tanya le encanta venir. Conoce esto tan bien como yo. ¿Verdad que no me puedo quejar?». La franqueza con la que revelaba cualquier cosa dependía de lo que hubiera bebido, del lugar donde estuviera, del clima, de cómo anduviera su depresión incipiente, pero no necesariamente en ese orden. Estaba segura de que él era capaz de revelar más cosas en la abarrotada esquina de una calle que en un cuarto cerrado con las luces apagadas. Las almenas eran ideales; aquí se sentía libre y eso le solía soltar la lengua.

–Bueno, podría ser una velada genial. O podría ser un desastre.

–Entonces, se trata de una mujer –constató Maggie.

–¿Cómo lo has adivinado? ¿Tienes poderes psíquicos o algo así?

–¿Yo? No hace falta más que mirarte. ¿No es obvio? No hay mejor receta para el triunfo o el desastre que una velada, en casa o de paseo, da igual, con una mujer. –Se estremeció–. O, en mi caso, con un hombre. La misma diferencia, la misma...

–No. No es lo mismo. Nunca es lo mismo para un hombre como yo. No sabes cómo es eso. Puedo desear a una mujer hasta la médula; puedo imaginar que ella me desea, pero nunca sé si podré hacer algo al respecto. ¿Sabes?, la respuesta varía. En realidad, es una reacción caótica, impredecible. Muy poco fiable y me avergüenza, la emoción lo empeora todo. Cuanto más la deseo, menos puedo hacer. Disfunción eréctil, causada por la diabetes. Prueba a contarle eso a una mujer la primera vez que la besas.

–Es difícil.

–Es imposible.

Contemplaron el mar en silencio. El transbordador parpadeó y desapareció de la vista. El faro giraba lentamente.

–He ido a ver al médico –prosiguió Neil sin que ella lo instara; sabía que no convenía presionarlo–. Y no es la primera vez, claro. Tienes que ir una docena de veces a ver a una docena de puñeteros matasanos antes de dar con uno que no se ría. Y que luego te diga algo que no te haga daño o te provoque vómitos. Gracias a Dios que existen médicos gays. Nunca se burlan.

–¿Y qué te ha recetado?

–Viagra. Solo lo justo para probar. ¿Qué pensabas?

–Preguntaba, no pensaba. Esa chica... ¿lo sabe?

–¿Que si sabe qué?

Neil estaba a la defensiva.

–Lo que puede ocurrir...

Neil se estremeció.

–En realidad, no más que yo. El otro día me dijo cuánto me agradecía que fuera tan gentil, tan sensible, pero creía que había llegado el momento... Tengo la esperanza de que quiera un revolcón con un tío normal. Nada más. Y eso –añadió, dando un puñetazo en la pared, tan violento que hizo una mueca de dolor–, eso sería lo mejor.

Ella le sonrió y dio un pequeño paso atrás. Había cosas que quería saber, y cosas que no quería, pero cualquier invitación a la confianza implicaba una invitación a compartir el problema, ¿o no? No podía elegir lo que oía y deseaba oír, y en realidad él era un hombre bueno. Un padre más o menos entregado de una niña que no era suya, que persistía incluso cuando Angela había tratado de echarlo, cosa que hacía cuando las cosas marchaban bien, y lo llamaba de vuelta al juego solo cuando Tanya y ella lo necesitaban.

–Pues te deseo la mejor de las suertes, lee las instrucciones del prospecto y no tomes una sobredosis. ¿Qué más puedo decir? –dijo Maggie con cierta frivolidad.

Estaban de vuelta en el vestíbulo del castillo, frente al puente que cruzaba el foso, él apagaba luces y accionaba la cerradura. El sonido del mar, prevaleciente en las alturas, se subordinaba allí al ruido de los coches en la carretera. Ella quería preguntarle por su perro, pero ese era otro tema delicado.

–¿Y tú, qué? ¿De nuevo *Fiebre del sábado noche*?

–Tengo mi tele propia, Neil. A ver qué echan.

Ella tenía llave propia y teléfono móvil en aquella casa sin teléfono, y su entrada casi no generó ruido alguno. Lo único que podía traicionarla era el olor del pescado con patatas fritas que llevaba en un envoltorio, o la posibilidad de tropezarse con alguien en las alejadas regiones del primer piso, encima de la cocina y lejos de todo. Había hecho una parada en el camino a casa, un vaso de vino en un pub, solo para mostrar que estaba viva y se sentía bien. La gente de los pubs nunca preguntaba nada siempre que uno preguntara primero, estaban demasiado ocupados contestando, pero si quería mantener su hábito de evasión social, sería mejor que se comprara un perro. Podía esconderse tras un perro; un chucho la avisaría si se acercaba. Los perros espantaban las preguntas con más celeridad que la peste bubónica. En aquel lugar, podían convertirse en el mejor tema de conversación. Si conseguía uno, podía salir a esconderse con otros dueños de perros y hablar solamente de ellos.

–Shhh –le dijo a *Senta* en cuanto estuvo al otro lado de la puerta.

Se detuvo en el descansillo, atraída por las voces procedentes del comedor. El vicario, el panadero, el fabricante de velas, pero sobre todo el americano, que decía con su acento tímido algo que los hizo reír, y a ella huir hasta el refugio de su propia habitación, donde cerró la puerta con firmeza. Sacacorchos, sal, pimienta, televisor, todo lo que necesitaba. El resto del mundo, canal de la Mancha incluido, podía vivir como le diera la gana, siempre que la dejaran en paz hasta el día siguiente. Por la mañana sería más valiente.

Pero los programas de televisión eran triviales, no lograban capturar su atención. Volvió a llenar el vaso de vino y comenzó una vez más a escribir la carta.

Querido Philip,

Espero que estés bien y que tu romance haya perdurado. Solo quería que supieras que, no importa lo que te dijera en aquel momento, nunca hubo rencor. De veras deseo que seas feliz...

Bebió un largo trago de vino. «No, yo no quiero que seas feliz. Quiero que dejes de existir. Si no estuviera tan harta de funerales, soñaría con el tuyo, pero no sería lo mismo, claro, estar allí como la ex, mientras otra zorra disfruta de la mejor parte del luto.»

Prosiguió: «Por lo tanto, si eres feliz, yo soy feliz por ti... te deseo lo mejor, querido...».

«Hijo de perra, asqueroso sin corazón. Nunca me conociste; nunca quisiste conocerme a mí. ¿Y yo, qué? Me distrajiste cuando debí prestar atención a alguien mucho más importante que tú. Nunca ayudaste. Yo necesitaba a alguien que pudiera ayudar.»

Se sonó la nariz. Tachó las líneas y a continuación volvió a escribir.

> Vuela sobre los montes y las olas del mar,
> va bajo los sepulcros y bajo el manantial,
> bajo mareas profundas –Neptuno les da rienda–,
> sobre rocas y abismos, Amor halla la senda[1].

Y luego, garabateando más rápido, con más vino en el vaso:

> Fui desechada, abandonada, engañada. Pero no creas que voy a gimotear o a patalear: La chica está sola, que la compadezcan. Quien nunca haya sido cortejado...

Aquello estaba mucho mejor. Y había otras cosas en las que pensar. Por ejemplo, qué hacer después. Cómo manejar la siguiente. Pensar en Philip no era más que llenar un vacío. Como tratar de rellenar los agujeros en el corazón.

–¡Qué hombre tan extraordinario es usted, Henry! Un científico que se interesa por las artes, nos ha dicho que conoce la poesía inglesa, y con un ardiente deseo de explorar castillos ingleses. ¡Qué placer tenerlo entre nosotros! ¿Cuánto dura su contrato con Fergusons?

1. *«Over the mountains and over the waves, Under the fountains / and under the graves, / Under floods that are deepest, which Neptune obeys; / Over rocks that are steepest, Love will find out the way.»* Poema inglés anónimo del siglo XVII titulado «Love will find out the way». Se trata de una balada muy popular que dio nombre a una obra de teatro. Aún se cantaba en 1855. *(N. de la T.)*

–Eso es como preguntar qué largo tiene una cuerda. Tendría que tirar de ella y ver –dijo Henry con seriedad–. Quiero decir que tengo que ver si me gusta; y ellos tienen que ver si me necesitan...

–¿Está desarrollando un nuevo medicamento?

–O quizá mejorando uno viejo...

–Seguramente lleva a cabo una investigación secreta sobre cómo hacer que la Viagra funcione con las mujeres o con otros animales de pura raza que rechazan el apareamiento –intervino Peter con voz suave–. O haciendo ingeniería genética con verduras –añadió, ofreciendo más patatas y apuntando con un dedo hacia el vicario.

Henry se dio cuenta de que el vicario era exactamente como debía ser un vicario inglés; parecía salido de las páginas de una novela de Agatha Christie, con su voz aguda, sus gestos precisos, sus gafas de media luna y su frente abombada, que en los días tórridos de verano necesitaría de la protección de un sombrero de Panamá. Pero sentía aversión hacia el jerez y un gran gusto por el vino, que compartía el resto de los huéspedes, lo que, junto con el teléfono móvil en el bolsillo de la camisa, lo diferenciaba del estereotipo.

A la elegante mesa del comedor de la Casa Encantada también estaba sentada una mujer orgullosa que hacía pensar a Henry en una actriz caída en desgracia, en alguien que había conocido tiempos mejores y cuya figura esbelta estaba envuelta en capas de gasa. «Es la viuda de un prominente artista local», le había susurrado Tim cuando bajaban las escaleras, después de obligar a Henry a salir de su habitación en el último piso. «Tiene que conocerla. No le diga que yo se lo dije, pero cada vez que anda escasa de fondos falsifica un par de cuadros y dice que los ha encontrado en el desván.» También había allí un hombre joven y apuesto que había permanecido en silencio, comiendo y bebiendo sin parar, indiferente al constante murmullo que lo rodeaba. No había diálogos en torno a la mesa, ninguno de los seis hablaba exclusivamente con otro, la mayor parte del tiempo todos hablaban a la vez. El efecto producía un leve mareo, y Henry se estaba divirtiendo muchísimo. Su segunda velada en una ciudad nueva y ya estaba en el centro de una fiesta. Sería su encanto personal.

–¿Tiene mujer e hijos en casa, Henry? ¿Van a venir a reunirse con usted?

–No. No –lo pronunció con más brusquedad de la deseada, y por un segundo se hizo el silencio.

–Siempre he pensado que existe un motivo primordial para viajar –prosiguió el vicario con calma–. Algún viaje interior del alma que se convierte en algo imperativo. Alguna necesidad que no se puede satisfacer con ninguna otra cosa. Si no, ¿por qué razón abandonaríamos la comodidad de nuestros hogares y la bendición de la familia?

–Oh, tonterías –dijo la viuda del artista–. La gente viaja porque es divertido. O por razones muy simples. Mi marido viajaba a países extranjeros porque no le gustaba estar en casa. Un hombre que metía miedo. Yo viajo para alejarme de mis hijos. De otra manera, los mataría.

Aquello fue recibido con una carcajada general. La viuda hablaba con encanto, articulando lentamente.

–Es una lástima que Francesca Chisholm no hiciera lo mismo –dijo el vicario con solemnidad; parecía empeñado en dar cierta gravedad a la ocasión–. Pobre mujer.

–¡Pobre mujer! –gritó la viuda–. ¡Maldita sea esa pobre mujer! Lo pasó mal, no tuvo suerte con ese hijo suyo, pero ¿quién la tiene? Todo niño es un monstruo. No me parece excusa suficiente para asesinarlo. Si era tan malo, pudo buscar a alguien más que lo cuidara.

El joven silencioso dejó de vaciar su plato y se encogió de hombros con gesto exagerado.

–No creo que el asesinato sea un tema adecuado para tratarlo en una cena –señaló, con voz melodiosa–. Y menos delante de nuestro huésped, al que damos la bienvenida. El señor Evans va a pensar que esto ocurre constantemente, pero no, no es así. Casi nunca. De manera excepcional. No estamos en Nueva York.

Sonrió con encanto, invitándolo a defenderse. Ante el silencio de Henry, Peter acudió en su ayuda.

–Nueva York es más segura que Londres.

Henry tenía un aspecto extraño, con el rostro distendido en una sonrisa recíproca, incapaz de hablar. De repente, tenía la garganta inflamada, se sentía a punto de asfixiarse.

–¿Cómo es posible con tantas armas como llevan? –preguntó la viuda en tono beligerante.

Henry se sentía frío y algo menos bienvenido que media hora antes, cuando discutía de castillos y poesía del siglo XVII con el vicario. Un fuego rugiente caldeaba el salón. Tenía el rostro enrojecido y los pies helados. El golpe de la frente le latía.

–¿Qué cambian las armas? –preguntó el hombre joven, repentinamente comunicativo, como si hasta ese momento hubiera sido incapaz de comer y hablar a la vez–. Lo que importa es la actitud ante la vida. Quiero decir, si alguien tiene la intención de matar, lo hará, ¿no es verdad? Lo único que Francisca Chisholm tenía que hacer era tirar a su bebé al atracadero...

–No era un bebé –interrumpió Peter, enojado y con el rostro púrpura–. Era un niño de cinco años, y muy querido.

En aquella ocasión, el silencio duró más tiempo.

–Lo siento –balbuceó el joven–. Lo siento. Lo había olvidado. Ustedes lo cuidaban, ¿no?

–Sí.

Esta vez, la voz de Tim mostraba tensión.

–Bien, una oración por el pobre difunto –entonó diplomáticamente el vicario, se santiguó e inclinó la cabeza–. Y hablemos de cosas más alegres.

–Tales como un budín –dijo Tim con animación–. Por favor, ¿podrían pasar los platos para acá?

Hubo sonidos de vajilla que indicaban obediencia, murmullos de «delicioso», tintineo de cuchillos y tenedores, todo viajaba de mano en mano hacia Tim, al extremo de la mesa. *Senta*, desterrada al pasillo, ladró desde el otro lado de la puerta anticipando las sobras, y en toda aquella actividad, mientras se reanudaba la conversación, Henry se inclinó hacia el hombre joven, tragó en seco y preguntó, en un susurro:

–Esa... Francesca... ¿Ocurrió hace mucho tiempo? ¿Dónde vive ahora?

–Oh, no muy lejos. –Arrancó una uva del frutero del centro–. Desde el año pasado, en la prisión de Cookham. Dios mío, hace casi un año exacto. Espero que permanezca ahí para toda la vida. ¿En qué otra parte podría estar, más que en la cárcel?

–¿Y de veras mató a su hijo? ¿No fue un accidente o algo así?

El hombre joven tomó otra uva y la masticó cuidadosamente; era obvio que aprobaba el sabor.

–Oh, no, fue deliberado. Lo empujó por el agujero de la plataforma de pesca en el atracadero. ¿Aún no ha visto nuestro atracadero? No se lo pierda. Es muy de los años cincuenta. Y se está hundiendo.

Henry se sentía enfermo. Esperó a que llegara el budín y después se excusó cortésmente.

Fue a causa del vino. Un mal desayuno, una cena deliciosa, malditos extranjeros, vino francés comprado al otro lado del canal, mejores precios, ofertas. Todos ellos habían hablado de rebajas, todo el mundo en todas partes hablaba de rebajas. Pero no en la misma forma en que hablaban de Francesca. No su Francesca. Por supuesto, había sido el vino. Su estómago, siempre débil, no debía obsequiarse nunca con vino, aunque lo adormeciera. A su estómago le gustaba el bourbon y las vitaminas, y poca cosa. Debió decírselo a ella, en la primera oportunidad. «Eh, Frannie, acuérdate de cómo siempre me ponía enfermo en la India y tú encontraste al médico que me curó, siguiendo los principios del Ayur Veda. Eras genial organizando cosas... también gastaste todo tu dinero para pagar el viaje de aquellos chicos. Eso fue cuando te regalé el chal, porque habías regalado el tuyo. Para una mochila, aquel chal era ideal, porque se doblaba y casi desaparecía. ¿Lo ves? Puedes meter los dos metros del chal por un anillo de bodas: flota, más suave que la seda, pero te mantiene más caliente que... que una tostada, dijiste. Y es demasiado caro, dijiste. Sobre todo porque te compré dos, uno para usar y el otro para guardar.»

Henry caminó deprisa hacia el pequeño cuarto de baño asignado a las remotas lejanías de los dos últimos pisos, ubicado de manera poco conveniente entre los dos, en un descansillo, de manera que todo el mundo tenía que subir o bajar un piso. Viajar ensancha la mente. «Que les den por culo a los viajes.» «¿Y sabes una cosa, Francesca, sabes lo que hice cuando mi padre murió? Salí y compré otro chal, no para mí, era solo un talismán para recordarme que una vez había sido generoso. Lo traje para regalártelo, y sí, tienes razón con respecto al gasto. En Boston cuestan una pequeña fortuna.»

Le sobrevino una arcada y devolvió el cordero de la cena casi entero en el retrete. «Baño, lavabos, señoras, caballeros, letrinas, inodoro, pero nunca el cuarto de descanso.» «¿Por qué lo llamas así?» Preguntas antiguas en un patio hindú. «Lo llamamos cuarto de descanso porque puedes descansar en él.» «¿Qué? ¿En una letrina? Nadie descansa en una letrina.»

Henry descansó. Descargó la cisterna, se arrebujó en la bata y dejó su cabeza reposar contra la gélida pared del estrecho recinto. Era el vino, y el viaje, y ser tratado como un vagabundo en todas partes, y no tenía nada que ver con el pesar. Él no tenía nada que ver con el pesar. ¿El pesar como en el luto? El pesar. Tenía el estómago delicado, eso era todo, pero allí estaba, sollozando como un chaval enloquecido que estuviese dejando las drogas, sollozando quizá porque quería más, sollozando por su padre y por las palabras de un poema que ella le había cantado en una tarde llena de luciérnagas. «Cuando no alcanza el sitio / para una mariposa, /cuando no queda espacio donde duerma una mosca, / y donde ni un mosquito / deposita su ofrenda, / el Amor llega, entra / y encuentra clara senda[1].»

Sentimientos, malditos sentimientos. Sabía que sus sollozos eran ruidosos e incontrolados; habría corrido escaleras arriba si hubiera sospechado de la existencia de alguien que lo escuchaba y se turbaba, aunque se tratara de la maldita perra. Henry tenía modales, incluso in extremis, que era más de lo que había percibido en los ingleses que admiraba desde lejos durante tan-

1. *«When there is no place, For the glow worm to hide, Where there is no space for receipt of a fly; Where the midge dare not enter, Lest herself fast she lay, If Love come he will enter, And soon find out his way.»* Versos correspondientes al poema «Love will find out the way». *Op. cit. (N. de la T.)*

to tiempo. El fuego encendido en su habitación se había apagado, dejando un leve calor residual. El pellejo con la botella de agua caliente le confortaba los pies. Tenía un ligero recuerdo de haber mirado hacia abajo por aquel mismo hueco de escaleras, y visto el mismo chal enrollado en el último poste. Sacó de su maleta el chal que había comprado y lo extendió sobre la colcha. Parecía pálido e insignificante junto a la seda.

El vino había tenido la culpa. Un vaso de más, solo eso. Lo suficiente para despertarla, para angustiarla, para hacerla caminar en círculos por su habitación alquilada, soñando sin remordimientos con la casa que tuvo. Miró después su letra manuscrita que manchaba la página, llenándola de innoble autoconmiseración y del recuerdo de la poesía que había aprendido en la escuela y que estaba asociada a la prima Francesca en los días de fiesta. Siempre buscaba aprobación, cualquier cosa para agradar. Siempre escuchaba a Francesca, la fuente de sabiduría, incluso cuando le dijo: «Quédate con tu marido, Maggie, a él se le pasarán todas esas ilusiones, los hombres necesitan del perdón». «Quizá lo necesiten –recordó haber gritado–, pero no necesariamente lo merecen, ¿no? El tuyo te dejó, ¿no es verdad? Te abandonó porque no podía resistir su propia imagen en aquel horrible niño deforme, así que ¿por qué te crees capaz de dar consejos?»

Maggie no quería pensar en Francesca. No quería pensar en Francesca, cruzando la calle, para darle un puñetazo al chico que le había lanzado una bengala, o Francesca prestándole la ropa adecuada para la ocasión y diciendo que tenía un aspecto maravilloso, incluso cuando no era verdad. O Francesca, alentándola a presentarse a los exámenes, o Francesca, a la cabeza de los niños de la escuela primaria donde daba clases. Tampoco resistía pensar en la devoción que sentía Francesca por la neurótica de Angela Hulme y su hija adoptiva, o en todo el enredo, la vergüenza y las obligaciones que Francesca había dejado tras de sí. Maggie quería vivir su propia vida destrozada y llegar a un punto a partir del cual pudiera comenzar a enmendarla sin crear una nueva serie de complicaciones, como estaba haciendo ahora. También necesitaba dormir una noche entera, de principio a fin, y no despertarse a la mitad con una sed feroz y un deseo inexplicable de darse un baño.

O descubrir que no podía entrar al baño porque el hombre estaba encerrado dentro, sollozando. Maggie lo escuchó durante un rato, preocupada y alterada por su sufrimiento, tentada de llamar a la puerta, pero esperó hasta que el llanto se volvió controlado para regresar en silencio a su habitación, echarse el chal por encima de la bata de noche, agarrar una toalla e iniciar el largo descenso hacia el baño de abajo.

Timothy estaba sentado a la mesa de la cocina, fumando un cigarrillo y mirando al vacío. Junto a él había una hilera de platos fregados. Maggie había observado el laborioso proceso de fregado a mano; incluso colaboró, y le maravillaba el talento que aquella pareja empobrecida dedicaba a la creación de un estilo de vida elegante y excéntrico. Era cómodo vivir allí, pero contemplar el esfuerzo que exigía la volvía humilde, pensó con cierta amargura, sorprendida por verlo allí, sobre todo con un cigarrillo. Habitualmente, Tim no se permitía esos lujos: los lujos eran para los demás, o para la perra.

–¿Queda agua caliente?

–Quizás un poquito, creo que la he gastado casi toda para la vajilla.

–Rayos.

Tim movió el cigarrillo en el aire.

–Los dejó el vicario.

Maggie se sentó.

–¿Estuvo bien la cena?

–Oh, sí. Hasta que alguien comenzó a hablar de Francesca. Parece que el huésped de pago se alteró. Igual que Peter y que yo.

–Rayos. En fin. Tenía que enterarse. Un poco repentino, pero al menos el descubrimiento le parecerá accidental. ¿Está muy mal utilizarlo de esa manera?

–No. Sí. No. No sé lo que tienes en mente, no lo has dicho, así que dudo que tú misma estés segura.

«Maldita Francesca.» Ojalá la gente dejara de hablar de ella. Francesca y Harry, su hijo, los fantasmas en cada fiesta. Los convertía a todos ellos en conspiradores involuntarios.

–Es como la cocina –dijo Tim–. Todos los experimentos son buenos. Mientras funcionen. Pero no se debe usar a las personas como ingredientes.

–No –repuso ella lentamente–. A no ser que se ofrezcan voluntarias.

La luz lo despertó. Un tipo único de luz que nunca antes había visto, pero había imaginado como algo peculiar del mar y parte de las razones por las que siempre había anhelado vivir cerca del océano. Anulaba el miedo a estar encerrado. Un lago no era lo mismo. Se podía ver la otra orilla y eso limitaba la imaginación. Los lagos y ríos eran para el tráfico respetable de una orilla a otra, no para el riesgo de extraviarse sin apoyos, sin ver tierra, dejándose llevar por la corriente. Solo el mar era apropiado para grandes empresas y escapar.

El cielo que brillaba fuera era de un blanco luminoso. Presionaba contra las ventanas, y el vidrio parecía combarse hacia dentro, en tímida resistencia. Le obligaba a abrir los ojos; era como humo blanco, espeso, denso, rebelde, casi más brillante que la luz solar. Henry se levantó y fue a mirar por la ventana, el segundo día seguido que lo hacía.

Nada. Una enorme extensión de nada. La intensidad de la luz hería sus ojos. Consultó su reloj: las 7.00. No era temprano, para quien tuviera que viajar largo rato para llegar a su trabajo, pero toda vida, todo movimiento, estaban muertos. Hasta que percibió el sonido del mar, y el más específico de un motor. Un carro de basura, distinguible en la niebla, estaba en pleno funcionamiento en la carretera de abajo, bum, crunch, con el motor girando, listo para echar a andar, un clink metálico. Henry alcanzó a distinguir el camión achaparrado y a adivinar el color. Algo así como un verde municipal. Siguió avanzando y se detuvo unas cuantas puertas más abajo. Henry miró más adelante, a la derecha, girando la cabeza de forma deliberada, para asegurarse de que no se perdía nada. No había nada que ver. El cielo era una densa niebla que descendía hasta la tierra, sin contornos, sin prominencias en el paisaje, sin vida visible, sin nada. Entrecerró los ojos y observó para ver si el atracadero aparecía entre aquella atmósfera de un blanco celestial, pero no había ni rastro de él. La escena era una invitación a perderse caminando en un olvido placentero y misterioso. Sintió cierta emoción mientras se vestía y buscaba el sombrero, antes de recordar que lo había perdido y aún no había comprado otro. Olvidó tomar la dosis diaria de vitaminas y minerales, o pensar cómo volvería a entrar si nadie más estaba despierto. Bajó las escaleras de puntillas y salió por la puerta principal antes de que el perro pudiera ladrar, decidido a averiguar cómo era aquello de estar fuera dentro de aquello, sin ningún otro ser vivo.

El aire se filtró hasta su garganta como un cardo espinoso, tan duro y cortante que lo hizo boquear. Desde arriba, la niebla blanca parecía cálida. El frío fue intenso hasta que comenzó a caminar, y entonces resultó ser más húmedo que gélido. Sabía exactamente adónde iba, pero no estaba seguro de por qué, lo que parecía corresponder con la manera en que ocurrían las cosas en la ciudad. Era un mundo diferente, todo lo que lo rodeaba era surrealista.

Caminó con rapidez. Gradualmente, los contornos de los edificios ribereños fueron haciéndose menos oscuros; pudo reconocer alguna que otra puerta de entrada, y en las jardineras las hojas goteaban, convertidas en sombras pálidas por la niebla. Cruzó la carretera sin mirar a derecha o a izquierda. No era necesario, no se oía sonido alguno, pero podía divisar el inicio del atracadero. Hasta el ruido de las olas del mar quedaba acallado por el peso de la neblina. Aquello le gustó. Le encantaba estar sin barreras o muros: no había sentido de la distancia, nada podía encerrarlo. El monumento al pescador, gloriosamente fundido con su pez y su bote, parecía un guardián de la puerta. Henry siguió adelante. Era un clima adecuado para estar en una estructura como la cubierta de un barco. Los ojos se acomodaban a cualquier cosa, tanto a luces muy intensas como a la oscuridad y, cuanto más observaba y menos le raspaba la garganta el aire húmedo, más podía ver. Cosas siniestras, como las señales adosadas a las rechonchas farolas, negras con letras blancas: PELIGRO DE MUERTE. NO SALTAR. NO ZAMBULLIRSE. Los bidones de abajo tenían letreros menos prominentes. «Por favor, deposite aquí la basura.» Antes de saltar. Una sombrilla verde y una caja de comida para llevar yacían abandonadas sobre uno de los bancos.

Necesitaba ver las plataformas de pesca que flanqueaban la cafetería hacia el final. Lo necesitaba, lo necesitaba... Los recordó del día anterior, pensando cuánto le habría gustado todo aquello a su padre, cómo habría conversado con aquellos pescadores de caña de edad indefinida que hacían muecas y se apartaban del camino, mirando con cuidado antes de lanzar el anzuelo.

Echó un vistazo a través de la puerta cerrada que conducía a la plataforma, a la izquierda de la cafetería, y pudo ver que la marea había subido hasta un punto mucho más alto que la última vez que había estado allí. El mar era denso, parecía como si estuviera cubierto de aceite y no dejaba romper las olas, la superficie estaba tranquila, pero debajo hervía y se agitaba como una lavadora gigante, de potencia industrial, artificialmente quieta, que realizaba un trabajo duro y se enfadaba por la interferencia. El edificio completo estaba más próximo al agua de lo que recordaba, los pilotes parecían más cortos, el mar estaba tan cerca que salpicaba a través de los tablones rotos. Se había aproximado lo suficiente como para apreciar sus dimensiones, y la neblina comenzaba a disiparse y desaparecer como algodón de azúcar. Los tablones ausentes, visibles por los espacios que dejaban libres, eran como dientes que faltaban en una boca, obvios en su ausencia, pero ninguno de los tablones era del mismo tamaño, eran tan diferentes como caninos e incisivos. A medida que la niebla se disipaba en jirones, retornando a veces en alegres bucles que se arremolinaban en torno al pasamanos de hierro del que Henry se había agarrado, pudo ver que el suelo de la plataforma era un muestrario de tablones de madera y láminas de metal de diferentes edades, tamaños y colores, sustituidos y reparados solo al dictado de los años y las inclemencias del tiempo. Había una señal: PROHIBIDO EL PASO.

¿Cómo podría deslizarse por uno de esos huecos un niño de cinco años? El niño de cinco años que había sido él no se habría deslizado por uno de esos agujeros con facilidad: sus hombros flacos se habrían atravesado, incluso si sus caderas y su vientre gordo hubieran logrado pasar. Hubiera tenido que resoplar y retorcerse para hacerlo voluntariamente, cosa imaginable durante un juego. Uno hacía cualquier cosa durante un juego o un reto, cuando nadie quería quedar como un idiota. Incluso así, retorcerse de semejante manera parecía complicado, con el mar lamiendo los tobillos y las astillas de madera, pero sí, un niño podía hacerlo. Un niño era como una anguila, con la piel inmune a cualquier rozamiento.

Sobre todo un niño que hubiera acudido a aquel lugar a jugar en una mañana como aquella, pero cuando hacía calor, no frío como en ese momento. Salir haciendo cabriolas de una de las casas cercanas, correr todo el largo del *Titanic* gritando «¡A que no te atreves!», en un día de verano. «¡Sí! Tú vas primero, eres el mayor, después yo te sigo.» La presencia de un pasamanos de hierro no sería una barrera. Henry había hecho aquellas cosas, agarrarse de una soga que colgaba del roble prohibido en el patio trasero de alguien, balanceándose en un espacio tremendo sin un solo grito. Se había ganado sus arañazos, sí. Él mismo hubiera sido un padre horrible, porque se habría burlado de su propio hijo por hacer una cosa semejante, exactamente lo que su padre no había hecho, y por todo esto seguía siendo tímido.

Alcanzaba a verlo. Se agarró al pasamanos y se obligó a mirar abajo. La distancia era poca, pero el mar era inmenso. Los miedos recurrentes de su vida iban desde el terror cuando se enfrentaba a espacios abiertos, hasta el más agudo, el sentimiento claustrofóbico de estar encerrado. La claustrofobia era la prohibición de su vida, el diablo que estaba sentado en su hombro, obligado a someterse la mayor parte del tiempo. Podía tolerar ascensores y aviones mediante la aplicación de la lógica y manteniendo los ojos clavados en una página; podía permanecer sentado en habitaciones pequeñas, llenas de gente, con la mirada clavada en sus rostros, diciéndose que era algo temporal; podía entrar en un largo túnel siempre que fuera capaz de ver la salida; podía engañarse diciéndose que el diablo había muerto, y de pronto lo asaltaba un pánico tan ciego que ni siquiera podía gritar. Respiró profundamente: el aire ya no le raspaba la garganta. Se sintió calmado. Había una explicación. Respiró hondo. No le hizo daño. Allí nada podía hacerle daño. Un niño había caído, una tragedia. La neblina vendaría las heridas.

Atenuaba los sonidos. Le pareció que había visto a aquel mismo perro negro trotando delante de él y desapareciendo, pero, fuera de esa ilusión, no había visto ni un alma en los quince minutos que tardó en llegar tan lejos, y tampoco la oyó acercarse. Se encontraba en ese estado mental en el que casi podía convencerse de que era el único ser vivo en un pequeño planeta, mirando a un sitio donde un niño había resbalado. Se volvió y la vio salir de la neblina y caminar hacia él. Una persona de piernas largas, que se movía con soltura, con un chal rosa pálido en torno a la cabeza, avanzando hacia él con pasos decididos. Henry miró a su alrededor con aire salvaje, como una rata arrinconada que buscara refugio. Los pasos y la figura se le aproximaron.

Su viva estampa, con los holgados pantalones color caqui y la chaqueta desgarbada, y el mismo aire autoritario. Francesca. «Tienes que volver a casa, Henry. ¿Cómo puedes estar satisfecho de ser una novedad? Si quieres saber lo que eres, Henry, tienes que volver a casa.»

Lo que caminaba hacia él, casi a punto de iniciar un galope, era el alma misma de la feminidad aristocrática, el tipo de mujer que siempre lo había intimidado hasta que conoció a Francesca. Más alta de lo que él recordaba. Sintió deseos de echar a correr, pero en aquella pequeña carretera hacia el mar no había adónde ir. También quiso reírse porque la táctica se había invertido: el día anterior, él la había perseguido, y ahora ella se le aproximaba como una bruja fantasmal. Tuvo la súbita impresión de que lo atravesaría caminando y quedaría suspendida sobre la plataforma. Y un instante después, el espectro estaba junto a él, mirándolo, demasiado cerca para sentirse cómodo. De cerca, tenía los colores de Francesca, una versión sesgada de sus rasgos, la nariz, los ojos, la boca, más joven de lo que se había imaginado, más vieja de lo que soñaba, y una voz que guardaba una leve semejanza. Su cabello ondulado resaltaba, sin que fuera brillante; era estatuaria y distinguida, la chaqueta hacía juego con los zapatos, era totalmente diferente. Francesca se resistía ante una cámara, por lo que su última imagen se convertía en algo memorable. Henry se sintió intimidado por aquel facsímil apabullante, pero cuando habló solo pareció ansiosa, confusa y tímida.

–Por Dios, señor Evans. Me ha asustado. ¿Qué demonios está haciendo aquí?

–¿Quién es usted?

–Soy Maggie. Anoche parecía muy indispuesto, sollozaba de tal manera... Yo creí... Bueno, creí que se disponía a saltar. No iba a hacer semejante cosa, ¿verdad?

–Por supuesto que no.

La semejanza con Francesca desaparecía y se disolvía en lo absurdo. Este rostro era pálido, aquel había sido tan tostado como una nuez. La voz era muy diferente. Su recuerdo del rostro podía estar errado, pero esta mujer era más corpulenta, y seguramente más alta. Nunca podía olvidar que, cuando estaba de pie junto a Francesca, la cabeza de ella le llegaba a la mejilla. Se trataba solo de la forma de andar y el chal ondulante. El cabello teñido, de un color castaño dorado, crecía en una cabeza diferente, más grande.

–Entonces, ¿qué hace usted? –preguntó ella, con voz estridente.

Henry sintió un toque de histeria al percibir su sentido del ridículo, largamente reprimido. Aquella mujer de largas piernas parecía sugerir que toda persona que estuviera sin compañía en el atracadero podía estar considerando el suicidio. Como si no hubiera otra cosa que hacer, como pescar, sacar fotos de la niebla, esperar a que abrieran la cafetería, contemplar el paisaje. Estaba a punto de gruñir una respuesta sardónica, diciendo que aquel era un país libre, hasta que recordó que sus motivos para encontrarse allí eran cuestionables según los estándares de cualquier persona, incluyendo los suyos propios.

–He venido a ver el lugar donde resbaló ese niño en los tablones y se ahogó.

Ella lo miró con dureza, vaciló y después asintió, como si tomara una decisión. Sus hombros parecieron distenderse aliviados y una rápida expresión de sorpresa se dibujó en su rostro. A continuación se encogió de hombros. El más leve movimiento hacía que su pelo se moviera. Tenía abundante cabello.

–Fue por este lado. Reparan cada plataforma en años alternos.

Caminó delante de él varios pasos, cruzando el cemento del atracadero hasta que ambos se inclinaron sobre los pasamanos pintados de negro del lado contrario. Los tablones, seis metros más abajo, eran lisos, sólidos, pálidos, y estaban húmedos. No faltaba ninguno. La manga de la chaqueta de ella tocaba la de él.

–El año pasado había agujeros en los tablones. El niño salió solo de la casa, seguramente la había hecho enfadar. Y no resbaló. La revisión post mórtem mostró que lo habían empujado. Oh, puede que en principio resbalara, pero después recibió un empujón. No hay duda, fue un buen empujón. Tenía los hombros dislocados y las costillas partidas. Alguien lo empujó a través del agujero. Cuando llegó al agua, estaba vivo y sangraba. Luego se ahogó, pero no enseguida. Sangró mucho. El bote de los pescadores lo recogió, aunque nadie había dado la alarma. Fue por la mañana, a esta misma hora. Ella vivía en los chalets, cerca del castillo. Una gran diferencia con el castillo en el que ella había vivido antes. Francesca debió regresar directamente a su casa después de hacerlo.

–No –dijo él–. Eso es mentira. Pura y simple mentira.

Henry miraba al agua bullente, escuchaba su sonido, imaginaba el frío helado de su abrazo. Caer al agua, herido y aterrorizado. La mujer se le aproximaba más, le hablaba al oído en voz alta, pronunciando lentamente, con claridad.

–Sí, Francesca se mostró inflexible con respecto a lo ocurrido. Confesó, señor Evans. Insistió. El niño tenía parálisis cerebral, una hemiplejia espástica, para ser exactos. Era muy complicado atenderlo, ella no podía más. Les dijo cómo lo había hecho. Se declaró culpable de asesinato. Ella insistió.

Maggie calló. Henry podía ver sus puños blancos que sobresalían de las mangas de la chaqueta y se agarraban al pasamanos negro.

–Francesca empuja al niño a través de un agujero demasiado estrecho para su cuerpo –dijo él con sorprendente calma, como si estuviera enunciando una pregunta de valor puramente científico–. Ella lo empuja. El niño tiene cinco años. A esa edad son fuertes. Rabiosamente fuertes.

Pudo sentir, más que ver, cómo ella sacudía la cabeza; los rizos casi le tocaron el rostro.

–Este no. No tanto. Tenía parálisis del lado derecho, la pierna y el brazo derechos no le respondían. Dijo que había caído sobre el lado malo y seguido hacia abajo. Con un poco de ayuda.

Henry se separó abruptamente de ella y vomitó. Tenía el estómago vacío; el esfuerzo involuntario solo produjo bilis.

–Durante el juicio, hice lo que pude por ella. –La voz de Maggie, que le resultaba extraña, prosiguió, con cierta fragilidad–. Al menos, los obligué a soslayar varios de los hechos más macabros. No es que eso suponga una gran diferencia cuando alguien se declara culpable de asesinato. Cadena perpetua, sin tomar en consideración la edad de la víctima. Al menos, ya no se ahorca a la gente.

Quería no creerla, y quería alejarse de ella. Henry comenzó a caminar de regreso. Dobló los brazos y se agarró de la reconfortante piel de su chaqueta. Miró sus zapatos pulidos, que avanzaban un paso tras otro, y se obligó a concentrarse en mantener los pies marchando a un ritmo regular y en línea recta, y mientras se concentraba descubrió que se movía cada vez más rápido, que en cualquier momento podía echar a correr y tropezar con algo, a no ser que ralentizara el paso y mirara hacia arriba. Oyó el sonido de un coche en la carretera y descubrió que la mujer había caminado a su lado todo el tiempo. Sintió el feroz deseo de golpearla, de echarla a un lado de un empujón y oír cómo caía, pero tuvo un recuerdo momentáneo de la violencia recientemente descrita, que lo hizo avergonzarse de aquel impulso. No era que hubiera creído una sola palabra de ello.

Henry había venido buscando a una buena mujer, o al menos a una pecadora interesante, no a una zorra que asesinaba niños.

Dejó que ella se agarrara de su chaqueta. Maggie le sonreía y lo único que él deseaba era escupir.

–No tiene que creerme, Henry –le decía ella–. Puede comprobarlo todo en la biblioteca. No está obligado a creer lo que ve. Y entonces, si lo desea, puede volver a casa.

Él se recostaba a una farola, con el atracadero a la espalda. Tenía una piedra en el zapato.

–Se irá a casa, ¿verdad?

Sonaba como un ruego, pero no alcanzaba a comprender qué esperaba que hiciera. Henry podía visualizar su maleta en el vestíbulo, aquel mismo día o al siguiente, muy pronto. Vaciló.

–No puedo creer que una mujer como Francesca sea tan bestial.

–Eso nos resultó difícil a todos, señor Evans. Algo que no tiene la menor importancia, ¿verdad? Ella lo cree.

–Pero yo la conocía –dijo Henry–. Yo la amaba.

–Amar a alguien –repuso Maggie con amargura– nunca ha sido garantía de su virtud. Ni siquiera cuando se comporta como un niño.

*No se debe ser promiscuo con el amor. Ni siquiera con la simpatía. No se debe intentar ayudar a todo el mundo, porque se termina abandonando a la mitad. No se debe ser bueno: solo se debe ser leal y construir sobre eso, ladrillo a ladrillo.*

*¿Dejé alguna pista sobre la depravación de mi existencia? No. Lo empaqueté todo y se lo envié a personas que no lo mirarían, todo. En esos tiempos yo estaba al mando.*

*Es un alivio no ser necesaria. Ser superflua. Yo siempre lo dirigía todo. Pero la sensación de perder toda función real me agita tanto que me recetan tranquilizantes. Deben hacer que, a esta hora de la noche, deje de dar vueltas en lugar de escribir. Debí usarlos en mi otra vida para suprimir algo de esa energía dirigente, pero si me hacen quedarme tranquila, quizás escribiré más. Acerca de cualquier cosa, excepto de Harry y T.*

*Hace tanto calor aquí adentro. Anhelo tener frío.*

FMC

# Capítulo 5

Todas las personas que paseaban iban acompañadas por perros. Henry tuvo la impresión de que se trataba de una fila de canes que guiaban a sus dueños sumisos por rutas bien conocidas. Los perros parecían alerta, los dueños llevaban puesto el piloto automático. Se concentró en los animales para no pensar en la bilis que se le seguía acumulando en el fondo de la garganta.

Eran los perros quienes sacaban de las casas a los dueños. Henry se dio cuenta de que sabía muy poco sobre cómo vivían otras personas. Tendría que mantener una vigilancia de veinticuatro horas, repetida a ciertos intervalos durante las cuatro estaciones del año, para tener una idea aproximada de cómo se comportaban, e incluso entonces lo único que habría observado serían las costumbres públicas, bastante peculiares en sí, pero no particularmente reveladoras. Uno aprendía muy poco por simple observación. Podías saber cómo entrar a robar en un lugar, pero no lo que había dentro. Por el momento, lo único que podía ver era el hecho de que los escasos y acérrimos ocupantes de Warbling, ancianos que se levantaban temprano e iban en camino del quiosco de periódicos, tenían más o menos el mismo tono de gris que sus perros, y que a todos les hacía falta un buen cepillado. Se sintió irritado y enfermo.

–¿Café? –preguntó Maggie con viveza, agarrando de nuevo su brazo como si ella le perteneciera, o como si él mismo fuera una mascota obediente–. Es malísimo, pero está caliente.

–¿Quién dijo usted que era?

–Ya se lo dije. Soy Maggie. –Estaba de pie, con las manos en la cintura, impaciente pero mostrando simpatía, otra vez con la misma mirada de incomprensión, como si la hubiera decepcionado–. Por definición, una abogada a tiempo parcial en esta localidad, colega de Edward Burns. Estado actual: divorciada reciente y sin domicilio, por decisión propia. Tengo una habitación alquilada en el mismo lugar que usted, en caso de que no se haya dado cuenta. Pero soy mucho más famosa por ser la prima de Francesca Chisholm. ¿Quiere ese café asqueroso o no? ¿O va a quedarse parado ahí, con aspecto pálido e interesante?

Él asintió.

Había un establecimiento abierto, aunque Henry hubiera utilizado a duras penas la palabra «funcionando» para describirlo en un momento más lúcido. Una venta de hamburguesas con paredes cubiertas de vaho, frente a la carretera y junto al quiosco de periódicos que atraía a los perros. Había tres clientes, cuyos rostros estaban ocultos de variadas maneras tras el *Mail*, el *Times* y el *Express*. Bajo un letrero que anunciaba: PERROS NO, los dos pasaron por encima de un espécimen enorme, sin cadena, que se había tendido a lo largo sobre el escalón, mirando con tristeza a través de la ventana. Cuando Henry se sentó, pudo percibir los ojos tristes del animal que lo observaban. Maggie regresó con una bandeja. Mientras se sentaba frente a él, Henry se preguntaba sorprendido cómo había podido confundirla con Francesca.

–¿De dónde sacaste ese chal? –fue todo lo que pudo preguntarle mientras sorbía un café que era aún peor de lo que ella había insinuado, flojo y amargo a la vez.

La mujer pasó los dedos por la fina lana color crema que envolvía su cuello con indicios de bordados escondidos en los dobleces, y lo miró sorprendida, carente por un instante de palabras adecuadas.

–Francesca me lo dio –explicó, con prisa–. Tenía varios. En realidad, eran parte de su distinción. Cuando Harry era un bebé, ella lo envolvía en uno...

–¿Harry? ¿Se llamaba Harry? ¿Por qué demonios lo llamó Harry?

–No tengo la menor idea –dijo Maggie–. Pero dudo que fuera en honor a un amigo de la juventud. El niño nació a la sombra del castillo, y ella había vivido alguna vez en el castillo, y hubo un rey Harry que construyó el castillo, creo. Y también está el príncipe Harry...

–¡Oh!

Henry se sintió tonto por imaginar que pudiera haber existido la menor relación entre aquel niño muerto y él, que algún recuerdo bobo y sentimental de su existencia hubiera influido en la elección de Francesca. Un pensamiento idiota, que podía provenir solo de los comentarios de Maggie sobre chales. Algo que había hecho bien entonces fue regalarle aquellos chales a Francesca. Era obvio que a ella le gustaron, se habían convertido en un hábito para toda la vida, que ella apreciaba el que le había traído. Envolvió a su bebé en un chal, lo mató...

La mano de Henry tembló en contacto con la taza. Ira. Estaba increíblemente airado contra ella por manchar su recuerdo; se acordaba de lo que aquel otro abogado le aconsejó de manera gratuita: «Es mejor que la considere muerta». Sorbió el café y percibió el olor de una tostada quemada. Había una enorme loncha de pan blanco sobre el mostrador. Henry se encogió de hombros. Lo que comiera en la Casa Encantada era lo mejor; lo entremezclaba con lo peor. No era solo su cerebro lo que estaba siendo envenenado.

–Si quiere, puedo llevarlo al castillo –le decía Maggie, con fingida animación–. Si le gustan esas cosas, resulta interesante. Supongo que sí, o no estaría aquí. Quiero decir, que no habrá venido desde tan lejos solo para buscar a Francesca, ¿verdad? Debe haber algo más en nosotros, quiero decir, en este lugar, que ha cautivado su imaginación.

Hablaba muy deprisa, cada vez más acelerada, y a él le resultaba difícil seguirla, pero la voz era tan monótona y tenía un tono aristocrático tan natural que sintió deseos de imitarla, de la misma manera que una vez intentara imitar la de Francesca y ella la de él, aunque nunca fue capaz de alcanzar la habilidad de ella para formular oraciones como si estuvieran acabadas a la perfección. Ella nunca decía: «Es algo así como, o no sé si me entiendes...». Nunca decía «No lo sé» o «Tengo que pensarlo». Exponía sus declaraciones o sus observaciones como si antes las hubiera meditado, aunque más tarde se retractara de ellas. Entonces, su forma de hablar tan articulada y plena de convicción le había parecido arcaica, pero en realidad era fluida.

–¿Puedo hacerte una pregunta?

–Por supuesto.

–Ella me dijo, quiero decir, Francesca me dijo, que cuando ellos, de niños, se sentaban a comer y todo eso, su padre siempre los corregía si la sintaxis no era correcta. Quiero decir que comenzó a hacer eso cuando tenían tres o cuatro años. Y los hizo aprender poesías de memoria. ¿Sabes si es verdad? A mí me parece que más bien era un tirano.

Ella sacudió la cabeza. Un cabello suelto flotó delante de los ojos de Henry y cayó sobre la mesa de formica. Lo miró, tratando de describir mentalmente su color, intentando recordar a la vez algunas de las anécdotas de Francesca sobre su padre que habían matizado su opinión sobre aquel hombre, y habían vuelto tan inexplicable el hecho de que ella estuviera tan demolida ante la noticia de su muerte. Entonces recordó cómo él consumió buena parte de su tiempo flagelando a su propio padre por ser un reaccionario idiota, al que le gustaba pescar y no entendía nada. Fue solo el tiempo lo que alteró su percepción y permitió que la admiración se fuera infiltrando.

–¿Hacía eso? –repitió.

–Sí. –La mujer se encogió de hombros–. Yo no era hija suya y tenía unos años menos que Francesca. Lo único que sé es que sí corregía a su hija y a su esposa, siendo muy riguroso con todo tipo de protocolo, es verdad, incluso durante el desayuno, unía todo aquello a un encanto poco común. Él insistía en las buenas maneras y en un habla correcta, sin balbuceos. Era estricto en eso. «Habla con frases completas, niño, sirven para eso, debes hacer que te entiendan.» Aparte de eso, me enseñó cómo hacer trampas con las cartas y disfrutar de una melodía en la grabadora por la tarde. Era un hombre más bien carismático, lo recuerdo, era una característica que heredó su hija con seguridad. No tenía nada de tirano. Era un maestro nato, como ella. Hubiera podido enseñar a los cerdos a volar. Es posible que lo hiciera.

Henry echó una cucharadita de azúcar en su café. Era la única manera de disimular aquel sabor.

–Podría contarte muchas cosas sobre la ciudad –prosiguió Maggie–, y sobre todos los parientes de Francesca, si quieres.

Están por todas partes. Allí –señaló hacia un hombre de pelo negro que leía un diario–; ese es Neil. Estaba casado con Angela, la mejor amiga de Francesca. –Saludó al hombre con un ademán, que le fue devuelto con desgana–. Esta mañana no parece muy sociable; estará pensando en la pesca. Y, además, está... oh, lo siento, estás indispuesto. –Bebió su café con placer–. Perdóname por espiar tu conversación de ayer con Edward Burns, pero escuchar de manera subrepticia es un hábito necesario.

–Sí. Ya lo veo.

–Tienes muchas cosas que ver antes de irte, Henry, ¿puedo llamarte así? Debes comenzar enseguida. El castillo abre a las nueve; Angela trabaja los sábados por la mañana, así que nos dejarán entrar temprano. Además, has consumido suficiente azúcar como para dar energía a un caballo. ¿Nos vamos?

–¿Por qué no?

Era un poco mandona, pero no quería estar solo. Cualquier cosa antes que eso. Solo, se derrumbaría; acompañado, escucharía, conseguiría rehacerse.

La neblina se había convertido en bruma y el sol insistía en concederle un brillo benigno y gentil. Dentro del puesto de hamburguesas, lleno de vapor, había una ilusión de calor que desapareció en cuanto salieron al aire libre. El sol de febrero alumbraba sin calor, no era más que una seductora anticipación de la primavera.

–Podemos caminar o ir en coche –dijo Maggie–. He traído el mío, pero por lo general voy a todas partes caminando.

–Como la mayoría de la gente, creo.

–¿Te resulta extraño?

–No. Sí. No más extraño que cualquier otra cosa. Creo que es extraño, pero no parece extraño –dijo Henry, pensando en la rutina diaria que había dejado en casa.

Tomar el coche por la mañana, regresar a casa en el coche por la tarde... Recordaba su miedo a los atascos de tráfico. Llevaba días sin ponerse al volante de un auto y le encantaba no tener que pensar en ello. Se sentía incapaz de apresurarse, de la misma manera que el día anterior se había sentido incapaz de correr. Miró a Maggie, que caminaba a su izquierda por el lado exterior de la acera, como si lo estuviera protegiendo, ralentizando sus pasos para caminar a la misma velocidad de él. En el desarrollo normal de los acontecimientos, él habría sido el más vivaz y preciso; ahora, se sentía aplastado por un lóbrego conocimiento.

–La mejor vía para ir al castillo es desde el mar –le decía ella.

La siguió mientras bajaban hacia la playa; el mar, sereno, estaba cerca. Caminaron con mayor lentitud aún: Henry imaginaba aquel pesado recorrido sobre las piedras sueltas como un castigo. Los guijarros cedían a cada paso con un sonido de roca molida que le recordaba a alguien comiendo cereales en el desayuno. Era un ruido satisfactorio, que marcaba un avance lento, imposible de apresurar. Se detuvo, tomó un guijarro y lo lanzó al agua. Ella lo imitó y su piedra llegó más lejos. Henry seleccionó uno más grande, más aerodinámico, y lo lanzó. Esta vez, cayó más lejos que el de ella y desapareció con un plop audible, animándolo a seguir con otro y otro más. Ella hizo lo mismo. Entonces, lanzaron sus piedras a la vez, que entraron al agua casi en el mismo lugar y en el mismo instante.

–Empate –dijo ella, jadeando levemente y subiendo por la cuesta por la que habían bajado.

–Iguales –dijo.

Crunch, crunch, crunch. «Haré eso cada vez que esté cansado –pensó Henry–. Vendré a la orilla del océano y me pondré a lanzar guijarros. Una actividad terapéutica, sin sentido; deberían inventar un medicamento que surtiera el mismo efecto.»

–Nadie puede aproximarse en silencio a este castillo, ¿verdad? –dijo, entre el sonido de los pasos de ambos–. ¿Cómo podía acercarse alguien lo suficiente para tomarlos por sorpresa? Los oirían desde lejos.

–Y los verían.

–Si yo fuera el enemigo, dejaría a un lado el maldito castillo, haría desembarcar a mis hombres mucho más abajo por la costa y volvería aquí por la retaguardia.

–Todavía tendrías que entrar en el castillo.

–Para eso sirven los sobornos.

–¿Sabes una cosa, Henry? Hablas como una mujer.

Caminaban rodeando la circunferencia de una gruesa muralla, lo bastante baja para dejarlos contemplar los quince metros de hierba invernal que la separaba del cuerpo principal del castillo. Todo el edificio comenzaba muy por debajo de ellos, por debajo incluso del nivel del mar, y parecía como si hubiera sido excavado bajo la tierra, descubierto por completo y ya formado, exactamente como era. Henry se detuvo para quitarse una piedra del zapato y, cuando volvió a levantar la vista, las paredes gris verdosas del bastión parecían más altas y oscuras que antes. El ánima de un cañón negro lo miraba desde un parapeto plano, con la boca pintada de rojo. Parecía un juguete, colocado con cuidado en un modelo, listo para que alguien jugara con él. El puente levadizo de madera tenía un extraño encanto, y las enormes puertas de roble con remaches de metal eran casi hermosas bajo un techo cóncavo de ladrillo rojo decorado. Maggie señaló las troneras en la piedra blanca de más arriba.

–Son para echarte aceite hirviendo en la cabeza si llegas tan lejos. ¿Te dijo que vivió aquí?

–Sí, me lo dijo.

–Pues era verdad.

Y se había convertido en una asesina, pensó Henry, tratando de no pensar en ello. Maggie pateó la puerta, como si fuera la dueña del lugar, y en aparente sometimiento a su orden la parte derecha se desplazó hacia fuera con lentitud, empujada desde dentro. No se abrió del todo, lo suficiente para que pasara una niña. La niña más bella que había visto nunca, con un rostro tan limpiamente medieval que, en aquel escenario, lo impresionó. La piel era blanca, con labios tan rojos que casi parecían pintados; tenía enormes ojos que no parpadeaban y lo miraban con hostilidad, y de su cráneo perfecto nacía una cascada de rizos color castaño dorado. Vestía toda de negro: mallas negras, chándal negro, una ancha chaqueta negra, todo con una elegancia que la hacía parecer más bien un adulto en miniatura, aunque la voz y la boquita fruncida correspondían por completo a los de una niña de diez años.

–Hola, Tanny. ¿Qué haces por aquí?

La voz de Maggie rebosaba calidez.

–Estoy abriendo la puerta –dijo la niña sin darle importancia–. Estoy trabajando con mamá. Solo hasta que llegue Neil, pero debo quedarme todo el día, porque mamá va a visitar al tío Joe...

–¿Podemos entrar?

–Sí.

Otra puerta imponente, después una cómoda tienda, iluminada por luz solar amarilla, proveniente de una ventana incrustada en la muralla, donde una mujer, también de rizos color castaño dorado, vigilaba una tetera que humeaba tras el mostrador y los miraba sin sonreír.

–Ay, entra, Maggie... ¿Qué co.. haces por aquí?

El expletivo no fue pronunciado del todo. No delante de los niños, aunque Tanya parecía como si lo hubiera oído antes y sonreía, como apreciándolo. Henry quedó cautivado enseguida por la niña y la encontró encantadora. Se movía a saltos, con energía contenida, niña al fin y al cabo a pesar de su ropa perfectamente diseñada, mirando por turno a todos, como sopesando quién le prestaría más atención.

–Vengo con un turista madrugador –decía Maggie, de nuevo hablando demasiado rápido–. Angela, te presento a Henry Evans, el americano que nos visita, del que te hablé ayer. Henry, esta es Angela Hulme, y esta es su hija, Tanya.

–Hola.

El saludo de Angela fue indiferente; a Henry no le pareció que estuviera ante una persona feliz.

–Quiero salir afuera, quiero salir afuera –cantaba Tanya, saltando sobre uno y otro pie.

–Mira, no he organizado aún las cintas ni he encendido la luz. Es demasiado temprano para un recorrido turístico adecuado. ¿Qué diablos crees que estás haciendo, Maggie? Supongo que el puñetero de Neil te deja hacer lo que quieres.

–Debo pedir excusas –intervino Henry, abriendo los brazos–, creo que es culpa mía.

–Quizá Tanya pueda mostrar los cañones a Henry –interrumpió Maggie sin enojarse–. Y mamá podrá hacer el té.

–Sí –gritó Tanya–. ¡Sí, sí, sí!

Angela le lanzó una mirada venenosa a Maggie. Bajo la franja de luz, su cabello emitía destellos de un dorado oscuro, haciendo que sus rasgos marcados fueran aún más duros. Henry quería salir de allí. Le gustaban los niños, aunque se sentía tan torpe en su compañía que nunca los buscaba. Sin embargo, cualquier cosa era mejor que contemplar a dos mujeres ocultando sus diferencias. Hacía que las paredes de la habitación lo aplastaran y lo impulsaran a hacer algo. Se quitó un sombrero imaginario e hizo una profunda reverencia ante la niña, con un gracioso movimiento.

–¿La señorita sería tan amable de indicarme el camino?

La niña rió, respondió con una inclinación, levantando con delicadeza una falda imaginaria mientras colocaba el pie izquierdo tras el derecho y bajaba la cabeza, parodiando a las damas de la corte.

–Eso lo aprendí para la mierda de obra de teatro de la escuela. Vamos. Yo puedo saltar por encima de los cañones.

–No digas palabrotas. No se lo permita...

Pero ya habían salido y estaban en el patio trasero. La niña corría delante, subiendo a saltos los escalones hacia lo alto, mientras él la seguía con más cuidado, respirando lentamente y con alivio. Los escalones eran verdes y húmedos; ella pisaba con la seguridad de la que él carecía.

–¡Arriba! –chilló la niña–. ¡Vamos, arriba!

Salieron a la plataforma del bastión sudoriental, que daba al mar. El área estaba rodeada por una pared que llegaba hasta la altura de los hombros. Henry apoyó la puntera en un agujero y se elevó, inclinándose sobre la pared para ver cuanto pudiera. El borde superior de la pared era tan ancho que su mano no llegaba al otro lado por encima del recubrimiento de la superficie, inclinada en un pequeño ángulo descendente, resbaladiza y húmeda al tacto. El cielo y el mar llenaron su vista, pero cuando miró hacia abajo, vio que el fondo del foso estaba a mucha distancia. Retrocedió con precipitación.

La niña, cuyo nombre le parecía ya confuso a pesar de que su rostro le fascinaba, no tenía la menor intención de actuar como guía y parecía haberse olvidado de su existencia, a no ser como espectador, cosa que a él le parecía apropiado. Había un cañón montado sobre un bloque de piedra en el bastión vecino. La niña corrió hacia él, trepó y se arrastró sobre el mecanismo hasta quedar a horcajadas. Se deslizó por el cañón hasta que sus brazos y piernas abrazaron el cuerpo de la pieza, y se movió, desplazando las manos, hacia el ánima. Dejó caer las piernas y se quedó colgando de los brazos, con el esbelto cuerpo estirado y los dedos de los pies a medio metro del suelo. Entonces, se dejó caer, rodeó corriendo el cañón y comenzó de nuevo. Era como contemplar a un mono ágil en una escalada horizontal, pero esta vez, cuando alcanzó el ánima, sus piernas permanecieron cerradas en torno a él, soltó los brazos y quedó colgando cabeza abajo, con el pelo oscilando y las manos estiradas hacia el suelo. Tenía un falso aspecto de indefensión, hasta que dobló el torso hacia arriba, volvió a abrazar el metal, soltó las piernas y se dejó caer, tan elegante como la vez anterior. Henry caminó hacia ella con un poco de ansiedad, pero aplaudiendo.

–Ha estado muy bien, jovencita, pero ya basta, ¿de acuerdo?

Estaba a punto de tocar su hombro, quizá de tranquilizarla un poco, pero ella se alejó de un salto y echó a correr. La observó mientras ascendía por la pared. La niña se irguió sobre la superficie resbaladiza, extendió ambos brazos en busca de equilibrio y, a continuación, comenzó a saltar. Dios. Henry sintió deseos de correr hacia ella, agarrarla de los tobillos y sostenerla con fuerza, pero solo fue capaz de quedarse mirando a la niña. Ella saltaba con gracia, indiferente a la altura y al peligro, con movimientos cada vez más rápidos. Él pensó en el pequeño cuerpo elástico destrozándose contra la tierra al otro lado, recordó las obscenidades que había oído sobre el niño llamado Harry, imaginó el grito de la niña mientras caía y cerró los ojos durante un segundo. Cuando los abrió, había desaparecido.

Se tambaleó sin darse cuenta, con la bilis afluyéndole a la garganta y la mano sobre los labios para contener la náusea. Se oyó a sí mismo gritar: «¿Dónde estás?», sin tener la menor idea de quién pronunciaba aquellas palabras. Quería gritar: «¡Papá, ayúdame!», apelar a un grito que recordaba de la niñez. Echó a correr, dejando atrás otros dos cañones negros, erguidos como centinelas silenciosos que apuntaban hacia ninguna parte. Su zapato rascó la pared en busca de apoyo mientras trataba de elevarse para mirar; la superficie de las losas le arañó los dedos y cayó hacia atrás en dos ocasiones. Pudo percibir el inicio de un sollozo, le pareció oír un gemido, pero sabía que se trataba de él mismo, y se apartó de la pared con desesperación. ¿De qué servía todo aquello? «¡Socorro! ¡Socorro!» El cañón atrapó su mirada, de reojo percibió un destello de movimiento tras la pieza. Regresó a la pared. Entonces se oyó una sucesión de pasos quedos a su espalda, y la niña se le agarró a la cintura, riéndose.

–¡Te he engañado! –gritó–. ¡Te jodes, que te he engañado!

Henry le separó las manos, se volvió hacia ella y la abrazó con fuerza. Ella se resistió unos segundos, rechazando aquella cercanía, sin darse cuenta de que él la abrazaba con una mezcla de alivio y temor a abofetearla con furia si tuviera las manos libres, por lo que se agarraba a ella mientras la niña se retorcía como una anguila. Hasta que dejó de hacerlo. Los delgados brazos se cerraron en torno al cuello de Henry; su pelo, que olía a limpio, le hizo cosquillas en el rostro, y ella suspiró con ternura contra su hombro. Arrodillado a medias para acomodarse a su altura, Henry cruzó los brazos tras la espalda de la niña. No pensaba soltar su chaqueta hasta que se la devolviera a la madre, y a medida que los latidos de su corazón se regularizaban, comenzó a disfrutar del abrazo y del hecho de que aquel pequeño duende apretara su mejilla fría contra la de él y le canturreara al oído, como si fuera lo único que le importara en el mundo. Como si él pudiera volver seguro el mundo de ella, que hacía cualquier cosa para tornarlo peligroso. Estuvieron así unos instantes. La niña ronroneaba una canción sin palabras que Henry no podía reconocer.

–Aquí arriba nos vamos a resfriar –murmuró él por fin–. Y sabes, nena, no debes subirte a esa pared. Está muy alta.

Ella le empujó los hombros con las manos para verlo mejor. Su sonrisa era un ultraje. Él la tomó como una bendición: le daba ganas de llorar.

–¿Por qué no? Neil me deja hacerlo.

–¿Quién es Neil? Ah, ese Neil.

–Es algo así como mi papá. Él me deja jugar.

«Él debe quererte muerta», pensó Henry. Ahora caminaban tomados de la mano, tranquilos. Él se sentía absurdamente protector, y privilegiado en un sentido extraño.

–... Y Francesca siempre me dejaba hacerlo cuando era mucho más pequeña, ¿sabes? –En su voz había aparecido un tono de sabiduría, como el de una anciana que hablara de un tiempo bien diferente–. Pero solo si tenía una soga atada a la cintura, ella tenía el otro extremo y me vigilaba todo el tiempo. Cesca era como mi mamá, pero ahora se ha ido por mucho tiempo. Neil dice que un día ella me dejará todo su dinero. Eso me importa un carajo, ¿y a ti?

Henry podía sentir que la tensión arterial le subía otra vez. Apretó la mano de la niña, se detuvo y la miró con seriedad. Ella comenzó a sacudirse la ropa con exagerada atención, buscando manchas y frotándolas con la manga.

–¿Y para qué se molestaba en atarte una cuerda a la cintura? –preguntó, con indiferencia–. Por cómo te trepas a ese cañón, cielo, podrías correr por todas las murallas sin caerte. ¿Verdad?

Tanya arrugó la nariz y se encogió de hombros sin soltarle la mano. Su propia mano era pequeña, confiada y fresca. Él intentaba recordar a qué edad los adolescentes comenzaban a sudar. Todavía no. La escuchó.

–Ella decía que solo un idiota se caería de la muralla al foso. Ella dijo que yo podía partirme los brazos y las piernas de la manera que me diera la gana, menos por estupidez. «Es bueno ser valiente», decía ella, «pero ser estúpido, no.»

Henry podía oír las frases y la voz autoritaria. Tanya pronunciaba las vocales alargándolas, para copiar la entonación. En las almenas hacía más frío; caminaban con más lentitud. Él metió la mano de la niña en su bolsillo.

–¿Y por qué saltas sobre las murallas?

Tanya le revisaba el bolsillo, haciendo sonar las monedas. Chocolate. Él no tenía la menor idea de cómo había llegado allí, no recordaba su existencia en absoluto. Ella lo sostuvo en alto, asumiendo que le pertenecía, lo metió en su propio bolsillo y, a continuación, para alivio de Henry, volvió a tomarlo de la mano.

–Me encanta que lo hayas encontrado –dijo, como de paso–. Claro que es tuyo, porque eres muy lista, ¿verdad? Pero yo te estaba preguntando por qué te gusta correr por esas murallas y asustarme de esa manera. Quiero saber por qué.

–Porque puedo. Por eso. Ella también podía, cuando era pequeña.

–Ya.

–Cesca decía que «ya» era holgazanería con las palabras –añadió la niña–. Yo no lo digo.

–Ya –repitió él–. Esa era su opinión. No tienes por qué someterte a ella. A mí me basta con decir «ya».

–Bueno, entonces, ya. Me caes bien –dijo, y Henry se sintió halagado.

Habían recorrido el círculo entero de almenas y él no había notado nada de importancia, salvo que después de dejar atrás unos cuantos cañones más en el lado que daba al mar, no había cambios sustanciales de mobiliario o de paisaje, y estaban casi en el mismo lugar donde habían comenzado, solo que un poco más arriba. Su acompañante estaba harta de todo aquello, había conversado bastante más de lo habitual para ella, y ahora lo guiaba de vuelta a la puerta encristalada que decía: TIENDA/SALIDA. Antes de cruzarla le llegó el intenso sonido de voces que hablaban alto y con furia, pero sin gritar. Era un sonido que podía atravesar paredes. De mala gana soltó la mano de Tanya y le perdonó el susto. Era una niña muy hermosa. Habría saltado al foso y le habría permitido caer sobre él si eso hubiera servido para algo.

Entraron en la tienda, y la temperatura, a la que él había comenzado a acostumbrarse, cambió de forma abrupta. Por un extraño acuerdo, los dos comenzaron a toser mientras bajaban las escaleras. Se hizo el silencio. Maggie y Angela les sonreían con solicitud. Henry recordó a la gente que había visto en la playa, aguardando el regreso de sus mascotas para volverles a poner la cadena.

–Hola –dijo Maggie–. ¿Os habéis divertido? Nosotras hemos tomado el té. Pero se ha terminado. Lo siento.

Angela se inclinó tras el mostrador, buscando algo. Tanya, que había abandonado su apoyo en la mano de Henry, parecía confusa. Henry se volvió hacia Maggie.

–Creo que he probado una pizca de paternidad –dijo–. No estoy seguro de que me guste. Debe ser como un infarto muy prolongado.

Maggie sonrió débilmente. Los ojos de Henry se volvieron hacia los estantes de la tienda, fingiendo interés. Vio unas barras de chocolate, de forma cilíndrica y envoltura blanca, como tubos de monedas. Recordó su sensación en el bolsillo, que se convirtió en la de la mano de la niña, pero no recordaba haberlo comprado. Pobrecilla; la niña lo pellizcó y él se sintió admirado por la destreza de su mano. Buscó cambio en el bolsillo.

–Creo que le debo...

–¡Mami! –chilló Tanya–. ¡Mami! Me ha abrazado, me ha llamado cariño, me ha llamado cielo y me ha dado chocolate, y va a volver otro día, ¿verdad, mami?

Se hizo un silencio total.

Angela salió de detrás del mostrador. Su rostro estaba blanco.

–¿Qué ha hecho?

Maggie tironeó de la manga de Henry. Su otra mano se dirigió a un montón de folletos turísticos sobre otras atracciones locales, tomó varios y los guardó en el bolsillo superior de su chaqueta.

–Creo que ahora nos vamos –dijo–, ¿no es así, Henry?

–El señor Evans puede volver por aquí en otra ocasión –dijo Angela, muy tensa–. Hay muchas cosas más que podría ver. Como la vieja cárcel del pueblo. A lo mejor se queda a vivir en ella.

El sol había vencido a la bruma. El tráfico había aumentado. Henry alcanzó a oír el sonido de las campanas de la iglesia. Maggie y él regresaron a la playa caminando en silencio. Quería sentir los guijarros bajo los pies. Se sentaron en un banco, mirando al mar.

–¿Tienes hijos, Henry?

–No. Nunca estuve el tiempo suficiente con la mujer adecuada. Ni hice las preguntas adecuadas. Ya sabes cómo son las cosas. ¿Y tú?

–No. Y nunca sé muy bien qué debo hacer con ellos. Sobre todo con esa niña.

–Es una cría estupenda. Comprendo que su madre sea tan protectora.

Maggie se quitó el chal del cuello y lo dobló con cuidado. La mañana se había vuelto más tibia, los indicios de primavera, menos engañosos. Señaló hacia el horizonte.

–Mira, se ve Francia. Eso significa que va a llover.

Su voz era triste, con un toque de resignación.

Él aguardó. A Henry se le daba bien lo de esperar para obtener información. Había esperado en salas de conferencia, había esperado a académicos, hombres de negocios y alumnos confundidos; era un oyente y transmisor de información muy paciente.

–Tanya era la favorita de Francesca –explicaba Maggie, mientras alisaba el chal entre las manos–. Neil y Angela la adoptaron. Francesca los conocía, los alentó y al final se quedaron con la niña que nadie quería. No con un bebé, sino con una pequeña de cinco años, de aspecto enfermizo y con una terrible historia de malos tratos. Muy vulnerable. Angela y Neil se separaron al poco tiempo. Francesca asumió muchísimas responsabilidades, aunque Harry era todavía un bebé cuando apareció Tanya. Supongo que Angela y ella intimaron aún más después de que el marido de Francesca se largara.

–¿Por qué se fue?

–¿Quién sabe? El embarazo fue complicado y supongo que no tenía tiempo para dedicárselo a él. Francesca siempre había tenido todo el tiempo del mundo para todos. Su marido no fue el único que lamentó la llegada del intruso.

–Hijo de puta –dijo Henry, con sentimiento.

–¿Y no son todos iguales?

Maggie sacó un paquete de tabaco y le ofreció; Henry cogió un cigarrillo con aire ausente y aceptó la llama del mechero. Otra pizca de veneno, tomada para facilitar la conversación: no parecía tener la menor importancia. Esa mañana había olvidado sus vitaminas, la nicotina lo mareó, pero incluso con los hábitos sociales trastornados por aquel ambiente nuevo sabía que era importante aceptar ese cigarrillo.

–Así que Francesca tiene casi cuarenta años. Posee un trabajo, un niño enfermizo y comparte el cuidado de una niña vulnerable como Tanya, ¿no? Eso es masoquismo.

–Francesca tenía mucha energía, y todavía más espíritu. Su padre había sido guardián del castillo. Ella vivió una vez en él; estaba preparada para asumir responsabilidades y ocultar sus sentimientos. Parecía muy competente. Pero no lo era, como puedes ver. Resultó que no lo era tanto. Se estaba viniendo abajo.

–Entonces debió haber sido honesta y admitir que no podía con todo –declaró Henry, molesto, mientras aplastaba el cigarrillo con el tacón del zapato hasta convertirlo en fragmentos.

Pero estaba pensando otra cosa. «Debió pedirme que me quedara con ella, que no me fuera. Pensar que yo era mayor que ella. Tenía que haber dicho que tenía miedo y no: haz lo que tengas que hacer, Henry. Debió haberme dicho: te necesito.»

–Sí, debió hacerlo –dijo Maggie.

Un perro se detuvo para olfatear el banco. El dueño también se detuvo. La cadena de mando era obvia: uno guiaba, el otro lo seguía.

–Podría preguntarle a Francesca si quiere verte.

–No.

Maggie se levantó y cogió su bolso, sacó los folletos de información turística del bolsillo interior de la chaqueta y se los tiró.

–Entonces, continúa con tus paseos turísticos, ¿de acuerdo? Como dijo Angela, pasa por la cárcel. Entonces sabrás cuán bárbaros somos. La hemiplejia de Harry era muy grave. En otros tiempos, lo habrían tirado desde las murallas. Quizás ella tenía motivos para hacer lo que hizo.

Henry caminó. Al principio siguió por los guijarros, alejándose de la ciudad, hasta que la silueta del castillo, con la ayuda de la bruma que retornaba, empezó a difuminarse cuando volvió la vista. Siguió andando y vio que sus pies se hundían entre las piedrecillas con un sonido agradable, hasta sentir los muslos doloridos, como si le ardieran, y los zapatos dejaron de protegerle los pies. Los guijarros ahora eran más grandes y la playa más abrupta, de manera que a veces quedaba oculto en un valle pedregoso, sin divisar el mar o la tierra, lo que se correspondía con su estado de ánimo. Había dejado atrás una destartalada serie de botes de pesca que, con sus pesados cascos y sus líneas desgarbadas, parecían incapaces de salir a navegar; se detuvo a ver cómo un grupo de hombres sacaba uno de los botes del agua, y lo oyó gemir como una ballena moribunda. A continuación, dejó atrás un área de juegos infantiles, escuchó desde la playa los chillidos en el columpio, y apuró el paso. Supuso que una madre podría establecer la diferencia entre un grito de emoción y uno de dolor. Y entonces se encontró bien lejos de la carretera, en una playa tan abrupta que ni se le ocurriría subir la cuesta, y logró imaginar que al fin se encontraba completamente solo.

El sendero de la costa, por encima de la orilla, lo llevó a una zona arbolada, llena de pequeños arbustos aplastados por el viento. Más allá de la conurbación, el lugar era bastante feo: no había nada verde o que diera placer a la vista. Kilómetro y medio más lejos, la llanura se convertía en un acantilado que rodeaba una ensenada y se inclinaba amenazante sobre ella. El sendero terminaba. La bahía reverberaba con el sonido fantasmal de un hidrodeslizador que hacía el trayecto entre Inglaterra y Francia, un sonido extraño, difuso, estruendoso, que había oído en la distancia la mañana anterior. El ruido llenaba todo el cielo. Deseó estar a bordo de aquel maldito vehículo, fuera o no un deslizador. Deseó no haber visto nunca aquella franja de costa, no haberle otorgado el romanticismo que ella había conjurado en sus descripciones. «Puedes ver a lo largo de muchos kilómetros; puedes ver otro país.» Sí. Solamente si vives en un castillo, diseñado para matar a cualquier infeliz que intente entrar en él. Henry dio media vuelta para regresar. El maldito perro negro, de raza indefinida, lo había seguido de nuevo. Le gritó y, cuando el animal desapareció, le dio lástima.

«En casa.» Tenía que dejar de decir aquello. Llamó al timbre, masculló un saludo y subió a su habitación, en busca de intimidad. Tiró la maleta sobre la cama e hizo inventario: pasaporte, cheques de viaje, pasajes, el nombre del contacto en Fergusons, su diario. «¿Sabe esta gente lo importante que soy?» La luz comenzó a escapar de su habitación; todos los documentos, desperdigados sobre la preciosa colcha de seda, parecían una declaración de identidad e intenciones poco convincente. Eran tan pequeños... Sintió deseos de mirar al mar, tan brumoso, tan interminable que lo repelía. Además, el sol se había desplazado, alejándose de él. Brillaba a través de la ventana que se encontraba al otro lado de su puerta abierta. El ventanal de paneles se abría con facilidad. Puso los codos en el antepecho y miró hacia abajo.

Había techos rojos retorcidos de una docena de formas, chimeneas grandes y pequeñas por las que salía humo. No había uniformidad alguna en lo que veía. Se fijó en las tejas rojas gastadas, combadas por los años, las ventanas brillantes, una mezcla de colores cálidos y mil lugares que Mary Poppins podría utilizar como entrada. Se fijó en las paredes pintadas de blanco, el aguilón redondeado de la casa vecina y el pequeño callejón interior. Entonces, miró hacia el jardín de la Casa Encantada, atraído por el sonido de las gotas de agua.

Allá abajo estaba el trópico. Una masa de hojas verdes, alguna cosa con flores, un gran arbusto lleno de pequeños capullos blancos. A un lado, una diminuta charca, que atrapaba los rayos de sol; el agua salía por una boca de terracota, y caía en un estanque transparente. Suelo de ladrillos viejos que se curvaban en un diseño circular, brotes verdes entre las piedras, vegetación siempre verde, madura, que ocultaba los canteros de donde salía, un brillante azul genciana entre las rocas y plantas alpinas en una esquina, lejos del estanque. Un sendero sinuoso que llevaba a una pérgola cubierta de vegetación, refugio para un sofá de dos plazas, de madera, cuyo aspecto sugería que también había crecido allí, en el lugar donde se encontraba. Desde lo alto era una muestra de perfección, con un único defecto. Tim, enfundado en un mono, estaba doblado en dos, con el trasero asomando de una caseta infantil, en el centro de todo. La caseta era de plástico, color amarillo limón con ventanas rosa, techo verde claro y una puerta azul prusia. Allí, en el centro, era tan ofensiva y disparatada como una verruga en un dedo manicurado, desafiando todos los estándares del buen gusto. Tim estaba apoyado sobre manos y rodillas, quitando el polvo. Henry olvidó todo lo demás, corrió escaleras abajo, atravesó la cocina y salió por la puerta trasera. Pasó junto a Peter, que llenaba cubos de carbón para la chimenea.

Desde abajo, el jardín era más impresionante todavía. La fealdad comparativa de un gran galpón para herramientas y un contenedor de abono se ocultaba tras la pérgola. El sitio era más grande de lo que parecía desde arriba, se extendía más lejos de lo que podía ver, y hasta en la calma chicha del invierno allí había color.

–Esto es sencillamente maravilloso.

Henry era un apasionado de los jardines, leía sobre ellos, los visitaba y soñaba crear algo diferente en su propio y aburrido césped.

–Todo lo hemos hecho nosotros mismos –dijo Tim–. Todo lo hemos pedido o reciclado. Sacamos los ladrillos de una casa en demolición, fue muy trabajoso; hemos cultivado la mayoría de las plantas e hicimos el estanque partiendo de cero. Agradecemos de corazón lo que otras personas tiran.

–Pero ¿y eso?

Harry señaló con dedo tembloroso aquella intrusa caseta infantil, con sus odiosos azules y rosas artificiales. Los trabajos de limpieza de Tim habían concluido, y este miraba el resultado con satisfacción. El plástico se veía limpio y no tenía la tristeza de los objetos de verano que permanecen a la intemperie en el frío. Parecía listo para que lo ocuparan.

–Oh, ya entiendo –dijo con alivio, al ver que la perra se aproximaba y olía la puerta de la caseta–. Es la perrera de *Senta*, ¿no?

–Claro que no, por Dios. Solo puede entrar con un permiso especial.

Los dos hombres, frente a frente, se miraban como si estuvieran considerando una explicación adecuada que darle al otro, que no fuera ofensiva. Peter tomó la iniciativa, con el consentimiento tácito de Tim.

–Bueno, espero que no le importe, pero sabemos que estuvo conversando con Maggie esta mañana. Sobre Francesca y todo eso, así que es mejor que nosotros también se lo digamos. Esta era la casita de Harry. Cuando Fran lo dejaba con nosotros, a él le gustaba jugar aquí y la manteníamos en buen estado para que pudiera venir cuando quisiera. Vive en este jardín. No siempre, solo a veces, cuando hay sol.

Tim asintió, confirmando aquel hecho incuestionable. Peter señalaba a las ventanas abiertas de la caseta infantil.

–Tiene su pequeño saco de dormir, que siempre le gustó tanto, y su pequeño chal, que le encantaba mordisquear, y su osito de peluche, que siempre maltrataba. Lo tiraba en alguna parte y después pedía a gritos que se lo trajeran de vuelta. Amor-odio, se diría. Por supuesto, la ropa de cama la llevamos dentro por la noche. Fuera, en la oscuridad, se asustaría.

–El niño lleva más de un año muerto –dijo Henry, de manera brutal–. Ahogado, enterrado, cremado. Muerto.

–Sí-í-í –dijo Tim, considerando lo que acababa de oír–. Se puede decir que sí.

–¿Entonces es su fantasma el que regresa a jugar? ¿Baja deslizándose por un rayo de luna?

–Sabíamos que usted lo entendería, Henry –sonrió Tim con alegría–. Parece un hombre muy comprensivo. Pasamos unos días terribles después de su muerte. En realidad, no nos permitieron mostrar aflicción. Mucha gente pensaba que Francesca estaba loca por dejárnoslo tres o cuatro tardes a la semana, pero a él le encantaba estar aquí. Nosotros sabemos cuidar a las personas, sobre todo a los pequeños, y lo adorábamos.

–Mire, Henry –siguió contando Peter–, hay muchas personas que creen que ser homosexual significa ser pedófilo. Y estar siempre cachondo, siempre pensando en eso, como un conejo. No piensan que se trata de una pareja vieja, que están juntos desde hace mucho tiempo, y cuidarán a un niño de cualquier peligro como dos abuelas ansiosas. Le digo que cuando Harry desapareció, la policía vino enseguida por aquí. De no haberlo encontrado tan pronto y si Francesca no hubiera confesado, habrían excavado el jardín. Supongo que debemos darle las gracias por ello.

–Y por muchas otras cosas –murmuró Tim–. En primer lugar, por permitir que lo conociéramos. Era un niño muy, muy dulce.

En la confusión emocional del día y en su aflicción de la noche anterior, Henry no había tenido tiempo para meditar sobre la identidad del niño muerto y no quería pensar mucho en ello. Lo único importante era el impacto de su horrible fallecimiento. Vio todo el cuadro: ese «asesinato» había destrozado muchas vidas, no solo la de la asesina; los efectos colaterales seguían aflorando. Hasta ese momento, nadie había hablado del niño con amor. Tim sollozaba sin disimulo y Peter le daba palmaditas en el hombro.

–Oh, vamos dentro, queridos, nos hace falta una taza de té –dijo–. Y además, en caso de que Henry comience a ver espíritus, es mejor que le mostremos cuál era el aspecto de Harry. No sea que se haga una idea equivocada.

Henry no quería nada por el estilo; la conversación lo aterrorizaba, pero no lograba encontrar la manera de evitarla. Después de todo, era él quien se había autoinvitado al jardín, quien no logró mantener la distancia, y ahora se sentía atrapado. Una trampa cómoda en la cálida cocina; mientras el mundo exterior se nublaba, sus codos reposaban sobre una mesa limpia y una perra dócil dormitaba a sus pies. El té fue servido de una enorme tetera marrón, de aspecto demasiado pesado como para levantarla, pero lo obsequió con un Earl Grey de dulce perfume, aderezado con una rodaja de limón en la taza. El té logró atravesar el atasco de comida fría consumida aquel día, lo refrescó, de la misma manera que el calor de la estufa Rayburn lo fortalecía para realizar aquel ejercicio de cortesía. Peter entró en la estancia con un televisor en los brazos.

–Tenemos un vídeo, aunque me gustan más las fotos. ¿Ve lo que digo? Era un ángel.

–¿No se barajó la posibilidad de que pudiera existir otro sospechoso de su muerte? –preguntó Henry.

–Bueno, no. Alguien estuvo pescando en el atracadero. Dejó sus enseres y no regresó. Y había muchas personas resentidas con Francesca. Aquí vive mucha gente mala. ¡Oh, mire!

Henry vio la cabeza de Francesca, con el rostro oscurecido por el cabello que le caía mientras se arrodillaba detrás del niño y lo sostenía con las manos bajo las axilas, con los dedos moviéndose delante de la cámara. Ella lo mantenía erguido. El pequeño parecía a punto de caer hacia delante. Y, a continuación, Harry echó a correr, con el brazo derecho flexionado como un pistón y la muñeca derecha doblada. El ángulo del brazo aumentaba a medida que se movía. Corría como un borracho lento, protegiendo el brazo para el próximo trago, con una mirada de dolorosa determinación en su rostro, la nariz llena de mocos y un arañazo en la frente.

–Entonces tenía dos años, fue cuando lo conocimos –dijo Peter con orgullo–. Luego parecía mucho más guapo. Cuando aprendió a caer bien.

Henry se obligó a tragar el té que amenazaba con cerrar su garganta, donde la lástima batallaba contra algo parecido a la repulsión. El niño cuya cara examinaba era feo. Podía haber sido un hombre muy viejo. El rostro era estrecho y arrugado, y la sonrisa, torcida. En el mejor de los casos, repelente sin remedio. Algo para esconder bajo mantas y cruzar la calle con prontitud. Un niño físicamente maldito, que pedía que lo mantuvieran a distancia. Feo como la maldad. Luchó por dar una respuesta apropiada. Por su cabeza pasó una imagen de la perfección de Tanya, junto con el recuerdo de lo que había sentido al tenerla entre sus brazos. El niño de la foto parecía consumido por la rabia, preparado para morder.

–Pobre bichito –dijo Tim con voz trémula–. Y al mirarlo, Henry, estará de acuerdo en que es muy importante descubrir quién lo mató. De otro modo, seguirá regresando a su pequeña casita. Pero no se preocupe, él no lo acosará a usted. ¿Por qué habría de hacerlo? Solo nos acosa a nosotros porque no queremos dejarlo partir.

–Su madre lo mató.

–Bueno, tristemente y de manera oficial, sí. Pero él cree que hay un interrogante, es lo que nos dijo. Por desgracia, nunca se ha expresado con claridad, tenía dificultades en el habla, así que no podía explicarnos nada. Pero está muy en lo cierto al manifestar sus reservas. Después de todo, él conocía a su madre mejor que nadie.

Henry se tapó los oídos con las manos para borrar las palabras. Sentía el imperioso deseo de dar un puñetazo sobre la mesa y hacer saltar las tazas. Se apartó las manos de las orejas y las colocó sobre la mesa, frente a él, esperando que sus acompañantes se supieran comportar. Tim lo consoló, dándole palmaditas en la muñeca.

–Por eso es tan bueno que se encuentre usted aquí, Henry. Llevamos mucho tiempo esperándolo. Alguien tiene que descubrirlo, y no podemos ser nosotros, así que tiene que ser usted. ¿No es verdad, Peter?

Ambos le sonreían como si se tratara del hijo pródigo que acababa de regresar y todo estuviera perdonado, y el ternero cebado estuviera en el horno.

Henry sacudió la cabeza y los dejó allí. Subió las escaleras hasta su habitación. El fuego que los dueños habían encendido a media tarde, sin saber cuándo regresaría, emitía un suave resplandor. Las camisas que había tirado a un rincón estaban lavadas y planchadas. Deseó que hubiera un tranquilizante en su surtido de vitaminas.

Abrió su ordenador portátil y escribió una nota para sí mismo:

> VETE DE AQUÍ, HENRY.
> NADIE TE NECESITA.
> NO TIENES NADA QUE OFRECER.

*Hoy ha sido más fácil. Más fácil respirar, más fácil escribir. Me gustan estas pildoritas.*

*Decirle a mi amiga de la cocina que crecí en un castillo sería como decirle que puedo volar por encima de la luna. Pensará que soy una fantasma, aunque si le explicara que mi padre no era más que el cuidador y yo era la hija del cuidador, lo consideraría menos ofensivo. Al principio, no le gustaba mi modo de hablar. No puedo cambiar mi acento, y aunque tengo ese talento familiar para la imitación que tanto les gusta a los niños, no podría mantenerlo. Ahora, ella ya se ha olvidado de la voz, lo que es muy bueno pues aquí es fácil hacerse enemigos, y ella es más grande que yo, y más poderosa socialmente. Creo que me perdona la voz y el hábito de las oraciones completas porque me gusta de veras y no sabe qué hacer al respecto.*

*De veras crecí en un castillo, aunque solo en la parte más pequeña, la del centro, y cuando era una niña no me sentía única. Es verdad que no habían salidas o entradas furtivas, y yo no tenía mi propia llave. Tampoco el espacio que ocupábamos era amplio o lujoso, solo lo suficiente para cubrir las necesidades de un ex militar que ponía la eficiencia muy por encima de la comodidad, y de una esposa que renunció a tomar decisiones cuando descubrió que se había casado con un hombre excéntrico, de maduración tardía. Él volvía a representar el desembarco en Normandía, y ella bordaba. No podía permanecer sentada bordando y contemplando a la vez el paisaje, pues las ventanas eran demasiado altas, y por eso se ponía de pie. La fortaleza era una construcción utilitaria, diseñada para soldados. Se trataba de un lugar excelente para fiestas y reuniones familiares (no puedo acordarme cuándo excluyeron al tío Joe), un campo de juegos completo, mas dado el caso de que se trataba de una esposa orgullosa de su hogar, no había que asombrarse porque prefiriera su chalecito de una planta.*

*¿Privilegiada? Por supuesto que lo era, aunque nunca se me ocurrió pensarlo. Adoraba aquellas almenas, me gustaba enarbolar la bandera,*

*me encantaba pararme al nivel del mar. No rechazábamos a los invasores; los invitábamos, sobre todo a Maggie, pero en cuanto se marchaban, cerrábamos las puertas con candados. Mi padre decía que dirigíamos el mundo, y tenía toda la razón. No decía que los ingleses dirigían el mundo, sino nosotros. El psiquiatra que me atendió los primeros días me preguntó si eso me había hecho adoptar una actitud particular ante la vida. (Estaba muy interesado en el aislamiento del medio ambiente y de la clase social.)*

*Me estoy volviendo locuaz. Debo parar.*

*Ello me hizo parca, capaz, buena en la cocina, en el lavado de ropa, en la costura, e indiferente ante mi apariencia, porque hacíamos de todo y no teníamos nada. Éramos los cuidadores para la próxima generación. Le dije que había ocasiones en las que deseaba vivir en una casita sobre un árbol, en el jardín de otra persona.*

*Heredé un insultante sentido del deber, pero no se lo dije al psiquiatra: tampoco le comenté que aquello, por encima de todas las cosas, me había hecho extremadamente humilde.*

*También me convirtió en una manipuladora arrogante y llena de talento. Ansiosa por alcanzar una posición en la comunidad, incapaz de soportar los fracasos de la vida ordinaria y la maternidad. Con tendencia a asumir el mando y dar órdenes. Criada entre cañones y la veneración de la guerra; capaz, por consiguiente, de violencia y agresiones.*

*Me alegro de haber recordado esa parte. A él le pareció muy convincente.*

FMC

# Capítulo 6

Al final de la tarde, en el preciso momento en que comenzaba a llover, Angela Hulme tomó el coche y fue a ver al tío Joe. Vivía en una casa para la tercera edad, adecuadamente ubicada junto al campo de golf donde él pasó tanto tiempo de su vida como le fue posible. Cuando le asignó la tarea de visitar a aquel extraño, Francesca había asegurado a Angela que ella sabría de quién se trataba. El superviviente haragán de tres hermanos, el único que quedaba de aquella generación, esposas incluidas. Un réprobo, y después de todos aquellos años jugando al golf y bebiendo ginebra, tenía la cara como un papel de lija rojo. Angela se lo había prometido a Francesca y, aunque ahora era la dueña de su automóvil, a veces se arrepentía de la promesa, porque se trataba de una obligación más. «Lo único que me queda de mi padre es su hermano; ves a verlo, Angela, por favor.» Era Francesca quien debió haber sido abogado, con esa manera que tenía de convencer sin que pareciera una orden, aunque quizá ser maestra surtía el mismo efecto.

La sugerencia era que debía llevar a Tanya consigo, pero Angela renegaba de esa parte. Lo habían intentado: a Tanya le gustaba tío Joe, pero ella hablaba demasiado, lo agotaba. Francesca opinaba que a los muy jóvenes les resultaba positivo tener contacto con ancianos, pero Tanya no tenía nada que ver con aquellos fósiles, aunque a ellos les encantaba estar con niños. Angela no estaba de acuerdo con la necesidad de mezclarse con la vieja generación: tenían una tendencia general a quejarse y criticar, aunque eso no se aplicaba al tío Joe. Era pura luz y dulzura, otra razón para dejar a Tanya con Neil, porque Angela disfrutaba en secreto de aquellas visitas en solitario. Su vida carecía de amor adulto; no había nada que tío Joe no comprendiera y se mantenía al margen de cualquier censura.

Condujo en dirección a Ramsgate, dejó atrás otro pueblo y entró en la llanura interior. La carretera la llevó hasta la enorme planta de Fergusons. Podía conseguir un trabajo allí, como el resto de la gente. El área de la fábrica era amplia, se extendía sobre los campos como una erupción, y hasta los domingos la zona de aparcamiento estaba llena de coches brillantes, nuevos. Se necesitaban miles de enfermos para fabricar y distribuir medicamentos, eso lo sabía todo el mundo. Maggie le había dicho en el castillo que Henry Evans, el turista, iba a trabajar allí; no era de extrañar que no le hubiera gustado, incluso antes de que comenzara a hacerle ojitos a su preciosa niña. ¿Qué clase de imbécil pensaría que podía comprar a Tanya con una chocolatina? Menudo idiota. Tenía que contarle aquello a tío Joe. Quizás Henry Evans conociera un medicamento que hiciera olvidar a su hija todo lo malo que le había ocurrido, y recordar solo lo bueno, como el simple hecho de haber nacido. Obligarla a disociarse del niño cuyos padres drogadictos le habían quemado la cara interna de los muslos con un cigarrillo, o dejado yacer sobre vómitos hasta que le salió un sarpullido en el rostro. Deberían encontrar una cura para eso, los condenados científicos, en lugar de buscar medicinas para que los hombres fueran aún peores de lo que ya eran.

Dejó a su espalda los edificios impersonales y sintió que se relajaba un poco. Para ser sincera, no le preocupaba en absoluto dejar a Tanya con Neil. Aunque era un hombre impredecible y con la habilidad sexual de una babosa, también era un padre a tiempo parcial lo bastante bueno para una hermosa niña que necesitaba atención equilibrada con un mínimo de vínculos. Al menos, Neil contenía su irritación y permanecía lo bastante alerta para detectar el peligro. Aunque Angela consideraba que Tanya crecería mejor sin tacos ni historias de fantasmas; eso también era bueno, porque no se creía una sola palabra de esos relatos, lo que daba lugar a una excelente combinación. Confiaba en Neil, claro, pero también pensaba que era un poco tonto. De esa manera, él no socavaba nada, y así todos se quedaban tranquilos.

Subió por el acantilado de Ramsgate, un lugar desolado en invierno que solo servía para las ovejas y para aquella casa, tan grande como podía ser un edificio mordido por el mar y necesitado de mantenimiento: desconchada por los bordes, cancerosa en torno a las ventanas en esa época del año, con la pintura blanca ahora grisácea que se caía en copos, con un aspecto general de edificación ancestral. La nueva casa del campo de golf se encontraba a pocas decenas de metros, tras los campos verdes saturados de lluvia. Esta vivienda, a la que se aproximaba corriendo desde el aparcamiento, inclinada bajo la lluvia, había sido alguna vez el bar de los golfistas. No era de extrañar que tío Joe la adorara. Llegó hasta la entrada y, mientras se protegía de la humedad aguardando a que alguien respondiera, recordó su resentimiento, de pie en ese mismo lugar, con los brazos cruzados, obedeciendo órdenes, hacía un año. ¿Qué ganaba ella visitando al tío de Francesca otro día lluvioso, solo para ver a aquella enfermera de la agencia, la de la cara de vaca, que le decía «¿el señor qué? Lo siento, no me sé los nombres. Oh, sí ahí está, el que está sentado en ese rincón, el de la cara roja y el pelo blanco». El único en su butacón favorito, leyendo un diario, precisamente como Francesca lo describiera. La exactitud de la descripción había dado inicio al jueguecito que aún continuaba por ambas partes.

–¿Eres tú tío Joe? –lo saludó ella, mientras se quitaba el abrigo.

–¿Quién lo busca? –replicó él, igual que la primera vez.

Estaba solo en la cerrada calidez del vestíbulo, echando una mirada por las puertas de cristal cada vez que el periódico caía sobre su regazo. A ella le gustaba que él se limitara a presentar su mejilla apergaminada para que le diera un beso rápido. Esta vez, le entregó las campanillas blancas que Maggie le había llevado, sabiendo que él hubiera preferido jerez o bombones, pero eso era lo que tenía y él siempre protestaba por los regalos.

–Cariño, no tenías por qué... Pero me alegro de verte. Hermosa como un cuadro. Me encanta tu nuevo peinado.

Tío Joe era muy observador, y la miraba con una aprobación tan aguda que la había hecho envanecerse un poco. Se descubrió eligiendo una falda para visitar al tío Joe, poniéndose pendientes o una pulsera para ver si se daba cuenta, y él nunca fallaba. «Me encanta, ¿dónde lo has comprado?» Era parte de un ritual dominguero, regular aunque no invariable: vestirse para él de la misma manera que otra gente lo hacía para ir a la iglesia. Si se saltaba una visita semanal, él nunca se lo reprochaba, cosa que Angela agradecía. Decía comprender bien cómo era la vida con niños. En términos generales, era una de las tareas sociales que ella no disfrutaba, pero que la divertía de todos modos.

Porque tío Joe quería escuchar. Prefería escuchar a hablar, gozaba con las historias del mundo exterior, creadas para que aportara sus comentarios ligeros, sobre todo si la anécdota tenía como protagonista a Tanya. Francesca nunca volvió a protagonizar la conversación después de la primera vez, en la que Angela explicó que se había convertido en su reemplazo porque Fran tenía compromisos de otro tipo. Él aceptó la sustitución con presteza, y a la vez con elegancia –«Cuán afortunado soy por tenerte a ti en lugar de...»–, y si había leído algo sobre su sobrina homicida en el diario local no lo dijo, pero tío Joe despreciaba los diarios locales y solo leía periódicos de calidad. Cuando ella intentó explicar lo ocurrido, él se había limitado a sacudir la cabeza con pena, como si nada en el mundo pudiera sorprenderlo. «Qué espantoso debió de ser para ti», fue su primer comentario, «pero no te preocupes. Muy triste, pero quizá sea mejor así»; y aunque Angela sabía que aquella respuesta lacónica a duras penas resultaba apropiada, estuvo de acuerdo en secreto, sintiéndose culpable. En muchos sentidos, la vida sin la asistencia asidua y generosa de Francesca era más dura, pero infinitamente más sencilla en otros. Al menos, ya no estaba allí, con su energía inagotable, devorando el afecto y la atención de Tanya, influyendo en ella de la forma en que lo hacía, y en poco tiempo quizá Tanya dejaría de hablar de ella. La olvidaría, de la misma manera que estaba logrando olvidar tantas otras cosas.

Disponían de todo el vestíbulo para ellos dos, aunque si ella había calculado bien el tiempo, un miembro del personal de la agencia que se encargaba de la casa los fines de semana pasaría por allí con una bandeja de té y un plato de galletitas secas e insípidas que Tanya habría rechazado. Angela se preguntó si las galletitas las elegía la agencia o los pacientes, quienes llegaron a considerar que un buen té o las pastas de jengibre eran todo un placer.

–¿Por qué estás sentado aquí, solo, en lugar de ir al salón, junto a la chimenea?

–Me gusta estar aquí, apartado de los otros –le hizo un guiño–. Fuera hace mucho frío. Es muy amable por tu parte venir a verme. Soy muy afortunado. –Estaba tranquilo. Las manos le temblaban y apenas podía caminar, pero era capaz de vestirse solo. La ropa era afectuosamente vieja y buena, y él siempre iba muy limpio–. ¿Cómo está tu encantadora niña?

–Pues hecha un diablillo, como siempre. Me teñí el pelo para complacerla y tiene los redaños de decirme que no le gusta...

–Vaya, vaya –su sonrisa era indulgente.

–Y sigue hablando de Francesca. En la escuela, según me han dicho. En casa, incluso con extraños. Lo hizo esta mañana...

–Dale tiempo, dale tiempo, querida.

–... con un americano, en el castillo. Un turista que trajo Maggie. Creo que Tanya estuvo coqueteando un poco con él, aunque sería más exacto decir que era él quien coqueteaba con ella...

–¡No me digas!

–No deseo equivocarme. Me gustaría que tuviera un trato normal con los desconocidos, y no que se comporte con demasiada familiaridad. Uno nunca sabe cómo es la gente en realidad, ¿verdad?

–Nunca se sabe.

–De todos modos, está bien con Neil. Intentaré traerla otra vez un día de estos.

–Oh, sí, un día de estos.

Nada de «debes» o «tienes que».

–Quizás en estos momentos esté dando saltos mortales bajo la lluvia. No le gusta estarse quieta. Neil a veces intenta obligarla. Pero yo... yo tengo que hacerla correr y saltar hasta el agotamiento, aunque no siempre me gusta hacerlo, porque cuanto más se cansa más rebelde se vuelve. El otro día pusimos una serie de obstáculos en la playa, después de la escuela. Necesita cansarse. Puede correr por los guijarros como si se tratara de una pista de carreras. Es sorprendente. A veces me siento como si estuviera entrenando a un enorme perro.

–¡A un perro!

–Sí, es como entrenar a un perro. Es incansable. Hay que alimentarla y sacarla dos veces al día. A ella le gustaría tener uno, dice, pero nunca piensa en el dinero que cuesta. No estoy segura. Para ser sincera... –bajó la voz como para hacerle una confidencia, aunque no había nadie que pudiera escucharlos–, no creo que ella tenga la paciencia necesaria. Ni yo tampoco. ¿Tú qué opinas?

–Un perro, sí... los perros están bien.

–Sí, pero imagínate, si la dejo salir sola con un perro, todo el mundo se detendrá a hablar con ella. A no ser que consiga un chucho horroroso que no le guste a nadie. Uno que muerda a todo el mundo, menos a nosotras...

–¡Sí!

–Eso mantendría a la gente alejada, ¿ verdad? Algo así como un perro guardián; sí, ahora que lo pienso es una buena idea. Pero no ese puñetero chucho que Neil quería que tuviéramos. Esta mañana estaba muy animado. Por lo general, nunca es así. Habitualmente parece tenso y pesaroso. Sin embargo, me sorprendió. Le hablé del americano que le ponía ojitos a Tanya y se limitó a encogerse de hombros. Le dije que ese hombre tenía algo siniestro...

–¿Un americano siniestro?

–Sí. Siniestro. Los hombres como ese piden a gritos que los encierren.

Tío Joe se acomodó en su butacón y dedicó una amplia sonrisa a la enfermera que traía el té. Ella se la devolvió. El movimiento de la taza hacia su boca fue tortuoso. Tembló cuando la colocó de nuevo sobre el platito. El anciano se inclinó hacia Angela y se tocó la nariz.

–Ese americano... Deberías espantarlo. ¡Con un perro!

Se echó a reír en voz alta y Angela se unió a él.

Siempre la hacía sentirse mejor; a menudo terminaban riéndose como críos. Podía contarle cualquier cosa. Después de todo, él no era una tarea molesta. Tío Joe apartó las campanillas hacia el borde de la bandeja, sin preocuparse por ellas y sabiendo que a Angela no le importaría, porque, en realidad, ella opinaba lo mismo sobre las cosas carentes de importancia. No había ido a verlo porque Maggie le preguntara si estaba cumpliendo la promesa, sino porque le gustaba a él y Joe siempre estaba de acuerdo con ella cuando nadie más lo estaba. Allá afuera era muy duro sentirse siempre observada, a la espera de que cometiera algún error.

–Estamos mejor sin Francesca y Harry, ¿no? –preguntó ella con ansiedad, tomando dos galletitas. La merienda era escasa.

–¿Mejor? Mucho mejor.

–Yo no soy una mala persona, ¿verdad, tío Joe? ¿Acaso soy una mala madre?

Él le dio unas palmaditas en la mano y la miró con orgullo.

–No. Eres magnífica. Como los perros.

Siempre decía lo que ella quería oír y nunca recordaba nada.

La lluvia caía a raudales, alterando de nuevo el color del paisaje hasta adquirir una tonalidad gris plomizo, antes de que la negrura de la noche y la violencia de los elementos proporcionaran a Henry una cómoda excusa para quedarse tranquilo, escuchando música y sin hacer nada. Entonces, mientras la lluvia tamborileaba una constante y arrítmica canción de cuna, durmió el sueño de los muertos. Despertó una vez por un ruido, vio el resplandor rojo del fuego que moría, el chal donde lo había dejado sobre la colcha, y se durmió de nuevo.

Haría que Maggie le llevara el chal a Francesca. Eso sería el punto final.

El cielo matutino le hizo considerar los placeres de vivir en una casa como aquella, donde nunca tendría necesidad de bajar las persianas y podría estirarse desnudo delante de una ventana. Henry palpó el leve cinturón de grasa que se estaba formando en torno a la cintura, lo pellizcó con tristeza y pensó: «Que se vaya al diablo». Es mejor ser gordo que creer en fantasmas; es mejor ser un cerdo cebado que estar loco.

Pronunció una oración por su padre; no era una oración a una deidad conocida, nada más que unas palabras dirigidas a quien fuera capaz de interpretarlas y transmitir el mensaje. «Espero que estés bien, papá. Te encantaría este lugar, sobre todo la pesca, pero no estoy seguro de que a mí me guste...» Era solo una continuación de la conversación cotidiana, para mantener animado a su padre, buscando su opinión sin esperar en realidad una respuesta, pero instándose a sí mismo a ver las cosas desde la perspectiva amplia del anciano. Hablaban por teléfono con regularidad, resultó un hábito difícil de abandonar y Henry se había sentado ante su escritorio muchas noches, con la mano lista para marcar, antes de darse cuenta de lo que estaba haciendo. Esperando conversar con papá, no mucho, solo un intercambio de palabras, a veces una discusión. Lo que más le gustaba a papá era un buen debate.

En ese preciso momento, a Henry le pareció que desde que su padre murió su intelecto se había ido a dormir, hundido en la pena, la pérdida, la autorrecriminación y, flotando entre todo eso, aquel sentimiento sombrío de puro sentimentalismo que le hizo cruzar el Atlántico. Le consternaba verse a sí mismo leyendo poesía y llorando como un adolescente, dejándose llevar de nuevo por la aflicción y por todo lo que le recordaba a Francesca y el infierno que debió vivir. Obligándose a sollozar, aunque fuera para agotar las reservas de emociones, e intentando extraer la bola de pelos que parecía tener atascada en la garganta. Cualquier mujer con medio cerebro lo habría abandonado; cualquier niño habría despreciado aquella absurda flagelación semejante a la que lo estaba afectando incluso en ese preciso momento. «Seguro que a papá no le habría gustado.» Henry se sentó en la cama con los brazos en torno a las rodillas. Eso era lo que había estado intentando recordar durante la noche, el intelecto perdido y su dedicación al hecho científico. «No te limites a aceptar eso que se denomina "hechos"; ve a la fuente antes de tener la arrogancia de creer.» Se dio un golpe en la frente con el canto de la mano. «Vamos, Henry.» Todo lo que había absorbido en los dos últimos días era gente que le contaba lo que se denomina «hechos», hechos escalofriantes o quizá fantasías, y ¿por qué tenía que creer algunos de ellos? Sí, quería volver a casa, pero no tomando como fundamento a un grupo de huéspedes borrachos invitados a cenar, o a una prima loca de

Francesca, que contaba cosas posiblemente llenas de prejuicios... Los rumores no son hechos, no más que los sueños; los hechos no tienen motivos o lanzas que blandir. Los hechos están en bibliotecas y no era de recibo que un hombre olvidara las disciplinas que constituían la esencia de su propia naturaleza.

Con un nuevo talante, Henry tomó su elaborada mezcla de vitaminas y minerales, que pesaba una tonelada en los bultos que trajo consigo, un desperdicio de espacio para un viaje corto. Estaba planificando el día y eso lo hacía sentirse como antes de que todas aquellas tonterías se inmiscuyeran. No más alcohol; no más comida grasienta; iba a hacer todo el turismo que le viniera en gana, y no dejaría que esas tonterías lo amargaran; además, conocía el camino de la biblioteca. Henry se sintió como un borracho que experimentara no tener resaca, pero de todos modos prefirió salir deslizándose en silencio antes que hacer ruido. Había un sobre con su nombre escrito que contenía una llave; lo habían dejado junto al café. «Así no tendrá que llamar al timbre.» Aquello lo conmovió.

Biblioteca. Viejos reportajes periodísticos. Las referencias estaban informatizadas, pero la fuente eran los periódicos en sí, todavía no lo bastante viejos para estar amarillos. Se los entregó un rostro que había visto en la calle.

> Un niño de corta edad fue recogido por varios hombres, a bordo de un bote de pesca de Ramsgate ayer por la mañana. Había sufrido heridas de consideración. Un tripulante señaló haber visto el cuerpo flotando en la corriente de la marea y al principio pensó que intentaba nadar. Las investigaciones revelan que el niño muerto era Henry Chisholm, hijo de Francesca Chisholm y su esposo Jonathan Saunders, actualmente separado y residente en el extranjero. La desaparición del niño fue denunciada por su afligida madre poco antes de la recuperación del cadáver. La señora Chisholm, que reside en un piso de dos dormitorios en la ribera de Warbling, dijo a la policía que había dejado abierta la puerta del apartamento «para ventilarlo un poco» y no se dio cuenta de que el niño no estaba. El menor sufría de invalidez parcial, pero era extremadamente móvil. La madre está recibiendo atención

médica a causa del shock. Aún no se conoce la causa exacta de la muerte. La policía pretende contactar con el pescador que dejó sus enseres en el atracadero.

OK. HECHOS. Podía sentir los hechos en el fondo del estómago. Tenían razón. El niño estaba muerto. Aquel animalillo pequeño y feo se había encaminado hacia otra zona. «La señora Saunders ha identificado el cuerpo de su hijo... Al preguntarle si podía explicar sus lesiones, ella respondió que no sabía nada.» Y el editorial: «¡¡¡QUE SEA UNA LECCIÓN PARA TODOS NOSOTROS!!!». «Los niños siempre deben estar vigilados...»

Siguió leyendo, en la edición del día siguiente, un pequeño artículo que detallaba el desarrollo de la investigación, con un toque moral añadido, y en el que se afirmaba que, a lo largo de todo el país, la muerte o abandono de niños no era algo exclusivo de las clases bajas, sino que también ocurría en las mejores y más ricas familias, que la paternidad en solitario era un mal que afectaba a todas las clases, etc. Incluía una descripción del chalet de Francesca, en la manzana más cercana al castillo, con amplios espacios y excelentes vistas al mar, como si eso aportara algo a la tragedia. Henry recordaba que esa manzana, vista desde el atracadero, era algo sosa y ordinaria, pero de todos modos, en el artículo se señalaban los privilegios de una vida sin preocupaciones. ¿Había sido rica Francesca? Seguro que no. No lo suficiente para costearse una ayuda regular, eso parecía. «Deja que unos maricas le cuiden al niño.» Era una maestra de escuela primaria, proveniente de una familia de clase alta, y Henry ya había aprendido que, en la terminología inglesa, clase y dinero no coincidían necesariamente. Y entonces, un día después: «Una mujer ha sido detenida en relación con... y comparecerá mañana ante el tribunal de Dover». Fue la foto del día siguiente la que atrajo su atención, junto con una breve descripción. «La madre permanece bajo arresto por su propia seguridad», y allí estaba ella, con una manta sobre la cabeza, empujada hasta la portezuela trasera de un coche de la policía, mientras agentes de rostros adustos contenían una pequeña multitud de mujeres vociferantes que al parecer intentaban despedazarla. «Zorra, zorra, zorra.» Henry lo imaginó y cerró los ojos.

La fecha del juicio lo sorprendió. Casi exactamente un año atrás, tan cerca y a la vez tan lejos, hacía que todo pareciera muy reciente. La declaración de culpabilidad no había sido inesperada, aunque existía otro anexo moralista sobre el atisbo de virtud manifestado por Francesca al no negar aquel terrible crimen y ahorrar, de esa manera, dinero a los contribuyentes. Amigos y parientes fueron unánimes en su negativa a conversar con periodistas. Los vecinos menos circunspectos, ancianos y retirados en su mayoría, dijeron que la acusada era encantadora. No existían fotos del niño. Había sido incinerado, el servicio religioso fue solo para la familia y los amigos, y tampoco habían fotos de la ceremonia. Publicaron una somera descripción acerca de la hemiplejia, que Henry leyó con minuciosidad. Luego, volvió a la fotografía en la que Francesca era empujada hasta el coche, fuera del tribunal. La encontró irresistiblemente conmovedora. Sin pensar mucho en lo que hacía, quizá solo sorprendido por su propio vandalismo, Henry la arrancó con cuidado, la dobló y se la guardó en el bolsillo.

A continuación, pasó a los estantes con poesía, que apenas tenían usuarios en aquella mañana de lunes. Buscó un poema que recordaba.

> En el vestir un dulce desarreglo
> enciende entre la tela el desenfreno...
> Un cordón de zapatos negligente, su lazo
> me atrapa en un salvaje abrazo;
> me seduce aún más que cuando el Arte
> es preciso en cada una de sus partes.

Una manta sobre la cabeza nunca puede resultar elegante. No era lo mismo que un chal. ¿Por qué no le habían dejado quedarse con su chal? ¿Por qué no le habían permitido aliviar su propio sufrimiento?

Henry se sentía muy, muy viejo y un poco tonto por andar registrando aquellas estanterías. Le parecía que la lírica era el territorio de los más jóvenes, obligados a aprenderla como parte de su legado, o de los muy ancianos, que habían llegado a comprender que ninguna otra cosa perduraba tanto. Eran solo los fracasos leves en la vida los que hacían que uno volviera a la poesía en la edad adulta, y llevara un volumen de lírica a la India, en una mochila, para contribuir al romanticismo del viaje. O chicas como Francesca Chisholm, cuyo padre la hizo aprender tanta poesía de memoria que logró amar los versos de modo natural. No siempre los versos solemnes: también los tontos. «El dios del trueno fue a cabalgar / en su potranca favorita / ¡Yo soy THOR!, el dios grita / mas replica su cabalgadura: / se te olvidó la silla, cabeza dura.» Henry se descubrió a sí mismo sonriendo. Devolvió a la estantería el libro que tenía en la mano, sintiéndose extravagante por hacerlo a escondidas, aunque no estaba solo. Había otras personas que se movían a lo largo de las estanterías, con aspecto de vaga inseguridad. Se dio unas palmadas en el bolsillo donde tenía el trozo de periódico que había arrancado. Más tarde lo tiraría.

Salió a la calle y siguió un letrero con una flecha, que decía: ANTIGUA PRISIÓN. Lo que quería era una atmósfera que lo ayudara a digerir los hechos y, además, con la ayuda de esos hechos regresaría aún más pronto a casa. Debía tener algo que contar, así como algo que aliviara su memoria de aquellos otros hechos. No podía limitarse a darse la vuelta y marcharse sin nada que recordar, aparte de una vieja amiga recluida en el equivalente del corredor de la muerte. Era un turista, no un tonto sentimental, y en su agenda siempre estaba anotado visitar lugares y conocer la historia. Antes de viajar a aquel lugar había trazado un plan: quería ver castillos y cosas que no podía encontrar en ninguna otra parte; y estaba decidido a hacerlo.

En términos de atracciones turísticas, la Antigua Prisión de la ciudad no era muy pretenciosa y él era el único visitante. Contaba con una sala de justicia anticuada, llena de maniquíes de tamaño real, con una iluminación siniestra, que permitía ver en todo su esplendor los detalles de sus togas y pelucas polvorientas. Aquel lugar, leyó Henry en el folleto, era donde se juzgaba a los ladrones locales en la época victoriana. Una multitud lo había destruido para rescatar a contrabandistas, encerrados en las celdas. El hedor humano sería lo bastante fuerte para hacer que el magistrado vomitara cuando abrieran la escotilla de entrada a la prisión de abajo, siempre repleta.

Henry bajó varios escalones hasta llegar a las celdas, intrigado pero no fascinado, sintiendo que, de alguna manera, se limitaba a cumplir con un deber. Las visitas turísticas siempre le dejaban esa impresión. Llegó junto a las rejas de la primera celda y tocó el metal frío y oxidado mientras contemplaba, a través de los barrotes, un pequeño recinto espartano. Frías paredes de piedra, un bastidor de alambre y una figura de cera reclinada con indiferencia sobre una colchoneta delgada, con una Biblia en las manos. Henry podía percibir el aliento gélido del suelo que subía a través de las piedras; había espacio para estar de pie, pero no para caminar; el ancho de la celda no era mayor que la longitud del brazo extendido de un hombre menudo. Recorrió un pasillo con celdas a ambos lados, cada una con su propio maniquí de prisionero esquelético. Se tocó la frente y percibió el sudor. No.

Recordó aquella vez con Francesca, cuando fueron a ver las cavernas y ella lo arrastró fuera, balbuceando y desmayándose, presa de un miedo indefinible, momentos en los que él se había forzado a salir del vagón del tren, sin importarle a quién empujaba, porque había sabido, sin la menor sombra de duda, que si no escapaba moriría. En aquel momento tenía la misma sensación, la garra ardiente de la claustrofobia le oprimía la garganta. Tropezó hacia delante, dejando atrás varias celdas y buscando la señal de salida, ascendió por los escalones de piedra, pasó como una exhalación por delante de una chica asombrada, sentada tras la mesita de la entrada, y salió a la calle. Caminó con paso rápido, ridículo y espasmódico, hasta que logró divisar el mar, y una vez allí se recostó contra la pared e inspiró profundamente. Cerró los puños para detener el temblor de sus manos. Las gaviotas daban vueltas y graznaban en señal de mofa; Henry las contempló hasta que aquella sensación desapareció, dejándolo débil. Se arrastró hasta el borde del agua y esperó a que el mundo volviera a estar enfocado.

No había desayunado. Bajo contenido de azúcar en la sangre. Una taza de café en alguna parte, entre la biblioteca y la prisión, para mantenerse funcionando, y a continuación las luces y el calor mohoso, el polvo y la oscuridad, todos los factores contribuyendo a la falta de control que tan bien conocía; todos parte de una explicación, pero no una razón y nunca una excusa. Sintió la mano del niño muerto rozarle la pierna, tirar de él. Lo único que había era una visión de Francesca envuelta en su chal, sentada para siempre en una celda, incapaz de moverse, abriendo la boca para susurrar: «Ahora no puedo hablar; ahora no puedo hablar». Y él la había reconocido.

Ella nunca se hubiera arriesgado a un destino como aquel a no ser que estuviera loca de remate. Si la hubieran atrapado, habría mentido, mentido y mentido.

–No te debo nada –gritó–. ¡Nada! Déjame en paz, ¿por qué no me dejas en paz?

«No te estoy pidiendo nada, Henry. Nunca lo hice.»

–Si sacaras ese puñetero pescado disecado de la caja de cristal, Eddie –le decía Maggie–, me dedicaría a lanzarle dardos. No sé cómo puedes vivir con eso.

–Porque nunca lo miro. Siempre le doy la espalda a la pared. De todas maneras, ¿qué tiene de malo?

–Un aspecto presuntuoso a más no poder. Y no es un adorno adecuado para el despacho de un letrado de primera clase. Habla de salvajismo, de caza y pesca, por no mencionar el mal gusto y la holgazanería.

–¿Holgazanería?

–Exactamente. Parece que eres demasiado holgazán hasta para levantarte y retirarlo de la pared. Además de insensible. Y está claro que no te importa si tus clientes lo detestan.

El humo del cigarrillo ascendía desde el cenicero, que estaba en el lado del escritorio desgastado que correspondía a Edward. El hombre tenía una expresión dolorida que torcía su rostro en un gesto extraño. Ella temía que, en cualquier momento, se pusiera a limpiarse el cerumen de aquellas orejas extragrandes, pero, en lugar de eso, Edward se dedicó a confeccionar una cadena con clips para papeles. Después dejó de hacerlo, aplastó el cigarrillo hasta apagarlo y encendió otro.

–A los clientes no les importa un carajo la decoración. Vienen aquí porque no les queda otro remedio. A mí tampoco me importa, pero tengo algo así como un sentido de continuidad. ¿Qué razón hay para que un sitio cambie de aspecto cada diez años? O cada cien, da igual. Creo que a los clientes les hace bien estar en un lugar que hace que sus miserables salas de estar parezcan las de un palacio. De todas maneras, no podemos permitirnos un cambio.

–No –suspiró Maggie–. La verdad es que no. ¿Dónde estábamos?

Edward se anudó la bufanda comida de polillas en torno al cuello, con un repentino aire diligente. Sus guantes negros de medios dedos yacían sobre el escritorio, rindiendo tributo al hecho de que, aunque el recinto todavía no se había caldeado, estaba ahora más tibio.

–Jonathan Saunders no paga la manutención de su esposa desde hace seis meses. La acordaron cuando el niño tenía dos años, ¿recuerdas? Una suma separada para él, que podía variar en dependencia de la necesidad, y una fija para ella durante diez años, a partir de aquel momento. No era un monto generoso, sino una suma acordada, invariable. Yo le aconsejé a Francesca que buscara una conciliación capital, pero no quiso. Primero, dijo, él no lo soportaría, tenía ingresos pero su capital era pequeño; en segundo lugar, ella no necesitaba en ese momento una suma considerable, prefería acumular fondos extra, de emergencia, para el niño, y esa era la única manera de persuadir a Jonathan para que lo hiciera. Francesca metió en el banco la mitad de la manutención y compartió el resto. Pensé que podría continuar depositándolo en el banco los próximos siete años, y entonces contarían con una pequeña reserva cuando ella necesitara un depósito con cualquier fin. Pero nuestro dulce Jonathan, ¿qué fue lo que vio Francesca en ese mierdecilla?, le escribe ahora una carta mojigata desde Bahrain o quién sabe dónde, diciéndole que no ve por qué tiene que enviar dinero a la esposa que ha asesinado a su hijo y cómo creemos que podemos obligarle a hacerlo. –El largo discurso agotó a Edward. Era lo más parecido a la furia que se permitía sentir–. Y esa manutención de mierda también podría servir para pagarnos, a fin de que sigamos representando los intereses de Francesca. En caso de que cambie de idea sobre cualquier punto.

Maggie guardó silencio durante un minuto.

–¿Has deseado alguna vez que ella cambie de idea, Edward, o eres un nuevo converso?

–Lo he pensado –se limitó a decir Edward–. Pero no puedes apelar una condena basada en una declaración de culpabilidad a no ser que el cliente te lo pida. Sobre todo si se declaró culpable y ofreció una descripción detallada a la policía. Tú no puedes. Nosotros no podemos. Y yo, menos. Tal como vamos, este despacho funciona como una organización caritativa de mierda. Abogados obesos, ja, ja, ja. Pero siempre –añadió, animándose, como si la última calada del cigarrillo hubiera sido mucho mejor que las anteriores–, siempre queda tío Joe.

–También es mi tío lejano –dijo Maggie–. Que, supuestamente, era un peligro para las niñas pequeñas. Angela es quien lo visita, no yo; no lo conozco.

Edward había vuelto a su cadena de clips, deteniéndose solo para limpiarse las gafas con un extremo de la bufanda roja.

–¿Visita a quién? ¿Dónde?

Henry Evans entró en el despacho sin llamar. Se sentó en una silla torcida y les sonrió a ambos. La puerta abierta dejó pasar una bocanada de aire gélido y el sonido distante de máquinas de escribir. Hubo un silencio momentáneo.

–Hola, Henry –gritó Maggie, con un entusiasmo maníaco que hizo saltar a Edward–. ¿Qué haces aquí?

Henry fingió meditar la respuesta.

–Se me enganchó el forro de la chaqueta –dijo–. Tremolaba a mi espalda y pensé que se trataba de alguien...

Su voz se apagó en un suspiro. Tenía las gafas cubiertas de vaho. Se las quitó, bizqueó y a continuación miró con fijeza un punto en la habitación, después otro y otro, como si estuviera controlando el contenido; sus ojos estuvieron más tiempo posados en el pez que en ninguna otra parte, con una expresión que daba fe de un leve disgusto. El viento le había revuelto el pelo, dando un toque adicional a la imagen algo ridícula de un hombre que no estaba nada seguro de saber si estaba allí de verdad, aunque al parecer se sentía a gusto.

–Siéntese –dijo Edward con sarcasmo–. No tenemos nada mejor que hacer.

Henry se dirigió a Maggie, que se había ruborizado. Las manos de él parecían enzarzadas en un debate con las monedas que llevaba en el bolsillo. Quizás estaba perturbado.

–Volví al atracadero –le dijo–. Creo que ese lugar me gusta de veras. O me gustaba. Supongo que un atracadero es algo que uno construye cuando no tiene acantilados o sitios altos, de modo que si no puedes mirar hacia abajo, al menos puedes mirar a lo lejos.

Maggie asentía, en señal de comprensión. Tanto ella como Edward estaban a la espera. Henry parecía inmerso en una ensoñación, aprovechando la cortés indulgencia de sus interlocutores.

No tenía sentido tratar de explicar las cosas: así era siempre. Henry cerró los ojos con fuerza y se pellizcó el puente de la nariz. De repente, Edward se sintió satisfecho de que el hombre luchara por dar con las palabras necesarias, mientras él examinaba su apariencia y pensaba que por fin había encontrado a alguien con quien competir en el reino de los payasos excéntricos. Ya no le parecía tan bien vestido, el muy imbécil. La idea lo reconfortaba. En el intervalo de dos minutos, Henry estaba de vuelta en el atracadero, mirando la playa y los pescadores con sus paraguas negros, mientras se daba cuenta de que el fantasma que le acariciaba el dorso de la pierna era el forro de su chaqueta, y que ningún fantasma estaba a punto de derribarlo. Pensaba cómo había pasado toda su vida huyendo con cautela de sucesos y objetos, así como de la gente. La arremetida irracional con la que huía de los espacios cerrados, la manera de escapar de sus romances y sus relaciones, por consentimiento mutuo. Pensaba en todas las ocasiones en las que había eludido una confrontación, la vez en que lo apodaron Tortuga, en que alguien dijo en una ocasión que cuando él nadaba recordaba a una tortuguita de agua dulce, y cómo su suavidad no era exactamente tolerancia, que su serenidad era miedo al caos y pariente cercano de la cobardía. Él se marchaba, para conservar su dignidad. Henry Evans era el hombre cauto que ponía tierra de por medio para huir de la tempestad. Aunque tenía la sensación furtiva de que a pesar de todo lo que le había ocurrido a Francesca Chisholm, la que una vez lo había sacado de las cavernas, a pesar de todo lo que había hecho, no se habría comportado como él.

–No voy a hacerlo.

–¿Hacer qué, Henry? –le preguntó Maggie; su voz le llegaba desde muy lejos, como la voz gentil de su padre, que lo llamaba a comer desde la puerta de la casa, al otro lado del enorme patio trasero.

«Jardín –hubiera dicho ella–; querrás decir jardín.»

–Quiero decir que no me voy a casa –explicó Henry con paciencia, como si su intención previa hubiera sido del todo obvia–. Digo que no, que no creo toda esa mierda de que Francesca sea una asesina. Ni siquiera creo esa mierda de que cualquier persona sea capaz de hacer semejante cosa. Estoy seguro de que yo no podría. Antes, me largaría.

Se oyó el clic, clic, del mechero de Edward, un clunk cuando aterrizó en el sitio a donde lo tiró y, a continuación, el rascar de una cerilla.

–... Así que solo quiero saber cómo vivía. Eso, a quién conocía, a quién no. Y si ella mató al niño, quiero saber por qué. Quiero saber qué falló. Quiero que exista una razón. Maggie podría ayudarme. Les pagaré su trabajo. Tengo la impresión de que el dinero les irá bien.

–Ella no es de su incumbencia –dijo Edward.

Henry se encogió de hombros.

–Bueno, he puesto tierra de por medio muchas veces, demasiadas –dijo–, cuando hubiera debido volver atrás.

*¿Volver atrás? Ojalá se pudiera. Huir: yo lo haría.*

*Ah, se aproxima el aniversario, proyectando una sombra, eclipsándolo todo, haciéndome locuaz.*

*Me cuentan que el aniversario de la fecha en que uno entró en prisión es el peor día de tu vida.*

*Al principio, no notamos nada malo en Harry. Quizá porque nosotros mismos teníamos muchas cosas malas. Tener un hijo fue idea mía; era mi imperativo; maduré tarde y estaba llena de hormonas enloquecidas. Quería que todo el mundo tuviera muchísimos hijos, para que yo pudiera conocerlos y formar un día un equipo de fútbol o algo así. Aparté a un lado el hecho de que mi esposo fuera tan indiferente a ello, como si solo se tratara de una cuestión de nervios. Él se enamoraría del resultado, sobre todo si era una niña. Debí aceptar quién era él, en lugar de asumir que cambiaría, pero se trataba de lo que yo iba a hacer, y lo hice. Y, por supuesto, cuando una está embarazada, el bebé es más importante que el marido. Eso no le gustó; detestó las etapas finales, cuando todo iba mal. No fue un parto feliz y Harry no era un niño guapo. Había sufrido tanto antes de nacer que yo no podía esperar de ninguna manera que viniera al mundo con una sonrisa en los labios.*

*Lo inconcebiblemente cruel de este tipo de parálisis cerebral es ese maravilloso período de calma antes de que se note que algo anda mal. Harry no era nada más ni nada menos que un bebé adorable y tranquilo. Todo ocurrió cuando comenzó a moverse. No podía sostenerse sentado sin caer, siempre hacia el mismo lado, y yo me daba cuenta de cómo lo hacía para caer en la misma dirección. En retrospectiva, hay algo muy patético en eso, en el hecho de caer en la dirección en que podía protegerse a sí mismo. A continuación estaba la extraña preferencia de una mano sobre la otra; pensé que iba a ser zurdo y me pregunté de dónde le vendría eso. Entonces, cuando comenzó a gatear, avanzaba con el brazo izquierdo, arrastrando el otro, un gesto que parecía simpático y dulce hasta que se vio que no podía hacerlo de otra forma.*

*Hubo aquel momento en que lo miré y me di cuenta de que algo iba mal sin remedio. No es un instante que pueda describir. Entonces, me sentí aterrorizada por lo que pudiera pasarle. Quería meterlo de vuelta en mi útero y decirle que se quedara allí, que estaría a salvo.*

*Tenía varios libros sobre parálisis cerebral y lo sabía todo sobre la enfermedad. ¿Me leí todos los libros? ¿Y los diarios que llevaba, relatando sus progresos? Sí, lo hice. Seguro que lo hice.*

*Tuvimos momentos encantadores, Angela, Tanya y yo, jugando con Harry. Él era duro y decidido, y me encanta que los chicos sean así. Qué raro, con dos niños golpeados, exigentes, hubo demasiadas crisis para prestar atención a la marcha del marido. Fue como si nunca hubieran existido. El mío debía imaginar que no iba a llorar por él. Pobre hombre, hizo lo correcto al marcharse.*

*Y no nos abandonó, pese a las apariencias. Regresó en varias ocasiones y envió dinero suficiente para ayudarnos. Él me amaba a su manera; fui yo quien lo rechazó.*

*Me llevó cierto tiempo descubrir cuánto odiaba a Harry. Angela también, aunque odio es la palabra equivocada, más bien se trataba de indiferencia mezclada con irritación. Fue otra de esas revelaciones que te paralizan el corazón, algo más triste que amargo. Yo adoraba a la niña de Angela y, aunque ella era bondadosa, sencillamente no podía amar al mío.*

*Lo mismo les pasaba a otros. Dejé de ser la amiga universal, la persona con tiempo para todo el mundo, para cualquier cosa. Los que teníamos necesidades éramos Harry y yo.*

> *¿Quién mató al petirrojo?*
> *Yo, dijo la golondrina, con mi arco y mi flecha*
> *Yo maté al petirrojo…*

*Basta, basta… Solo tú tienes la culpa, nadie más.*

FMC

# Capítulo 7

La rima y la melodía de la canción resonaban en la cabeza de Maggie.

> Hay quien piensa que puede
> tenerlo confinado,
> algunos consideran
> que es ciego y apocado
> pero aunque de él te apartes,
> ríndete a la leyenda:
> el Amor, aunque ciego
> encontrará la senda[1].

–La respuesta –dijo Henry– se encierra siempre en los hechos.

–No, Henry, no es así. La respuesta está en las emociones. Créeme, soy abogada.

–Maggie, ¿por qué tengo la impresión de que estás jugando conmigo?

–Porque eres norteamericano, Henry. No entiendes de qué va la frivolidad.

Recordó aquella conversación mientras estaba en posición supina, en el vetusto aparato de rayos UVA de Laura Bains, parte integral de la clínica de belleza Gracia (seré la des-gracia de tu vida, ja, ja), situada en la subida de la carretera de los Cardos, a medio camino, a la izquierda. No había manera de pasarla por alto. Recordaba a Henry, sentado en su habitación del ático, ro-

1. *«Some think to lose him / By having him confined, / And some do suppose him / (Poor thing! to be blind, / But if ne'er so close you wall him, / Do the best that you may; / Blind love (if so you call him) / Will find out his way.»* Versos correspondientes al poema «Love will find out the way». *Op. cit. (N. de la T.)*

deado de papeles, como lo había visto los últimos cuatro días, menos cuando estaba fuera haciendo el idiota, a causa de su pésima costumbre de hablar sin circunloquios, de manera literal, y su incapacidad para mentir, cualidad tan desafortunada como la anterior. Cuando las lámparas del aparato de rayos UVA se apagaron y el traqueteo de la máquina cesó con una sacudida, empujó la cubierta de plástico, que chirrió como la tapa de un ataúd.

–¿Ya estás lista? Ve para allá.

Una distancia corta, el camino entre la ventana de una sala de estar pequeña y oscura y la pared trasera, dividida a la mitad por una cortina de plástico floreado que llegaba hasta el techo. Arreglándose la ropa mientras caminaba, Maggie pasó del duro colchón del aparato de rayos UVA al de la cabina de masajes, más mullido y grueso.

–Linda, compraste ese cacharro antes de que acabáramos el colegio.

–¿Así que estás acostumbrada a cosas mejores? Por ejemplo, como en uno de esos gimnasios elegantes de Londres, donde la tapa se levanta sola, ¿no? No sé por qué me esfuerzo tanto.

Manos diestras aplicaron una loción limpiadora a su rostro. Maggie miró al techo, donde nadaban diseños Artex formando un corro. Por la radio, en un programa al que los oyentes telefoneaban, se debatía una crisis. Discos de algodón limpiaron la superficie de su piel.

–Una vez pensé que me largaba de aquí –le estaba contando Linda–. Como tú. Quedé encinta y aquí estoy. Fue él quien se fue a la mierda. Todo acaba igual, ¿verdad? No hay nada como el hogar. Puedes quemarle el sujetador a la niña y te lo volverá a pedir. Y los corsés. Aquí no vale ponerse dura, cariño.

–Yo nunca lo hice.

Las manos se detuvieron un instante. Se oyó el sonido de un vigoroso movimiento de lavado, que quedaba fuera del campo de visión.

–No, tú no. A decir verdad, tu prima tampoco. –Una crema astringente fría entró en contacto con la barbilla de Maggie, y unos dedos la extendieron hasta llegar a la frente–. Eras muy romántica, ¿verdad? Siempre imaginando ser la princesa y recitando versos. Yo nunca sabía quién ibas a ser el día siguiente. Eras tan divertida, Maggie Chisholm... Aún lo eres, a pesar de que te cambiaste el nombre y te casaste con quien no debías. Igual que hicimos todas.

–En aquel momento era el que debía ser.

–No, nunca lo son en ese momento. Nunca creí que eso pudiera ocurrirte, claro que no, y menos después de doce años, o más. Pero no es razón suficiente para andar escondiéndote como lo haces, como si fueras la única en esa situación. Seguro que te apetece salir conmigo y con las chicas. Cierra los ojos. –Linda utilizó un nuevo disco de algodón para retirar los restos de leche limpiadora del ojo izquierdo de Maggie–. Pero, en lugar de eso, no logras rehacer tu vida. No puedes comprar una casa con el dinero que tienes. Vives donde los maricas y ahora andas paseando con ese americano. Al menos, sé que te cuidas la cara. ¿Qué quiere ese tío? ¿Es rico?

Añadió una porción adicional de loción exfoliante con cierta rudeza. Maggie podía percibir un pequeño callo en el dedo medio de Linda y se preguntó tontamente cómo le habría salido. Recordaba un masaje dado por manos rudas en algún momento del pasado, se concentró en el callo y mantuvo la serenidad en la voz. No quería que la gente hablara sobre Henry a no ser que lo hicieran con un poco de respeto.

–Ya te lo dije –repuso–. Quiere averiguar más cosas sobre la muerte de Harry. Estuvo enamorado de Francesca y no puede creer que ella lo hiciera.

–Ummm. ¿Y dónde estaba cuando lo necesitaban, eh? Llega un poco tarde, ¿no? Ya sé lo que está haciendo, lo he oído. Aquí oigo muchas cosas, más de las que escuchas tú en esa oficina, eso te lo aseguro. Y hay mucha gente que le diría a ese imbécil que deje dormir a la bestia. Claro, en aquel momento oí muchas teorías. Que si el marido de Franny quería volver con ella, que si hizo un viaje rápido para quitar de en medio al pobre pequeñín y se aprovechó cuando lo vio solo. Y hubo hasta quien dijo que había sido Neil. O Angela Hulme...

–Vamos, Linda...

–Porque Franny tenía mucho más tiempo para su adorada

hijita antes de que apareciera Harry, correteando y balbuceando, ¿verdad? Todo iba bien cuando era un bebé, pero no cuando creció. Otro dijo que habían sido los maricas, pero el niño nunca dormía allí y eso ocurrió un domingo por la mañana, ¿no? Pero yo creí que se trataba de algún loco drogado, por aquí hay unos cuantos de esos, ¿verdad?, hasta que ella confesó que lo había hecho. Y entonces, todo encajó. Así que yo impediría que ese estúpido cabrón anduviera por ahí haciendo preguntas, antes de que alguien le rompa la nariz o algo peor. Deja de cerrar los puños, ¿no?, se supone que debes relajarte.

Pequeños granos de una sustancia arenosa y delicada, aplicados a las mejillas, retiraron de sus poros los restos de maquillaje. El efecto era soporífero. La habitación estaba deliciosamente caldeada y el mundo exterior resultaba antipático. Maggie obedeció y abrió los puños.

–No puedo impedir que haga preguntas –dijo–. Es un científico.

–Eso no es excusa. Me cago en ese timbre. Vaya, ha llegado temprano.

Murmullos en el pasillo. Risas. Linda regresó. Maggie se frotó los ojos. El aparato de rayos UVA volvió a la vida con un zumbido y al otro lado de la cortina se oyeron los sonidos de alguien que se desnudaba. La esquina del tratamiento facial seguía silenciosa.

«Eras tan divertida, Maggie. Érase una vez.» Dentro de poco nadie va a querer dirigirte la palabra. Enumeró algo, utilizando sus dedos, mientras Linda le daba masajes en el cuello. Gimió de placer. Una camioneta subió rugiendo por la calle estrecha.

«Darle a Henry las llaves del chalet de Francesca... Hecho.»

«Hacer que Neil coopere y hable con él... No quiere, pero estoy en ello.»

«Hacer que Angela hable con Henry... Imposible. Se niega de plano. Tendrá que ser él mismo quien la convenza. Que lo intente.»

«Decirle que puede utilizar Internet en la biblioteca... Ya lo sabe, lo detectó con el olfato, como un perro.»

–Tiene cierto parecido con un perro –murmuró a Linda, mientras la máscara hidratante comenzaba a endurecerse alrededor de su nariz.

–¿Quién? ¿El americano?

–Sí. Es un perro grande encantador, con una chaqueta gruesa y ojos grandes y dulces.

–Bueno, Maggie, no sé, de veras. Una nunca puede escogerlos. Tú siempre has escogido al más idiota. ¿Y qué está haciendo, ahora que no lo vigilas?

–Solo Dios lo sabe.

Maggie dirigió la vista hacia su chaqueta, que colgaba del gancho tras la puerta: una manga sobresalía como en gesto de saludo.

Aquí no nieva nunca, o la nieve no dura mucho tiempo, le había dicho Maggie. Henry había abierto la ventana de su habitación y la manga de su jersey negro recogió un puñado de copos de nieve. Se los mostró y preguntó: «¿Cómo llamas a esto?». Llevaba nevando dos horas, lo que convertía a Maggie en una informadora nada fiable. Ella era un adorno cómodo en la habitación: admiraba el cuidado con que Henry lo había arreglado todo, traía el desayuno de ambos, examinaba los copos de nieve como si se tratara de un tipo raro de insecto, se acomodaba en el borde de su cama, cubierta por la colcha de seda, de la que había retirado todos los papeles relativos al caso Chisholm.

Fuera de la casa, el mundo ofrecía un contraste lóbrego. Salió a él sin deseos, después de arrepentirse cuando bajaba las escaleras y de regresar en dos ocasiones, buscando sus guantes. Sobre la acera había una nieve fangosa y poco convincente. Tan cerca de la costa no era más que una molestia, pero había oído que bastaba para bloquear las carreteras de acceso. Henry tuvo ganas de regresar mucho antes de que sus húmedas huellas atravesaran los cuatrocientos metros que separaban la casa de la iglesia. Pero al llegar, descubrió con alivio que el edificio estaba moderadamente caldeado. Desde fuera daba la impresión de que debía estar frío. Peter ya se encontraba allí.

–Francesca venía aquí regularmente –explicó, mientras admiraba las botas de cuero de Henry, lamentando no haber tenido la sensatez de aceptar el ofrecimiento de un par de botas Wellington de caña.

–Por supuesto, no como creyente –interrumpió el vicario con su voz aflautada, que sonaba mejor dentro de una iglesia cálida y vacía que tras la mesa del comedor. La voz pertenecía a aquel entorno, era una invitación al eco, a la oración. La pronunciación exagerada de las sílabas adecuadas parecía servir a un propósito en aquel sitio–. Era más bien una persona que venía honestamente a buscar una póliza de seguros. No para ella, aunque según me decía le gustaba el ambiente. Para los niños. Trajo aquí a Tanya Hulme tan pronto la adoptaron y, no mucho después, a Harry, aunque todavía era un bebé. Fue totalmente sincera sobre los motivos que la traían a la iglesia. Siempre fue sincera.

–¿Los motivos? –indagó Henry, mientras examinaba las tallas ornamentales del púlpito y percibía que el sacerdote miraba con aprobación su vestimenta.

–Vamos, señor Evans, todo el que apela a la religión tiene un motivo para hacerlo. Quizá ser miembro de un club, o la oportunidad para llevar sombrero. O bien, la paz y la serenidad, o la posibilidad de observar a los demás y ser observado. O de pasar una hora en un lugar hermoso. Y hacemos unos adornos florales preciosos, ¿verdad, Peter?

El aludido estaba colocando ramas invernales en un gran jarrón. Retrocedía un paso para ver cómo quedaba y asentía con la cabeza. La iglesia era una antigualla victoriana, una estructura con más peso que refinamiento, pero los bancos estaban pulidos y los reclinatorios habían sido adornados con encajes.

–Estoy seguro de que, en caso contrario, hubiera ido a la iglesia metodista, aunque solo sea porque cantan himnos más hermosos, pero quería que los niños se acostumbraran a venir. Me dijo que lo hacía para obtener la bendición de Dios, en caso de que existiera. Y que si posteriormente no deseaban continuar, podían apartarse de la iglesia, pero que no fuera por desconocimiento. Creo que la entendí bastante bien. Si yo me empeñara en que solo vinieran creyentes, esta congregación no existiría.

–Por lo tanto, ahora sé lo que hacía Francesca los domingos por la mañana...

–Lo que hacíamos –interrumpió Peter.

–Pero eso no me ayuda a conocer sus problemas –prosiguió Henry con sinceridad–. Quiero decir que, si usted era su párroco, no importa en qué sentido, y Harry formaba parte de su parroquia, ¿por qué no se dirigió a usted en busca de ayuda? No pudo hacer gran cosa, ¿verdad?

El pastor y Peter intercambiaron una mirada de resignación. Dos personas que percibían al unísono el modo nada diplomático en que Henry formulaba sus preguntas.

–Yo la ayudé. La puse en contacto con personas que se preocupaban mucho por ella. No tenía familia. Cuando se tienen padres relativamente mayores, como era su caso, uno los pierde pronto. Le busqué a estos dos –hizo un gesto con la cabeza en dirección a Peter– para que la ayudaran con Harry, pero no pude hacer nada con respecto a sus rincones más oscuros. Nada. No pude obligarla a invocar la ayuda de un Dios en el que ella no creía. En cualquier caso, no se trataba de ayuda. Ese no era el problema.

Se sentó pesadamente en uno de los bancos pulidos, cerró los dedos sobre la bola ornamental que coronaba el brazo y la acarició. Su mano era seca y agrietada, marcada por el trabajo físico, y eso despertó un acorde de simpatía en Henry. Peter y Timothy tenían manos semejantes; imaginó que serían como las de los discípulos de Jesús. Aquello otorgaba credibilidad al párroco, lo distanciaba de la imagen del comensal diletante que disfruta de una cena con una copa de vino en la mano. Henry aguardó. El pastor siguió acariciando la madera como si se tratara de una lámpara mágica que pudiera fabricar palabras.

–El problema es que ella era una excelente persona. Es, o era, ya no lo sé, buena. Y eso quiere decir que era dueña de una virtud natural que no necesitaba estímulo externo. Eso es una bendición. No era buena porque temiera las consecuencias de no serlo. Era sencillamente buena. Es verdad que tenía una lengua cortante, pero era incapaz de albergar malos sentimientos. Podía quejarse, pero no se guardaba un mal pensamiento o un resentimiento, ni siquiera si le iba la vida en ello. Tenía una capacidad única para ocuparse de los demás. Para amarlos, como se suele decir. Y si no fuera una herejía, yo diría que hubiera podido enseñarle un par de cosas al Dios cristiano sobre el perdón y la generosidad. Para eso no necesitaba orar.

Peter tosió, avergonzado por aquella oratoria. Henry hizo una mueca.

–Entonces, ¿cuál era el problema? –preguntó.

El vicario se irguió en el asiento y unió las manos sobre su regazo. Su sotana no era muy elegante, estaba un poco ajada y sucia.

–Las personas que han sido bendecidas con una bondad natural y especial, sobre todo si eso va acompañado de un rostro hermoso y un cuerpo ágil, atraen a los débiles y los minusválidos. También a los malvados, los afligidos y los necesitados. Se vuelven indispensables. Pero también repulsivos, señor Evans. Es difícil soportar la virtud. La gente siente rencor hacia el destello brillante de la bondad pura. Los hace sentirse defectuosos. Y esa es la razón –añadió–, por la que soy un buen vicario. –Hizo una mueca burlona y Henry volvió a sentir simpatía hacia él–. Mis defectos y mi talante aburrido son demasiado obvios. Como ve, carezco del carisma de la bondad. Tanto de su bendición como de su maldición. Nadie se enoja conmigo cuando no tengo tiempo para dedicárselo. Con Francesca, sí se enojaban.

Peter bajó de la pequeña escalera en la que había subido para alcanzar el jarrón que se hallaba detrás del púlpito. Hacía ruido al moverse y sus suspiros eran más bien resoplidos.

–Este arreglo floral no sirve –dijo–. Con este calor horrible no durará nada.

Era un arreglo de acebo y laurel demasiado ambicioso, vibrante. Henry se ajustó las gafas y asintió.

–Es verdad, no sirve –dijo y se volvió de nuevo hacia el pastor–. Entonces, fue la bondad la que la hizo dedicar tanto tiempo y tantas energías a Tanya Hulme y a su madre. Me imagino que eran un cuarteto inseparable. ¿Era auténtica bondad? ¿Y todo eso para quién era bueno?

–Ah, claro. Creo que eso era sencillamente amor. Se enamoró de la niña. Y eso era bueno para una preciosa niñita excitable en extremo, que necesitaba una reserva inagotable de amor para compensar el maltrato del que había sido víctima. Si hubiera visto a aquella pequeña salvaje aterrorizada, también usted le habría entregado su corazón.

–¿La niña viene a la iglesia?

–No, señor mío, no. Me parece que su madre no quiere que ninguna otra cosa influya sobre la niña. Con excepción de ella misma. Quizá tenga razón: lo importante es ser coherente.

El arreglo floral de Peter se balanceó y cayó con estruendo. Henry se agachó para ayudarle a recoger los pedazos.

–Creo que esto debió quedarse en el árbol –dijo Peter, arrepentido.

–Sí, es posible.

Henry le dio unas palmaditas en el hombro, y mientras lo hacía se dio cuenta de que era la primera vez que lo tocaba.

Peter sonrió con alegría.

–¿Lo ve? –dijo–. No somos contagiosos. ¿Vendrá a cenar? Hoy tenemos una velada musical.

–Quizá no –respondió Henry–. Pero gracias.

Nadie había podido enfrentarse al reto de caldear el castillo. Y era natural, no estaba diseñado para tener calefacción, ni siquiera para recibir una limpieza a fondo. Neil se acordó de todo aquello mientras recogía una bolsa de plástico bajo un cañón y se apresuraba a ponerse a cubierto. Los cuarteles de los soldados rasos siempre habrían estado sucios, y posiblemente las cocinas apestaran. En los cuarteles ocupados por los oficiales de tropa, donde se había infiltrado el anhelo de comodidad, habrían tenido tapices y cortinas para prevenir las corrientes de aire. Aún quedaba un par de habitaciones paneladas con maderas preciosas, para el uso de los jefes. Los paneles pintados mostraban retratos o fotografías de patilludos guardianes del torreón central, desde 1800 hasta el último, que había sido despedido. La cara de Chisholm no era solo la última, sino también la única que aparecía sin vello facial y que había tenido la temeridad de sonreír. Eliminar los alojamientos en el torreón central había sido una mala idea, pensó Neil, aunque se daba cuenta de que el mantenimiento habría resultado caro hasta niveles ridículos. Pero el hecho de que no hubiera una familia residiendo en el corazón de una fortaleza alentaba la proliferación de fantasmas, que podían vagar por aquellos recintos sombríos y hacer gestos obscenos ante los retratos de los guardianes. «Que os den, guardianes del torreón: ahora mandamos nosotros.»

El castillo ya había cerrado; él estaba allí, preparándolo todo para la jornada siguiente, ordenando las tarjetas postales y las guías, dejándolo todo organizado para su día libre, y aunque esas tareas absorbían su atención, se sentía ansioso. Había cosas mejores que hacer fuera de aquellas murallas. «Follar», se dijo a sí mismo. Por siempre. El fin de semana había sido excelente. Ella era hermosísima y el futuro lo preocupaba en extremo. Viagra. El doctor dijo que solo le daba lo suficiente para tres o cuatro pruebas. Después de eso, tendría que asumir el coste del medicamento, lo que equivalía a una pequeña fortuna. Y aquella polla inútil, que se negaba a cooperar, ¿podría llegar en algún momento a la conclusión de que su cuerpo había logrado descifrar la combinación secreta y comenzaría a funcionar sola? ¿Tendría que incrementar la dosis? ¿Tendría suficiente para una semana? ¿Dónde podría conseguir más, ahora que la vida se le hacía inimaginable sin eso? ¿Perdería a su novia de la misma manera que había perdido a su esposa?

Recogió tres paquetes de frutos secos, obviando el sentimiento de culpa por no haber controlado el piso de abajo para no llegar tarde. ¿Por qué tendría que hacerlo? No debía llegar tarde para ver a Tanya. Angela sería capaz de matarlo. Cruzó corriendo el puente levadizo mientras se cubría la cabeza con el capuchón de su anorak. Había un grupo de personas ante el aviso de la entrada.

–Perdón, ¿está abierto el castillo?

Neil se le acercó y respiró un aliento salado.

–No, amigo. Cerrado por exorcismo.

Tenía suficientes comprimidos de Viagra para el día siguiente, quizá para un par de veces más, y luego adiós.

El rostro limpio y brillante de Maggie dejó de mirar hacia el mar y la mujer echó a andar hacia los suburbios de la ciudad. Había nieve fangosa derretida en las aceras y el cielo era plomizo. A ella le encantaba. Le hubiera gustado no tener otra cosa que hacer que caminar. Llegó hasta el puente convexo que pasaba por encima de las líneas férreas. El tren, con su estruendo en la distancia, parecía de juguete. Maggie se detuvo en el punto más alto para sentirlo pasar por debajo de sus pies. El puente temblaba ligeramente a medida que la locomotora frenaba. Desde el puente se divisaba el parque y la ciudad, llena de paz y con un aspecto más sereno a causa de la nieve. La intranquilidad que la embargaba desapareció. No quería estar a bordo del tren, marchándose de allí. En realidad, no tenía adónde ir, y cuando llegara a cualquier parte nadie la reconocería. La vida era de una coherencia notable.

La nieve se había acumulado en el parque contiguo al gimnasio. La novedad había hecho que las actividades bajo techo quedaran abandonadas, y los niños correteaban por todas partes. La nieve se había asentado sobre la hierba y cubría los arbustos. En el centro, habían erigido un muñeco de nieve: el tronco redondo había sido amontonado a toda prisa, y la cabeza era demasiado pequeña y no mantenía las proporciones. Alguien le había puesto una zanahoria que hacía de nariz, y ese era el único rasgo de la cara. Las manos, cruzadas sobre el vientre enorme, llevaban guantes, pero no había ojos u orejas que dieran expresión al rostro. Discutían a gritos aquellas omisiones cuando Tanya Hulme, esbelta y de cabello castaño, se separó del grupo. De su grueso jersey salían unas piernas flacas, terminadas en unas enormes zapatillas negras de deporte, con las que pateaba la nieve. La niña mejor vestida de la ciudad y nadie quería estar con ella.

Maggie atravesó la nieve en dirección a Tanya, empapándose los bajos de los pantalones.

–¿Qué pasa, Tanya?

Maggie recordó que no debía llamarla por ningún diminutivo. Si uno no sabía nada de niños, no tenía idea de qué era lo que los complacía. Quizá solo lo que no menoscabara su dignidad.

Tanya pateó la nieve hasta llegar a la hierba, y siguió pateando. Llevaba sueltos los cordones de las zapatillas.

–La zanahoria la encontró otro –susurró, señalando–. Yo quería encontrarla. Fui a quitársela, y me dijeron que me largara.

–Vaya, pues ahí veo unas piedras negras que serían perfectas para los ojos –dijo Maggie, agachándose sobre el sendero–. Y podemos ponerle hojas a guisa de orejas, muchas hojas. Te doy mi gorro, para que se lo pongas en la cabeza.

–¿Por qué?

En los ojos de Tanya había lágrimas de furia.

–Porque cuando le hagas una cara, él te sonreirá.

La niña la miró con suspicacia, agarró las piedras, retrocedió para examinarlas, se dio la vuelta con rapidez y se metió corriendo en el grupo, anunciando que tenía ojos para la cara. Enseguida regresó, como un cachorrillo. ¿Y las orejas esas de mierda, qué? A ambos lados del camino crecían laureles. Maggie los sacudió para hacer caer la nieve que los cubría y arrancó de los extremos de las ramas unas hojas onduladas de puntas marrones que comenzaban a marchitarse. Tenían aspecto de orejas. Tanya las agarró como si fueran la salvación y regresó corriendo a su tribu. Las orejas aparecieron en la cabeza del muñeco. La niña volvió corriendo junto a Maggie, con la misma expresión de apremio en el rostro.

–¡Tu gorro! Necesito tu gorro. Por favoooor.

Maggie inclinó la cabeza.

–No molestes, Tan.

La niña se detuvo un instante para mirar a Neil, que se había detenido junto a ellas, salió corriendo con el gorro en las manos, sacudiéndolo y gritando al grupo de niños. Al instante, el gorro apareció sobre la cabeza ladeada del muñeco de nieve, y se oyeron unos aplausos sueltos.

–Lo siento –dijo Neil–. Lo recuperaré enseguida.

–No importa –dijo Maggie–. No me gustan los gorros. Prefiero los chales.

Miraron a los niños. Por decisión unánime, toda la clase había decidido que aquella tosca creación, hecha con sus propias manos, era un blanco adecuado para la destrucción. Hacían bolas sólidas con la nieve y se las lanzaban. El gorro de Maggie era el blanco y Tanya fue la única que logró acertarle. Colocaron de nuevo el gorro en un ángulo descarado y el asalto se reanudó, entre chillidos y gritos.

–Hay que estar loco para soportarlos –dijo Neil.

–Creo que no siento no tener hijos –repuso Maggie.

–Ese americano, el que me comentaste por teléfono –dijo Neil con timidez–. Va a trabajar en Fergusons. ¿Crees que si hablo con él podrá conseguirme Viagra?

–Ah, funciona, ¿no?

–¡Y de qué manera!

–Ten cuidado, Neil. Hay que tener cuidado con cualquier medicamento.

–Dios mío, pareces Francesca, siempre cuidándome. Pero ¿crees que él podría...?

Maggie se ruborizó, avergonzada.

–Oh, estoy segura de que sí. Tiene en su habitación un maletín lleno de comprimidos. Lo cuida mucho.

–Probablemente se las vende a los maricas. ¿En su habitación? Qué me dices, Maggie. ¿Vas con frecuencia a su habitación?

–No, Neil, nada de eso. Y no sé cómo puede ayudarte Henry Evans. Quizá te diga cómo conseguir los comprimidos. Todo lo que tienes que hacer es hablar con él.

–¿Yo? No tengo nada que decirle. No tenía idea de lo que ocurría. Siempre me dejaban al margen. Oh, Francesca no hacía eso: intentó que volviéramos a estar juntos. Era Angela. No quería que hubiera ningún hombre cerca de la niña. –Sus pies arañaron la hierba en el sitio donde los pies de Tanya habían retirado la nieve–. No estaba al tanto de la vida de Fran. Lo único que sabía era que Angela le guardaba cierto rencor. Harry ocupaba el tiempo que Francesca le había dedicado a

Tanya, y eso no le hacía mucha gracia a Angela. Era difícil complacerla.

–Bueno, deja que Henry te invite a un trago. Convence a Angela de que hable con él.

–¿Te estás burlando de mí? Mira, la escuela cierra mañana y ella irá con Tanya a sustituirme en el castillo. Dile que pase por allí. Eso es lo que yo haría. –Neil cerró los ojos y pensó en los planes que había hecho para su día de descanso: un viaje a Francia, una cena en casa y... Señaló a Tanya con la cabeza–: Cada día está mejor. Me hace reír.

Los niños se iban tranquilizando: los lanzamientos eran menos animosos, las manos gélidas comenzaban a doler, las madres, a un lado, empezaban a discutir; la niña era la única que continuaba el bombardeo con un entusiasmo indeclinable. El muñeco de nieve resistió el asalto con su estoicismo informe. El gorro de Maggie había desaparecido.

–Tengo que admitir que el pequeño Harry me daba escalofríos –continuó Neil, con franqueza–. Era como una esponja, absorbía energía sin emitir mucha. Así es como lo recuerdo. Pero no puedo decir mucho más, porque no era hijo mío. Nunca entendí cómo logró llegar solo al final del atracadero.

Tanya, fatigada, se detuvo a soplarse los dedos para calentarlos.

–Todo lo que Francesca hizo por nosotros, se lo cobró con creces –dijo Neil, volviéndose hacia Maggie–. Canceló sus haberes. Se hizo indispensable y, a continuación, bum... y después, tuvo el descaro de... Oh, mira, ya ha terminado... Mejor me la llevo a casa. Quiero ir de pesca.

Tanya corrió hacia ellos, agitando en la mano el gorro de Maggie, le hizo una reverencia que fue recibida con alegre turbación, y se lo entregó. A continuación, la abrazó. Para Maggie, fue una sorpresa.

–Dame una vuelta –pidió la niña a Neil.

Tenía la estatura y el peso adecuados para hacerla girar en círculo, con las piernas extendidas, gritando como si le estuvieran haciendo cosquillas. Él, sin aliento, la dejó en el suelo.

–¡Otra vez, otra vez! –gritó Tanya.

–Basta ya –dijo él, y la niña echó a andar, obediente.
–Hace un año, no lo habría hecho –masculló Neil.
–¿Qué? ¿Abrazar a alguien?
–No. Devolver el gorro.

Ella los dejó, incapaz de continuar soportándolos. Ahora lo veía todo. Neil, cuidadoso y responsable con la niña que quizá no hubiera podido nunca engendrar. Y ella misma, dando vueltas entre los demás, percibida en ocasiones, como un fantasma. La que conspiraba con Francesca, el actor que dice una frase que no encaja en el guión, el meritorio que siempre se aprende los parlamentos que debía decir otro, y que permanecía allí hasta el final para recoger los desperdicios. Ayudando a que Henry encontrara una huella en la ceniza, un hueso de difícil identificación, y sabiendo que ella no contaba con otra opción.

Ellos lo necesitaban a él. Necesitaban a un desconocido.

Al número 40 de la manzana, donde había vivido Francesca, se accedía por unas escaleras anónimas. «Lo alquiló después de que su marido se largara. Su amiga vive con su hija al otro lado de este mismo edificio.» Un arreglo discreto y conveniente para residir cerca de una amiga, etc., pero ahora nadie quería vivir allí. Edward Burns le había dicho que no lo podían vender ni alquilar, no podían hacer nada. Un excelente lugar de residencia, ja, ja, ja. Un maldito elefante blanco, con vistas al mar. La cerradura era extraña; mientras Henry, sintiéndose como un ladrón, trajinaba con la llave, se oía el sonido de un televisor, amortiguado por las paredes. El interior lo desencantó del todo, pero quizá se debiera a que nada podía gustarle después de vivir en la Casa Encantada. La temperatura era cálida, el estilo impersonal: una enorme sala de estar, que daba al mar, con restos de un mobiliario neutro, estándar, que quizá le había comprado al inquilino anterior, nada nuevo o especial, todo muy gastado. Estanterías llenas de libros, alacenas de puertas desconchadas y una alfombra que tenía aspecto de haber sido un campo de juegos, con el centro manchado y tan gastado que se podían contar las fibras. Al lado de la ventana, una silla giratoria junto a una mesita de café, con un chal doblado sobre el brazo. Henry tomó la prenda y se la llevó a la cara. De mala calidad, olía a húmedo. Trató de recordar si Francesca tenía un perfume peculiar, propio. Era posible, pero no le acudía a la mente: carecía de memoria olfativa. Sin embargo, ella tenía su propio estilo, un estilo bien definido; siempre bien arreglada, hasta en ropa de deporte, y el pelo recogido de una docena de maneras diferentes con horquillas.

Revisó las estanterías, descubrió varias novelas, una balda llena solo de libros de poemas infantiles, pero no había nada más que indicara quién había vivido allí, a no ser por las marcas y los arañazos en el suelo. ¿Dónde estaban los libros de poesía que había esperado ver? ¿Dónde estaban los poetas? Henry se sentó en la silla y miró el cielo gris. El esplendor del mar no era visible: la ventana estaba a un nivel inadecuado, demasiado lejos del suelo para que una persona, sentada en la silla, pudiera contemplar bien el paisaje. El irritante zumbido del televisor continuaba oyéndose, como si hubiera una mosca en la habitación. Para una persona que vivía intencionadamente al borde del mar, el peor insulto era verse privado de semejante vista, eso enloquecería a cualquiera.

Se levantó y prosiguió su recorrido. La cocina era amplia y tenía una mesa de comedor. Estaba adecuadamente equipada, según las normas del otro lado del Atlántico, con instalaciones para cocinar y conservar, todas con aspecto de haber sido utilizadas si no hasta la sumisión total, por lo menos hasta una familiaridad excesiva. El cuarto de baño, del todo rudimentario. Henry comenzaba a darse cuenta de que los británicos no prestaban demasiada atención a duchas de hidromasaje y cosas por el estilo. No se veían adornos por ninguna parte. Se habían llevado los objetos útiles –el televisor, los teléfonos, el microondas–, dejando señales de su presencia: una marca en la pared, un estante vacío, una mesilla con varias guías debajo. El piso había sido sometido a un saqueo controlado y autorizado.

«Piensa, Henry. Piensa, maldita sea.» La voz de su padre, aquel recordatorio del rigor intelectual, seguía resistiendo. «Oye, papá, estoy pensando que esta mujer no me gusta mucho. La que yo conocí no hubiera vivido nunca en un lugar como este. Si ella hubiera residido aquí, se notaría, pero no hay la menor señal. Me voy de aquí. Todo es demasiado ordinario.» «Ni se te ocurra marcharte. Piensa. Calcula la verdadera dimensión: no hagas las cosas a medias. Registra las estanterías. Hazlo, y caerá una carta de un libro. Es lo que ocurre siempre. Piensa.» El único objeto personal que había encontrado era el chal y se preguntó por qué. Parecía que lo hubieran puesto allí de forma deliberada, en contraposición con lo impersonal de la atmósfera. Henry se había mudado tantas veces que no se atrevía a contarlas, siempre buscando una casa con más espacio. Vio habitaciones equipadas con muebles suficientes como para que parecieran habitables y tuvieran una cierta dimensión, pero nunca llegó a ver nada tan absolutamente neutral. Solo el dueño podría habérselo llevado todo: nadie hubiera sido tan implacable.

Se sentó en la silla junto a la ventana, pero la línea del marco delante de sus ojos y la visión de un espacio ocupado solo por nubes ominosas lo irritaba, por lo que se levantó con las manos en la cintura y comenzó a examinarlo todo como un inquilino en potencia. Maggie le había dicho que Francesca se lo llevó todo durante los días transcurridos entre la muerte de Harry y su arresto; en el momento en que se la llevaron por tercera vez para interrogarla, el piso ya se encontraba en aquel estado. No contaba con regresar. El coche y lo demás pasaron más tarde, según sus instrucciones, a destinos específicos, pero la correspondencia, los recuerdos, las fotos de familia, las tarjetas de Navidad, hasta los certificados de nacimiento y los recibos de alquiler habían desaparecido hacía tiempo, al igual que la mayor parte de su ropa y todas las cosas de Harry.

No eran los actos sistemáticos que se suelen asociar con alguien que se ha vuelto descuidado debido a la culpa... o la aflicción. Henry percibió un sentimiento de repulsión hacia Francesca que le brotaba por la piel, como si se tratara de una película de sudor.

Maggie había dicho que lo único que ella pedía desde la prisión eran libros y resmas de papel. Quizás era a lo que se dedicaba allí: a reescribir su propia vida. Si uno ha sentido en torno al cuello los brazos de un niño, que te abraza con una confianza absoluta, ¿cómo podía hacerle daño? Él no lo sabía: simplemente, no lo sabía. No se sentía cualificado para saberlo: no se trataba de una desesperación o una tentación que quisiera compartir.

El sonido de la televisión había cesado, dejando un vacío de silencio. Los ruidos exteriores quedaban amortiguados por la doble ventana. En la Casa Encantada no había nada por el estilo. Henry llegó a disfrutar de la intrusión del sonido. Miró hacia abajo por la ventana de la sala de estar y pensó que la vista que se ofrecía desde su cuarto era mejor. Un segundo piso, algo poco adecuado para un niño: en la salida había escaleras. Se alcanzaba a ver el castillo achaparrado a la izquierda y el mar oscuro al frente.

Se acordó de su ordenador portátil. La biblioteca destartalada con acceso a Internet. «Parálisis cerebral... no tiene el perfil típico de un niño de cinco años... depende de su gravedad... ¿convulsiones epilépticas?»

Visualizó a un niño que se arrastraba por el suelo, con un brazo doblado debajo del cuerpo, avanzando con ayuda del otro. Había retrocedido hasta la puerta de entrada, buscando la llave en el bolsillo mientras tocaba con el hombro la madera pintada. El leve golpe al otro lado fue como si le rozaran la espina dorsal. Henry se irguió con una sacudida. Tenía todo el derecho a estar allí. Era un posible inquilino. Durante el año transcurrido pasaron por allí a docenas. Uno de ellos dejó la colilla de un cigarrillo en el cubo de la basura; la había visto.

Francesca fumaba. Suaves cigarrillos hindúes, que servían como contraseña para iniciar una conversación. Ese había sido su olor. Henry abrió la puerta.

–Ah, es usted.

En el vestíbulo estaba la abuela de la calle Mayor que lo levantó del cieno y le dijo que vivía a la vuelta de la esquina. A un kilómetro de allí, sin subidas ni bajadas, pero de todos modos había cierta distancia. Tenía un cigarrillo encendido y lo escondía tras la espalda.

–Me imaginé que era usted –dijo, sin darle mucha importancia. Fue directamente a la cocina y apagó el cigarrillo en el fregadero–. Yo vivo en el piso de abajo –dijo, como si eso lo explicara todo–. Lo oí caminar. ¿No ha vuelto a caerse?

–No. No lo tengo por costumbre.

–Igual le vuelve a ocurrir. Estos pisos son encantadores. ¿Quiere comprar uno?

–No.

Se encaminó hacia la ventana y dio unos golpecitos en el marco. Parecía dar su aprobación a las nubes y a la agonizante luz del exterior.

–El piso no estaba así, ¿sabe? Es imposible mantenerlo arreglado cuando hay un niño, y ella sabía que no valía la pena intentarlo. Pero tenía una escalerita con cojines junto a esta ventana. Se sentaba ahí. A leer. Siempre que tenía oportunidad.

–¿Y qué leía?

–Libros, claro. Me los regaló casi todos. Siempre estaba regalando sus cosas.

Henry sintió un leve estremecimiento en el corazón.

–Me dijo que quedarían bien en mi sala de estar, y en eso tenía razón. Nunca se me ocurrió que no volvería. O Harry, pobre niño. No leo libros con mucha frecuencia. Tengo la vista muy mal. –Lo contempló un instante, y a continuación siguió mirando a lo lejos–. Yo me quedé con los libros y los maricas con el vídeo. Pude haberme quedado con el vídeo. Todo hubiera sido magnífico sin esos dos niños sobre mi cabeza, gritando a pleno pulmón, pero lo único que conseguí fueron unos libros inútiles. No sabe cuánto la echo de menos. Lo hacía todo mal y, a la vez, era maravillosa. Usted era su amigo, ¿quiere quedarse con esos libros?

Henry asintió con perplejidad. Ella se levantó, caminó hacia la puerta y le dijo que cerrara con llave. La mujer era una buena explicación de por qué no podían vender el piso. La siguió escaleras abajo.

–Debió haber dejado que yo lo cuidara, en lugar de esos maricas –dijo la anciana por encima del hombro–. Pero la verdad es que no tenía fuerzas para eso. Ni siquiera puedo cuidar de ese perro que se pasa la vida escapándose a la calle. Harry era fuerte y testarudo. Pero le diré una cosa: él no hubiera podido recorrer solo todas las escaleras, y llegar al atracadero en una mañana como aquella. Ese niño detestaba el frío. ¿Va a entrar?

Una hora después, mientras volvía a casa con el mar a su derecha, Henry meció los brazos y dejó que el frío le entumeciera agradablemente los dedos. El aire gélido era casi placentero. El piso de la abuela, con ventanas de vidrios dobles, era más tórrido que Florida, con un calor húmedo sellado que dificultaba la respiración. Tenía un miedo terrible al frío. La temperatura selvática de su vivienda hizo que Henry disfrutara después de la baja temperatura. La frase de la anciana retumbaba aún en sus oídos.

«Ese niño detestaba el frío.» Henry sabía por qué Harry odiaba el frío. Volvía a su casa con el forro de su excelente chaqueta roto, pero con los zapatos limpios. Pensando en los hechos y en las razones por las que una persona abandonaba sus libros. Pensando en los mínimos indicios que Maggie le había dado y en lo poco que él lograba averiguar.

Ahí estaba de nuevo, el maldito perro negro, que salía de una bocacalle, moviendo la cola al verlo y huyendo después. Aquello correspondía al estado de ánimo de ese momento, tan huidizo como inapelable.

*Hoy he visto al capellán. Me distrajo de los hechos sobre los que estaba a punto de escribir.*

*Siempre tuve la idea de que la Creación no podía ser algo caótico, guiada solo por las fuerzas de la naturaleza, aunque si uno pasa cierto tiempo mirando al mar, dudaría de la existencia de una lógica humana que lo explicara. El mar puede que nos alimente, pero es ajeno, porque su propósito primario es alimentarse a sí mismo y a todas las criaturas que viven en él. De vez en cuando impone un régimen brutal: la selección obligatoria de transeúntes y depredadores. Al hombre se lo soporta, se le permite cosechar, así como cruzar, pero si se excede, el océano lo desecha con un encogimiento de hombros y lo devora. Según el dictado de un comité de Neptunos.*

*Tiendo a creer que existen varios dioses: es del todo imposible creer en uno solo. Hay algo así como un parlamento de dioses con ministerios, es obvio que no han sido elegidos de forma democrática, y cada uno de ellos hace labor de zapa contra los demás. Hay demasiado trabajo para un solo dios; tras los primeros fracasos tuvo que delegar, que dividir todo el asunto en condados y feudos, y entonces surgió la rivalidad. Me lo imagino. Uno grita: «QUIERO SER EL MINISTRO DEL MAR», pero no puede. Durante este mandato, su trabajo consiste en ser ministro del Clima.*

> *El dios del trueno fue a cabalgar (le dije al capellán)*
> *en su potranca favorita*
> *¡Yo soy THOR!, el dios grita*
> *mas replica su cabalgadura:*
> *se te olvidó la silla, cabeza dura.*

*Era una de las canciones de Maggie. Sí, un gabinete de ministros de dioses y sus delegados con sillas de Thor.*

*Me pierdo en digresiones. Debo perderme en digresiones.*

*Tuve que decir que la puerta estaba abierta y que él había salido. Fue lo que dije la primera vez y tuve que atenerme a aquello. No hay nadie más en el mundo que conozca el alcance de su enfermedad tan bien como yo, así como su temperamento. Si hubieran leído todos los libros y artículos que yo leí buscando un pronóstico, quizás hubieran sabido más. Esa es la razón por la que me deshice de los libros. Les dije que había ido a buscarlo, ya muy molesta con él, y cuando lo vi, desobediente como siempre, decidí que estaba harta. Les dije que con frecuencia había pensado hacerlo. Cuando vi cómo se le inflamaban los miembros, cuando al leer supe en qué podría convertirse y supe también que no se trataba de un caso leve. Cuando vi que carecía de amigos hasta en sus mejores momentos.*

*Pero él tenía amigos, dijeron, igual que tú. Oh, sí, pero no eran los que yo necesitaba y los que él anhelaba. El niño adoraba a personas que eran, en el mejor de los casos, indiferentes. Adoraba al tío Joe, que solo tenía ojos para las niñas pequeñas, a pesar de ser ya inofensivo. Basta de familia. Basta de conocer gente. Eso toma demasiado tiempo y el resultado siempre es incierto. Me hice amiga de tío Joe cuando envejeció porque me pareció que vivir apartado de tu tribu, y sobre todo de los niños, es un destino peor que la muerte. Ser viejo sin que nadie te visite, haber perdido tu reputación, ¿qué clase de sufrimiento es ese? Qué profético. Quería que él eludiera el destino que yo misma me he labrado.*

*El capellán me considera frívola. Dice que debo enfrentarme a los hechos.*

FMC

# Capítulo 8

Crunch, crunch, crunch. Los pasos de ambos, sobre los guijarros de la playa, hacían tanto ruido como para despertar a los muertos. Ella parecía pisar con seguridad; él resbaló y Maggie lo tomó del brazo.

–Pisa por ahí, Henry.

–Gracias.

A Maggie le gustaba la manera en que él le consentía guiarlo. Sin tonterías machistas. El mar estaba extrañamente tranquilo y liso, y besaba las piedras como a una enamorada en una fiesta, había dicho Henry. Una extraña descripción.

–Esto no va a ser *haute cuisine* –le previno.

–Me he entregado a la depravación. Hidratos de carbono y cigarrillos, perfecto.

Las siete de un anochecer más negro que el asfalto. A Henry no le importaba lo que comía. Subieron los peldaños desde la oscuridad de la playa en un silencio que agradeció con toda el alma, bajaron por un caminito que nunca había visto, doblaron por esquinas que también desconocía, y penetraron en las entrañas de un edificio. Aquella noche Henry no estaba muy observador y Maggie lo agradecía. Ella podía criticar los precios del restaurante de Warbling porque vivía allí; si lo hacía él, se pondría a la defensiva.

–Allí solo había libros de medicina –dijo Henry de forma categórica cuando se sentaron–. Y la anciana confunde libros con revistas, para ella todo es lo mismo. Libros sobre enfermedades pediátricas, psicología, malos tratos, y dos docenas de folletos sobre parálisis cerebral. Nada de poesía. Nada de cartas. ¿Adónde fue a parar su alma?

El vino de la casa apareció sobre el mantel a cuadros. Henry levantó el vaso y brindó por Maggie. Ella esperaba que arrugara el semblante al percibir el sabor, pero Henry era indiferente a la calidad, y Maggie suspiro, con alivio, y sorprendida a la vez de que le importara si a él le gustaba o no.

–Su trabajo eran los niños, Henry, y también su pasión. Esa colección de libros no tendría nada de raro, incluso aunque Harry no hubiera existido. Era muy minuciosa. Tenía que saber más que nadie sobre la hemiplejia de Harry.

–Más que el fiscal. Y que su «defensa», según parece –repuso él con tranquilidad.

–Un abogado inglés, Henry, no es un escritor de ficción. No inventamos una defensa, de la misma manera que no podemos escribir un relato. Si tenemos un cliente que es responsable, inteligente y coherente, y estamos hablando de un supuesto muy considerable, nuestro humilde papel es el de traductores. –Volvió a ordenar sus cubiertos, alineándolos con el borde de la mesa–. El trabajo consiste en aclarar los hechos y las circunstancias atenuantes, hacer que todo resulte comprensible y despierte las simpatías del más inconmovible de los tribunales. Para el asesinato premeditado hay una sola pena, Henry. Cadena perpetua. Y como traductor de los hechos, uno no cuenta con muchas posibilidades de influir en los resultados. Sobre todo con un cliente tan soberbio como ella. Con alguien que ha decidido que la pena era necesaria para su propia redención. Por cierto, aquí puedes elegir entre pizza y pizza.

–Un plato verdaderamente universal.

El rostro de Henry se arrugó en una sonrisa, y adoptó una expresión más agradable y casi pícara, marcada por graciosos hoyuelos. En reposo, aquel rostro era inescrutable. Timothy le había hecho notar que era imposible saber si estaba contento, lleno de curiosidad, irritado o al borde de las lágrimas. Solo había que limitarse a esperar lo mejor. La sonrisa resultó contagiosa, y ella se la devolvió. Eran dos personas que habían pasado horas conversando, pero la formalidad de la cena a solas que había propuesto Henry los hacía sentir cohibidos.

–¿De qué te ríes, Henry?

–De ti. Te pones muy didáctica. Me das lecciones. Te imagino muy bien en la sala del tribunal. Pero no pega con todo lo demás.

–¿Con qué?

–La ropa. El pelo. Los ojos.

Ella bizqueó e hizo una mueca.

–No metas a mis ojos en esto. Son una herencia genética. Me tiño el pelo cada seis semanas. Y la ropa de colores alegres está permitida, hasta cuando se trata de abogados a tiempo parcial. ¿No te gusta este tono de rojo? Como los ladrillos viejos. A este traje lo he bautizado como mi *look* de rosa inglesa abollada.

Henry observó el vestido. Un escote modesto, una prenda sencilla, de punto, con mangas largas. Un hilo de perlas en torno al cuello, las mejillas sonrosadas por el paseo y el cabello algo despeinado por el viento. Miró más a lo lejos, hacia la puerta, controlando siempre las salidas, sobre todo en los sótanos, como un espía, y después de eso se sintió relajado, aunque el día fue descorazonador. Siempre había un mañana, y no recordaba la última vez en que había estado sentado delante de una mujer con un encanto tan particular como el de aquella, y resultaba divertido, incluso a pesar de que su actitud hacia ella estaba marcada por una profunda suspicacia. Tenía que conocerla mejor; lo suficiente al menos como para poder tomarle el pelo en un momento dado.

–Escucha, Maggie, si nos hubiéramos conocido, digamos, mediante una agencia de citas o un amigo común...

–Eso fue lo que ocurrió.

–Pongamos que estamos pasando nuestra primera velada solos...

–Y así es.

–Pero tú no cooperas, Maggie. Te estoy pidiendo que utilices tu imaginación. Si esto fuera una cita acordada de antemano, digamos, una cita del tipo «conoceos el uno al otro», sin la agenda que tenemos y toda la información encriptada que vas soltando poco a poco, ¿qué querrías que supiera sobre ti?

–Está bien. Si tú me cuentas cosas, yo también lo haré.

–Tú primero –asintió él.

Maggie entrecruzó las manos bajo la barbilla, escondiendo sus largos dedos, y pestañeó con aire teatral.

–Debería hacerte un recuento más o menos autocrítico de mi vida hasta este momento, una descripción cuidadosamente armada para la ocasión, dejando fuera las peores partes. Es probable que omita la infancia, porque eso no te interesaría. Podría decirte que dejé mi pueblecito en busca de una carrera, pero es probable que no te cuente que me fui de allí para encontrar un marido de más clase, que me abandonó por... no. –Se interrumpió–. No, no voy a contarte eso. Te contaría que fue un divorcio amistoso, para que no pensaras que soy una zorra beligerante a la que le gustan los enfrentamientos. En algún momento del relato te explicaría que antes me gustaba diseñar interiores y cocinar. Haciendo énfasis en la comodidad hogareña. Al final de mi primer discurso, sabrías que soy valiente, capaz, modesta, agridulce y estoy disponible. Definitivamente disponible, subrayaría eso con el mismo énfasis que mi afición por la cocina. Y no llevaría este vestido.

Henry reía. Ella se acariciaba el cabello con los dedos y lo miraba conmovida, batiendo de nuevo las pestañas en una parodia de tímida vacilación.

–Después de pensarlo bien, no te diría que, en mi segunda cita con mi marido, intenté impresionarlo con una cena a base de solomillo en la minúscula terraza de mi piso, pero el perro se lo llevó e intentó enterrarlo en un cantero de flores. Yo lo rescaté, lo sacudí y lo serví. Él se lo comió, obediente como un cordero, y me convenció para que regalara el perro a alguien. Eso debería haberme dicho todo lo que necesitaba saber sobre él.

El camarero anotó laboriosamente su pedido. Henry se hizo a la idea de que tardarían algo en servirles. Otros tres comensales, situados entre ellos y la salida, tenían aspecto de hambrienta resignación. Maggie comenzó a roer un bastoncito de pan.

–Diría muchas mentiras, Henry. La relación mentiras-verdades dependería de cuánto me gustases. Es tu turno.

El rostro de Maggie había vuelto a la normalidad: era el de una oyente inteligente sin pizca de coquetería.

–Pues...

Henry tosió y se aclaró la garganta.

–Sin vacilaciones.

–Creo que comenzaría diciendo mi nombre completo y mi cualificación. Eso te indicaría mi estatus social. Te haría saber que gano dinero, no tengo deudas, he viajado muchísimo y soy listo. Que no andaba por ahí con la bragueta abierta. Sin problemas sexuales, pero tampoco un mujeriego, las mujeres me gustan demasiado como para eso. Las relaciones fallidas no fueron resultado de infidelidad o malicia. Y todo eso sería verdad, en cierto sentido.

Jugó con la servilleta de papel, haciendo con ella un sombrerito, mientras Maggie lo observaba atentamente.

–Te diría que se me daba muy mal hablar sobre mí mismo y sentía cierta timidez porque siempre que abría la boca metía la pata. Eso también es verdad. No me gusta mentir. Soy un desastre en sociedad. Pero creo que debo dejar de lado mi miedo a la oscuridad, mi terror mortal a quedarme encerrado, mi costumbre de huir de las confrontaciones y los compromisos a toda velocidad, hasta que pongo tierra de por medio. Probablemente fingiría no estar totalmente disponible, hablaría de algún asunto pendiente en alguna parte. Confesaría ser un tipo complicado.

–¿Y lo eres?

–No. Al menos, no creo. Solo soy un cobarde sin remedio.

Se hizo un silencio simple, marcado por el sonido de los dientes de Maggie contra el bastoncillo de pan y el murmullo de otras conversaciones en el local.

–Me pregunto si tendremos ganas de volver a vernos.

Henry se encogió de hombros e hizo una mueca. La pizza apareció sobre la mesa con un golpe, como un sonoro reto a la digestión.

–Es probable que no. Semejante perfección de mujer destruiría mi confianza en mí mismo. Pero si ella dijera que le gusta la jardinería, eso lo cambiaría todo.

–Y yo –dijo ella–, me preocuparía tu corte de pelo y todo ese puñetero misticismo.

Comenzaron a comer muy despacio. Henry lo probó sin éxito con un cuchillo sin filo, examinó el asunto con lógica y optó por cortar la pizza en cuatro partes. Decidirlo fue fácil, hacerlo no tanto. Un trozo de pizza napolitana de queso y tomate saltó del plato de Henry, voló por encima de la estrecha mesa y cayó en el regazo de Maggie. Ella lo tiró al suelo con delicadeza.

–Mierda, qué vergüenza. ¿He mencionado que soy muy torpe?

–Si esto hubiera sido una cita, Henry, la habrías echado a perder.

Él se afanó en silencio, con los codos flexionados, tomó un pedazo de pizza y comenzó a masticarlo con cuidado. Era solo otra pizza más, que seguiría siendo una pizza, como ocurría siempre. Henry empezaba a llegar a la conclusión de que si alguna vez iba a manifestar preferencia por alguna comida, sería por un plato grande lleno de pequeñas cosas diferentes, consumidas al rumor de una conversación impersonal.

–Creo que Francesca tuvo una razón para regalar sus libros de medicina –dijo–. Por ejemplo, que no quería que nadie supiera lo mal que estaba Harry. O lo relevante que era su estado para la manera en que murió.

–Hay un informe médico en el expediente, Henry –dijo Maggie con paciencia, resignada a que hubiera retomado aquel tema de conversación–. No había nada que ocultar. El pronóstico no era bueno. Ella deseaba desesperadamente que el niño pudiera asistir a una escuela normal, pero no iba a ser posible.

–Ahí no hay nada relativo a los detalles cotidianos. Quiero decir, lo que el niño era capaz de hacer y lo que no. Lo que solía hacer y lo que no. ¿Tú lo sabes?

Maggie negó con la cabeza, meciendo su cabello.

–Regresé un mes antes de que todo ocurriera, conseguí un trabajo con Edward. Los vi un par de veces, pero estaba tan hundida en la autoconmiseración que no me daba cuenta de casi nada. Solo del frío que hacía. Estaba esperando la primavera.

–¿La querías? –preguntó Henry, indeciso, y esperó a que ella terminara de tragar un bocado.

Los cuchillos romos no parecían afectar la efectividad de Maggie para cortar la comida: seguro que había algún truco. El silencio se prolongó tanto tiempo que Henry sintió miedo de haber sido impertinente o, peor aún, sentimental, pero solo se debía a los modales de Maggie y al tiempo que le tomaba dar buena cuenta de un bocado.

–Oh, sí. Más que a cualquier otra persona. Pero también estaba celosa de ella.

–¿Por qué?

–Porque parecía gozar de una capacidad de valoración infalible sobre lo bueno y lo malo. Porque era leal y buena, y porque todos la querían.

Cuando bajó la vista, su propio plato estaba vacío y el de Maggie solo a medias. Era otra cosa que había notado en los británicos: comían muy despacio y todo les llevaba mucho tiempo. Aparte de que cuanto decían carecía de sentido.

En la Casa Encantada, los chicos habían dejado la puerta cerrada solo con el gancho, en espera de un invitado tardío. Una figura subió las escaleras. El comedor y el salón reverberaban con la feroz interpretación de Timothy al piano, y la voz de Peter que se elevaba al unísono:

> Decid, hermosas damas, si conocéis el amor.
> ¿Es amor esta fiebre que quema el corazón?
> ¿E-e-es amor esta fie-e-e-ebre que quema el corazón?

La figura se detuvo en el descansillo, abrió la puerta de un suave empujón, echó una única mirada rápida al interior, suficiente para saber que no era eso lo que buscaba. La habitación del segundo piso era demasiado femenina, las de abajo eran obviamente el dominio de los residentes. Otro tramo de escaleras, y llegó jadeando a la cima. El cielo exterior, la luna y el fuego hacían innecesaria cualquier luz. Las tablas del suelo crujieron y la sombra comenzó a andar de puntillas. Revisó la ropa que colgaba ordenada en el armario, encima de una maleta vacía, miró a su alrededor en busca de inspiración, y regresó siempre de puntillas hasta el maletín colocado junto al escritorio. Vació el contenido sobre la cama, encendió la luz y lo revisó a toda prisa. «Ginseng, acidófilo, silibinin, vitamina E, suplemento de hierro...» Envolturas pardas, botes que contenían bienes valiosos e indescriptibles. Faltaba el familiar color azul de la Viagra; no había nada que despertara la menor emoción. Hubo un tintineo cuando lo recogió todo, lo metió en el maletín y lo depositó donde lo había encontrado, mascullando su frustración.

La figura vagó por la habitación, revisó bajo las almohadas y palpó la colcha con un juramento, buscando algún escondrijo. Sus dedos tocaron una piel cálida y se retiraron con rapidez, acallando un grito. Dio un paso atrás, respirando con dificultad, con los dedos en la boca. Nada.

Entonces percibió el chal, doblado a los pies de la cama, lo acarició con la otra mano y pensó que era bonito. Lo agarró y descendió lentamente por las escaleras, escondiéndolo en su jersey. Se detuvo en el primer descansillo en cuanto la puerta del comedor se abrió, dejando salir un aluvión de saludos. Al momento volvió a cerrarse y la música se reanudó.

«Primero me ataca el frío... Después, me quema la exaltación... Y luego, en un instante, mi sufrimiento vuelve.»

Mientras corría hacia la puerta, la perra comenzó a ladrar en el comedor; los ladridos se convirtieron en un aullido de protesta a medida que la canción elevaba el volumen y se convertía en risas. Cruzó la puerta y salió al frío, con el sudor helándosele en el rostro, mareado por el alivio. Los últimos momentos habían sido los peores. Se hubiera podido ver obligado a darle una patada a la perra. Neil Hulme estaba tan rabioso mientras se alejaba que le dio una patada a su propia mascota, y se dirigió hacia la playa para patear los guijarros. Tenía bastante para aquella semana, pero nunca era suficiente.

Caminaron de regreso a lo largo de la orilla, evitando los guijarros. El silencio era impresionante y el cielo estaba lleno de estrellas. Henry vacilaba entre mirar por las ventanas o contemplar el enorme y sereno movimiento del mar, y dejó que ella decidiera en su lugar. Dentro de una pequeña casa, que parecía aún más diminuta en comparación con la enorme casa contigua, una mujer sentada, tocada con sombrero, pintaba en un caballete, mientras el televisor generaba una luz azulosa en la esquina opuesta. En otra habitación, algo oscura a causa de las cortinas, un hombre cosía y hablaba; en una tercera, servían los platos finales de una cena bastante concurrida. De común acuerdo, tomados del brazo, Maggie y Henry cruzaron la calle hacia la acera del mar. Anhelaba que lo invitaran a una de aquellas habitaciones, para sentarse y permanecer allí sin que le pidieran hacer nada. Maggie se fijaba en los detalles nuevos.

–Han cambiado las cortinas –decía–. Y tienen una butaca nueva...

Junto al mar, Henry pudo ver el brillo de tres pequeñas hogueras en el declive de la playa.

–¿Qué es eso?

–Pesca nocturna.

–Deben de estar locos.

–¿Por qué? No hace tanto frío.

No hacía mucho. Ella tenía razón: la temperatura había cambiado nuevamente, el frío empezaba a ser agradable. Volvieron a cruzar la calle. Antes de alcanzar la puerta de entrada de la Casa Encantada oyeron el sonido del piano y un coro desordenado de voces, con el acompañamiento adicional de los ladridos de *Senta*. No habrían sabido decir dónde se habían tomado del brazo. Mientras Maggie colgaba su abrigo en el vestíbulo, Henry vio que tenía una gran mancha de grasa en el vestido, a la altura de los muslos. Dentro del salón, la música era todavía más alta, las voces competían con los instrumentos. Retrocedió, sin deseos de entrar, pero Maggie ya tarareaba algo.

–Buenas noches, Henry. A no ser que te apetezca cantar –preguntó, pero más que una invitación se trataba de un rechazo, como si ya estuviera harta de verlo.

–Buenas noches.

Subió las escaleras hasta llegar a su habitación, donde el fuego estaba encendido, y de nuevo se sintió intrigado por la inagotable solicitud de sus anfitriones. La habitación perfecta para un hombre en su situación: un espacio controlable que parecía construido en el cielo. Lo único que faltaba era un minibar; compraría una botella de jerez. Desde la ventana contempló las pequeñas hogueras como luciérnagas que había visto en la playa. Desde allí, en la seguridad de su propio calor, parecían más románticas. Su padre habría estado con los pescadores, con lluvia o sin ella.

Sobre los guijarros, frente a la casa, había un hombre solitario con una linterna ante una hoguera. Mientras Henry lo observaba, se levantó y lanzó un sedal luminiscente al agua. El hilo se extendía contra el fuego y la luz lunar, y se sumergía en el mar más allá de las pequeñas olas. Henry estaba soñoliento, pero aún sentía un curioso deseo de volver a salir, de agacharse junto al pescador y preguntarle cómo y por qué lo hacía, servirle de compañía durante las horas de la madrugada. Podría aprender a pescar, pensó. La actividad perfecta para un hombre introvertido, y en ese momento se le ocurrió otra idea. «Al niño no le gustaba salir al frío –había dicho la anciana–. No podía agarrar nada con la mano derecha, pero estaba desesperado por aprender a pescar.» De repente, se sintió tan embargado por la lástima que no pudo moverse.

La respuesta se hallaba en los hechos. Henry encendió el ordenador portátil y examinó las notas que había redactado antes de cenar. «Las extremidades de un hemipléjico generalmente son menores de lo normal, y esa disminución es más marcada en las manos. En los miembros afectados, los cambios angiológicos son también habituales, por lo que están más fríos de lo normal... En algunos pacientes la incapacidad motriz de la mano puede agravarse en días fríos...» Entonces, el tiempo de frío no era apropiado para aprender a pescar. Pobre niño. La concentración de Henry desapareció. Lo más probable es que las respuestas estuvieran en Internet.

Bostezando, triste, deseando que ninguna reflexión emocional se entrometiera en su deseo crónico de dormir, buscó la maldita sudadera que se ponía de noche. Se dio cuenta de que el chal había desaparecido del extremo de la cama. Lo notó sin particular resentimiento o curiosidad. Había desaparecido y punto, y le preocupaba más su falta de deseos de salir, de conversar con alguno de los pescadores, de preguntarle en cuánto tiempo se podía aprender a pescar. Ellos sabrían cosas sobre las mareas que no podría averiguar de ninguna otra forma, pero tenía miedo de que lo rechazaran, o a escuchar sus propios pasos sobre los guijarros. Quizá Maggie hubiera cogido prestado el chal, y entonces debía decirle que no pasaba nada.

Bajó hasta el descansillo siguiente. El silencio reinaba en aquella casa impenetrable. Descendió otro piso más, hasta el correspondiente a la habitación de Maggie, que nunca había explorado a pesar de que ella lo había visitado en la suya hasta convertirse en una presencia familiar. Una habitación desordenada, de un tercio del tamaño de la suya propia, llena de ropa, zapatos, con una planta que se marchitaba. Había papeles, revistas y un montón de viejos anuncios de inmobiliarias; una pequeña estantería de libros con un ramo de campanillas blancas marchitas en un jarrón y varios libros delgados de poesía. Un chal, diferente del suyo, sobre una silla a un lado de la cama.

Cerró la puerta a sus espaldas. Miró al hueco de las escaleras, buscándola. El sonido del piano llegaba desde la planta baja y podía oírla cantar. Qué mujer, decidida a rechazar los sentimientos. Frívola, sin lugar a dudas.

Por la mañana, Edward Burns contemplaba el pez en la pared del despacho mientras esperaba a Maggie con impaciencia. La correspondencia del día, particularmente escasa en aquella época del año, yacía sobre su escritorio, y había comenzado a abrirla lo mejor que podía sin quitarse los guantes, esperando a que el radiador eléctrico caldeara un poco el recinto. Abría los sobres al azar, sin prestar atención a que estuvieran dirigidos a él, a su indescriptible socio del piso superior, que se había autocesado, o a Maggie, su asistente a tiempo parcial. Edward consideraba aquello una labor de supervisión, y también un recordatorio, ya que si no leía la correspondencia nunca recordaría los asuntos de los que se ocupaba. Una vez leída, la colocaba en montones ordenados para ser archivada personalmente en las carpetas correspondientes, salvo las cartas de quejas por retraso, que retenía para su discusión. El retraso era la queja más habitual, un tema que trataba con cortesía y, en última instancia, con total indiferencia. Las cosas llevaban su tiempo, y para aquellos que se quejaban, el plazo era aún más largo.

Edward había perfeccionado el arte de manejar un cigarrillo con los guantes puestos, pero consideraba que aquello no mejoraba el sabor. Había dos cartas que podían causarle, si no alarma, sensación a la que no era muy adicto, al menos consternación. La alarma era algo que reservaba solo para los informes escolares de su hijo. Una de las cartas era para Maggie, señalada como personal y confidencial, instrucciones a las que nunca prestaba atención. Era una carta de su marido, que le anunciaba en términos abyectos el hecho de que, aunque estaban divorciados, se sentía profundamente infeliz y se le había ocurrido que quizás había cometido un terrible error. No le complacían los gustos musicales y la manera de vestir de su joven asociada. Alborotaba, era insaciable, seguramente se burlaba de su creciente calvicie. Edward leyó la mayor parte de aquello entre líneas, ya que el ex marido era demasiado circunspecto y cuidadoso como para decirlo con claridad, pero el abogado había visto lo que ocurría después de muchas separaciones y se daba cuenta de que era capaz de descodificar el tono específico del lamento, por muy sutil que fuera la manera de enunciarlo. Lo que no podía hacer era predecir la respuesta de Maggie; esperaba que fuera airada, pero se sentía demasiado inseguro para obligarse a retener la misiva. Maggie podía considerarse a sí misma irresponsable, era impuntual, carecía de dedicación, pero si uno la dejaba ocuparse de sus asuntos, era de una eficiencia innegable, y le gustaba mucho. Muchísimo. Además, todavía estaba aquel asunto pendiente con Francesca Chisholm que le preocupaba, y por el que el americano estaba pagando una cantidad modesta, pero útil. Lo que lo llevó a la segunda carta.

Edward volvió a leerla, esta vez sin guantes, bajo la mirada ineludible del único ojo del pez. Una carta de la residencia para la tercera edad en el acantilado de Ramsgate, anunciando que el estado de salud de Joseph Chisholm se había deteriorado tanto que era inminente su traslado a un establecimiento para personas necesitadas de atenciones especiales. El director de la casa había escrito toda la carta sin la menor recriminación. Tío Joe era uno más entre los muchos pacientes de su institución, cuyo único vínculo con el mundo era un agente al que se le solicitaba el pago de gastos extra, no cubiertos por su pensión. Efectivamente, la responsabilidad era de ella, no existía nadie más que pudiera tomar la decisión, por lo que sería trasladado a otra casa del mismo grupo, donde las enfermeras prestaban sus cuidados las veinticuatro horas. «Tras varios meses de incapacidad, casi sin hablar, no se espera una mejora, aunque también deseamos que no haya un empeoramiento.»

Edward Burns actuaba como apoderado de varios ancianos sin parientes o con familiares tan distantes o desentendidos que era como si no existieran. Era tan escéptico acerca de los lazos de sangre como de los del matrimonio y, por ejemplo, no veía por qué razón Maggie debía prestar atención a un tío de quien la habían protegido en la infancia y al que nunca había visto después. La sangre no era más espesa que el agua; podían gustarte tus parientes, o no, después de todo solo el afecto creaba vínculos. Y había que tomar en cuenta el hecho de que Angela Hulme recibiera el encargo de visitar al querido y anciano tío Joe, como lo había hecho Francesca. ¿Qué demonios le contaría a un anciano postrado en su lecho?

Dejó abierta la carta del director en un lugar prominente, en la parte delantera del escritorio sembrado de papeles, y se guardó en el bolsillo la carta del ex de Maggie. Las Chisholm no tenían suerte con los maridos. El abogado adoraba y trataba con gran consideración a su dulce esposa, que mantenía la casa tan limpia como sucio estaba el despacho, y nunca se molestaba al encontrar calcetines desparejados.

La puerta de abajo se cerró de un portazo y la casa se estremeció. Maggie subió las escaleras cantando, con una animación excesiva para hora tan temprana. En el momento en que entró en el despacho con dos tazas de café, Edward decidió que le daría la carta que escondía en el bolsillo al final del día, cuando ella hubiera trabajado un poco, no antes. Debía ver a dos clientes en el curso de la mañana: delincuentes menores, con problemas de alcohol, que necesitaban ensayar su declaración de la próxima semana ante los magistrados de Dover. Edward consideró la pobreza de su despacho y, en general, de su trabajo, preguntándose si en lugar de eso debería haber sido asaltante de bancos, pero tenía un pequeño problema con su temperamento. Consideraba que la búsqueda de la riqueza carecía de sentido. Capturar un pez de verdad al extremo de un sedal era mucho más importante y lamentaba el hecho de que fuera una mañana excelente para pescar, con un pronóstico horrible para el fin de semana.

–Un día precioso –dijo Maggie, echándolo todo a perder.

El abogado señaló la carta relativa al tío Joe. Ella la leyó con rapidez.

–¿Te mencionó Angela que estaba en cama?

–No. Dijo que comía muchas galletas, que leía los diarios y, en general, parecía bastante alegre.

–Me pregunto –dijo Edward, mientras la otra carta le quemaba en el bolsillo–, a quién demonios ha estado yendo a visitar.

–No sé. ¿Tiene alguna importancia?

–Quizá la tenga.

–Vamos, Tanya, vamos. ¿No estás contenta de no ir hoy a la escuela? Vamos, a desayunar.

Hacerla comer cuando la niña no quería, el problema de toda madre. Angela lo compartía con las madres casadas y con las que nunca habían ido a clases para padres y poder demostrar su preparación. «No la soborne o la chantajee.» Tonterías. Un buen paseo por la playa en aquella mañana encantadora, Tanya conversando con los pescadores y calculando la distancia entre las olas que rompían, para correr en pos de ellas y escapar después. Ya no iban nunca al atracadero: Tanya prefería el reto de la cuesta abrupta de la playa. De piel sonrosada, dejaba que le hicieran trenzas, de las que salían mechones de cabellos rebeldes. Nunca tendría el cabello liso, pero siempre sería magnífico.

–Termina las gachas. Después puedes tomar chocolate. Si te portas bien.

–¿De cualquier clase? –Levantaba la cuchara.

–De cualquiera.

Angela suspiró y le dio unas palmaditas en la cabeza. La niña siguió comiendo, y ella terminó de hacerle las trenzas. Qué tranquilidad.

–Pero a mí me gusta ir a la escuela, mamá. ¿Por qué no puedo ir hoy?

–¿Te gusta, cariño? ¿Desde cuándo?

El comentario de la niña le había encantado, y su reacción fue moderada. Claro que se había dado cuenta del cambio, pero era mucho mejor oír cómo su amada hija admitía que su ánimo había cambiado, lo que coincidía con el final de las rabietas casi diarias y el encontronazo de voluntades que duraba casi hasta llegar a las puertas de la escuela.

–Todavía me meto en líos, pero hay muchas chicas peores que yo.

–Seguro que sí. ¿Ya tienes el abrigo, los libros y todo lo demás? Hoy es un buen día para dibujar. No te ocupará mucho tiempo.

–Para eso, podríamos quedarnos en casa.

–No, cariño, no podemos.

Angela no dijo: «Necesitamos el dinero. Necesitamos el dinero que gano con mis trabajitos, lo que Neil nos da, aunque tengamos el coche de Francesca y las demás cosas que nos dejó».

–Mamá, ¿cuándo va a volver Francesca?

Su corazón se detuvo por segunda vez. ¿Quién había dicho que tener hijos acortaba la puñetera vida? No había formulado aquella pregunta en tres meses, y fue como recibir una pedrada. Algo se lo habría recordado: una conversación telefónica oída subrepticiamente, quizá cuando estaba hablando con la condenada Maggie, enfurecida y alzando la voz. El cabrón americano, ¿por qué había tenido que hablar con él? Angela se recordó que debía mantener la calma.

–No sé, mi vida. Quizás en verano.

Era difícil imaginar el verano mientras atravesaban el puente en dirección a la entrada del castillo. Tanya iba detrás, más o menos contenta con las trenzas, agarrando una de ellas con su mano libre. En la otra llevaba su maletín, con su dirección anotada en una pegatina, algo que los otros chicos envidiaban y ella cuidaba como oro. El castillo era uno de sus lugares favoritos. Normalmente reaccionaba ante su atmósfera sombría, y dentro del ambiente cómodo y cálido de la tienda se volvía una criatura dócil. Francesca le había enseñado a trepar, pero eso también ocurrió en verano. «Maldita seas, Francesca.»

En la cocina de la Casa Encantada, Henry visionaba el vídeo. Ahora que sabía más, su actitud había cambiado. El niño de la pantalla corría con el brazo flexionado, la mano derecha vuelta hacia dentro, pegada al cuerpo, con el hombro derecho más alto que el izquierdo. Tenía las rodillas llenas de costras. El pie derecho tocaba el suelo de puntillas, como si temiera el contacto. Henry pensó en el desplazamiento a saltos de un perro con tres patas, y luego se reprochó por la comparación. Cuando el niño se acercó a la cámara, Henry pudo ver que su rostro no era tan feo como le pareciera a primera vista. Solo estaba contraído ferozmente por el esfuerzo. Cuando se detuvo en un primer plano, un brazo esbelto apareció delante de su rostro y le limpió los mocos bajo la nariz con un pañuelo.

–Había algunas cosas que no podía hacer –le explicaba Timothy–. Cosas que uno no puede hacer si la mano derecha no le funciona. Como sonarse la nariz o cepillarse los dientes. O apoyarse al caer. Siempre fue un niño desaseado.

–Y quería aprender a pescar.

–Lo hubiera logrado, seguro. Le hubiéramos enseñado, aunque habría tomado cierto tiempo. Estábamos trabajando en la fabricación de una caña especial. Mire –relató Timothy, mientras le servía más café–, quería algo que pudiera hacer solo, aunque Fran pretendía que estuviera siempre con otros niños. Pero resultaba frustrante para los demás chicos. Los quería, los adoraba, pero sabía que estaban hartos de él.

–Eso es natural –intervino Peter–. Los niños son crueles.

–Ensayan para ser adultos –repuso Timothy con sarcasmo–. ¿De qué otra manera podrían ser?

–¿Alguno de ustedes ha visto un chal que dejé en mi habitación? –preguntó Henry, como si no le diera importancia.

–¿A los pies de la cama, no? –dijo Tim–. No. A no ser que Harry haya entrado y lo haya cogido prestado. Le encantan los chales hindúes bonitos.

Henry se podía imaginar el maldito chal decorando la maldita caseta infantil.

Fantasmas, bah, qué farsa. Tonterías. Hechos. Detestaba los caprichos. Había ido a la biblioteca para leer hechos relativos a castillos, hasta que cayera la tarde y hubiera menos visitantes. Partiendo de sus recientes conocimientos y su propia estimación del lugar, llegó a la conclusión de que aquel castillo en particular era simplemente un modelo en miniatura, bello a su manera, para diversión de un rey. En la entrada principal, en una lápida empotrada en la pared, se leía el texto de una carta, fechada en 1842:

> A Su Augusta Majestad la Reina... Muy graciosa Soberana, nosotros, los fieles y obedientes súbditos de Su Majestad, el Alcalde, las Autoridades y el resto de los habitantes, os pedimos la venia para poner en conocimiento de Su Majestad nuestros sentimientos de la más devota lealtad y más profundo afecto. Saludamos la llegada de Su Majestad y fervientemente esperamos que Su Majestad experimente toda satisfacción y placer, y se digne recordar gentilmente la estancia de Su Majestad en nuestra ciudad. Esta vecindad, que desde su fundación ha sido distinguida por la visita de personajes eminentes, nunca ha recibido un honor semejante al presente... que el Supremo, en Su infinita bondad, siga haciendo caer sobre Su Majestad sus más selectas bendiciones: tal es nuestro sincero deseo y a ello se dirigen nuestras más sentidas oraciones...

Vaya, vaya, con cuánta seriedad se tomaban a su monarca. Con toda seguridad, el que escribió todo aquello lo hizo con un talante irónico. ¿O lo habrían escrito en grupo, todos en torno a una mesa, en una orgía de impostura? Entonces, Henry recordó cómo los ciudadanos se dirigían a sus senadores en su democracia natal, y el contenido de la carta le resultó menos sorprendente. Demonios, él había visto a gente que besaba los pies del presidente de un ayuntamiento. Entró en la tienda.

–Perdone, ¿tiene una copia de esa carta? Oh, hola... la señora Hulme, ¿verdad?

Estaba sentada tras el mostrador, igual que la vez anterior, arreglada y dura como el plástico, con un atisbo de cansancio en torno a los ojos. La bella niña estaba sentada a su lado, armando un modelo tridimensional del edificio, de cartón, que se vendía en cajas por cinco libras. Parecía complicado. Tanya lo miró, le dedicó su deslumbrante sonrisa y después se volvió hacia tres adolescentes que escogían tarjetas postales y discutían su elección. Vestían de modo casi idéntico, con chándales último modelo y gafas de sol totalmente innecesarias sobre la frente. Tanya estaba absorta, admirando la ropa de los visitantes. Angela Hulme les cobró y atravesaron la entrada al torreón mientras se ajustaban los audífonos.

–La entrada es cuatro libras cincuenta –dijo–. La última vez entró gratis. Y no pagó la chocolatina.

–Lo lamento de veras –murmuró Henry, retrocediendo ante el tono agresivo de aquella voz acerada.

Le resultaba difícil de entender. Maggie había dicho que se trataba de una mujer de carácter difícil, pero se había visto inmersa sin querer en una tragedia, estaba criando sola una niña, y sin duda tenía todo el derecho a ser como era. De todos modos, no creía haber hecho nada ofensivo. Por el momento.

–Un lugar magnífico –dijo, sin mucha convicción, mientras ponía dinero sobre el mostrador. Las monedas inglesas le recordaban unos bombones de envoltura dorada que había comido en su infancia. Vaciló un momento: la cháchara intrascendente no le serviría de nada–. Tengo que hablar con usted, señora Hulme, si me lo permite.

–No. ¿De qué se trata?

Como si se lo hubieran ordenado, Tanya soltó amarras del mostrador y siguió a los adolescentes. Angela no se lo impidió. Había un taburete en el lado del mostrador correspondiente a los clientes, y Henry se sentó en él.

–Tengo que hablar de Francesca, señora Hulme. Fui su amigo hace mucho tiempo y vine aquí a buscarla, a hablar de esa época. Quería venir antes, quizás hubiera sido de ayuda. No creo que sea de gran utilidad...

–No tengo nada que decir –lo interrumpió Angela–. ¿Por qué no se mete en sus propios asuntos? Anda por ahí preguntando cosas, revolviéndolo todo. Hijo de puta. Si algo de esto afecta a mi hija, lo mato. Seguro que no ha pensado en ella. Puñetero chismoso, señor científico. ¿Qué sentirá si oye a la gente hablando sobre el pobrecito Harry, su mejor amigo, precisamente cuando han dejado de hablar de él? Jugaban juntos todo el tiempo... Ella lo cuidaba... ¿Cómo cree que se sintió cuando murió? Los niños no deberían enfrentarse a esas cosas, sobre todo los que son como ella. Estaba en un momento crucial. –La voz de Angela era cada vez más chillona, y Henry levantó las manos, en gesto de indefensión–. Por favor, déjenos en paz. Déjenos en paz.

Los ojos de Angela estaban llenos de lágrimas.

–Está bien, está bien, lo siento. No me hable de él, hábleme de ella. Fueron amigas durante mucho tiempo. Buenas amigas.

–¿Por qué demonios le interesa eso? ¿Qué derecho tiene a preguntar?

–Ninguno, señora Hulme. Absolutamente ninguno.

Pareció calmarse, una calma falsa, pensó Henry, y, como tal, el preludio de una tormenta. Los rojos nudillos de la mano derecha de Angela secaron las lágrimas de sus ojos. No tenía tiempo para llorar.

–Sí, éramos como hermanas. Yo la ayudaba en la escuela. –Rió con amargura–. No podía mantenerme apartada de los niños. Intentaba abandonar la idea de tener uno propio, pero no pude. Ella me guió, nos guió, durante todo el proceso de adopción. Es más fácil si uno solicita un niño, en lugar de un bebé.

Supongo que una de las razones por las que nos aceptaron fue que sabían que ella nos apoyaría. Y lo hizo. Pero después, lo tuvo a él. Y luego, su marido se largó. Sí, teníamos mucho en común y Tanya adoraba al niño. Ahora, lárguese.

–Por favor... No puedo, al menos aún no. Mire...

–Ni siquiera sabe lo que quiere, ¿verdad? Ni siquiera sabe qué quiere descubrir. Y no le importa a quién pueda hacer daño. Aunque sea a ella. Usted es como una de esas gaviotas, que engullen carroña y se cagan por todas partes. Aquí tiene su entrada, y si se tropieza con mi hija, no se atreva a dirigirle la palabra, a no ser para decirle que regrese aquí. Vamos a cerrar pronto.

El «por favor» fue lo que lo descompuso, al igual que las lágrimas. Ella tenía razón en una cosa, pensó Henry incómodo, mientras seguía el recorrido turístico hacia el patio de la fortaleza. No sabía qué era lo que quería saber, y la observación desdeñosa de Angela le preocupaba mientras recorría la muralla circular. «Bien, Henry, da el paseíto, acepta la reprimenda; no tienes derecho a hacer infeliz a nadie. A no ser que tengas en mente un objetivo valioso, moralmente viable, tal como curar a los enfermos, resucitar a los muertos, aliviar el sufrimiento, alimentar a los hambrientos, consolar a los heridos», pero la empresa en la que estaba empeñado en ese momento no correspondía a ninguna de esas ambiciones, tan caras a su corazón desde los días idealistas de sus vagabundeos por la India. ¿Qué quería saber? La satisfacción de su curiosidad personal era una excusa pueril para causar dolor, pero a pesar de eso percibía que ya sabía más que cualquier otra persona.

La India: la joya de la corona de la reina Victoria. No era sorprendente que el alcalde y los concejales le escribieran cartas como aquella.

Le llegaban voces desde los cañones, y rodeó las murallas caminando en dirección contraria. Conectó la grabación y la apagó de nuevo, se apoyó y vio oscilar el estandarte. Después, siguió la flecha hacia la pesada edificación del castillo propiamente dicho.

La zona central en la que entró era una serie de enormes recintos parecidos a cavernas, de techos abovedados, secos, llenos de luz y sorprendentemente cálidos. Se detuvo impresionado ante una chimenea de ladrillos de color rosa claro, colocados formando un arco que sostenía un dintel de madera tan antiguo y pálido que parecía a punto de desmoronarse si lo tocaban. Lo palpó con los dedos y era tan sólido como el hierro. Intentó imaginarse las dimensiones de la hoguera que podría albergar un hogar de tales dimensiones y se preguntó cómo podría acercarse alguien. ¿Dónde habrían acomodado a la Reina? Ascendió los peldaños hasta el primer descansillo y encontró una habitación panelada con retratos y fotografías enmarcadas, el único adorno de todo el lugar; permaneció allí unos minutos, pensando por qué ninguno de aquellos hombres utilizaba gafas a su edad y preguntándose en qué lugar de aquella absurda edificación había estado el alojamiento de la familia Chisholm. La atmósfera lo ralentizó: el silencio lo volvía cuidadoso, y se obligó a toser para que hubiera algún sonido. Como edificación para la guerra, era muy pacífica.

De vuelta en la zona de la cocina, consultó el mapa que venía con su entrada, y se dio cuenta de que estaba oscureciendo. No encontró a los demás, solo escuchó sus voces en la distancia. Después de todo, no era un castillo en miniatura: tenía mucho espacio, pero sin gracia. Debía repetirle esa pulcra frase a Maggie, que lo consideraba bastante soso. Dejando a un lado cualquier otra consideración, su recorrido no estaba completo. Sin la ayuda de la cinta de audio, recitada por un hombre cuyo acento cortante le recordaba a un feroz villano de Hollywood, Henry hizo acopio de fuerzas para visitar con rapidez los pisos inferiores: allí habían planeado disparar sus mosquetes contra el enemigo a través de todos aquellos pequeños agujeros en las paredes que podía ver desde fuera en la parte inferior de lo que quizá fue un foso. Abajo habría más oscuridad. En aquellos recintos cavernosos había reflectores y, en las paredes, candelabros que proporcionaban un brillo cálido a la piedra, en colores que iban del ocre al granito. Durante un amargo minuto de vacilación, Henry deseo que su padre estuviera allí con él, quitándose las gafas de la nariz y diciendo: «Mira eso, hijo, vaciaron todas las canteras que pudieron encontrar para construir esta porquería». Henry supo que ni siquiera aquello le hacía tener deseos de bajar. Leería la guía y fingiría haber bajado. Conocía sus limitaciones.

Salió del recinto mayor, en cuya esquina había una flecha con un letrero: CALLE. Para un americano de su generación, era una señal de salida bastante engañosa; más bien parecía una orden para que guardara silencio. En la cima de la rampa –y el lugar contaba con más rampas que escaleras, como si estas estuvieran recién inventadas– vio una enorme puerta negra. Mientras se aproximaba a ella pudo ver complacido una mancha de cielo gris nuboso y una luz en el exterior. Una de aquellas luces de seguridad que reaccionaban ante la llegada de la oscuridad, encendiéndose apenas al principio y brillando cada vez más a medida que caía la noche, el tipo de dispositivo que su padre hubiera examinado con detenimiento. «Qué cosa más maja», hubiera dicho mientras la acariciaba, sorprendido siempre por la manera en que funcionaban los objetos más sencillos. A mitad de la rampa, la puerta se cerró. En aquel momento, los reflectores se apagaron.

Subió a tropezones hasta llegar a la puerta y la golpeó varias veces. No sentía alarma, sino solo el asombro que siempre le causaba la ineficacia ajena. Golpeó la puerta de nuevo, dando lugar a un leve sonido y lastimándose el canto de la mano contra un clavo metálico. No gritó, no era algo que acostumbrara a hacer en respuesta a errores sencillos: sabía controlar su ira. Solo quería salir. La solidez de la puerta amortiguaba el sonido, pero alcanzaba a oír arañazos al otro lado. Volvió a golpear la puerta, esta vez gritando: «¡Oigan! ¡Oigan!». La voz retornó a sus oídos con un sonido falso y extraño. Cuando calló, percibió que el ruido al otro lado había aumentado, y a continuación escuchó a la niña, que gritaba histérica:

–Nooo, mamá, no. Él está ahí dentro. Si se queda ahí, pasará mucho frío. No debes cerrar la puerta. Henry odia el frío. No. No, no, no, espera, espera, espera. Déjalo salir.

Y después de eso, con la cabeza pegada a la puerta, Henry oyó también susurros tranquilizadores:

–Eres tontita, cariño. No seas boba, no se trata de una persona. Ese hombre simpático se fue a casa. Le dije por favor que se fuera. Está sordo. Eso que hay dentro es solo uno de los fantasmas idiotas de Neil. –Hubo más protestas y la voz de Angela se hizo más aguda–. ¿Qué quieres, tontita? ¿Quieres que me echen a mí también? ¿Eso es lo que quieres? Vamos, cariño, es hora de tomar el té.

*No entiendo el objetivo del encarcelamiento, excepto como forma de venganza. Nunca lo he entendido. No cambia nada. Una sentencia como la mía es solo una advertencia, no una manera de educar. No estoy encarcelada porque, de lo contrario, saldría a la calle a matar niños al azar. Nadie insinúa que mi criminalidad pueda convertirse en un hábito. El único niño que era vulnerable a mí fue mi propio hijo. No puedo causarle daño a nadie, excepto a mí misma. O me lo podría causar mi compañera de la cocina. Asesinó a su marido, y hace pensar a todos que hice algo equivalente.*

*Creo que imaginé, de una manera estúpida, que después de sentenciarme y enviar el necesario mensaje sobre la justicia y la expiación, alguien diría: ¿qué sentido tiene mantener encerrada, sin hacer nada, a una mujer útil? Pensarían en el derroche de dinero, y me dejarían salir en silencio por la puerta trasera. Maggie dice que eso es lo que harán al final, pero no antes de quince años. Son los años los que me aplastan, no el presente. La única manera de enfrentarse a la cárcel es vivir día a día. Ni siquiera un día entero: por horas, por minutos. Y la única manera en que puedo aceptarlo es recordar todo el tiempo que esto tiene un objetivo, aunque la única que lo sabe soy yo. Sin eso, estoy segura de que me volvería loca.*

*No todo lo que he hecho en mi vida ha tenido un objetivo. La mayor parte del tiempo uno carece de objetivos, lo que también es válido porque siempre que he sido muy decidida, he errado más. Pobre Harry. Merecías algo mejor.*

*He pedido más píldoras. Sin ellas, gritaría y me echaría a llorar. Olvidemos mi terca firmeza.*

FMC

# Capítulo 9

Tío Joe, Tom Cobbley y todo lo demás podía esperar. «La vida sin ti no es lo mismo...», leyó Maggie en la carta. La tiró a la alfombra deshilachada de la oficina y la pisoteó, un sustituto para su deseo de hacerla pedazos. Una curiosa faceta de su preparación como letrada le impedía destruir una carta, por su posible valor como prueba. Pero podía maltratarla. El papel estaba arrugado, ya que había pasado un día entero en el bolsillo de Edward, mejorando su prosa cursi. «No sé qué locura me poseyó –había escrito– para creer que tendría una existencia mejor con alguien que es inferior a ti en muchos sentidos...»

–«La vida sin ti no es lo mismo» –se burló ante Edward, agitando la carta frente a su rostro–. ¿Y qué coño esperaba? No quería que todo siguiera igual. Y lo que lo poseyó fue obvio. Una zorra con tetas enormes, dieciséis años más joven que yo. Él es un cliché. Un travesti de dos metros. Al menos tendré algo de qué hablar.

–¿Qué opinas del estilo? –murmuró Edward.

–¡No tiene ningún estilo! –gritó Maggie.

–Me refiero a la carta.

Examinó las oraciones: la puntuación era perfecta y los giros correctos. Se había tomado su tiempo para estructurar las ideas y dar el grado correcto de patetismo y dignidad a su petición de un encuentro. «No puedo sacarte de mi mente y la pena me abruma...»

–Creo que es un poco forzado –dijo Edward–. No deberías haberte casado con otro abogado. No somos más que unos mierdecillas engreídos. ¿Qué piensas hacer?

Maggie lo miró: tanto él como el pez tras el escritorio se difuminaban en el humo de los cigarrillos.

–Beber –respondió.

Henry se concentró en las palabras. «Es hora de tomar el té.» Qué raro. Estaba temblando de furia y deseaba que aquello cesara, mientras sus ojos se habituaban a la oscuridad. A los pocos minutos, un par de lucecitas de seguridad se encendieron en lo más alto de la pared, y se sintió profundamente agradecido por ello. Tenía espacio para moverse. Había una ración mínima de luz, suficiente para leer las grandes letras de los indicadores, no tenía frío, y en pocos minutos Angela regresaría y abriría la maldita puerta. Buscó el paquete de tabaco en el bolsillo de sus pantalones, encendió un cigarrillo y comenzó a recorrer el recinto contando los pasos, uno, dos, tres. Se encogió de hombros para aprovechar el calor de la chaqueta de cuero y el suave jersey. Daría vueltas al torreón central a partir de ese mismo lugar, quince veces, y cuando estuviera a punto de terminar, ella volvería. O alguien volvería; habría un guardián nocturno. Alguien.

En su séptima ronda por los salones desnudos, la cocina con los hornos de pan, el comedor con la chimenea, sin meterse por los recintos interconectados, comenzó a preguntarse si haría falta allí un guardián nocturno. No había nada que robar, a no ser la propia estructura del edificio, que sin lugar a dudas era lo bastante sólida como para impedir un robo. La condenada mujer regresaría después de darle el té a la niña. Qué manera tan extraña de describir lo que sin duda era una cena, y pensar en aquello le hizo recordar que tenía hambre. Perdió la cuenta de sus rondas, y la repetición no mejoró la situación. Se sentó junto a la chimenea y echó una breve siesta. Cuando despertó, rígido y aterido, una ira opaca comenzó a asentarse dentro de él, dando lugar a una cierta indigestión mental, combinada con hastío y con una sensación de ser completamente inservible, una persona apta solo como objetivo de una broma malévola.

Lo peor que podía ocurrirle era pasar la noche solo, hambriento y con un atisbo de hipotermia. Podía subir las escaleras y dedicarse a destrozar los retratos, o hacerse con ellos un refugio en el centro del salón y jugar a las acampadas. Lástima que no pudiera tomar prestadas las ropas de los personajes. Comenzaba a refrescar. Entonces, en lugar de pensar en la noche, pensó en la mañana, cuando la puerta chirriara al abrirse y lo vieran, lastimero y estúpido. Quizá la mujer congregara una multitud para burlarse de aquel turista incapaz de saber qué hora era; podía enviar una pandilla de gente burlona para azuzarlo, como a un oso bailarín en una ilustración medieval. El pobre oso cautivo que ni siquiera intentaría morder o librarse de sus cadenas. Que no valoraba lo suficiente la cariñosa solicitud de sus anfitriones en esta ciudad, o no tanto como para preocuparse por ellos y por sus posibles temores. El tonto que se había limitado a sentarse allí, a buscar una esquina para orinar, y en el centro de la multitud estaría Maggie con su pelo metálico y su dulce sonrisa sardónica; y lo que más le importaba era la opinión de Maggie.

El tiempo había seguido transcurriendo. Henry intentó recordar lo que había leído sobre el castillo en la relativa comodidad de la biblioteca, y lo aprendido en el mapa que ya no podía ver. Nada de todo aquello le servía de ayuda, pero era razonable pensar que un lugar construido para alojar a tantos hombres debería tener una docena de salidas, incluso si el diseño se basaba en la finalidad de rechazar a todos los que quisieran entrar. «Baja hasta el nivel del foso, Henry, a donde viste todas aquellas ventanas pequeñas. No estás tan gordo, y podrías deslizarte por una de ellas, buscar una puerta, salir, y gritar una vez en el exterior.» Era mejor el desprecio de un solo transeúnte que pueda lanzarle una cuerda, que el del alcalde o el de otros vecinos a la mañana siguiente. Seguro que nadie querría acercarse a él con sentimientos de lealtad devota o afectuosa comprensión.

Además, estaba harto de ver aquellas paredes. Cualquier otra pared supondría una mejora. Echó a andar la rampa marcada como PASADIZOS, que comenzaba en el recinto donde estaba la chimenea, con suficiente sentido del humor intacto como para percibir cuán poco atractiva era aquella descripción. «Qué gente más obtusa», pensó. A la calle por los pasadizos. Al principio, la pendiente de la rampa era mínima, pero después se hizo más empinada, de modo que tropezó y se detuvo ante un vidrio en una pared, con una flecha pintada, que decía: A LA IZQUIERDA. ¿Qué era aquello? ¿Un consejo de carácter político? Empezaba a ponerse histérico y siguió la indicación.

Penetró en un estrecho corredor que más adelante torcía a la derecha. Había ventanas diminutas, incrustadas profundamente en los muros, y comenzó a contarlas por hábito. Una, dos... cinco, seis, doce, trece... Algunas tenían un marco de metal áspero; se detuvo a tocarlas y dio un salto atrás al sentirlas frías y húmedas por la condensación. La última luz de seguridad había desaparecido en el recuerdo. Ahora, tocaba cada ventana. Algunas estaban abiertas, al nivel de su barbilla, pero la mayor parte estaban cerradas. La decimoquinta ventana carecía de vidrio y sintió un soplo de aire frío por encima de su frente. Quería volver atrás, pero dando la vuelta por el otro lado seguramente llegaría al punto de partida en uno o dos minutos. Metió el pie derecho en agua poco profunda. Con la falta de luz, no sabía si se trataba de un charco o de agua corriente, y al detenerse para pisar con más cuidado, oyó un ruido ante él.

Muy alto. Un sonido furioso, vibrante, que primero detuvo los latidos de su corazón y después los aceleró, convirtiendo la sangre que bombeaba en agua hirviendo. Después, un golpeteo furioso, tap, tap, tap, ¡tap!, ¡tap!, tap, tap, tap tap tap ¡tap! Miró detrás suyo y no pudo ver de dónde venía, más allá de la pared que se curvaba; dirigió la vista hacia delante y vio la promesa de otra luz de seguridad. El golpeteo cesó; el murmullo, como el sonido frenético de cientos de vestidos que avanzaran hacia él, se incrementó. Luego, por un momento, se hizo el silencio.

Henry no alcanzaba a ver el techo y notaba que las paredes lo aplastaban. No sentía tanto miedo por lo que tenía delante, sino porque, en aquel momento, no sabía dónde estaba ni cómo salir de allí. «Idiota, idiota.» Tenía todos los síntomas: el deseo de darle un cabezazo a los ladrillos, para que el dolor, al menos, lo mantuviera distraído; el impulso de correr, gemir, tirarse al suelo; la sensación de haber recibido un fuerte golpe en el diafragma; la aguda falta de aire, y la locura. El deseo imperioso de pelear, patear, abrirse camino hacia la salida a golpes, la imposibilidad de respirar, o de chillar siquiera. Si la ventana tuviera el ancho suficiente y la altura fuera de trescientos metros, habría saltado. De tener un cuchillo, lo hubiera utilizado para automutilarse, cualquier cosa con tal de que aquello cesara. «Cualquier cosa.» Pero no desaparecería; él sabía que no desaparecería. La agonía de la claustrofobia, una pequeña dosis de muerte de cada vez, llena de insoportable pánico. Para escapar hubiera sido capaz de cortarse una mano. Entonces, gritó, gritó y gritó, intentó volver a tropezones en la dirección de la que había venido. Trató de ser lógico, pero no podía moverse: el pánico se lo impedía. Se apoyó en las paredes para recuperar el aliento, dio un puñetazo a la ventana, se metió los dedos en la boca y los mordió con fuerza, hasta sentir el sabor de la sangre. Se hallaba en posición fetal en el charco de agua, luchando por respirar. Comenzó a morderse las uñas como un loco. Los sonidos no importaban. No podía oír nada. Veía duplicadas las imágenes. Había hongos en la pared; estiró la mano y los tocó. Se desmayó.

Un segundo. Una hora quizá. Volvió en sí, ensordecido por su propia respiración. «¡Ahah!, ¡ahah!, ahah, ahah, ¡ahah!», y el grito llegaba pero era incapaz de salir fuera. Fuera del retumbar de su propia respiración, el silencio era total, solo un fondo tras el «AHAH, AHAH», y el horrible jadeo que brotaba de su boca en un sonido desesperado, de deglución, parecido al que había emitido su padre poco antes de morir, «ah-brrr, ah-brrr, ah-brrr», con todo el cuerpo puesto en el esfuerzo. Henry fijó la vista en la mancha de cielo azul que se apreciaba por la ranura de la ventana encima de su cabeza, solo porque era diferente del negro de las paredes. Se obligó a no pestañear hasta que la tensión obligó a sus ojos a cubrirse de lágrimas. El frío del agua, que le llegaba a través de los vaqueros, comenzó a tener un significado remoto. Yacía en el agua fría y tenía que incorporarse. Logró hacerlo, pero el pánico no desapareció. Pudo enderezarse y se dio cuenta de que tenía frío. Eso era todo. Entonces, el sonido vibrante comenzó de nuevo, se acercó a él y retrocedió. Avanzó dos pasos. Uno de los tontos fantasmas de Neil, «Harry viene para verte, para matarte». Dio otro paso más. El único camino hacia delante lo llevaba en dirección a la luz. El pájaro golpeó su brazo extendido, se alejó volando y comenzó de nuevo a sacudirse, estremecerse y picotear en la siguiente ventana cerrada.

Un pájaro; un pájaro cautivo en una danza inútil.

No sabía de qué pájaro se trataba. Quizás un estornino; una criatura pequeña, en comparación con el ruido que emitía. Avanzó titubeante hacia el ave. El pájaro lo percibió y se desplazó para aletear locamente ante la ventana siguiente y luego la de más allá. Su presencia infundía terror; el ruidoso movimiento de las alas se volvió frenético. Cuando Henry se detenía, el pájaro dejaba de aletear; cuando se movía, el ave lo imitaba. De nuevo se confundió, voló hacia él, tropezó con su frente y huyó, para aletear en la siguiente ventana. Henry se sentía cada vez más fascinado y se obligó a detenerse. Su aliento se ralentizó. Contempló la silueta de aquel ser vertiginoso, confundido y demente.

Había ventanas abiertas, recordó. Allá atrás. Al recordar las ventanas sin vidrios, recordó también que todo cuanto debía hacer, incluso con los ojos cerrados si era necesario, era darse la vuelta y regresar, un paso tras otro, y finalmente, aunque gateara, volvería a los amplios espacios donde podría respirar. El pájaro era un ave idiota que no podía darse la vuelta, solo ir hacia delante, en lugar de buscar la ruta que lo había llevado allí y aprovecharla para salir. Martillaba de nuevo contra una estrecha franja de vidrio enmarcado en metal, que nunca lograría abrir. Pobre pajarillo desesperado, qué agotado debía de estar. Más cansado que él. Y si Henry no hubiera aparecido, seguramente habría descansado. No podía soportar la idea de que el pájaro se rompiera las alas debido a su presencia, o que el pánico lo mataría antes de que llegara la mañana. Estaba furioso y sentía mucha lástima.

–Fuera –dijo en voz baja–, fuera.

Si se acercaba, el sonido de sus botas lo espantaría. Tendría una suerte loca si lograba atraparlo con las manos. Tendría que capturarlo con alguna otra cosa, tirarle algo. Pensando en ello, Henry se quedó tan inmóvil como las paredes. Era el único problema. Lo único que le importaba era capturar al estornino y liberarlo.

«Retira estas cadenas de mi corazón y libérame...» A la chica no le gustaba la misma música que a él, y el día no había sido un éxito, o al menos no de la manera que Neil esperaba. Quizá se trataba solo de que no estaba acostumbrado a la compañía prolongada de una mujer, y pasar todo un día juntos le causaba desazón. Angela y él nunca habían sido aficionados a las salidas, ni siquiera al inicio de la relación; oh, mierda, no debía pensar en Angela. En los tiempos en que aún lo amaba, ella le había asegurado una y otra vez que el sexo en realidad no era tan importante, que mejoraría con el tiempo si su temperamento también lo hacía. Había acoplamientos ocasionales, casi éxitos, y él sabía cómo complacerla, pero Angela no buscaba tanto el orgasmo como el niño que obtendría como resultado. Neil hubiera podido ser un rey, un magnate millonario, un artista, un atleta de talla internacional, pero seguiría siendo solo un diabético controlado con un bajísimo recuento de espermatozoides y una disfunción eréctil. Quizá parte de la tensión de pasar un día entero con una chica era no poder contarle nada de aquello. Todavía no podía confiarle las peores facetas de su historia, y de alguna manera la muchacha sabía que le ocultaba algo. Eso no les gustaba a las mujeres, pero, de saberlo, le gustaría menos. Una cópula lograda lo empeoraba todo: lo importante era la segunda vez.

Aquello lo había llevado a convertirse en un ladrón, pero ni siquiera en un ladrón con éxito. Un viaje de un día a Francia, arruinado en cierto sentido por sus ansiosos proyectos para la velada y su sensación de vergüenza por la noche anterior. La chica estaba sentada a la mesa, delante de él, en su propia casa, sonriéndole, admirando su habilidad culinaria y bebiendo el vino que habían comprado. O, al menos, bebía para complacerlo, porque él le insistía con la esperanza de relajar la tensión que parecía reinar en el ambiente. Neil, por su parte, bebía muy poco, temiendo que el alcohol interfiriera con la pildorita azul que tragaría dentro de poco. «Inténtelo con cincuenta miligramos», le dijo el doctor. «La dosis promedio es de cien miligramos.» La conclusión, según el razonamiento ansioso propio de Neil, fue que lo mejor sería trescientos miligramos, el total de sus reservas. Tres pildoritas, y al diablo sus escasas reservas. Mañana se habrían terminado, pero mañana sería otro día y, si podía hacer que la chica se quedara allí unas horas, no le importaba lo que le ocurriera el resto de su vida.

–Tengo un regalo para ti –le dijo al volver del cuarto de baño.

El vino y la comida habían surtido efecto. Ella estaba lánguida, dulce, y se recostó contra él cuando le colocó el chal sobre los hombros. Con su habitación como fondo, pequeña e indescriptible, la chica era un encanto. Su piel era tersa y cálida. Neil no quería que ella pensara que podía aspirar a algo mejor que una velada con él.

–No puedo quedarme toda la noche –dijo la chica–. Tengo que volver a casa.

Vivía con sus padres. A Neil le gustó aquel al final. No le llevaría toda la noche.

Maggie pasó una hora en el pub más anónimo de la costa, hablando de perros con hombres ancianos, bebiéndose uno o dos vasos de vino de la casa, hasta que decidió que había cosas mejores que hacer, entró en la tiendecita antes de la hora de cierre y compró al contado dos botellas de Sancerre helado y tres paquetes de frutos secos. Entró con su botín, y sonrió con expresión ausente a Timothy y Peter, que tenían ganas de conversar pero se echaron atrás al ver cómo andaban las cosas. Maggie subió y se dedicó a hacer una limpieza maniática de su habitación, para creer que todo estaba bajo control, y a continuación se sentó a pensar. Estaba el molesto recuerdo de tío Joe, pero eso carecía de importancia, como una mosca zumbando en el rincón de una habitación, pues lo que deseaba por encima de todo era saborear la sensación de triunfo y leer por tercera vez la carta de su ex marido. «Por favor, ¿podría ir a verte?» No había dicho: «¿Por qué no vienes a verme?». Sugería que él haría el esfuerzo por visitar una pequeña ciudad insignificante a la cual despreciaba. Francesca había dicho que los hombres estaban ciegos. «No soporto la manera en que se largan y después regresan para arrancarte el corazón.» Maggie tenía ganas de decir: «Mira, Philip, yo tengo mi modus operandi para eso. Vivo mi vidita sin ninguno de tus entretenimientos; ¿te acuerdas de cómo recibíamos a la gente en casa, Philip? Con tanto detalle y generosidad como los dueños de mi alojamiento cuando cocinan para sus invitados, solo que gastan muchísimo menos, triplican el esfuerzo y manifiestan un genuino deseo de complacer, no de impresionar. Intentaste convertirme en un clon refinado de ti mismo, pero mis verduras favoritas siguen siendo los guisantes congelados y prefiero el tipo de hombre que es capaz de disfrutar una pizza algo quemada sin darse cuenta. Te permití que dictaras la ruta por la que discurrirían nuestras vidas, de manera que cuando decidiste que yo era algo superfluo, me convertí en una pieza de recambio».

Se metió en la boca unos frutos secos y buscó pluma y papel. El vino apenas le gustaba. Philip había sido un esnob del vino, siempre jactándose de ello y revisando etiquetas. «Querido Philip, otras personas tienen mejores cosas que hacer, beben lo que les dan, así pueden disfrutar de la conversación. ¿Por qué te permití apartarme de todo lo que era realmente importante? ¿Por qué pierdo el tiempo en opciones erróneas?» Si encontrara una pluma, le escribiría una carta tremenda; no buscaba ninguno de los bolígrafos viejos que se amontonaban en su bolso, sino la pluma que daba cierta dignidad a sus manuscritos. Oh, sí, se lo pondría todo en palabras, una paliza verbal para obligarlo a salir de su prosa impecable y mostrarle la rata que era. Entonces, recordó otro de aquellos poemas que había memorizado con tanta facilidad mucho antes de casarse.

> Cuando te amaba, debo reconocerlo
> gocé de muchos exquisitos momentos;
> pero el desprecio que inspiras en mi alma
> es, en comparación, más suculento.
> Juntos o separados en la vida,
> siempre te acecha un conjuro horroroso,
> amarte es suficientemente grato,
> mas, ¡oh!, odiarte es algo delicioso[1].

1. *«When I loved you, I can't but allow / I had many an exquisite minute; / But the scorn that I feel for you now / Has even more luxury in it. / Thus, whether we're on or we're off, / Some witchery seems to await you, / To love you is pleasant enough, / But Oh! tis delicious to hate you!»*. Versos correspondientes al poema «Love will find out the way». *Op. cit. (N. de la T.)*

Los frutos secos se terminaron, y sintió hambre, mezclada con náuseas, que sació temporalmente con otro vaso de vino. Abajo se molestarían con ella, pero sus veladas de encierro total no eran nada nuevo, aunque en los últimos tiempos se habían vuelto menos frecuentes. «¡Oh!, odiarte es algo delicioso», escribió de nuevo, dándose cuenta de que la pluma no escribía bien. Se le estaba terminando la tinta y no tenía la menor idea de dónde había dejado los cartuchos de recarga. Ni de si quería que Philip volviera, y la viera, y echara un vistazo a lo que ella había hecho con su vida tras permanecer escondida en un armario durante quince meses. Lo único que sabía, incluso cuando subrayaba la palabra, era que no lo odiaba. Nunca había odiado a nadie durante más de un día; no era propio de ella. Podía sentirse herida hasta límites absurdos ante el menor indicio de rechazo, pero no podía odiar. Quizás eso significaba que no estaba capacitada para amar a un hombre. «Por supuesto que puedes –le dijo Francesca–, pero solo si te mira. Reconoce lo que eres. Cualquier otra cosa sería un insulto.»

Así era como se sentía: insultada. Era demasiado temprano para dormir, el vino la vencía y, por el momento, Maggie no quería que nadie la viera en aquel estado de indecisión emocional. Se aseó por puro trámite en el lavabo de arriba. Sentía cierta culpa por haber descuidado el resto de los asuntos del día. Se cepilló el cabello hasta que el cuero cabelludo le dolió tanto como la cabeza, lo recogió todo rigurosamente y se fue a la cama. Ideas confusas que se escurrían como ratas: Angela, Harry, Henry, Harry, Neil, pescando en la playa con aquel perro, Henry. Pescando. Philip, y de qué manera tan veraz había explicado la defunción de aquel matrimonio. «No fue el éxito que habíamos esperado.»

No era el éxito que él había esperado. No era la respuesta a la oración de una niña, ni siquiera a la de un hombre. Según el recuerdo de Neil, había sido algo minucioso y brutal. No tan prolongado como le habría gustado, aunque perdió el contacto con el paso del tiempo. Follar era maravilloso, pero follar pensando constantemente cuánto duraría no era del todo placentero. La erección, la cópula, la furia con la que ella lo había abrazado, que poco a poco se había convertido en los habituales gestos fatigados de aliento para que él continuara. Tras el gemido final de culminación, ella se volvió de espaldas a Neil con un gesto de obvia timidez. Lo besó, en respuesta a sus besos sofocados de gratitud, a su agradecimiento sincero y tartamudeante. Le decía lo bella que era, pero no le pareció que hubiera transcurrido tanto tiempo cuando la chica le dijo: «Ya sabes cómo están las cosas, tengo que irme»; se mostró firme e insistente. Y cuando Neil se levantó con dificultad para vestirse y acompañarla durante su corto trayecto, apenas un par de calles bien iluminadas, ella se negó en redondo. Estaban en Warbling, no en Londres. La chica conversaba mientras recogía sus cosas, al doble de velocidad de lo que él se vestía y se preparaba para partir. Y, antes de que Neil pudiera empecinarse, ya se había ido. Huía, abandonando el chal robado, doblado sobre la silla de la cocina. Aquella huida presurosa lo habría alarmado y preocupado mucho si los síntomas no lo hubieran inquietado aún más. Neil estaba en la cama, analizando las implicaciones de un terrible dolor de cabeza y un mareo que no desaparecía cuando cerraba los ojos. Cuando los abría, cuanto podía distinguir parecía teñido de rosa, dándole la impresión de un atardecer fluorescente, o del color del sol cuando, en verano, se hunde en el mar. Parpadeó para hacer desaparecer la visión, pero el tinte rosado permaneció y cuando encendió la luz del techo, su brillo le golpeó los ojos. Temblaba y tenía la boca seca.

Su busca comenzó a sonar. Había un intruso en el castillo y él no podía ver.

La única prioridad era capturar al pájaro. Aleteó en la ventana siguiente y el sonido de su agotamiento resultaba cruel. Henry hubiera querido sollozar. Retrocedió dos pasos muy lentamente, se agachó y manipuló los cordones de sus zapatos hasta que los desató y pudo quitarse el calzado. Se despojó en silencio de la chaqueta; era demasiado pesada para usarla como trampa, el pobre animalito quedaría aplastado y moriría. El jersey de cachemira era ligero y fino, a pesar de ser una prenda de abrigo: Henry era muy aficionado a la lana fina. El suelo estaba frío, húmedo, y mientras avanzaba a ciegas se le empapaban los pies. La pared giraba a su derecha. Apenas había visto la silueta del pájaro cuando tropezó en un ladrillo suelto, extendió una mano para apoyarse y soltó un taco, «Mierda». El estornino volvió a la vida, desapareció en la negrura y comenzó nuevamente su golpeteo fantasmagórico contra otra ventana, más adelante. Si pudiera ponerse al otro lado del pájaro, pensó, lo espantaría hacia el lugar donde sabía estaban las ventanas rotas, abiertas o sin vidrios, y quizás el ave encontraría sola una salida. Quizá fuera mejor seguir en aquella dirección, intentando cazarla, pues era posible que dieran la vuelta completa hasta el espacio más amplio, donde el pájaro podría volar, posarse o serenarse. Y entonces se perdería, y sería mucho más difícil de atrapar. O quizás ese pasadizo circular no llevaba a ninguna parte, salvo a una oscuridad aún más negra; quizá terminaba en una sima, un sótano, un pozo. Henry tragó sin saliva.

Con la camiseta enrollada en torno al cuello, avanzó hacia delante, tanteando el suelo húmedo con los pies, enfundados en un par de calcetines, mientras se apoyaba en la pared con una mano. Vio de nuevo al estornino; era como si lo estuviera vigilando y lo esperara. Se quitó la camiseta del cuello, tratando de respirar sin ruido. Más adelante se oía otro ruido, drip, drip, drip, y de la ventana le llegó un tamborileo y el torturante sonido de la lluvia. El estornino agitó las alas y voló como un borracho hasta la próxima ventana. Iba a morir de miedo y agotamiento. Henry tenía los pies helados y flexionó los dedos en silencio. El sonido de la lluvia que caía en el exterior amortiguaba el ruido de su avance, pero solo un tonto pensaría que un estornino tenía sentidos tan bastos como los suyos. En otras tres ocasiones, al adelantarse, el pájaro lo detectó, creía que estaba un poco más cerca. Entonces, bajo el brillo misericordioso de una lucecita en el techo que mostraba los destellos de humedad en la piedra del peldaño sobre el que goteaba el agua, vio al estornino que se bañaba en un minúsculo charco de agua estancada, en un agujero creado por años de goteo. Henry se hallaba muy cerca; tiró su red.

Con cuidado, con mucho cuidado. Una lucha feroz bajo la prenda de ropa. Calma. Hizo un cuenco con las manos en torno al bulto que había creado y lo levantó, percibiendo mientras retrocedía a tropezones el latido frenético de un corazón diminuto, temiendo que estallara. Rápido. Tuvo que usar las dos manos para retener al cautivo; sus pies tendrían que encontrar el camino correcto. Se hirió los dedos de los pies y los codos mientras caminaba con torpeza y dejaba que la pared, que dibujaba una curva a su izquierda, lo guiara. Tropezó con su calzado, sintió el tejido de su chaqueta en el charco bajo los pies, pero no se detuvo. Otra ventana, otra, otra más y, por fin, la bendita corriente de aire.

Se estiró para introducir la camiseta a través del estrecho orificio de la ventana, primero con delicadeza, y a continuación la sacudió. La abertura era tan angosta que apenas había espacio para ambas manos y la piedra le arañó los brazos. Podía sentir cómo se debatía el estornino, pensó que quizá sus garras estarían enredadas en la lana, que se vería obligado a recobrar la camiseta para liberarlo y aplastar al ave en el proceso, o que, incapaz de ver en la oscuridad, lo dejaría libre en aquel hueco y tendría que comenzar de nuevo, «Oh, Dios, no, por favor». Sacudió una vez más la camiseta, soltándola de una mano; entonces, sintió que la prenda se levantaba y caía en el momento en que el pájaro se soltaba. Intentó ver adónde había ido, pero lo único que tenía al alcance de su vista era el cielo. «No caigas, ¡vuela!», gritó, y se dijo que podía percibir el sonido de las alas por encima del ruido de la lluvia, aunque sabía que era incapaz de oír nada por el estilo. Se trataba solo de su propio aliento, «ahah, ahah, ahah. No te pares». Henry retrocedió, apartándose de la ventana, y continuó su recorrido, palpando la pared a su izquierda, percibiendo, más que notando conscientemente, la presencia de otras dos ventanas que hubieran podido servir como vías de escape, murmurando para sus adentros. No deberían dejarlo todo así, deberían arreglar las ventanas para que los pájaros no quedaran atrapados. Alguien tendría que comprobarlo, alguien debería responsabilizarse; y de repente se encontró al pie de la rampa, subiendo hacia la habitación grande, donde encontró un área iluminada junto a la pared de la chimenea. Se acurrucó en el suelo seco. Aún tenía la camiseta, que había llevado arrastrando detrás de él, complacido por no haberla soltado, de otra manera el estornino se hubiera precipitado a tierra, prisionero en su propia red. Sin pensarlo, se la puso. Tiritaba. La camiseta estaba pegajosa al tacto, manchada de excrementos de pájaro. Había bastante, pero no le importó. Henry los retiró con las manos y se las frotó en los pantalones. Ahora tenía porquería por todas partes. Pero no le importaba apestar un poco, el maldito pájaro, aquella tonta cosita aterrorizada estaba libre, y él se sentía momentáneamente embargado por una extraña felicidad.

Pero tenía frío. Se palpó los pies con las manos sucias y se dio un masaje en los dedos. Estaban pegajosos y húmedos de sangre, y le dolían; el frío le hacía el favor de impedirle sentir el dolor real. Debía regresar, recoger su chaqueta y sus zapatos, obligarse a ponérselos y mantenerlos calientes. La chaqueta le daría calor y ocultaría la mierda de pájaro. Pero al analizar aquella idea con frialdad, Henry supo que de ninguna manera volvería a bajar la rampa y a caminar por el pasadizo. Al cuerno con el frío y con lo demás, la idea era tan repulsiva que sus temblores se incrementaron.

La habitación ya no estaba caldeada, pero tampoco tan fría como para congelarse y aquella mujer no iba a regresar. Nadie iba a regresar. En el bolsillo de su chaqueta llevaba una chocolatina; en los pasadizos goteaba agua suficiente para lavarse las manos y calmar una sed feroz, pero nada de aquello era suficiente para hacerlo regresar. No. Tenía cigarrillos en el bolsillo del pantalón, y un mechero que funcionaba. De pronto, la vida era soportable; el pájaro estaba libre y el único propósito de aquella velada en el infierno consistía en liberar a un estornino. Esa era la razón por la que parecía estar allí. Tan sencillo como eso. Se incorporó, planeó una ruta, y comenzó a dar vueltas por las habitaciones. Más cerca de la puerta, otra luz de seguridad parpadeó mientras atravesaba el umbral y manipulaba el picaporte. Hizo un ademán de desprecio. Caminaba en círculos amplios y pensaba.

«¿Por qué me ha encerrado?»

«¿Qué he hecho para merecer que me encierre?»

«¿Sabía ella lo que me podría ocurrir? No. ¿Cómo iba a saberlo? Pero sí debería haber sabido que... me asustaría.»

«La niña sabía que me asustaría y pasaría frío. O que alguien se asustaría y pasaría frío.»

«Otro Henry.»

«¿Tendré gangrena?»

«Espero que el estornino pueda volar bajo la lluvia.»

«¿Es el deseo de protección más fuerte que cualquier otro?»

Intentó recordar algún poemita tonto, comenzó a cantar. Nunca había valorado mucho su talento para reproducir una melodía; cantar era un asunto privado, que reservaba para la ducha, pero siempre recordaba la letra.

¿Llovía cuando Harry salió al atracadero? ¿Quién lo llamó, y había seguido hacia el frío?

–Despierta, Maggie, despierta. ¡Despierta, coño!

Peter le alumbraba el rostro con una linterna. O eso le parecía. El teléfono móvil sonaba.

–¿Qué demonios te pasa, Maggie? ¡Despierta, mujer!

–E-es-toy despierta. –La lengua se le trababa–. Basta. Iros a la mierda.

–Tu teléfono, Maggie, y...

–Largaos.

–Responde la llamada.

–No. ¿Pa' qué?

–¡Responde!

Maggie apretó el botón, actuando automáticamente como desde lo más profundo de una pesadilla. Peter y Timothy no sabían cómo funcionaba y no tenían por qué saberlo. Era el único teléfono en la casa, y eso solo cuando ella se encontraba allí. Se tomaban el sonido agudo del timbre con más seriedad que ella. Era como si les susurrara desde muy lejos, aunque Maggie también sospechaba que, en noches como aquella, la controlaban. Habló al teléfono.

–Piérdete.

–Francesca, me muero. Creo que voy a morir... Tomé demasiadas. Todo está rosa, la cabeza se me rompe y hay alguien en el castillo. No puedo ir.

–Neil, tranquilízate.

Maggie se incorporó, y al hacerlo sintió dolor. No tanto como en otras ocasiones, pero no era nada agradable. Con cierta satisfacción carente de importancia se dio cuenta de que se había puesto un camisón antes de meterse en la cama y escondido las botellas. Notaba un olor a jabón. La limpieza es pariente de la santidad, y lo único que sentía en aquel momento era el alivio que le causaba aquella idea, seguido después por una gran irritación. Ella no era Francesca. Neil debería recordarlo. Recordar que ella no era la persona omnipotente en la que todos confiaban y hacia la que sentían resentimiento cuando no podía prestar ayuda; ella era un sustituto inadecuado, nada más.

–Tomé demasiada Viagra. No puedo ver. Me duele la cabeza. Busca a ese americano. Es médico. Sabe qué hacer. Tráelo, Maggie, tráelo aquí... Ay, por favor, Maggie. Él sabrá. Yo sé que él sabrá lo que hay que hacer... Esas píldoras azules. Las píldoras rosa me pondrán bien. Llámalo, Maggie, por favor.

–No es un médico. No es doctor en el sentido que tú crees, no puede curar a la gente. Llama a un médico de verdad, Neil.

–No puedo. Voy a morir. Ayúdame.

El final de la llamada y su contenido reverberaban por toda la habitación, como si rebotaran.

–Alguien busca a Henry –dijo al descuido, como si fuera su secretaria, mirando a Peter en busca de inspiración.

Timothy se había quedado en la puerta y ella se sintió obligada a ser cortés. Ellos lo eran siempre. Maggie pensó, por un momento, que eran las personas más bondadosas que había sobre la tierra.

–No lo va a encontrar.

–¿Y por qué?

–Porque no está –dijo Timothy en tono categórico–. No ha vuelto. Las dos de la madrugada y no ha regresado. Se habrá perdido.

El corazón comenzó a latirle deprisa. Maggie subió y encontró intacta la habitación de Henry, el fuego encendido para él solo había dejado un leve rastro de calor. El ordenador portátil cerrado, todo en perfecto orden, como si viviera en el camarote de un barco a punto de izar velas. Muy diferente a como Maggie tenía su propia habitación, como una escolar, sometida a la disciplina de modo intermitente. Varios destinos pasaron por su cabeza: el castillo, la casa de Neil, el chalet de Angela, imágenes de lugares que, en su cabeza, se aproximaban unos a otros como vehículos que colisionaban en los cruces de carretera. Gimió en voz alta. A la mierda las responsabilidades: ella no las quería. Desde la puerta de su habitación, aquellos dos hombres encantadores la miraban con expectación, diciéndole con su lenguaje corporal: «Dime qué quieres que hagamos y lo haremos». Maggie suspiró. Tenía la cabeza llena de telarañas. El alcohol no servía para nada. Igual que la libertad. Acentuaba el moho en el cerebro y la bola de pelos en la garganta, y nunca había tenido el poder de generar olvido. Su camisón estaba limpio. Era algo que le causaba orgullo, lo suficiente para otorgarle autoridad. Qué estúpida y malcriada había sido siempre. Tenía que calmarse para que la terrible ansiedad se convirtiera en energía y no se condensara en parálisis.

–Ahora me visto –dijo–. ¿Hace frío fuera? Lo siento, queridos, a esta hora ninguno de nosotros deberíamos estar despiertos, ¿verdad? –Por supuesto, no tenía noción de la hora, pero era mejor ponerse en marcha sin tomarlo en cuenta; piensa en el honor de Inglaterra–. ¿Te acuerdas dónde dejé mi coche, Peter? Y si no queréis venir, no tenéis que hacerlo.

–Harry está en el castillo, ¿no?

–No es el Harry en que estáis pensando, pero es probable que sí. Y Neil se siente mal, él tiene la llave, no sé por qué, pero es así.

Bajó de nuevo las escaleras, entró en su habitación y se quitó el camisón, se puso una sudadera fea y la chaqueta de un chándal, tomó las zapatillas deportivas sin cordones, que eran las que tenía más cerca y las llaves del coche, que estaban escondidas detrás de algo, confundiendo el orden de las cosas, por lo que terminó turbada al ver sus piernas desnudas y los pies calzados. No llevaba pantalones. Se lo quitó todo y comenzó a vestirse de nuevo. Algo había ocurrido durante una velada de borrachera, y no podía recordarlo. En algún momento, entre la confusión, había elegido un traje pantalón, botas, un abrigo y todo cuanto se necesitaba para reunirse con un ex marido arrepentido e intimidarlo con un golpe de estilo. «Sigo siendo una abogada correcta, ¿lo ves?» Agarró la ropa, encendió un cigarrillo y lo apagó de inmediato. Estuvo a punto de hacerlo fuera del cenicero; todo aquel asunto era peor de lo que pensaba. La esperaban al otro lado de la puerta, con sus abigarradas ropas de dormir; eran los hombres más dulces del mundo y, en última instancia, los menos agresivos. Salvo en caso de que ella hubiera sido una niña, y entonces habrían hecho caso omiso de las leyendas sobre fantasmas y la habrían acompañado, armados con garrotes caseros. La sola idea la hizo sentirse más cansada aún. Peter y Timothy se tranquilizaron al verla con su uniforme de letrada. Parecía capaz de enfrentarse a un ejército entero.

Llovía con fuerza. Nieve fundida y lluvia torrencial, un lugar sin esperanzas, repulsivo, qué motivo tenía para vivir allí... Por la carretera de la costa, a la izquierda, hacia la casa de Neil, detuvo el coche. El silencio hacía que todo fuera inmortal, y sentía deseos de gritar. De golpear la puerta hasta que respondieran. Neil abrió, la miró bizqueando, solo ojos y vergüenza. El color rosado en la periferia de su visión se había marchitado; el dolor de cabeza era terrible; no tenía a nadie más a quien llamar. «Ayúdame, Franny, por favor.» «Yo no soy Francesca. Mi prima, la que lleva ese nombre, vivía en el castillo y, como prima hermana, yo iba allí con frecuencia y sé, al igual que ella, cómo entrar. Ella nunca rompió sus lazos con el castillo.»

Estaba de pie, mirando a Neil en su sala de estar y pensando desapasionadamente que el aspecto del hombre era peor que la manera en que ella se sentía, pero sobreviviría.

–Ya me siento mejor –masculló Neil–. Lo siento, lo siento

mucho. –El busca conectado al sistema de alarma del castillo parpadeó sobre la mesa–. Lleva un rato dando la señal de alarma. No puedo entrar allí. No puedo. No puedo. Los fantasmas...

–Llama a la policía.

–Se reirán de mí. Perderé el trabajo... No puedo.

–Oh, por Dios, dame la llave. Supongo que Angela te la habrá devuelto, ¿no?

Neil asintió. Maggie vio el chal doblado sobre la silla, cogió la llave y regresó al coche. Nunca tuvo paciencia con quienes temían a los fantasmas o al castillo por la noche; había sido su lugar para jugar al escondite, aunque nunca llegó a conocer todos los escondrijos de su prima. Intentó poner en duda su propia convicción de que Henry se encontraba allí dentro, vagando como un moscardón. «Creo que debo dejar a un lado lo relativo al miedo a la oscuridad o al terror mortal a quedarme encerrada.» Tenía prisa.

Aparcó el coche junto a la puerta del castillo, oyó el toc, toc, toc de sus tacones sobre el puente de madera y sintió la lluvia contra su rostro. La llave entró con facilidad, la puerta era pesada. Había envolturas de chocolatinas en el suelo de la tienda; los fantasmas se divertían en ausencia de Neil, claro, dejaban basura para sorprenderlo, por supuesto. O sería que Angela Hulme y Tanya se habían marchado precipitadamente. Maggie soltó un taco. Nunca debió haber enviado allí a Henry.

Cogió las llaves del torreón del lugar donde siempre las dejaban, tras el mostrador, accionó el interruptor general de las luces, y salió caminando bajo la lluvia, rodeando las piedras resbaladizas en dirección a la puerta interior. Si no encontraba a nadie se pondría furiosa; y sentiría la misma furia si él estaba allí. Las luces brillaban con intensidad ofensiva. En la habitación de abajo había un hombre que caminaba despacio, en círculo, las manos a la espalda, los pies enfundados en calcetines sucios y el jersey manchado. Estaba cantando. Cuando se dio cuenta de que podía ver, dejó de moverse y se volvió lentamente, pestañeando, cantando aún.

–Hola –dijo Maggie.

–Puedes considerarlo un niño por su fuerza. O llamarlo cobarde por su huida –canturreó Henry.

Se interrumpió, se volvió y vio a una mujer, vestida con elegancia, como para asistir a una reunión importante, impecable, con ropa que combinaba a la perfección, tremolante a la luz de los reflectores, implacablemente eficaz. «Oh, mierda.»

*El hecho de que no le gustara el frío no sirvió de nada. Lo mismo que la edad: la suficiente como para sentir vanidad. Me pregunto cuándo comienza la vanidad. Supongo que tan pronto como un niño puede verse en un espejo. No sirvió de nada que tuviera dificultades con el habla, que le resultara trabajoso pronunciar con claridad, porque todo eso añadía algo a su frustración. Al pobrecillo no le sirvió de nada manifestar cariño con tanta facilidad, aunque fuera feo como un dragón. Se ponía así cuando se concentraba en aprender cosas, y eso siempre me enternecía. Siempre tuve dificultad para aprender cosas sin dejarme arrastrar por la distracción más cercana. Comprendía su esfuerzo. Hasta que no crecí lo suficiente, tuve la capacidad de concentración de un gorrión, y por esa razón mi padre siempre me ponía a Maggie como ejemplo, por su facilidad para aprender.*

*Pensé que Tanya sería para Harry lo que yo fui en una época para Maggie: una prima mayor que la quería y que siempre estaría allí en lugar de una hermana. Olvidé cuánta rivalidad e impaciencia existía. Intenté que nos convirtiéramos en una familia, que formáramos un grupo unido. Llegué a parecer un perro ovejero. Por supuesto, las cosas no salieron como esperaba.*

FMC

## Capítulo 10

Maggie bajó por la rampa al encuentro de Henry, consciente del sonido de sus botas contra la piedra seca. Las gotas de agua refulgían en su cabello, que se agitaba al mover la cabeza. Al aproximarse, advirtió lo sucio que estaba; era impresionante, sobre todo tratándose de un hombre tan meticuloso, amante de la ropa limpia y las abluciones personales.

–¿Cómo sigue la canción? –preguntó Henry–. Quizá tú la conozcas. Me irrita tanto olvidarla...

–Y aunque la enamorada –recitó Maggie, sin música–, esté oculta en tremenda...

–... mazmorra y custodiada, Amor halla la senda –terminó Henry, radiante de satisfacción, como un niño que da con la respuesta correcta.

–¿Qué rayos estás haciendo aquí?

Maggie estaba a punto de estallar y el deseo de darle una bofetada le causaba comezón en la mano derecha; lástima que estuviera tan sucio.

–Oh, nada, tonterías. Soy un turista muy concienzudo. Tengo que verlo todo.

–Bueno, Henry, pues creo que ya está cerrado, así que nos vamos a casa. ¿Dónde están tus zapatos? ¿Y la chaqueta?

–En los pasadizos, ja, ja... ahí abajo, en alguna parte –señaló con vaguedad.

–¿Quieres ir a buscarlo? –Su voz era dulce y persuasiva.

–No. –Henry movía la cabeza como pidiendo excusas–. No. No puedo hacerlo. De ninguna manera.

–No hay fantasmas –dijo Maggie.

Henry pareció algo sorprendido.

–Claro que no. Pero no pienso ir.

La mujer taconeó hasta perderse de vista. Sus pasos airados

descendían hacia los pasadizos y Henry, en lugar de mirar, escuchaba, sintiéndose culpable. ¿Para qué necesitaba una chaqueta y unos zapatos? Se sentía bien tal como estaba. Pasó un minuto, después otros treinta segundos, y el frío comenzó a metérsele bajo la piel. Un verso más y tendría que ir a buscarla, por si acaso se hubiera perdido, como el estornino. «Hay quien piensa que puede / tenerlo confinado; / algunos consideran / que es ciego y apocado; pero aunque de él te apartes, / ríndete a la leyenda: / el Amor, aunque ciego, / encontrará la senda[1].» Del siglo XVII, le pareció recordar. Pasos que venían de vuelta, más lentos que a la ida, y apareció Maggie con su chaqueta en una mano y sus zapatos en la otra, sosteniéndolos a buena distancia de su suave abrigo de lana de camello, como si estuvieran contaminados. Henry seguía tarareando la canción. Apenas logró meter los pies en los zapatos, con cierto dolor y sin la menor posibilidad de atarse los cordones. Descubrió que le resultaba difícil introducir los brazos en las mangas de la chaqueta.

–He estado pensando... –dijo, mientras la seguía rampa arriba y ambos salían por la puerta abierta.

Respiró aquel aire, más puro y más frío, y sintió cómo caía la lluvia sobre su rostro, mientras la observaba trajinar con las llaves.

–No pienses, Henry, de verdad. No es lo tuyo.

Maggie era consciente del monumental dolor de cabeza que se le estaba formando detrás de los ojos, como una nube de tormenta, no tenía deseos de abrir la boca, y menos para discutir. Empujó a Henry al interior de su coche, pasó por casa de Neil, metió las llaves en el buzón, e hizo chirriar dos veces el cambio de marchas en el corto trayecto hasta la costa. Henry continuaba tarareando, y no precisamente bien.

–¿Qué harías en un caso de sobredosis de Viagra? –preguntó, para centrar su pensamiento y ocuparse de otro problema residual, mientras vigilaba el pavimento, que brillaba bajo las luces empapadas de su antiquísimo coche.

1. *«Some think to lose him / By having him confined, / And some do suppose him / (Poor thing! to be blind, / But if ne'er so close you wall him, / Do the best that you may; / Blind love (if so you call him) / Will find out his way.»* Versos correspondientes al poema «Love will find out the way». *Op. cit. (N. de la T.)*

–Supongo que esperaría a que se me pasara. ¿Llovía el día en que empujaron a Harry al mar?

–Oh, por Dios, Henry, yo qué sé.

La Casa Encantada parecía un árbol de Navidad, tanto que Henry esperó ver adornos en el vestíbulo, y se sintió algo descorazonado al descubrir que no había ninguno. El sonido del mar, al otro lado de la carretera, era sedante, y la lluvia seguía cayendo. Peter y Timothy lo abrazaron por turno y él les devolvió el abrazo con afecto y entusiasmo, con sereno agradecimiento por haber sido llevado de vuelta, como un paquete, al dominio de los hombres y a una bañera llena casi hasta los bordes. Pronto amanecería. Henry yacía en su propio lecho, los pies y las manos hinchados le latían, y pensaba en el estornino. La letra de la canción no se le iba de la cabeza, ¿y qué diferencia había entre una canción y un poema? Antes de que el sueño llegara se puso a darle vueltas a la idea de que todo aquel episodio había sido idea de Maggie; o de Angela y Maggie, de las dos. Una conjura propia de mujeres: «Vamos a darle un escarmiento a ese tonto preguntón para que se ocupe de sus propios asuntos, vamos a enseñarle a que no meta la nariz». La idea vagó a la deriva. Maggie no habría hecho semejante cosa; aquellas mujeres eran muy diferentes, y no se trataba tanto de hechos, Henry, como de instintos. «Confía en tu instinto», se aconsejó a sí mismo. Y había una tontería final sin importancia... ¿Le habría dedicado tanto tiempo al pájaro atrapado de tratarse de una gaviota fea y gorda, en lugar de un estornino? Claro que sí, pero hubiera resultado más difícil. Y con la chaqueta habría inmovilizado el pico de una gaviota; un estornino exigía la suavidad de un chal.

«Cumpleaños feliz, cumpleaños feliz... Pareces un elefante. Vuelve al zoo y quédate allí.» El sonido ininterrumpido de la lluvia despertó a Maggie. Con un ojo vio la mancha de cielo gris que anunciaba otro día de invierno. Cerró el ojo e intentó calcular la hora. Levantar la cabeza para echar un vistazo al reloj junto a la cama requería demasiados esfuerzos; calculó que serían alrededor de las ocho y media. Si quería, podía seguir durmiendo, pero la jaqueca le desgarraba el cráneo y cuanto más tiempo pasara acostada, oyendo llover, peores serían sus reflexiones, que le causaban más daño que la resaca del vino y la embotada sensación de vergüenza que conllevaba. Soltó un gruñido. Las prendas de ropa que llevara de madrugada colgaban ordenadamente en el guardarropa, listas para ponérselas y salir a la calle: un último acto de disciplina antes de meterse en la cama. Vistió su gruesa bata de estar por casa, una peluda prenda de lana que había adquirido por abrigada, no por elegante, metió los pies en las zapatillas, miró por la ventana hacia abajo, hacia la caseta infantil en el jardín, volvió a gruñir y se dirigió hacia la cocina.

«Cumpleaños feliz...» de nuevo el murmullo. La cocina de la casa siempre había sido su lugar favorito, igual que los dormitorios traseros y los jardines pequeños. Francesca la había enviado a la Casa Encantada y Maggie se había quedado allí. Esa opción tenía mucho que ver con cosas tales como preocupaciones y letargos, y no guardaba relación alguna con que pudiera ver a su prima segunda en el jardín, charlando con Peter y Timothy, las tres tardes por semana en que ellos cuidaban al niño. Supuso que había tenido la oportunidad de conocer mejor a Harry durante el breve intervalo entre su retorno y la muerte del pequeño, pero no la aprovechó, cosa que ahora la irritaba. Le había dado vueltas a la idea de que, de insistir en tener un niño, su marido no la hubiera dejado y ella no habría sentido deseos de prestar atención a los hijos de los demás. Tampoco quiso llorar en el hombro que Francesca le ofrecía, porque en cierta época acudía a ese recurso con demasiada frecuencia y que se lo ofrecieran una vez más le causaba un cierto malestar. «Qué triste es –pensó– que nos apartemos de la gente que nos ha ayudado. Saben demasiado de nosotros.» Cada peldaño en su camino hacia la planta baja le traía una nueva sacudida de sufrimiento. «Debí, debí, debí hacer esto, aquello, lo otro... Debí haberme dado cuenta. Debí haber sido más conciliadora con mi marido, en lugar de apartarlo de mí; debí haber sido más cariñosa con el pequeño Harry, y ahora con Henry, el adulto, y en este momento no sé qué coño tengo que hacer, qué demonios es todo el lío que he armado, ni siquiera sé por qué lo he hecho.»

–Tienes que desayunar algo –dijo Timothy–. ¿Panceta?

–¡Puag!

–Entonces, una tostada. Té.

–Por Dios, deja de ser tan bueno o me echaré a llorar. Eres tan puñeteramente bueno... eres un pésimo ejemplo para una mujer con conciencia. Una tostada, por favor.

La tostada con mermelada marcó un punto a partir del cual la vida era soportable. No necesariamente placentera, pero al menos funcional.

–Henry nos contó que se quedó en el castillo después de la hora de cierre, y lo dejaron encerrado. Nos dijo que debió ser un error –explicó Peter.

–Qué diplomático. Nunca han encerrado a nadie por error. Y hay otra cosa que debo decirle. El cabrón de Neil vino aquí una de estas noches, no sé cuál, y registró la habitación de Henry. Se llevó el chal que había sobre la cama. Está en su casa. Qué amigos tan buenos tengo. Todos tienen dos caras.

–¿Y nosotros, qué? Somos gente sencilla... ¿Qué andaba buscando?

–Pequeños comprimidos azules de Viagra, creo. Quizá pensara que Henry tenía unos cuantos, y es probable que yo tenga la culpa de eso.

Timothy soltó una risita. *Senta* se acercó y colocó su hocico sobre el regazo de Maggie; era un animal delicado, sensible, nacido para ofrecer amor incondicional siempre que hiciera falta; o quizá quería un trozo de tostada. Amor de despensa, cualquier tipo de amor. Se conformaba con lo que fuera.

–Si Angela Hulme lo encerró, ¿qué estaba tratando de decir? –preguntó Peter, bastante alegre para haber dormido tan pocas horas.

–Aléjate de mí y de mi niña. Vete a casa, yanqui. Algo sutil, por ese estilo. –Timothy aventuró una expresión de que entendía–. Y, a propósito, nuestro pequeño Harry no tiene opinión alguna, al menos por el momento. Anoche hacía demasiado frío para su gusto. Quizá pase por aquí a tomar el té.

Maggie guardó silencio. Otro olor potente, que competía con el de la tostada, comenzó a imponerse en la cocina y Tim se volvió hacia el horno. Había momentos, como aquel, en los que sus movimientos frenéticos la mareaban y destruían la lánguida atmósfera de la cocina. Los resultados de la ansiedad culinaria de Tim eran deliciosos, pero al precio de una loca agitación durante la preparación, que lo llevaba del fregadero a la cocina, y de ahí a la mesa, incapaz de ir más despacio, siempre murmurando, «Oh, cielos, oh, cielos, oh, cielos», como si cada maniobra pudiera dar lugar a la inanición y la desgracia. Con el rostro enrojecido y las gafas cubiertas de vaho, sacó del horno dos bizcochos perfectos, dorados, los colocó boca abajo sobre una servilleta y después les dio la vuelta sobre una parrilla, para dejarlos enfriar. A Maggie le parecieron dos colinas amarillas, robadas de otro paisaje. El aire estaba impregnado de un aroma dulce. Tragó el último bocado de tostada.

–¿Qué opinas? ¿Mermelada de fresas o relleno de moras? Glaseado blanco, odia el rosado. Y, por supuesto, velitas.

–¿Velitas?

–Es el cumpleaños de Harry –dijo Peter con paciencia–. Le encanta el bizcocho Victoria. ¿Estarás de regreso para la hora del té?

–Ay, cojones –dijo Maggie.

Cuando subió corriendo a su habitación y bajó de nuevo las escaleras, el olor del bizcocho parecía haber invadido toda la planta baja. Se había vestido con premura, consumiendo un segundo en pensar cuántas horas de su vida había desperdiciado eligiendo lo que se pondría. Philip odiaría el salto de cama. Philip estaría esperando una respuesta inmediata a su carta: «Pues que espere». ¿Debía ponerse el traje que la delataba como alguien que llegaba para cortar el suministro de agua/luz/sangre, o sería mejor una imagen benévola? Un rostro pálido en el espejo le dijo que ninguna prenda de vestir podría ocultar con éxito su estado de ánimo.

La lluvia había cesado y aquellas concesiones parecían poca cosa. Echó a andar, para aclararse la cabeza. Su coche, aparcado frente al mar, tenía un aspecto solitario y salado. El atracadero parecía una obra llevada a cabo sin permiso ni planificación, sin servir a propósito alguno, pero Maggie se sintió súbitamente tocada por un sentimiento de cariño hacia aquel lugar, incluso desde su profunda depresión autorrecriminatoria. «La historia de tu vida –se dijo–; te gustan las cosas inútiles: tacones altos, maridos, castillos innecesarios, primas inoportunas condenadas a cadena perpetua, perritos tontos y poesía.» Maggie se detuvo para mirar el mar, dirigiendo la vista hacia el lugar donde un transbordador se abría paso, de izquierda a derecha, alejándose de la costa o acercándose a ella. El cielo se cubría de nubes y sintió deseos de estar en aquel buque.

¿Llovía el día de la muerte de Harry? ¿Qué importancia podía tener eso? Maggie se sentó en un banco, era lo mejor para aplazar las tareas del día, se levantó con celeridad al percibir la humedad del asiento y siguió caminando lentamente. Desde la entrada al atracadero podría divisar el castillo y la ventana del piso de su prima, y ese sería el lugar ideal para hacer una pausa. Seguro que Angela se encontraba en casa. La orilla del mar estaba desierta. Lo correcto sería sacar a Angela de la casa, llevarla a una cafetería tranquila donde pudiera sentirse incómoda si alzaba la voz delante de personas ajenas al problema pero dadas al cotilleo, y fingía que no tenía nada que ocultar.

La nueva escultura erigida a la entrada del atracadero recibía el calificativo de nueva porque no había alcanzado la mayoría de edad. Todos coincidían en considerarla moderna y, por consiguiente, la toleraban después de que la protesta original e inevitable se hubiera acallado y el metal brillante de que estaba hecha (que, según el diseño, debía cegar a los paseantes con el reflejo del sol) se hubiera opacado, cubierto de manchas de verdín y sal. La primera protesta había cesado debido al hecho sorprendente de que la escultura gustaba a los niños, quienes habían llegado a la conclusión de que la base de aquello, hecha de olas y peces metálicos, era ideal para correr en círculo a su alrededor, tropezando con el borde del pequeño bote en el que estaba sentado el sólido pescador con su enorme cabeza, agarrando su pez gordo y gigantesco, y mirándolo con ojos grandes y tristes, transidos de amor. Todo aquello era demasiado redondo para trepar por encima, pero quién sabe por qué las pequeñas manitas querían tocarlo y golpearlo. Emitía un sonido placentero y cuando brillaba el sol era cálido al tacto. Los pequeñines se escondían detrás de la escultura, jugando a tula, desafiando las reglas vigentes en el atracadero, que prohibían correr y saltar.

Mientras Maggie se acercaba a la estatua, admirando su superficie duradera y su aspecto rotundo, apareció por detrás una cabeza de cabello peculiar, y desapareció enseguida. Ajá. Aquello la irritaba por lo inesperado, y le resultaba chocante. Se detuvo y avanzó sin darle importancia, rodeando la base de la estatua hasta encontrar a Tanya, que se recostaba sobre la espalda curva de un pez como si quisiera rascarse la espalda contra él. En su pose había cierta indiferencia, como si la niña, vestida de manera impecable como para ir a la escuela, y a la hora precisa en que debía encontrarse allí, no fuera más que una parte aislada de una foto de un grupo en exteriores, en lugar de alguien que hacía novillos y se escondía. A esa hora de aquella mañana de un trimestre escolar, había muy pocos niños de diez años en la calle. A ojos de Maggie, Tanya intentaba que su presencia allí pareciera normal, lo que quería decir que tenía la sagacidad de no salir corriendo; parecía más ansiosa que desafiante, y para Maggie, que la conocía por encima pero la veía a menudo, le resultaba extraño. Ninguna de las dos supo qué decir hasta que a Maggie se le ocurrió algo inocuo.

–¿Esperas el autobús, Tanya?

–Algo así. Pero he llegado muy temprano –respondió deprisa y aliviada.

–Te acompaño.

La niña se encogió de hombros, pero no con un gesto de seguridad, de jódete si quieres, sino más bien con la resignación de una personita a punto de echarse a llorar. Quedaron allí, una al lado de la otra, en un silencio incómodo. Maggie buscó la carta de Philip en su bolso, pero no porque tuviera la secreta intención de releerla, sino simplemente para que pareciera que su atención estaba en otra parte. Fuera de una lista, no había otra cosa que leer. Las palabras se difuminaban levemente y hacían que sintiera una furia momentánea, «Todos cometemos horribles errores, yo con más frecuencia que los demás...», qué desencanto más patético, más cómodo; tan puñeteramente falso. Estuvo un minuto entero mirando por encima de las hojas de papel arrugadas hacia los guijarros de la playa, y después volvió a guardar la carta en el bolso. Tanya, a su lado, dejó escapar un suspiro de alivio, largo y trémulo. Maggie siguió la mirada de la niña, que apuntaba hacia el lugar donde la bandera se elevaba sobre la torre central del castillo. La izaban lentamente. Era la bandera de san Jorge, cruz roja sobre fondo blanco, que tremoló sin entusiasmo y después quedó quieta a lo largo del asta. Unas manos invisibles ataban una cuerda.

–Así está bien –susurró Tanya.

–No parece muy alegre –dijo Maggie, locuaz–. Pero supongo que no se trata de eso. Nunca he sabido para qué sirven las banderas.

Qué tonta le sonaba aquella frase, dicha solo para llenar un vacío, para mantener allí a la niña.

Tanya asentía mientras se frotaba la nariz con la manga húmeda de su chaqueta. Notó la marca que había dejado y se frotó con la otra manga. Ahora que estaba dispuesta a ser condescendiente ante la amiga ignorante de su madre, tenía un aspecto mucho más alegre.

–No sirven para nada. Solo significa que alguien ha llegado, seguramente Neil, que ha entrado y está allí, izando la bandera. Y si algún idiota se hubiera quedado encerrado dentro, ahora estaría bien, ¿verdad?

–Quizás esté un poco molesto –señaló Maggie, de forma inocua–. Pero creo que se sobrepondrá a ello, la gente es así, ¿no? Realmente, la culpa fue de él, supongo.

La niña sacudió la cabeza.

–No, no es verdad. Mamá cerró la puerta. Yo grité y grité, y ella no quiso oírme, y yo no pude dormir pensando en eso, y...

–¿Te escapaste de la escuela para sacarlo de allí? ¿Quieres tomar algo antes de regresar? ¿Una Coca-Cola o algo así, aquí, en el atracadero?

Le resultaba imposible decirle, quédate conmigo, habla conmigo, no tenía derecho a hacerlo. Tanya echó una mirada de nostalgia al atracadero, del largo del *Titanic*, y se rascó la mano contra la nariz de uno de los peces esculpidos.

–No puedo –dijo la niña finalmente–. No me gusta. Es una mierda de aburrido. No me gusta el atracadero. Pero me gusta esto. –Siguió acariciando la nariz del pez–. Harry le habla –añadió, sin darle importancia–. Intenta trepar al bote, pero se cae, siempre se cae. Tengo que irme.

Pero Tanya no estaba tan segura de querer marcharse, seguía allí con los pies cruzados, mirando primero a la bandera y después, con añoranza, al otro extremo del atracadero, donde la cafetería encerraba la promesa de calor y algo dulce. La mirada de añoranza tenía un toque de indecisión. «Nunca vuelvas a hablarle de Harry a esa niña, ¿me oyes? No vuelvas a hacer una cosa tan cruel.» Las palabras de aquella orden aparecieron en la mente de Maggie y no pudo acordarse dónde las había oído o en qué momento, y quién las había dicho, Angela o Francesca, quizás en un fax, palabras escritas, palabras dichas, difuminadas en una orden rigurosa, tan clara que ahora le impedían hablar. Había cumplido todas aquellas promesas.

–¿Quieres que vaya contigo por si te han echado de menos en la escuela? –preguntó–. ¿Qué dirán?

–Les contaré que mamá no se encontraba bien, que me despertó tarde. Pero no fui a la escuela, solo hice como si fuera para allá, y no debo decir mentiras, ¿verdad?

Maggie se inclinó hacia ella, con un súbito deseo de apartar los cabellos de los ojos brillantes de la niña y frotar la nariz insolente, que se sacudía al borde de un estornudo. Una niña como aquella no era la adecuada para tenerla como mascota, aunque tenía todas las suaves y deliberadas carencias de un gatito.

–En general, las mentiras son malas –le dijo a la niña en tono serio, mientras sacaba una moneda–. Pero a veces hay que decirlas, por una buena causa. Te suenan las tripas. Compra una chocolatina por el camino.

Mientras contemplaba cómo Tanya cruzaba corriendo la carretera, le pasó por la mente la idea de que quizá fuera verdad que los niños solo empezaban a confiar en otros adultos cuando comenzaban a ver la falibilidad de sus propios padres. Sintió un golpeteo sordo en el pecho, donde estaba su corazón, deseó haber dicho a la niña que se quedara a su lado, deseó de nuevo encontrarse a bordo del buque que ya no estaba a la vista. Nadie había preguntado a la niña por Harry, al menos en su momento. Tanya era demasiado frágil, estaba demasiado herida, y no se podía confiar en ninguna información dada por ella; lo mejor que se podía hacer era ayudarla a olvidar.

Nadie respondió en el piso de Angela. Maggie regresó bajo la protección de la estatua, a contemplar las idas y venidas de los vecinos de su prima. «Harry le habla a la estatua –quería decir–. Harry le hablaba a la estatua»; los niños confundían los tiempos verbales al igual que las identidades, o al menos ella recordaba haber hecho exactamente lo mismo. Quizá Tanya quiso decir que a ella le gustaba hablarle a la estatua, o quizás únicamente significaba que lo que había hecho que Harry saliera a la calle en un día frío, de lluvia, era la muda compañía del hombre del bote. Recorrió con la vista el atracadero, y vio lo que Henry había querido decir. Ningún niño pequeño cruzaría una carretera y correría hasta tan lejos, a no ser que estuviera huyendo.

Siempre había excusas para no trabajar. El estado del despacho, la altura de la silla, las ganas de fumar, de comer, de tener compañía o la preferencia por la pesca. «Estimada señora Dodder», escribió Edward, tachó lo escrito y puso «Hodder». «Escribo esta carta solo porque no me siento inclinado a hacer nada más. No me importan los cambios propuestos en su testamento porque su sobrino no le enviara una tarjeta por Navidad. Es lamentable, por supuesto, pero difícilmente justificaría la cancelación de su legado. Su última voluntad y testamento cuenta ya con dieciséis codicilos... le sugiero esperar y ver si se acuerda de su cumpleaños...» También debería enviarle un par de líneas al sobrino, pero hacerlo significaría intervenir. La señora Hodder había marcado cada artículo de su gran colección de porcelana con una etiqueta adherida a la base, en la que aparecía el nombre de un legatario; en los días buenos quitaba el polvo a las piezas, y en los días malos cambiaba las etiquetas. Cuando él mismo estuviera viejo y decrépito, no haría otra cosa que pescar, y si se descubría contando las cucharas de la cubertería, las tiraría al río. Era muy difícil dar prioridad a los asuntos de otras personas. Los abogados eran objetivos en teoría cuando atendían a sus clientes desde la distancia de sus propias calificaciones misteriosas, pero eso solo significaba hacer como si no le disgustaran la mayoría de ellos, aparte de los pocos a quienes apreciaba.

Inmerso en las ilusiones que habían quedado relegadas por el trabajo matutino, Edward dejó de contar las grietas del techo y descubrió, al otro lado del escritorio, a Henry, sentado allí como si formara parte del mobiliario. Vestía la misma chaqueta, pero ahora estaba arrugada, su textura y su color habían cambiado y recordaban vagamente los de un reptil. Eso lo hacía ocupar su asiento como si estuviera metido en una camisa de fuerza que no le permitiera mantener los brazos a los lados del cuerpo. O bien la chaqueta se había encogido, o el hombre había crecido. Con aquella chaqueta tenía un aspecto patético, desaseado y fuera de lugar, pero era obvio que apeló a su autoridad o a su dinero para atravesar la falange de matronas de la planta baja, y tras un instante de contemplación adversa, Henry Evans subió en la estima de Edward y fue promovido al grupo de clientes que no solo toleraba, sino que le gustaban. Se inclinó sobre el escritorio y extendió el brazo para dar un apretón de manos, como si esperara su visita. El intento de saludar del recién llegado fue lo bastante aparatoso como para tirar al suelo un montón de cartas, a las que ninguno de los dos prestó atención. No hubo disculpas o torpes intentos de recogerlas, y Edward se sintió cómodo economizando esfuerzos. Los dos se reclinaron en sus asientos y se miraron con franqueza.

–¿No piensa a veces que quizá se haya equivocado de vocación? –preguntó Henry.

–Sí, a menudo. Pero no tengo ni idea de cuál debió haber sido, por lo que no me acongoja tanto. Uno siempre asume que la vocación es incompatible con el hastío, pero no siempre es así, ¿verdad?

–No, no siempre. Los científicos se aburren; lo mismo les pasa a los millonarios, creo...

–Los carpinteros deben de aburrirse. Los policías, también. Es imposible que exista un solo hombre racional que no piense en la posibilidad de vivir mejor o de otra manera. Me iré a la tumba con pena de no haberme divertido lo suficiente. O de no haber pescado todo lo que debía. ¿Qué puedo hacer por usted?

–Me sentaría muy bien una taza de café.

Edward fue hasta la puerta y gritó, escaleras abajo:

–¡Café! ¡Dos! ¡Y rápido! –Volvió a acomodarse en su silla y reanudó la búsqueda interminable de un cigarrillo–. Aquí, las mujeres no consideran que preparar el café sea algo humillante. ¿No preferiría un té?

–No. Gracias. Solo quería analizar un par de hechos con usted.

–Me parece correcto –repuso Edward, comprendiendo enseguida de qué se trataba–. Solo podemos apoyarnos en los hechos.

–Comenzaba a preferir el instinto.

–A tomar por culo el instinto. Es casi tan malo como los principios. Tan pronto oigo a alguien decir «es una cuestión de principios», me dan ganas de gritar. Lo mismo me ocurre cuando dicen, percibo que esto es lo correcto, o mi instinto visceral me dice esto o lo otro sobre tal persona. A fin de cuentas, en raras ocasiones las cosas guardan relación con las vísceras, solo con el dinero, algo que uno no guarda en las tripas, a no ser que se sea muy raro.

Llegó el café. Aparecieron unos pequeños platitos inútiles, destinados a proteger la arruinada superficie del escritorio, y una señora gruesa salió del despacho, flotando en una nube de un perfume espléndido. Henry se quitó la chaqueta con cierta dificultad. De no hacerlo, le habría resultado imposible inclinarse para beber de su taza.

–Y esa es la razón –continuó Edward– por la que no encuentro ninguna explicación alternativa a la prematura muerte de Harry Chisholm, aparte de la que se ofreció. Nadie más tenía ningún motivo para matarlo, y menos motivos financieros. Si hubiera un primo, una herencia, sería otra cosa, pero no la hay. Hay desesperación: lástima por una vida que no va a desarrollarse correctamente, una mujer a la que se le acaban las fuerzas y tiene un momento de locura con un niño que se está portando mal... No existe ningún otro motivo. Un asesinato instintivo. Antes de que llegara usted, todo eso me tuvo bastante intrigado. Me sigue intrigando. Mi propio instinto me dice que Francesca era una mujer con demasiado autocontrol para estallar de esa manera. O para haber perdido de vista a aquel niño.

Una nube de humo de tabaco ascendió en espiral hacia el techo amarillo. Henry encendió un cigarrillo. Fumar resultaba contagioso.

–Lo que veo muy improbable es que ese niño, que odiaba el frío, saliera de su casa por su propia voluntad. ¿Sabe si llovía? No encuentro a nadie que me diga si llovía o no. Eso me parece importante: sería una razón adicional para no salir, una posibilidad más de resbalar. Y la mujer del piso de abajo no puede recordar ni una sola vez en la que el niño saliera sin su madre, o sin otra persona que hubiera acudido a buscarlo. Sé que no llovía cuando lo encontraron, eso es lo que se dice en los papeles del caso.

El café era excelente. Henry ahora comprendía cómo Edward sobrevivía un día entero en aquel despacho incómodo: estimulado por un café como ese. Probablemente flotaría de tarea en tarea, en su propia nube particular.

–Por Dios, hombre, aquí el tiempo cambia cada cinco minutos, ¿o no lo había notado? Es posible que nadie pueda acordarse. Suponga que, de alguna manera, lo atrajeron al exterior. Una discusión a gritos por cualquier razón, por ninguna, una orden, «lárgate»; en mi casa ocurren cosas parecidas una vez por semana. La madre pudo comportarse como una dictadora, incluso ser cruel. Mire, señor Evans, debe aceptar que esas pesquisas suyas al azar, si quiere llamarlas así, podrían mostrar a una Francesca Chisholm peor de la que conocemos. Espero que haya pensado en eso. A propósito, ¿qué le ha ocurrido a su chaqueta?

–No creo ni siquiera que sea la mía –repuso Henry–. Iba a comprarme otra. Y un gorro. Todas esas tiendas de artículos usados...

–¿Usados? Ah, ya entiendo. De segunda mano.

El rostro de Edward se iluminó con la mirada soñadora del entusiasta, y Henry supo en aquel momento cuál era el origen de las prendas de ropa que tan mal sentaban al abogado. Se imaginaba a Edward tirando todo su guardarropa al final de cada mes y comenzando de nuevo, y la idea de hacer lo mismo le resultó tentadora.

–Y me ha pasado por la mente que todo acaba por ir a parar a las tiendas de artículos usados –prosiguió Henry, incansable, sin añadir: «Como lo que lleva puesto»–, y creo que si indago un poco, podría encontrar las cosas de Francesca. Ella tiró su ropa, así como la del niño, ¿pero dónde está todo eso? Tiene que estar en alguna parte. En este lugar nadie tira nada.

–Buen razonamiento, pero dudo que aún pueda encontrar algo. ¿Hay otros hechos que desee comentar? Y, ya que estamos tratando este tema, creo que nuestra cliente nos ha enviado un fax desde la prisión. Yo le envié uno y ella respondió a Maggie. Le permiten comunicarse pero solo con sus abogados. Los abogados viejos no mueren, sabe, solo pierden sus apelaciones.

–¿Le ha escrito ella misma? ¿Qué dice?

Quería ver su letra manuscrita. Edward desapareció bajo el escritorio para reaparecer al otro lado, en medio del montón de cartas que yacía en el suelo, con el papel brillante de un fax en la mano y un cigarrillo en la otra.

–¿Qué dice? –repitió Henry.

Edward se ajustó las gafas y bizqueó ante el papel arrugado. «¿Henry? ¿Quién es Henry?», leyó, formando con la boca las palabras que no lograba pronunciar, y finalmente hizo una pelota con el papel y se lo guardó en el bolsillo.

–No dice nada –suspiró, con gesto teatral–. El puñetero fax solo funciona los viernes. –Rodeó el escritorio y regresó a su silla, que giró como si tuviera voluntad propia, y quedó de espaldas a Henry, frente al pez. Por encima del respaldo del asiento, Henry veía mechones de pelo negro, así como la nube de humo–. Ocurre algo muy raro con tío Joe –anunció–. Parece que son dos personas distintas. Creo que sería conveniente para todos si fuera a visitar a uno de ellos.

Edward se explicaba mejor cuando no tenía que enfrentarse a nadie. Y eso Henry podía entenderlo.

–¿Tío Joe? –indagó.

–Tío Joe, caído en desgracia. A quien Francesca visitaba con regularidad. Rechazaba cualquier aviso relativo a reputaciones empañadas. Hace pocos meses, Angela Hulme comenzó a ocuparse de las visitas, y me pregunto por qué. Me dicen que se sienta y habla con alguien durante horas, pero sea quien sea, no se trata de un Chisholm. A ese hombre le caen simpáticos los desconocidos, así que usted no tendrá problemas. Pero antes, haga sus compras. Es lo que yo haría.

En la calle Mayor había lo suficiente para mantener satisfecha cualquier mentalidad provinciana. Un urbanita de cierta clase podía pensar de otro modo, pero la calle Bond quedaba muy lejos, en un país del todo diferente, y se trataría de una persona muy distinta de la que Maggie percibía que era ahora, alguien que sufría eligiendo alfombras de colores neutrales para diferentes habitaciones, en un establecimiento de la cadena John Lewis, lo bastante grande como para alojar toda aquella calle. En Warbling había casas maravillosamente decoradas, así como algunas personas bien vestidas que no hacían sus compras allí. Y cuando éstos cambiaban sus galas, los demás se beneficiaban de ello. Los más ricos de Warbling (las casas más grandes de las afueras, al resguardo del viento; los edificios con césped, apartados de la multitud de callejuelas variopintas, adyacentes a la costa) reciclaban con regularidad el vestuario, los enseres, las vajillas, la ropa de cama y los juguetes sobrantes, en las tiendas de caridad; pero, sobre todo, la ropa.

Hubo una época en su vida en la que ni muerta se habría dejado ver por una tienda de caridad, y Maggie consideraba el placer actual que le causaba visitarlas como un indicador de cuánto había cambiado: le gustaban mucho, como a todo el mundo. Parecía casi obligatorio explorarlas cada semana; era como ir de compras sin riesgo; el común denominador para los ancianos jubilados, que llevaban vaqueros Harris de mezclilla y apartaban del camino, con cortesía, a madres jóvenes sin recursos, con niños en brazos, explorando cada uno rutas diferentes, y a nadie le importaba que las ventanas pudieran renovarse con las cortinas de terciopelo de la tía Ethel, o que Jimmy fuera a la escuela con el traje desechado por otro chico dos cursos más adelantado. La misma ropa era irreconocible sobre un cuerpo diferente, cambiaba con un nuevo dueño. Renacida, rejuvenecida, disfrutando de una nueva vida prestada, como decía Peter. Las tiendas eran una faceta aceptable del cambio, la decadencia y la muerte, pero la ropa tenía algo más. Colgada en las perchas, presentada en un apretado montón que recordaba una multitud que intentara salir a la vez por una puerta, era imposible visualizar quién había sido el último que la llevó. Las damas de cabellos grises que compraban esa ropa y contaban el cambio con toda precisión, compartiendo la excitación de las rebajas, llevaban idénticos peinados. Maggie tenía una clara preferencia por una de las cinco tiendas; Timothy prefería Oxfam, por las toallas y las sábanas, pero a ella le gustaba más Cuidado con la Edad, por su ropa variada y la frívola incapacidad de su encargado para rechazar cualquier tipo de gorros.

Había cosas mejores que hacer; ella lo sabía, pero no podía alcanzar el objetivo que se había planteado –encontrar a Angela– y no quería hacerle un resumen de su encuentro con Tanya; en realidad, no tenía ganas de hacer gran cosa al respecto. Se encontraba en un estado de indecisión generalizado, a medio camino entre la congoja y la introspección más inútil, así que pegó la nariz a la ventana de la tienda. Dios, había un traje de baño, colocado con arte sobre una planta de plástico y cubierto con una gorra de cazador, sueños mixtos de invierno y verano. Alguien lo compraría para conjurar un cambio en el clima, y si no servía para eso, daba lo mismo. Las estaciones no dictaban los surtidos; había abrigos de invierno junto a tejidos estivales de algodón, bufandas de lana junto a cuentas de vidrio, y en el suelo botas de la temporada al lado de sandalias. A Maggie le encantaban aquellos enredos organizados. Sombreros nuevos en la parte de atrás, sombreros abandonados de matrimonios y bautizos olvidados, y que nadie quiso guardar para los funerales, algunos de ellos con desperfectos, lo que los hacían más interesantes. Le hacía falta un gorro lo mismo que un agujero en la cabeza. Necesitaba oraciones y no gorros, pero a Henry le hacía falta un gorro, y siempre que alguien necesitara uno, había una razón para buscarlo.

Hablando de Roma; en una ciudad pequeña aquel dicho era muy exacto. Maggie se detuvo un momento y captó el reflejo de la imagen de Henry en el vidrio, de pie detrás de ella y mirando por la ventana con perplejidad, como si al pensar en él hubiera conjurado su presencia. Henry había notado la suciedad en su chaqueta de cuero e intentaba quitársela frotando. Maggie le tocó el brazo; el tejido, al tacto, era áspero, estaba echado a perder, y Henry mantenía los brazos tiesos. Sonrió, con aquella sonrisa suya contagiosa, indulgente, y Maggie se la devolvió. «Oh, querido, ¿qué le había hecho aquella mujer?»

–¿Me esperabas?

–No, pero me alegro de que estés aquí. Nunca había entrado en una tienda de artículos usados. No conozco las claves.

–Henry, no eres hombre de mundo. No hay clave alguna.

Había una corriente de aire cálido, levemente perfumado. Desde el rudimentario probador, en la parte trasera, les llegó una carcajada, y a continuación salió de allí una mujer enfundada en una falda que le llegaba a los tobillos, con una abertura al centro. Henry pudo darse cuenta de que, en aquel lugar, era causa de diversión tener una imagen ridícula y ser demasiado grueso, y quizás en esta ciudad las personas bellas escaseaban y no se veían con mucha frecuencia. Se libró de su chaqueta, que había cambiado tanto de color como de talla debido a la humedad o quién sabe qué, y le hacía sentirse más grueso que nadie. La gorra de cazador atrajo su atención; la tomó y se la puso. Era de una talla enorme, para un hombre muy corpulento. El borde descendió hasta su nariz, y quedó reposando sobre el puente de sus gafas, de modo que tuvo que echar atrás la cabeza para poder ver. En el espejo se reflejaba una persona muy tonta, con aspecto de retrasado mental recién salido de una institución donde podrían haberlo retenido más tiempo; a su lado, treinta centímetros más alta debido a un enorme sombrero negro con un velo y una pluma rota, Maggie contemplaba la imagen con la cabeza inclinada en un ángulo idéntico. El sombrero negro era como un trozo de tubería de una cocina de carbón, y la red que sobresalía de su parte superior era un nido de pájaros desecado. La pluma había sido alguna vez de color turquesa. Contemplaron sus imágenes con seriedad y asintieron al unísono. Los sombreros se tambalearon. Maggie se quitó el suyo lentamente, con una reverencia, y se lo entregó a Henry, que a su vez se quitó la gorra de cazador y se la dio a ella. Cada cual se puso el sombrero del otro. Las tallas engañaban. Ella se caló la gorra hasta la mitad del rostro, con la visera a un lado, lo que le daba el perfil de un pato, mientras que la tubería de cocina se acomodó sobre el cabello de Henry como un plato encima de una taza.

–Me llevo dos de estos –dijo Henry.

–No es más ridículo que el gorro que perdiste –replicó Maggie.

Él le entregó una boina escarlata que la hacía parecer una furcia cansada en una película francesa de los años cincuenta, mientras que la gorra bretona azul que ella le pasó le daba el aspecto de un científico idiota. El pasamontañas que se probó después era tan complicado que Henry llegó a la conclusión de que sería tan honorable comprarla como no ponérsela nunca. Liberado de la ceguera temporal, vio a Maggie recostada en el mostrador, cubierta con una gorra de lana y estremecida por una risa silenciosa, mientras, a sus espaldas, el encargado de la tienda llevaba a cabo la venta de la chaqueta de Henry, que vio sin protestar cómo un hombre mucho menos corpulento que él se llevaba la prenda y se preguntó cómo era posible que le hubiera gustado tanto. Durante un instante, al cerrarse la puerta, dudó de que se tratara de su chaqueta.

–¿Cómo sabías que había perdido un gorro, Maggie? –preguntó por encima del hombro mientras revisaba, inmerso en la atmósfera de la tienda, un estante lleno de prendas de lana, mohosas y poco atractivas.

Había una manera de comportarse allí que no le hubiera sido de utilidad en otras tiendas. Podías tratar las prendas como si ya fueran de tu propiedad, y a nadie le importaba un comino.

–Me lo dijiste –respondió ella con despreocupación, y Henry trató de recordar si eso era cierto.

Encontró una chaqueta: de color marrón, funcional e indefinible, siete dólares, y por esa suma tenía el tamaño suficiente como para encogerse con impunidad. Ella no había comprado nada y le dijo que no pensaba hacerlo. Al lado de la señora que contaba el cambio y lanzaba chillidos y comentarios hacia el pequeño probador a sus espaldas, un bulto de bufandas caía desde una cesta. Henry se abrió paso entre ellas, palpando la textura áspera de los tejidos sintéticos, y al momento sus dedos encontraron algo más suave. Tiró de la prenda y vio el borde de un chal bordado color crema. Percibió la textura entre sus dedos, lo soltó y lo cogió de nuevo. Era viejo, estaba amarillento pero conservaba la suavidad. Lo examinó a contraluz, vio los agujeros y una etiqueta en que se leía: cinco libras. No era de extrañar que no lo hubieran vendido: cinco libras era demasiado dinero para una tienda de artículos usados. Le parecía recordar que había gastado mucho más que eso veinte años atrás, en la India. Se imaginó que olería a calor, especias y polvo. Maggie había dejado de reírse y lo miraba preocupada. Henry tenía los ojos llenos de lágrimas.

–No se debe echar a nadie –dijo–. Ni tampoco se debe tirar sus pertenencias.

–¿Querrías que todo eso muriera contigo, Henry?

–No. Odio los desperdicios.

–Es hora de que conversemos con claridad, Henry. Sin tapujos.

–Es hora de que dejes de darme largas.

–Sí.

La chaqueta daba la impresión de ser cara, no barata. Henry percibía que le otorgaba cierto anonimato. Ahora que sus zapatos estaban cuarteados y su cabello despeinado, podía desaparecer en la calle mediante el sencillo método de ponerse la ropa de otra persona. Quizá comenzaría a hablar y a pensar como ellos, dando rodeos, sin llegar casi nunca a la cuestión central. La gente que tenía el aspecto de Edward parecía concitar respeto; los que tenían su aspecto, no. Ahora, nadie podría reconocerlo. Fuera, en la calle, lo cegó la luz del sol. Se reflejaba en el suelo mojado y le daba directamente en los ojos. Se guardó el pasamontañas en el bolsillo y decidió deshacerse de él en cuanto le fuera posible, levantó el rostro al sol y olfateó el aire por el puro placer que le causaba la sensación de relativo calor. Maggie le tiró del brazo y Henry contuvo un deseo irritado de sacudirse su mano, no porque deseara apartarse de ella por sus comentarios crípticos, sino porque debía dejar de guiarlo por todas partes. Él no era un perro.

–Vamos por aquí –indicó Maggie, apremiante.

–¿Por dónde?

También debería dejar de preguntar.

Maggie tiró de él, Henry se resistió, y tropezó con una persona cuyos rasgos no pudo reconocer debido al reflejo de la luz solar.

–Lo siento –dijo de forma automática.

–Angela –dijo Maggie con formalidad–. Qué bien. Ahora mismo iba a verte.

La figura de Angela Hulme retrocedió, junto con el susurro airado de varias bolsas de compra.

–¿De veras? No te molestes. Y no lo traigas a él. –Se inclinó hacia delante, acercando su rostro al de Maggie tanto como para percibir su aliento, hablando entre dientes, lo bastante alto como para que cualquiera pudiera oírla–. ¿Sabes lo que hizo el domingo? Metió sus sucias manos bajo el vestido de mi pequeña, ¿qué te parece? No quiere dejarla en paz. Quiere que lo encierren. Así que mantenlo a distancia, o haré que lo arresten. ¿Me estás oyendo?

Henry vio su propia imagen, atrapada en un reflejo instantáneo en la ventana de la tienda de apuestas, al otro lado de la carretera, donde se podía distinguir un grupo de hombres solo porque tenían las narices pegadas al vidrio. Él también parecía un tipo deshonesto y lo único que percibió fue la impresión de una docena de pares de ojos fríos. El ansioso deseo de hacerles una mueca o sacarles la lengua surgió y se desvaneció en el mismo instante. La gente que pasaba por el cuello de botella formado por la unión de dos calles se apartó como una ola al chocar contra un rompiente. Esta vez Henry dejó que lo guiaran fuera de allí. Ya no se sentía tan anónimo.

*Dentro de estos muros, la vestimenta se convierte en algo importante. Se promueve el «cuidado» de la apariencia, y tenemos nuestra propia ropa. Ocuparse de la higiene personal y de la vestimenta equivale a ocuparse de una misma, a no dejarse caer del todo, aunque la idea es tentadora. Hay dos maneras contrapuestas de reaccionar a los cumplidos, de modo que si le dijera a mi amiga de la cocina, «qué buen aspecto tienes», la respuesta podría ser de placer, de sospecha hostil o un rechazo general a tener buen aspecto, acompañado por la explicación de que el vestido, la falda, lo que fuera, era pura mierda. Esto podría reflejar la baja autoestima generalizada, pero no soy un psiquiatra. No sé, pero sigo pensando que un cumplido bien vale una bofetada.*

*También hay una peluquería, que forma parte del programa educacional; hay varios peinados preciosos. Parece una peluquería normal, solo que de las antiguas, con la diferencia de que todas las tijeras y demás implementos se depositan al final del día, numerados y codificados, en una caja fuerte con tres cerrojos, empotrada en la pared. Como los cuchillos en la cocina, que se guardan bajo una cubierta de plástico transparente Perspex, a prueba de balas, para mostrar que, después de todo, el régimen penitenciario es solo un pariente lejano de la vida normal, aunque cuando pienso en ello creo que las extrañas reacciones ante los cumplidos son lo mismo. Si le hubiera dicho alguna vez a Maggie, en los días de su esplendor metropolitano, que tenía muy buen aspecto, me hubiera respondido que lo había comprado todo en las rebajas. A Tanya le gusta la ropa, obsesionada y posesiva, es muy importante para ella, supongo que porque hubo un tiempo en que solo vestía harapos. Harry era demasiado desaliñado para prestarle atención.*

*Vaya, quería escribir una página entera sin hablar de ninguno de ellos, pero como no habrá un solo día en que no piense en los dos, es inútil tratar de evitarlos en el papel. He intentado resistirme a contar la historia, pero me corroe que nadie sepa la verdad, que nadie la cuente un día, al menos eso espero. Y cuando pensé que no me importaría, era verdad. Cada noche escribo un rato. A veces me resisto o evito el impulso de redactar una descripción literal de lo ocurrido... y al principio no lo hacía, pues temía que alguien pudiera encontrarla. Ahora sé que eso no tendría la menor importancia; solo se trataría de mis fantasías, pero la necesidad maligna de confesar se acrecienta día a día.*

*Cuando se trataba de asesinatos, la antigua regla decía que la víctima tenía que morir en un plazo de un año y un día después del crimen para que se pudieran presentar cargos.*

*El criminal se debía limitar a reconstruir los hechos el día de su aniversario.*

*Un mensaje de Edward, extraño, ilegible... No quiero que nadie ande removiendo... No quiero que sumen dos y dos para que les dé cinco... pero, de todos modos... de todos modos, deseo que pudieran hacerlo.*

*Ya está; he sobrevivido a su cumpleaños y nadie me ha besado o me ha dicho nada. Espero que dure toda la semana.*

FMC

## Capítulo 11

–Lo peor cuando pierdes la reputación –dijo Henry– es que te vuelves un extraño ante tus propios ojos. Te dices: ese no puedo ser yo, con ese sucio estigma en la frente.

–Una pelea a gritos en la esquina de una calle difícilmente ocasiona pérdida de reputación, Henry –respondió Maggie con dureza–, sobre todo si no tenías nada que perder.

–Bueno, se trataría de una pequeña pérdida. Me sentí desgraciado de veras. Hasta tú me soltaste el brazo por un instante.

Maggie calló, reconociendo el hecho.

–No tenía intención de soltarte. Iba a abofetearla. Es una neurótica. Todo el mundo lo sabe.

Henry negó con la cabeza.

–Nadie sabe que soy una persona que sufre ataques de timidez ante los niños. Se me pega como si hubiera pisado mierda.

–Fue una acusación muy conveniente –dijo Maggie, con furia–. Justifica el hecho de que te dejara encerrado en el castillo y se asegura de que no volverás a acercarte a ella. Alienta la idea del pedófilo, el hombre del saco. Le da una justificación para llamar a la policía y montar cuanto se le ocurra.

–No querrá que su niña diga mentiras.

–No tendrá que hacerlo. Las cosas no llegarían tan lejos. Podría hacer que te detuvieran para interrogarte, que te encerraran un par de horas en una celda, y...

–No, no.

–... y después retiraría la acusación. Pero habría logrado su objetivo, ¿verdad? Una hora de encierro, y desaparecerías, junto con tu claustrofobia.

Henry dejó pasar aquella afirmación. Estaban en la cafetería del atracadero. La había visto entrar como quien se dirige a un lugar con la soltura del visitante habitual que se acomoda en el mismo sitio, lejos del mostrador y de la zona más acogedora del establecimiento. Seguro que siempre se sentaría en el espartano salón estival, con mesas de formica sin manteles y grandes ventanas metálicas desde las cuales solo se divisaba el mar. La marea estaba alta, lamía las plataformas de los pescadores y su eco entraba por las persianas. Frente al mar, daba la sensación de estar en la proa de un barco, mirando otras naves y el teatro infinito del cielo. El sol lanzaba flechas de luz a las olas y Henry podía imaginar que el agua era cálida, acogedora, inocua. Entre ellos había una enorme tetera marrón, con un té tan fuerte que le recordó el brebaje amargo de Ceilán. Sintió deseos de decirlo, pero se contuvo. Discutir sobre tonterías y probar a la gente era propio de los ingleses.

Maggie había hecho pedacitos un sobre vacío de azúcar, y cuando se dio cuenta de que él la observaba, se puso las manos en el regazo.

–Me parece que no sabes lo que piensa la gente acerca de la señora Hulme –dijo Henry–. Ellos no creen que sea una neurótica; tú, sí. Ellos consideran que es magnífica, con una niña que crece muy hermosa y nunca se queja. Y también tendrían razón, ¿verdad? Hace un excelente trabajo con esa chiquilla. Es inteligente, valiente, lista. Si yo tuviera una hija como esa, también la protegería. Esa niña va a ser una estrella.

–No irías por ahí acusando a los demás de violaciones imaginarias.

–No sé qué haría. No sé a quién querría, a quién odiaría, a quién desearía matar. Creo que haría casi cualquier cosa para protegerla, ¿tú no? Especialmente si elegí a esa hija, si la acogí, si supiera cuánto había sufrido.

–Eres muy indulgente, Henry. Angela te encerró en el maldito castillo. Y Tanya quería rescatarte.

–Eso no se lo perdono. Ni tampoco que se invente razones para ello. Pero no puedo enfurecerme por el comportamiento de personas que se sienten amenazadas. Son como el estornino que encontré en los pasadizos, enloquecido y necio.

–Y lo ayudaste a salir, ¿verdad? –Henry asintió. Maggie lo miró como si lo juzgara, o como si estuviera tomando una decisión. «Adelante, la instó él en silencio; sé temeraria, sé honesta»–. Mira, no sé nada de la Francesca que conociste alguna vez, pero déjame hablarte de la que vi después de que la policía la detuviera. Era más fría que el hielo. No me permitía protegerla o interrumpir el interrogatorio, ni siquiera cuando comenzó a hablar. No trataba de ser ingenua, intentaba no dejarles otra alternativa que no fuera una acusación de asesinato. Para acusar a alguien de asesinato, debes probar la intención de causar un daño grave. Ella les dio las pruebas. «Cuando fui en su busca, vi que había resbalado en los tablones y estaba atascado. Sopesé qué hacer y llegué a la conclusión de que era la ocasión ideal para poner fin a todo. Yo sabía exactamente lo que estaba haciendo y sabía que, a esa temperatura, él no duraría mucho... el sufrimiento sería mínimo... fue totalmente deliberado...» Y, ¿sabes?, mientras la escuchaba llegué a creerla. Había arrepentimiento, pero solo a nivel intelectual, o sea, un arrepentimiento formal.

–Lo he leído –dijo Henry con suavidad–, lo he leído todo. La parte en la que explicaba dónde se encontraba cuando decidió que era inevitable. Cuando estuvieron en aquella playa, al norte, el verano anterior. La playa a la que se accede desde el sanatorio porque pueden bajar en silla de ruedas, donde vio a los enfermos de parálisis cerebral que iban allí de vacaciones, gente de treinta años con aspecto de ancianos, con padres o enfermeras que tenían que limpiarles el trasero o la baba, que llevaban al mar a aquella gente escuálida, de miembros torcidos. Algunos de ellos, ciegos. Vio cómo la gente puede ser bondadosa y ayudar una vez, y se prometen no volver a ese lugar el día siguiente. Cómo sería una anciana con un niño anciano que recogía guijarros con una mano. Prefería estar en prisión. «Al menos me quedaría mi cerebro», dijo.

–Te lo has aprendido de memoria.

–Alguien tenía que hacerlo. Cuando te lo aprendes como un texto, puedes ver que todo el puñetero asunto está lleno de agujeros. Como tesis para la causa de muerte es completamente aceptable, ya que tiene su propia lógica y ella fue muy convincente. Podría ser una tesis verdadera, podría haber ensayado todo aquello. Se le daba bien aprender cosas de memoria. Su padre le enseñó. Pero ese niño no salió solo de casa. Ahí está el punto débil.

Maggie contempló lo que quedaba de aquel té de color óxido, con las manos aún sobre el regazo. Se sentía víctima de un interrogatorio, cómplice de Francesca, lista a defenderla, harta de preguntas, pero también resignada. Después de todo, eso era lo que ella había deseado.

–¿Y por qué no?

–Francesca evitó que otras personas preguntaran detalles sobre el comportamiento de Harry. Ofrecía por adelantado un informe razonable de lo ocurrido, con lo que impedía que otras personas siguieran indagando. En segundo lugar, mentía sobre el pronóstico de la enfermedad. Tampoco nadie preguntó por eso.

–Yo lo hice. Pero más tarde.

Henry asintió, en gesto de aprobación.

–Entonces, sabrías que no tenía por qué ser tan malo como ella lo describía. No sufría una parálisis cerebral aguda, solo tenía hemiplejia y su inteligencia era normal. No iba a convertirse en un tullido y apostaría a que ella confiaba en que eso no sucedería. Pero no había pruebas de que el niño se escapara con frecuencia al atracadero, ni de su patrón de comportamiento. Tim y Peter podrían haber ayudado, pero a ellos tampoco les preguntaron. Angela evitó inmiscuirse, pero era obvio que sí lo sabía. Todo desapareció junto con su ropa, con los libros y las pruebas de la supuesta terapia que aplicaba al niño. Pero sé que odiaba el frío. Los miembros dañados sufren más por el frío, a veces se inflaman; lo inutilizaba, entorpecía sus movimientos. He preguntado acerca de la lluvia. La lluvia es fría. La abuela me dijo que la puerta permanecía abierta la mayor parte del tiempo, bienvenidos sean todos, pero el niño nunca la traspasaba. Entonces, tratándose de un día frío, ¿qué fue lo que lo convenció a salir sin su chaqueta?

–¿Salió así?

–Sin duda. Nadie encontró una chaqueta. Esta habría impedido que cayera entre los tablones rotos, quizás hubiera evitado los arañazos. Su ropa lo mantuvo a flote suficiente tiempo... uno no se hunde enseguida. Una chaqueta es un peso adicional. Eso lo sé bien.

–Era un día soleado –dijo ella–, como hoy. Tampoco nadie encontró tu gorro.

Apoyó las manos sobre la mesa con las palmas hacia abajo, invitándola a mostrar las suyas. Maggie contempló las puntas cuadradas de sus dedos y la mirada de Henry fue más allá de la cabeza femenina, del cabello teñido, hacia la vastedad del mar.

–¿Y dónde estaba usted esa mañana, señora letrada? ¿Tomando el aire, mientras otras personas se disponían a llevar a sus niños a la escuela? Te encanta ese atracadero al amanecer, y seguramente también te gustaba tu prima. No te dije nada sobre mi maldito gorro, tú lo viste perderse. Vigilas, escuchas. Eso es lo que haces. Filtras los hechos, los distorsionas. Eso, cuando te queda tiempo libre después de pasearte con esa puñetera carga de autocompasión que llevas a la espalda. ¿Qué importancia pueden tener para ti unos hechos? ¿Harían que se te cayera tu falso cabello rubio?

Maggie se puso de pie para que los tacones de sus zapatos se agarraran mejor al suelo y le propinó una sonora bofetada. Le dejó una marca roja en la mejilla, un zumbido en los oídos y el eco de risitas nerviosas, provenientes del mostrador. A continuación, le dio la espalda, se acomodó el cabello con los dedos, anunciando que solo se trataba de una discusión sin importancia, no de una trifulca trascendente, y que tenía cosas más importantes de las que ocuparse. Parecía una princesa furiosa que concedía una audiencia a un pobre, quien se permitía la osadía de mostrarse insolente. Volvió a sentarse y cruzó las piernas, una sobre la otra, con elegancia.

Mirando debajo de la mesa, con la cabeza todavía inclinada a causa del golpe, Henry podía ver el círculo irregular que describía un pie enfundado en un zapato de tacón bajo, como si le dolieran los dedos. No tanto como su cara. Con total espontaneidad, un par de manos retiraron la tetera y la sustituyeron por otra en aras de la paz. Maggie lo agradeció con un gesto de la cabeza; Henry permaneció inmóvil. Ella se metió los dedos en el cabello y apoyó el codo, en gesto confidencial.

–No se patea a una mujer con resaca, Henry. No está nada bien. ¿Decías algo?

–Oh, no, nada. Solo me preguntaba qué harías para demostrarme que no eras una mentirosa intrigante, cuyas intenciones desconozco. Y con remordimientos tan grandes como un témpano de hielo. De vez en cuando, sale a la superficie.

–No tengo que demostrarte nada. Y en realidad, no miento. No sé mentir. Quizá me evado a veces. Mis motivaciones son totalmente honestas, Henry. El resultado final es lo que puede fallar.

Había cogido el bolso y estaba poniéndose la chaqueta. Henry la siguió fuera de la cafetería. Los dos hombres del mostrador parecían muy ocupados y no los miraron al salir. Bajó corriendo los peldaños que llevaban a la plataforma para pescadores cuyos tablones estaban intactos y él la siguió. Nunca había llegado tan lejos, acostumbraba a limitarse a mirar. Allá abajo, con la cafetería apoyada en las barras de acero que tenían sobre la cabeza, estaban en un mundo diferente, umbrío. A lo lejos, las plataformas parecían haber sido construidas como una idea de última hora, anexos volantes para hacer más pesado el extremo del atracadero, sin nada bajo el edificio. Pero visto desde allí, se trataba de una zona continua, protegida por una barandilla que llegaba a la cintura, lo bastante alta para prevenir cualquier caída accidental, pero al mismo tiempo lo bastante baja como para apoyar una caña de pescar. A un lado notó la presencia de peldaños, cubiertos de moluscos, que desaparecían en el mar. La altura de la marea los cubría; al parecer, no se utilizaban. La zona tras el café era como un vasto refugio con un lado abierto.

–Antes de que todo el mundo se preocupara por la seguridad –dijo Maggie, la eterna guía turística–, la gente venía solo para ver el maldito atracadero, había viajes en bote, desde aquí y desde el otro lado.

El suave oleaje acariciaba los peldaños y las tablas de la plataforma con serena curiosidad. Desde las sombras el mar parecía luminoso, lleno de sol, mientras que en sus profundidades se oían sonidos de succión. Henry la siguió de nuevo hasta el borde más cercano de la plataforma con las tablas rotas.

–Escucha bien lo que te digo, Henry –seguía diciendo Maggie con locuacidad–, no tienes ni un ápice de confianza en mí. ¿Y si hacemos una prueba al estilo medieval? O bien soy una mentirosa intrigante, o no lo soy. Decide de una puñetera vez si confías en mí, o salto.

–Oh, por Dios... ¿y qué demostrarías con eso?

–Que hablo en serio.

Henry sacudió la cabeza, dispuesto a reírse de ella con una mueca de desprecio, hasta que Maggie le entregó su chaqueta y se quitó los zapatos. Vestía pantalones ceñidos y un jersey, y la risa fue desapareciendo a medida que apoyaba un pie en la parte inferior de la barandilla, saltaba por encima y quedaba colgando al otro lado, mirando el agua. La caída era equivalente a su propia altura, y ella pareció darse cuenta mientras se agarraba al pasamanos y miraba hacia abajo, calculando la distancia y moviendo los dedos de los pies. Entonces, abrió los brazos, soltó un chillido agudo y se dejó caer. La zambullida casi no se oyó. El mar succionaba y rugía como un animal hambriento. Henry soltó la chaqueta y corrió hacia la barandilla.

Maggie cayó al agua de espaldas, con brazos y piernas extendidos, se hundió por un segundo y reapareció. Henry podía ver la corriente y casi tocaba el rompiente. Ella daba brazadas furiosas, sacudía la cabeza para apartarse el cabello de los ojos y después, cuando los ojos de Henry se acostumbraron al brillo del sol en el mar, se elevó en la cresta del rompiente y fue barrida bajo el atracadero. Henry sintió que se le escapaba un rugido del pecho. Miró hacia abajo, mientras oía el ruido succionante de las montañas de agua que gorgoteaban entre los contrafuertes, e imaginó el golpe de un cuerpo contra el cemento. ¿Hacia dónde iría la corriente? ¿La llevaría a tierra o mar adentro? ¿O simplemente la barrería bajo la estructura letal de aquella edificación? Allí, en esa caverna, nadie los veía, ninguno de los clientes de la cafetería se daría cuenta por el momento, y el constante movimiento del mar emitía un sonido capaz de acallar cualquier otro. ¿Un salvavidas? ¿Dónde? ¿Personal de rescate? ¿Dónde? Jesucristo, ¿por qué todos querían morir? La parálisis lo atenazaba y no atinaba a hacer nada, después comenzó a gritar y a correr en la dirección por la que ella había desaparecido, desabrochándose los botones de la chaqueta de segunda mano con dedos rígidos, torpes. Vio un salvavidas y trató de agarrarlo: no se movió. Y en ese momento, como un fantasma, apareció el maldito perro negro y se puso a ladrar. Se detuvo frente a él, ladrando. Henry siguió hasta los peldaños y resbaló, su grito resonó en la caverna y fue acallado por un estruendo mayor. Los peldaños: debía descender por donde lo hacían los turistas habituales; algo era mejor que nada. Los zapatos le pesarían: a la mierda los zapatos.

Corrió, saltó por encima del portón cerrado al inicio de los peldaños, cayó al otro lado y sintió que sus pies aplastaban conchas marinas. Podía ver los escalones que continuaban bajo el agua clara, una invitación a otro mundo, a otra vida allá abajo, aquellos peldaños torcidos y ondulantes, distorsionados y extrañamente atractivos, a no ser por el frío. Un frío que le mordía la piel; la pregunta que se hacía un científico a posteriori: ¿Cuánto tiempo puede uno sobrevivir a esto? ¿Cuatro minutos? ¿Uno? ¿Dos? Un cerco de hielo le atenazaba la cintura; el peso del agua le aplastaba el pecho. «No te ahogues, por favor; no podría soportarlo.» Y allí estaba Maggie, subiendo por la misma barandilla que él tocaba, jadeando. Henry la agarró por el otro brazo y la levantó. Los dos cayeron de espaldas sobre los peldaños. Las conchas de los moluscos les pinchaban la espalda. Se soltaron y a duras penas se incorporaron. Maggie temblaba y se sacudía el agua de los dedos. Henry no sabía si la estaba ayudando a moverse o si era ella quien lo ayudaba a él, hasta que estuvieron de pie sobre la plataforma respirando con dificultad. La sonrisa sesgada de Maggie desató en Henry una furia incontrolable. La tomó por el cabello con ambas manos y la sacudió hasta hacerla trastabillar. Un rapto momentáneo: en lugar de eso, le habría gritado, pero había perdido la voz. Dejó caer los brazos a los costados y vio el agua chorrear de su ropa.

–¡Lunática de mierda! Eres... eres...

–Vámonos, Henry, antes de que alguien llame al personal de rescate. Vámonos.

Regresaron a donde habían dejado las chaquetas, y se las pusieron. Ella se puso los zapatos y caminaron por el atracadero dejando una huella chorreante de agua de mar, como si aquello fuera muy normal. Dos pescadores, los únicos presentes, los contemplaron. Maggie les hizo una mueca burlona; los pescadores respondieron con un guiño, reconociendo una broma, y Henry tuvo la sensación de rozar la paranoia. Ahora, el estigma de su frente parecía un gigantesco zurullo. Atravesaron los portones indefinibles de la entrada y pasaron junto a la tablilla de avisos, «La temperatura del mar es hoy de...», y sintió un escalofrío. El coche de Maggie estaba aparcado junto al hotel, mostrando con audacia una multa de aparcamiento. Una vez dentro, con la calefacción puesta, se sintió como si hubiera regresado del fondo de un estanque. Lo único remotamente gratificante era la mano de Maggie, que temblaba con violencia mientras encendía un cigarrillo.

–¿Me crees ahora?

–¡No sé qué cojones tengo que creer! –gritó–. Salvo que estás como una cabra. ¿Qué puñetero numerito fue ese que montaste?

–Modera ese lenguaje, Henry; te estás volviendo demasiado anglosajón.

Maggie se miraba en el espejo retrovisor y alisaba su cabello empapado con la mano libre. Tiró el cigarrillo por la ventana y puso el coche en marcha. Henry se inclinó hacia ella, hizo girar la llave de encendido en sentido contrario y el motor se detuvo. No era el momento de conducir. Maggie no protestó, y habló entre dientes que castañeteaban, presa de un temblor incontrolable.

–Fue un numerito que uno aprende de niño, para dar un susto de muerte a tus padres y hacer que te presten atención. Deja que la corriente te lleve de un lado al otro. Lo hice el día de Navidad, cuando tenía doce años. Mi última oportunidad.

–Zorra.

–Ojalá lo fuera –dijo Maggie–. La vida sería mucho más sencilla.

En el fondo de su mente había una idea loca y jubilosa, que lo iluminaba todo como si fuera la brillante luz del sol. Philip no hubiera ni siquiera pensado en meterse en el agua a buscarla, por nada en el mundo; mojarse lo sacaba de quicio. Lo que verdaderamente importaba era la intención.

Estaban sentados en la habitación de Henry. Maggie admiraba la limpieza de la estancia, los papeles colocados en montones ordenados, el libro de poesía, el ordenador portátil, la habitación del viajero que pronto se marcharía. Henry prefería el aspecto penitente de la mujer, con sus rizos metálicos peinados hacia atrás. Era de esos animales que quedan más bonitos cuando están relucientes, empapados y carentes de adornos. Fuera, la frontera de las olas quedaba marcada por una fila de gaviotas, que aguardaban las revelaciones de la marea.

–Mira, Henry, siento todo esto, de veras. Cuando me pidieron que representara a Francesca, y fue decisión suya, yo estaba segura de su culpabilidad. Ella me hizo creerlo. Y quizá por esa razón me escogió a mí, porque siempre la creí, siempre me sometía a su sabiduría superior. Ella siempre fue más poderosa que yo. Si decía algo, eso era la verdad. Una voluntad de hierro. Era tan ecuánime que llegaba a ser repelente. Y esa calma podía significar que se resignaba a la verdad, sin dejar sitio a la autoconmiseración, a cualquier conmiseración. O quizá pudo ser síntoma de un ridículo nivel de autocontrol. Ambas cosas eran coherentes con su forma de ser. Siempre hablamos de ella en pasado, como si estuviera muerta, ¿verdad? Como si lo estuviera. No hablará conmigo. He roto mi promesa.

–No estaba en situación de exigir promesas. Jamás entenderé cómo se las arregla para manipularnos a distancia.

–Si renuncias al coche, al vídeo, a todos los objetos de valor, tienes derecho a pedir algo a cambio, ¿no? Al menos a cierto nivel, aunque la promesa que me arrancó no tenía nada que ver con eso. Se lo prometí, le hice un juramento solemne a los diez años... Intercambiamos sangre, ¿sabes?, en el foso del castillo, y un poco de sangre cunde mucho... En fin, le prometí que nunca indagaría. Que le haría el honor de no cuestionar nunca lo que hizo. Me dijo que lo aceptara como lo mejor que podía ocurrir. Que si alguna vez oía que Edward o yo estábamos haciendo indagaciones, y seguro que se enteraría de alguna manera, nos despediría y haría una declaración diciendo que la habíamos engañado. Quería que vendiéramos el piso y le diéramos el dinero a Angela, eso era todo. Que nos olvidáramos de lo demás. Lo prometí.

–¿Y?

–Tuve que aceptarlo. Al principio no fue difícil, estaba entretenida con los desencantos de mi propia vida. Después, todo eso te pone los pelos de punta, lo absurdo de la promesa y lo demás. Algunas de las cosas que has mencionado, y otras en las que he pensado. Pero yo no podía destapar el cubo de la basura, prometí que no lo haría. Tendría que hacerlo otra persona. Un extraño, hacía falta un extraño con decisión. Alguien que buscara la verdad de una manera objetiva. Cuando entraste en el despacho de Edward, fuiste como el maná celestial. Solo tuvimos que azuzarte un poco.

–Un pinchazo –dijo Henry.

–No vienes cargado con un montón de prejuicios y puedes analizar el lugar con frialdad. Eso es una ventaja. No conoces a las personas involucradas.

–Tú viviste aquí, y tampoco las conoces.

Se quedó callada un momento.

–Es verdad.

–¿Estamos haciendo lo que ella quiere? Eso es lo fundamental.

–No tengo la menor idea. Podemos dejarlo. Dios sabe que a veces he deseado hacerlo.

Henry se detuvo junto a la ventana, a contemplar las gaviotas. Parecían fornidos guardianes de la orilla, sin ningún otro interés, incapaces de armar alboroto, ni siquiera de volar, que andan balanceándose por ahí a la espera de órdenes. Él dejó de sentirse como ellas.

–No sé si estoy tratando de probar su culpabilidad o su inocencia –dijo Maggie.

–Quiero que la muerte de ese niño tenga un sentido –respondió Henry–. No se me ocurre otra manera de justificarla.

–Miró con disgusto la chaqueta tirada sobre la cama–. Así que me voy a cumplir mi puñetero encargo. Con mi puñetera chaqueta.

–¿Adónde? ¿Puedo ir contigo?

–De eso, nada. Voy a visitar al tío Joe y no quiero que eches a perder las cosas porque...

–No soy objetiva –completó Maggie la frase, de forma categórica.

Henry se agarró a los brazos del asiento donde ella se encontraba, se inclinó y le dio un leve beso en la mejilla. Ella reculó y después sonrió con tristeza.

–Claro que no eres objetiva –dijo Henry–. Eres una abogada. Y podrías pescar un catarro.

Al dar la vuelta por detrás de la ciudad, donde las casas grandes se encogían, haciéndose pequeñas, y comenzaban unos campos grisáceos, el taxi de amortiguadores chirriantes lo llevó a una llanura gris. Francesca le había dicho que nunca hacía demasiado frío o demasiado calor; en lo primero había errado, y Henry no tenía manera de comprobar lo segundo. No sentía deseo alguno de ver la primavera o sentir el legendario calor de un verano; no podía imaginarse un día en que aquel frío diera la bienvenida a un nadador sin que el agua pareciera una tumba. El terreno apisonado fue sustituido por parcelas con cultivos indefinibles, y a unos cinco kilómetros de la ciudad el taxi pasó junto a la planta Fergusons. El aspecto de la fábrica le produjo una sacudida: era un recordatorio de otro mundo. Surgía de la neblina como un extraño espejismo de cromo y acero, y se extendía en el vacío. Los edificios brillaban, con hectáreas de vidrio enmarcadas en metal reluciente: la luz de un centenar de oficinas y laboratorios iluminaba la penumbra del crepúsculo y el enorme aparcamiento alojaba cientos de coches nuevos. Aquel era su territorio, allí trabajaría si decidía quedarse, en un lugar construido únicamente con ladrillos. Henry le pidió al chófer que fuera más despacio. Se arrastraron, chirriando, por debajo del puente que cruzaba la carretera en un arco de acero que conectaba dos alas de la industria del milenio, y a través de los vidrios de las paredes, Henry pudo ver, a un lado, un ascensor que subía lleno de gente. El edificio irradiaba pulcritud, eficiencia, prosperidad; el contraste entre la edificación y la ciudad que había dejado atrás era espectacular. Parecía una nave espacial que acabara de aterrizar en una tierra extraña, y Henry recordó que pertenecía precisamente a este mundo. Había pasado la mitad de su vida adulta en edificios como ese. Perfeccionando procesos científicos para mejorar la vida del siglo XXI. «Mentalidad de saltamontes», se dijo Henry mientras la planta Fergusons iba quedando atrás. Y los nativos creían que lo único que se fabricaba allí era la Viagra. Esos ingleses de mierda, obtusos y llenos de prejuicios, estarían aún vagando por ahí con las caras teñidas de índigo, como mil años atrás; hacían todo lo posible para seguir siendo gente limitada.

Le parecía que había transcurrido mucho tiempo desde que montara en una escalera mecánica o viera un edificio más alto que un castillo. O uno comprometido con el futuro. Y la visión de esas edificaciones lo llevó a hacer una mueca de nostalgia. Dentro de Fergusons no permitirían fumar y no dejarían entrar perros. Henry sentía un leve pánico cuando pensaba en el regreso a la vida normal. De repente, le parecía imposible volver a una vida organizada, y eso no tenía nada que ver con el pasado, con secretos o promesas estúpidas hechas por él mismo o por cualquier otro. Sentía añoranza por un mundo de luces brillantes, de quirófano, sin sombras ni rincones oscuros, sin motivos sospechosos, sin otra cosa que no fuera el imperativo del trabajo, algo que lo había desencantado y aburrido, pero que ahora adquiría un aspecto indudablemente atractivo.

En aquella pequeña ciudad todo era viejo y pesimista en comparación con eso. La gente se contentaba con permanecer en un mundo ínfimo. Ni siquiera manifestaban interés por la prosperidad. Maggie, por ejemplo: con inteligencia suficiente para desarrollar una brillante carrera, se divertía echándola a perder; Edward, un abogado que era incapaz de ganar dinero; Francesca, que había dejado que su vida sin ambiciones la devorara porque no podía o no quería desplazarse... ¿acaso no quería avanzar? Todos eludían su deber de ser felices. Era el mar lo que los hipnotizaba a todos, llevándolos a un estado de estupidez colectiva. «Bajo mareas profundas / Neptuno les da rienda, / sobre rocas y abismos, / Amor halla la senda[1].» «Hay que largarse de aquí.»

El coche ascendió la colina, cambiando las marchas en la abrupta pendiente, y el océano apareció bajo una curva de la carretera. Henry vio el perfil irregular de un blanco acantilado calizo junto al agua brillante, y sonrió. El sonido gutural de su canturreo alarmó al chófer, que se movió incómodo en el asiento e hizo rugir el motor.

Henry se sentía satisfecho de que su propio padre nunca hubiera tenido que dejar su casa para morir. Había fallecido viendo el hermoso nogal de su patio trasero, sin ninguna de las molestias vinculadas al traslado a un lugar como aquel, situado sobre un promontorio, a donde por fin había llegado el taxi. Su padre siempre había tenido un excelente sentido de la oportunidad y le hubiera gustado el paisaje. Era el lugar ideal para quien le agradara permanecer ante la ventana y ver las nubes de tormenta en el horizonte o para los que jugaban al golf en el césped trasero, pero a Henry le parecía un sitio demasiado remoto para cumplir de forma adecuada con la función de alojar ancianos. Tenía cierto aire de decrepitud distinguida, como sus ocupantes, pero su aislamiento lo hacía indefiniblemente molesto. Era poner a los ancianos en un promontorio junto al mar, lejos de la vista, como si fueran leprosos o algo así. El interior lo tranquilizó en cierta medida. Era cálido y tenía plantas, como un hotel confortable. La mujer del despacho parecía amable.

Le dijo que debía haber alguna confusión, pues nadie había visitado a Joseph Chisholm en varios meses. Dormía en una cómoda habitación trasera, desde la que se veía el campo de golf, y se despertaba cuando emitían partidos de fútbol por te-

1. *«Under floods that are deepests, Which Neptune obey, Over rocks that are steepest, Love will find out the way.»* Versos correspondientes al poema «Love will find out the way». *Op. cit. (N. de la T.)*

levisión, con una animación cada vez más escasa. Todavía era capaz de tocar de vez en cuando el trasero del personal femenino, pero se deterioraba como un trozo de roca a la intemperie. El hombre que había recibido a la visitante dominical era aquel de allí, el del cabello blanco y la piel rojiza, el que leía el diario. Había tomado posesión del sitio preferido de Joseph tan pronto como este quedó confinado al lecho. A aquel individuo le gustaba la compañía. Se sentaba allí a contemplar las idas y venidas, como si se tratara de un espectador teatral. Henry se sentó a su lado. El anciano sonreía dulcemente. Sus manos pecosas doblaron el diario y sus ojos lo miraron como si estuviera satisfecho con el resultado.

–Creo que solo tengo un pequeño papel en esta obra –dijo–. Sabría que vendría. Usted, u otro semejante. Ella no vendrá más, ¿verdad? No vendrá más.

–No sé de quién habla.

–No mienta, claro que lo sabe. Mi bella Angela... y su maravillosa hija. Las dos. Usted se lo ha impedido.

Henry le palmeó una mano pecosa. Era como papel, seco y cálido. Conocía aquella sensación.

–Dígame por qué –sugirió.

El anciano suspiró.

–Oh, es obvio, ¿no? Ella podía darse cuenta de que me llamo George, no Joe. Podía darse cuenta de que un anciano se diferencia de otro. Pero fui incapaz de resistirme, ¿sabe? Entraba aquí con su encantadora niña y preguntaba: «¿Eres tío Joe? Me han enviado a verte». Yo sabía que perdería el tiempo con el miserable del viejo Chisholm, así que siempre le respondía: «Claro, ¿y quién otro podría ser?». A mi edad, no tiene la menor importancia quién eres. –Suspiró y una sonrisa cruzó su rostro rubicundo con un efecto devastador–. Hubo un tiempo en que fui apuesto. Como todos los Chisholm. Cuando venía la otra, yo espiaba sus conversaciones. Me fijaba en la pose que él adoptaba para oírla. Lo hacían muy bien. Apuestos o airados, por lo general ambas cosas. Y después de eso, lo único que debía hacer era sentarme en el mismo asiento y escuchar. Cosa que ha sido, sin duda, un gran placer.

–¿Y por qué no debería continuar? ¿Qué le ha hecho pensar que no va a seguir?

El rostro del anciano se difuminó, convirtiéndose en la cara del padre de Henry, quemada como la de los pescadores, y el campo verde del fondo se convirtió en el patio. El nogal, los rasgos de la faz que se tornaban apuestos y ya estaba a punto de preguntarle sobre Francesca, cuando se dio cuenta de que aquel hombre nunca la había visto y quizá no supiera nada de ella.

–Si ella no viene a verlo, vendré yo –dijo de repente.

–¿Lo haría? Qué encanto. –Comenzó a desplegar el diario con lentitud y cierto aire de tristeza–. Debo admitir que preferiría a Angela y a esa niña parlanchina. Hablaba y hablaba, y después Angela no volvió a traerla. La verdad es que las dos hablaban mucho. –Cruzó brazos y piernas–. ¿Sabe?, no debió hacer aquello; fue horrible... ese pobre niño...

Henry sintió deseos de gritar.

–¿Por qué cree que no volverá?

–Porque me contó demasiado –dijo el anciano con sencillez–. Demasiado. Yo sabía que llegaría el momento en que se daría cuenta. –Sonrió de nuevo, confiado en la comprensión de Henry, y a continuación su sonrisa se convirtió en un ceño fruncido–. Querido amigo, vosotros los jóvenes sois tan lentos. –Se inclinó hacia delante, y Henry pudo oler la menta en su aliento; admiró su perfecto afeitado y su cabello peinado cuidadosamente. Un hombre que no había perdido ni un ápice de vanidad y siempre esperaba visitantes–. Mire, en realidad nunca supe qué era lo que ella me contaba, tampoco conocía a ninguna de las personas de las que hablaba, así que me limité a estar de acuerdo con todo lo que decía. A asentir, a calmarla, a ser solo un eco. Yo no quería hablar: solo deseaba el júbilo de escucharla. Y cuando es obvio que uno está embrujado por una persona que se muere por hablar, y no será capaz de repetirlo porque es demasiado viejo y tonto, ese alguien se convierte en eso mismo, ¿verdad?

–Un receptáculo –dijo Henry.

–Esa es la palabra. Qué raro, un yanqui que conoce ese término. La enfermera nos traerá té, si lo desea. –Henry añoraba un expreso doble de Starbucks, el tipo de café que lo hacía a uno sudar–. Y aquí fuera puede fumar –añadió el anciano–. Por eso Chisholm se sentaba aquí. Probablemente eso es lo que lo está matando ahora.

–Bueno, creo que un cigarrillo ayuda a conversar –dijo Henry, sacando un paquete de tabaco por si se trataba de una insinuación.

La oferta fue recibida con una mirada de desaprobación; Henry escondió el paquete. Había entendido mal. Lo único que hacía falta para aceitar la conversación era el té aguado que tanto odiaba. Debió haber traído algún regalo. Ambos miraron colina abajo, una vista sin par, mejorada o arruinada por el vidrio de los laboratorios Fergusons, dependía del punto de vista.

–¿Sabe?, tengo ochenta y siete años –dijo el anciano, con un toque de orgullo defensivo–. Al final de la guerra, un yanqui se llevó a mi mujer. Vosotros teníais el dinero. ¿De qué estaba hablando?

Henry se aclaró la garganta, con la intención de modificar su acento la próxima vez que hablara.

–Y supongo que trabaja en ese lugar. –El anciano señaló hacia el emplasto en el paisaje–. Donde fabrican todas esas píldoras divertidas que no pueden hacer que yo camine, o que el estúpido viejo Chisholm siga vivo.

–Me decía que era usted un receptáculo, y que Angela le había contado demasiadas cosas –susurró Henry con la intención de ayudarlo a recordar, hablando casi sin separar los labios para que el sonido de la voz se pareciera más a la BBC.

–Oiga, levante un poco la voz. Sí. Hablaba demasiado, pero no como alguien que está sentado aquí, mirando el reloj, con ganas de irse. Como usted, en cierto sentido. Hablaba, hablaba, hablaba sobre una y otra cosa, contando historias, podría tener su propio programa de radio. Casi nada era verdad, a la gente le gusta inventar para hacer sus vidas más interesantes. Descubrí que nunca hay suficiente dramatismo en la vida cotidiana. Para eso se necesita un diario. Ahí es donde pasan las cosas. No se trata tampoco de que les crea a pie juntillas. El loco del hacha vuelve a matar, cosas por el estilo. Pero no aquí. Más bien sería: la niebla cubre la costa por tercer día consecutivo.

Henry sonrió. Comenzaba a darse cuenta de que visitar a aquel anciano no era una tarea pesada. Había comenzado a sentir cierta diversión, teñida de ansiedad.

–¿Y qué tipo de historias contaba? ¿Asesinatos, violaciones, el caos? ¿Robos y asaltos? Eso pasa en las mejores familias.

–Bueno, me encantaría si hubiera ocurrido en las mejores familias, pero no en Warbling. Carece totalmente de sentido. Lo que su niña contaba al principio, por supuesto, no lo creí. Supongo que habrá aprendido a fantasear escuchando a su madre. Muy divertido. Matilda contaba tales embustes...

–... que uno soltaba un grito y abría bien los ojos –murmuró Henry.

–... sobre una persona a quien yo debía conocer, echando al mar a un niño desde el atracadero, como si alguien pudiera hacer semejante cosa. Me limité a decirle que era algo horrible, y la dejé continuar mientras su madre iba al lavabo. Después, tenía que ir fuera a revisar el coche, se le habían mojado los frenos o algo así después de subir la maldita colina. De todos modos, Tanya se sintió mal por contarme todo aquello y ver mi cara de horror. Logré hacerla callar antes de que su madre regresara y me puse a hablar con ella de la escuela. Yo no apruebo eso, ¿sabe?

–¿El qué?

El anciano bajó la voz y se inclinó hacia delante.

–Podía describirlo todo con tanto detalle... cómo un perro empujó al niño en el atracadero. Su madre no debió contarle semejantes historias, aunque sea una mujer resentida. Muy resentida. Necesitan un perro. Imagínese, yo no iba a decir nada. Eso no es asunto mío y no quería que ella dejara de venir a verme. Angela se ha olvidado de todo aquello. Tiene otras preocupaciones. Ahora hay un no sé cómo se llama, uno de esos cabrones que persiguen a los niños, un...

–Pedófilo –sugirió Henry entre dientes.

–Uno de esos, anda dando vueltas por el pueblo. ¡Le dije que se comprara un perro! –Se rió de su propia sugerencia; las tazas de té se estremecieron cuando dio una palmada en la mesa–. ¡Que le arranque los huevos! ¡Que lo encierren! –Henry frunció el ceño; transcurrió un instante y el anciano se ensombreció–. Quizá la ofendí. ¿Es por eso por lo que no ha vuelto a venir? –preguntó con tristeza.

–No, estoy seguro de que no se trata de eso. Y también estoy seguro de que volverá. ¿Por qué no iba a hacerlo? –Henry se levantó de su butacón; necesitaba pensar. El calor era opresivo y la puerta estaba cerrada; podía notar el inicio de aquella agitación que tan bien conocía y eso lo avergonzaba–. Y yo también lo haré –añadió, preguntándose si no sería una estupidez prometer algo que podría ser una mentira.

El anciano lo agarró por la manga; Henry le dio un apretón de manos y le sorprendió la fortaleza de aquellos huesos. En comparación, su propia mano parecía enorme.

–Esas cosas que me dijo... Ninguna era verdad, ¿no?

–No –replicó Henry–. Claro que no. Ninguna, en absoluto.

El anciano hizo un guiño lento y deliberado.

–No le he contado ni la mitad. Por lo tanto, tendrá que volver, ¿verdad? Traiga un poco de esa Viagra. Aquí nos vendría muy bien.

Henry estaba de pie en el promontorio, contemplando cómo se extendía la neblina. Abajo, antes de que la niebla los cubriera como una manta, los edificios Fergusons atraparon algo de luz y luego se apagaron, convirtiéndose en otro punto insignificante del paisaje blanquecino. Alcanzaba a ver la forma general sin distinguir los detalles, pero creyó que era capaz de determinar dónde estaba cada cosa. Cuando la neblina retrocediera, el cuadro que aparecería sería algo diferente, pero él todavía podría saber qué había en cada sitio. Y eso que había estado hojeando los libros que no debía.

El taxi se alejó de allí con un alivio ostensible y un horrible chirriar del cambio de marchas. Henry tuvo la impresión de que el coche podría encontrar por sí mismo el camino de regreso a las tierras llanas, acelerando para volver a casa en régimen de piloto automático, en busca de una chimenea de verdad en un garaje caldeado. Sentía deseos de sollozar. El chófer gruñía para sus adentros porque la ventanilla abierta los hacía temblar a ambos.

Se apeó frente a la Casa Encantada y pagó lo que le pareció una tarifa baja, una suma casi tercermundista. Pensó que quizá fuera esa la razón por la que siempre regresaba al Oriente en sus viajes; lo barato y la idea de que eso pudiera ser el factor decisivo, no sirvieron precisamente para animarlo. Qué presumidos tan poco exigentes, los ingleses. Sentían aversión a ganar dinero.

Cruzó la calle y se sentó en los peldaños que llevaban a la playa de guijarros. El frío le mordió «el culo, el trasero, el pandero, el nalgatorio, la popa, las asentaderas, el pompis, una persona en Inglaterra no tiene culo ni siquiera para sentarse». Por lo tanto, las asentaderas. El frío lo helaba y lo serenaba a la vez. Le gustó.

Entonces, el perro del hocico cálido metió su nariz gorda y mojada en el ángulo de su codo, que mantenía pegado al costado dentro de aquella horrible chaqueta. Sintió la interferencia de un hocico que lo empujaba. «Hocico: dícese del entrometido; morro.» Lo había olvidado. Levantó el brazo para pasarlo por encima del lomo del animal y lo abrazó sin apretar, sin la menor sugestión de que no era libre de ir a donde quisiera. El gran perro negro se sentó a su lado, admitiendo el contacto de su brazo. Ambos miraban hacia el frente.

–Apuesto a que también tienes tus secretos –dijo Henry.

*Siempre me sentí orgullosa de mi habilidad para guardar un secreto. La obligación de guardar un secreto es algo que aprendí muy pronto, y descubrir que no todos lo hacían fue una de mis mayores sorpresas. Lo mismo pasaba con las promesas. Yo era la que esperaba en la parada del autocar porque lo había prometido, pero no aparecía nadie porque hay promesas que en realidad nadie cumple, de la misma manera que hay secretos que deben contarse. La instrucción «no lo cuentes» puede significar «cuéntalo», pero solo de manera selectiva, con la interpretación correcta. También puede significar lo que parece. Para eludir el campo minado de la confusión, me he mantenido fiel a mi principio de quedarme callada como la tumba del proverbio, y renunciar al conocimiento obtenido, en lugar de romper el sello. La ironía de estos elevados principios morales es que convierte al depositario del secreto en un mentiroso, mientras que quien rompe su promesa comparte la carga con otros amigos cercanos y confidenciales, digamos unos setenta y cinco. Lo único que aprendí fue a no hacer confidencias sobre cosas vitales para mí, a no ser que la persona que las escucha fuera totalmente incapaz de comprenderlas o repetirlas. En otras palabras, confesar ante una pared de ladrillos, ante alguien que no se preocupe o se altere, para quitarse aquello de encima y ensayar en voz alta lo que habría que hacer.*

*Y esa es la razón por la que seguí el camino del cobarde y se lo dije al tío Joe al día siguiente. Al fin y al cabo, era sordo y fingía el acto de oír con gestos de placer. (Qué hipócritas, los Chisholm.) Yo podía descifrar lo que decía, algo que muy pocos podían hacer. Y él entendía, pobrecillo, lo que significaba la desgracia o perder la reputación. Ya debe de haberme perdonado.*

*Le conté que la puerta estaba abierta; yo odiaba las puertas cerradas. Era demasiado temprano, llovía y Harry tenía un mal día. Tanya apareció con ropa nueva, una chaqueta de lentejuelas que le gustaba y que quería lucir. Harry se colgó de ella, siempre lo hacía. Les dije que salieran juntos a pasear, Dios me ayude, no por mucho rato y solo al atracadero, donde pudiera verlos. Ella quería ir, Harry quería que se quedara dentro con él, pero la tentación de ir a alguna parte con Tanya era demasiado grande como para resistirse. Se fueron. La tranquilidad era maravillosa. No sé cuánto tiempo después me di cuenta de que lo había mandado a la calle sin chaqueta y comencé a bajar por las escaleras para llevarle una. Creo que había transcurrido bastante tiempo. Crucé la calle. Tanya estaba agachada junto a aquella estatua, tratando de meterse dentro de ella. Histérica. Tenía la manga rasgada.*

*Un perro negro corría por el atracadero. Harry odiaba a los perros. Siempre lo tiraban al suelo.*

*Aquel perro... Me recordaba cómo se había comportado ella la primera vez que vino a nuestra casa y traté de tomarle una foto. Una bestezuela asustada, vulnerable, incapaz de confiar en nadie y sin nada que pudiera considerar suyo. Tan sin rumbo como un bote en una tormenta; no era nada más que una promesa. Angela, en alguna parte, los enseres de pesca de Neil, los olvidaba a menudo...*

*No puedo seguir contando esto. Ninguno de nosotros dice realmente la verdad. Sería mejor estar sordo y mudo, como tío Joe.*

FMC

## Capítulo 12

–Ojalá hubieras aparecido antes –dijo Henry al perro–. Me gustan tus ojos y tus orejas. Y tu pelo.

El animal se movió. Henry le acarició la pelambre hirsuta del flanco y le pellizcó el pecho. Los huesos estaban recubiertos de carne, se notaba el contorno de los músculos en las patas, y el animal, aunque quieto, parecía listo para echar a correr.

–No quiero entretenerte –le dijo Henry, retirando el brazo.

El perro permaneció allí, adelantó su gran cabeza para olfatearle el rostro y luego, satisfecho, se recostó contra él y reanudó su contemplación del mar. El océano tenía un sonido sospechosamente hosco bajo la neblina, como si estuviera tramando algo.

A medida que en la espalda de Henry el frío se agudizaba hasta llegar a doler, el animal pareció oír una señal, se sacudió y echó a trotar hacia la derecha. Tenía el mismo andar que había visto antes, sin prisa, con ritmo, como un corredor de larga distancia que tuviera por delante mucho que recorrer y no dudara de su destino. Alguien le cuidaba y le había enseñado a cruzar la calle. Era un vagabundo educado, con un sitio para dormir, así que tenían algo en común, pensó Henry, excepto en que el perro era una bestia hermosa que había dejado una fina capa de pelo en su chaqueta. Dentro de la casa, al ver su imagen reflejada en el espejo del pasillo, se preguntó cómo había cambiado tanto su atuendo en un espacio de tiempo relativamente corto.

La luz mortecina de los candelabros del pasillo lo irritaba, aunque le hacían el favor de difuminar su reflejo. Lámparas de queroseno en aquellos tiempos, Dios mío, como si la casa no fuera una vivienda, sino un escenario teatral. Y se dio cuenta de que eso es lo que era, al ver detalles que apenas antes percibidos. El pasillo y el primer tramo de escaleras estaban decorados con colgadores orientales, por encima de los cuales había banderas. El espejo tenía un marco de ornamentos dorados y parecía de gran valor, hasta que un examen minucioso mostraba las zonas descascarilladas en la pintura. Había una razón para mantener allí la tenue iluminación de queroseno, con sus candelabros delicados y sus destellos parpadeantes. Henry alcanzaba a oír el murmullo de la radio en la cocina; el resto de la casa permanecía en un cómodo silencio.

Echó un vistazo al comedor, con las paredes cubiertas de cuadros, había cortinas de terciopelo desteñidas en las ventanas y en la repisa de la chimenea había un muestrario de fotos enmarcadas, colocadas entre dos velas altas, que durante las comidas se ponían en el centro de la mesa. La propia mesa estaba cubierta por un grueso mantel de lino. Henry acarició la superficie con la yema de los dedos, palpando los remiendos, invisibles cuando la mesa desplegaba toda su magnificencia de vajillas y cuberterías incompletas, con piezas encantadoras cada una por su lado, pero que nunca formaban un conjunto. La alfombra, como la de las escaleras, era de colores vivos y estaba deshilachada. Si se dejaba de lado el arreglo artístico, solo quedaba basura de segunda mano.

La sala de estar, por lo general desierta, tenía el mismo estilo. Había atizadores brillantes para remover el fuego, sillones antiguos con cubiertas tejidas a mano para ocultar los bordes astillados de los brazos, esteras sobre esteras, una mesita, pulida hasta tal punto que nunca había notado que tenía una pata arreglada. Henry contempló las fotografías, con marcos que parecían de madera sacada del mar, y vio las imágenes en blanco y negro de dos jóvenes esbeltos en bañador, que reían contra un fondo de olas. No había fotos recientes. Las cámaras costaban dinero; Henry calculó lo que había pagado por el alojamiento y se sintió avergonzado al darse cuenta de que la vida de sus anfitriones estaba limitada por un presupuesto asfixiante. Sin teléfono, sin gastos suntuarios, sin comprar nada nuevo, excepto el vídeo en la cocina, por supuesto, que allí estaba tan fuera de lugar como una pala de jardín en un dormitorio.

Se imaginaba de dónde había salido el vídeo. Francesca le había dado su coche a Angela, sus libros a la abuelita que nunca los había querido, y otras cosas útiles de su piso a diversas personas. ¿Habría utilizado sus regalos como chantaje? ¿Había que pagar un precio por recibirlos, como en el caso de Angela, que visitaba al tío Joe, o Peter y Tim, que mantenían viva una llama votiva por el niño muerto? Henry consideró la decoración de su propia habitación con un talante cada vez más aprobatorio. El boato de la planta baja y el primer piso desaparecían, convertidos en pura sencillez cuando se llegaba al segundo descansillo. Paredes desnudas, suelos de madera de pino blanco, la estera en las escaleras que absorbía el impacto de las pisadas, el viejo cubrecama de seda en su cama alta, el único punto de color en la habitación aparte del cojín turquesa de una cómoda silla. Una habitación para que Van Gogh pintara en celebración de un minimalismo nada severo, sino reconfortante. Peter estaba allí, trajinando en la chimenea, tratando de que el material inflamable se encendiera e hiciera arder un tronco sacado del cesto de madera que había subido a los pisos superiores. La ceniza retirada de la pequeña rejilla negra de hierro la había vertido en un cubo pequeño. El chal perdido estaba doblado cuidadosamente sobre la colcha. Peter le hizo un guiño de saludo, con cara de incomodidad por haber sido sorprendido de rodillas, dedicado a sus labores.

–Es la calefacción más económica, ¿sabe? –dijo, en tono defensivo–. Sobre todo si uno se encuentra la madera. Tenemos todo el tiempo del mundo para eso. Creo que tener tiempo para fabricar y remodelar es mejor que tener dinero, ¿no cree?

–¿Por qué Francesca les dio su vídeo? –preguntó Henry mientras se quitaba la chaqueta y la tiraba al otro extremo de la habitación.

Era magnífico contar con una prenda de ropa que pudiera tratar con desprecio. Tenía un deseo inexplicable de tirar por la ventana el contenido de su maletín, incluyendo vitaminas y minerales. Peter parecía sorprendido.

–¿Sabe?, no estoy muy seguro de por qué lo hizo. Simplemente, llegó con todas sus cintas y nos las dejó. Seguro que sabía que nunca lo usaríamos mucho, que solo veríamos la cinta del pequeño Harry, porque antes ni siquiera teníamos televisión. No tenemos tiempo para verla, es tan poco estimulante... No veo qué interés tiene quedarse sentado mirando una película con la boca abierta, a no ser que actúe alguien que uno conoce.

Las llamas prendieron y el tronco comenzó a arder. Peter lo miró con satisfacción, como si hubiera inventado el fuego y dominarlo fuera su triunfo.

–¿Hay otras cintas?

–Sí, por supuesto. Dibujos animados, Walt Disney. Vídeos domésticos y cosas para niños. He de reconocer que me encanta *El libro de la selva...*

–¿Puedo verlas?

–Por supuesto, solo tiene que pedirlas. ¿Se lo traigo todo aquí? A cambio, háganos un favor. No deje que Maggie beba esta noche. O se deprimirá y pensará en volver con su marido.

–No sabía que todavía tenía marido.

Henry acomodó el tronco con la punta de su zapato y vio las chispas volar.

–No tiene, pero si quiere, puede conseguir el billete de vuelta para uno.

Henry estaba furioso por todas aquellas ambigüedades. El tronco chasqueó, como si se burlara. Se preguntó cuánto dinero de propina debía dejarles al marcharse, pero no sentía el menor deseo de irse de allí. Se preguntó también cuál sería el ceremonial correspondiente a la pobreza relativa, y recordó que en otros viajes le había intrigado la misma idea. Se sintió frívolo, irreflexivo.

–¿Sabe dónde está ahora?

Peter consultó su reloj.

–Los pubs están abiertos. Debe de estar en alguno.

–Bueno, dudo que pueda mantenerla lejos del coñac –dijo Henry–. Ahora me toca a mí beber.

Regresaría a ver al anciano en el promontorio con una botella de whisky. Como en las películas, antiguas y recientes, donde lo único que tenías que hacer era verter alcohol en el gaznate de espías renuentes y se cumplía aquello de *vino veritas*. Poco probable. Aquello funcionaría con Maggie lo mismo que con el puñetero perro. Pero era todavía un turista dedicado a experimentar y, por perverso que pareciera, necesitaba un sitio más ruidoso que aquel para analizar sus pensamientos.

Henry nunca había sido bebedor. Casi podía oír a su padre diciendo: qué lástima, aquello era tan bueno como dañino para la carrera de un hombre, liberaba las cadenas del alma, aunque Henry pensaba que lo único que hacía era aflojarlas. Hasta aquel momento, la falta de adicciones no había logrado evitarle momentos de perplejidad ni miradas despectivas de sus contemporáneos cuando cometía una torpeza. Hubo momentos en que, estando sobrio, la lengua se le enredaba, y hubiera dado lo mismo estar ebrio. «Qué mojigato eres», pensó mientras se enfundaba la siniestra chaqueta y salía a la calle. Mojigato con respecto a las drogas: las probó una o dos veces, pero odiaba que hicieran a la gente hablar con monosílabos. Le repugnaba perder el control, pero al diablo con todo: si iba a perderlo, al menos que tuviera buen sabor. Cogería la tan renombrada cogorza inglesa en un pub, haría igual que los nativos.

La primera cerveza en el primer pub le dio escalofríos. Bebió la escoria espumosa de una sopa transparente y aguada, y sintió deseos de eructar. El pub se llamaba Los Contrabandistas, pero no mostraba la menor señal de que allí se vendieran los excelentes vinos del otro lado del canal, legales o de contrabando. Les gustaba la bazofia. De hecho, preferían eso y no les importaba un carajo lo que comían o bebían cuando estaban lejos de casa. Bastaba con echar una mirada a la pizarra con el menú: HÍGADO ENCEBOLLADO, ESTOFADO IRLANDÉS. Cuando volviera a casa, aquel anuncio sería para él un recuerdo duradero que le haría reír, pero probablemente un nativo de Warbling consideraría muy poco apetitosos unos *hot dogs*. La mayor brecha cultural para las personas de Occidente no guardaba relación con la nacionalidad, pensó; era simplemente la comida y la bebida, así como la diferencia entre los que vivían en ciudades y los que lo hacían al margen de ellas.

Se bebió la mitad de su jarra para ayudarse a reflexionar, y se preguntó si tío Joe iría alguna vez a un pub, o si sería de cobardes pedir un vaso, cuando todos los demás hombres tenían una jarra. Había olvidado sus gafas, por lo que se sentía algo miope y mareado, pero nadie miraba a ninguna otra cosa que no fuera él. Lo observaban a él. No fijamente, tenía que reconocerlo, y tampoco eran tantos, porque a aquella temprana hora del atardecer no había tanta gente con la que intercambiar una mirada y dejar que los ojos resbalaran por la superficie de sus jarras y se clavaran en el rincón más lejano de la pared del frente. Era el tipo de miradas que uno intercambiaba con un bacalao muerto en la lonja. Faltaba conversación. Un hombre entró y saludó a todos, después cogió su jarra y se fue a bebérsela en una esquina. Henry detectó que había un intervalo de tiempo antes de que un cliente se moviera o hablara, y solo después de esa pausa se presentaba ante el mostrador con la misma jarra, decía nuevamente «Hola» y, con un gesto de cabeza, pedía que se la volvieran a llenar. Se oía después el leve tintineo de las monedas. «¿No es cómico acaso? –pensó Henry–. ¿Son siempre así, o soy yo el que no entiende?» En comparación, la neblina exterior parecía atractiva. Dejó la cerveza sobre la mesa y se marchó, fingiendo tener prisa.

Y la tenía, pero no por necesidad. No le gustaba la idea de recorrer un pub tras otro en busca de Maggie: se sentía como un padre que intentara encontrar a un hijo descarriado, o peor aún, como un novio celoso. Tenía que admitir que la idea de que se tratara de un marido que regresaba lo irritaba por alguna razón indefinible, probablemente porque era otra de las cosas que ella no le había explicado, y eso le molestaba. Como todo lo que debía leer entre líneas. Henry consideraba que su propia vida era un libro abierto, en el que cualquiera podía leer, y le resultaba difícil comprender por qué el resto del mundo mantenía sus páginas cerradas. En el segundo pub, donde se dedicó a beber vino escondido detrás de un diario, llegó a la conclusión de que la conversación en monosílabos de los clientes era solo su natural y limitada forma de comunicarse; sencillamente, no entraban allí esperando que les palmearan la espalda o que los felicitaran. En el tercer pub cambió de idea. Había una chica tras el mostrador que respondió a su petición de una copa con una expresión pétrea, y después le dijo que se fuera a tomar por culo, una orden serena pero terminante que lo disuadió de preguntarle por qué. Se marchó. Para una velada de desenfrenada ebriedad, ya era suficiente. En la calle, se puso a buscar al perro. Henry podía sentir el sucio estigma de la deshonra en su frente, recordaba las chillonas acusaciones vertidas en medio de la calle. El pescado con patatas fritas que comió, sentado en un banco frente a la estatua a la entrada del atracadero, era delicioso, y más aún porque se lo habían servido con espontánea amabilidad. Solo le quedaban por visitar una media docena de pubs, cada vez más concurridos a medida que la tarde iba dejando paso a la noche, y la perspectiva era inaceptable. Henry tiró los papeles grasientos en un cubo de basura, como un buen ciudadano, y regresó al lugar que ahora llamaba hogar.

Se estaba alejando cada vez más de cualquier cosa que pudiera considerar un hogar. Su casa vacía, en las afueras de Boston, le parecía muy remota, y el modernismo espléndido de la planta Fergusons, donde debería reanudar su carrera, le era también extraño. En la casa, en la habitación que Peter llamaba «sala de los huéspedes», jugaban al bridge y, en su habitación, Henry encontró un televisor, el vídeo y un montón de cintas.

–A ese juego podemos jugar las dos –dijo Maggie, ecuánime–. Tú puedes salpicar de mierda en la calle a un hombre bueno e inofensivo, ¿cómo te atreves? Entonces, yo puedo ponerme en la misma esquina y decir cómo encontré a tu hija haciendo novillos, sin que su madre estuviera cuidando de ella.

–Zorra.

–Otra acusación que niego, aunque no cambie nada. Me pregunto a qué viene todo esto –dijo Maggie, a la ligera–. Y encima de que te había comprado una excelente botella de vino. Oh, deja de hacerte la inaccesible. Lo mismo que tú, no soy una zorra. De otro modo, Francesca no nos habría querido. No es que fuera muy selectiva con la gente que amaba, mira al cabrón de su marido, pero tenía ciertos criterios. Bebe.

La mano de Angela avanzó hacia el vaso que Maggie había llenado y puesto delante, sobre la mesa de la cocina. Lo miró con añoranza, dándose cuenta de que si bebía, quedaría comprometida. Intentó dar con la puerta en las narices de Maggie, pero su visitante era más fuerte. La niña dormía, y una pelea a gritos la habría despertado. Estaba atrapada. Rodeó el vaso con los dedos para calentar el vino tinto y para que Maggie no se diera cuenta de que le temblaba la mano.

–Solo dime por qué encerraste anoche a Henry Evans en el castillo y me echaste a perder el sueño, ¿eh? Eso para empezar.

–Neil debe haber... Fue un error.

–No, no lo fue. Tanya sabe que no lo fue. No me vengas con tonterías. ¿Qué era lo que no querías que él supiera? ¿Qué hay de malo en responder a sus preguntas curiosas? ¿Qué daño puede hacer?

Angela agarró el vaso y se bebió la mitad del contenido. «Bien, bébete el resto –la instó Maggie en silencio–. Eso nos vuelve idiotas a todos.»

–Hace que vuelva el sentimiento de culpa –dijo Angela de un tirón–. Ha hecho que Tanya recuerde lo que debería olvidar. No es justo, coño.

–¿Y por qué te sientes culpable?

–¿Estás loca o eres imbécil? –gritó Angela, pero al momento recapacitó, volvió a coger el vaso de vino y tomó uno de los cigarrillos de Maggie; lo examinó entre los dedos callosos por el trabajo, y lo devolvió al paquete–. Claro que me siento culpable. Harry nunca me gustó... había algo en él que no podía gustarme, aunque creía ser una persona que amaba a todos los niños. Pues no lo soy. Solo amo a mi hija. No quiero compartirla. No quería que un niño como Harry pudiera entorpecerla. Era horrible. Necesitaba muchas cosas. Lo siento, yo lo detestaba, y eso basta para que cualquiera se sienta culpable, ¿no?

Maggie se resistió a coger un cigarrillo. La atmósfera de aquel sitio estaba notoriamente libre de humo, un buen ejemplo para los niños. Sintió ganas de abrir las ventanas, de dejar entrar un poco de neblina saludable para neutralizar toda aquella limpieza.

–No creo que puedas hacer gran cosa cuando hay un rechazo espontáneo, ¿verdad? Una persona te gusta o no, niños incluidos –dijo Maggie–. Lo que sientes no importa tanto como la manera en que te comportas. No fuiste mala con él, ¿verdad? ¿Le pegaste, le hiciste algo?

Hubo una vacilación perceptible.

–No... yo... No, claro que no.

–¿Alguien le hizo algo? ¿Le tenía miedo a alguna persona?

–¡No! No le tenía miedo a nadie. Nadie le dio motivos para eso, todo el mundo lo trataba con guantes, hasta cuando gritaba. Solo tenía miedo a los perros. Esa fue la única vez que Neil le pegó.

–¿Neil?

El vaso estaba vacío. Maggie volvió a llenarlo con rapidez, derramando unas gotas.

–Neil tiene ataques de ira. No pensarás que lo eché solo a causa del sexo, ¿verdad? Tenía que pensar en Tanya. Pero no podía dejar que estuviera aquí, tirando las cosas al suelo cada vez que se encolerizaba. Siempre quiso volver... bueno, lo hizo. En aquella ocasión trató de ser un padre mejor, dar una buena imagen, ganarse nuestra estima. Nos compró ese perro. Una tontería, pero Neil sabía que yo había pensado en ello. Pero cuando trajo aquel cachorrito, Harry estaba aquí. Venía por aquí a menudo, de la misma manera que Tanya casi siempre estaba en casa de Francesca.

Maggie secó con una servilleta el vino derramado en la mesa y contempló cómo la tela se teñía de rosa. «Harry siempre andaba derribando cosas», decía Peter, un hábito que no era exclusivo de los niños, pero a Harry le daba miedo perder el equilibrio.

–Era un cachorrito encantador, pero Harry lo miró y se puso a gritar sin parar. Se metió en un rincón y no quería salir. Le dije que no fuera tonto, pero como si nada. No sé por qué –musitó–, pero me doy cuenta de que Neil había pensado algo así como que el cachorrito era su última oportunidad con nosotros, creyó que estaríamos encantadas, pero le dije que si Harry reaccionaba de esa manera no podíamos quedárnoslo, y ese niño era aquí como un mueble empotrado. Le dije que se lo tendría que llevar y que no me importaba lo que le hubiera costado. Entonces fue cuando agarró a Harry, lo sacudió y le dio una bofetada. Creo que odiaba a Harry por estar siempre en medio, no era nada personal. No pasó nada más, fue la única vez.

–Así que todo acabó por culpa del perro –murmuró Maggie–. ¿Qué pasó con el animalito?

–Neil lo comparte con la abuela que vive al doblar la esquina; ella lo alimenta. Y siempre anda por la calle. Neil nunca ha sido capaz de conservar nada.

Angela estaba más calmada. «¿Y eso era todo lo que querías ocultar?», se preguntó Maggie.

–Dije a Francesca que no podíamos depender tanto la una de la otra. Que debíamos independizarnos un poco. Era mejor para los niños. ¿Por qué Tanya no podía tener un perro? Pero no creo que fuera buena idea. Debió de pensar que lo que le estaba diciendo era que no la queríamos, y no es verdad. Eso debió de ponerla contra la pared, y por ello me siento muy culpable. No era una inútil, era muy lista y no sé qué hubiéramos hecho sin ella.

Maggie sintió deseos de masticar algo. Se dedicó a romper en pedazos la servilleta de papel, sabiendo que era una acción irritante.

–Me sorprende que dejes que Neil cuide de Tanya, si tiene esos ataques de ira.

–No tengo otra opción. Tengo que organizar nuestras vidas, trabajar donde pueda. Y él nunca ha representado un peligro para Tanya, nunca. Neil la adora. Todo el mundo la adora.

Elevó la voz, con un toque de orgullo defensivo.

–Claro que sí. ¿Qué pasó aquella mañana? –preguntó Maggie con delicadeza.

Angela tuvo un escalofrío.

–No pasó nada. Como ya dije, Francesca contó que había llevado a Tanya a la escuela en mi lugar, mientras yo esperaba al electricista. Le dije que no se molestara, que le pediría a Neil que lo hiciera. Pero él se retrasó y Tanya tenía fiebre, y por eso no fuimos a ninguna parte. Entonces, ella vino a buscar a Harry. Estaba fuera de sí. No sé si se daba cuenta de lo que había hecho.

Maggie no pudo definir con precisión por qué todo aquello le sonaba a algo previamente ensayado, e intentó recordar dónde lo había oído antes. La declaración de la señora Hulme a la policía, palabra por palabra, sin titubeos ni desviaciones.

–Y quizá –prosiguió Angela, con frialdad y segura de sí misma, recobrando un tanto su agresividad– podrías contarle todo eso a tu estúpido americano para que deje de molestarme. ¿Por qué tengo que responder a las preguntas de un degenerado?

Estaban de pie junto a la puerta. Maggie, incómoda, desconfiada, apoyándose alternativamente en un pie y el otro, al parecer contrita por tener que despedirse cuando había obtenido tan poca cosa. En algún momento de aquel encuentro había saltado una chispa momentánea de tolerancia mutua, casi de simpatía, de comprensión de las razones por las que Francesca admiraba a Angela, pero todo se disolvía ante su estereotipada sonrisa de despedida. Angela, ansiosa pero triunfante, la clave del misterio, diciéndole que no existía misterio alguno.

¿Qué debía hacer? ¿Volver a casa para informar a Henry? Escucharía lo que tuviera que decir sobre tío Joe, pero con la misma falta de curiosidad que siempre había sentido con respecto a aquel pariente perdido, a quien nunca la habían invitado a conocer. El buque faro se hallaba en el mar, y parpadeaba con incertidumbre a través de la neblina. La costa marina parecía haber iniciado una serie de preparativos para irse a dormir. Estaba cansada; podía notar la picazón en la nariz y la garganta cerrada que presagiaban un resfriado; qué tonta había sido, saltar de esa manera al agua, mira lo que había conseguido. Encendió un cigarrillo. Debería haberle escrito a Philip, y qué placer le habría causado poner sus pensamientos en un orden lógico de prioridades, impedir que tropezaran unos con otros, como una multitud que tratara de ver algo en un partido de fútbol.

Qué paisaje; el mar, y nada más. La verja de entrada al atracadero estaba cerrada y eso la sorprendió; había olvidado que la cerraban. Le entraron deseos de sacudir los barrotes y exigir su derecho a entrar. A través de las puertas de hierro contempló la desierta cinta de cemento, y llegó a la conclusión de que nadie tenía derecho a cerrar el atracadero, ni siquiera para impedir que la gente que salía de los pubs saltara al mar desde allí.

Neil: la furia de la impotencia. ¿Por qué no? De confundirlo con un fantasma, pudo haber matado a Harry. Amor y lujuria frustrados que se convertían en violencia: quizá tenía razones para temer a sus fantasmas. La idea le provocó un escalofrío. Tenía una tendencia al hurto que ella nunca sospechó, y había estado allí, por supuesto, al doblar la esquina, cuando alguien arrojó a Harry al mar... Eso era aquel niño, un objeto de amor y un objeto de odio. «Me pregunto si lo sabría.» Y también estaba allí Angela, ejerciendo los derechos divinos de la maternidad, que le daban permiso para todo y la hacían perfectamente capaz de matar a la oposición. Y por último, Francesca, la madre homicida, a punto de ser abandonada por sus aliados más cercanos y con todas sus ambiciones de tener una familia destruidas. Subrayado: la sospechosa más obvia. «Nunca debí haber dado inicio a todo esto.»

Había un pescador en la playa, junto a una hoguera. Se volvió para sacar algo de una bolsa. Maggie lo miró, vaciló, volvió a mirarlo y siguió adelante con prisa. En el piso superior de la Casa Encantada se encendió una luz. Un ático ocupado nunca podía permanecer en el anonimato: la luz brillaba como un faro, en el punto más elevado de la calle. Ella se había alojado en la habitación de Henry durante un tiempo, hasta que la rechazó y se pasó a la que tenía ahora, una recámara interior con una vista limitada del mundo. Se animó un poco al saber que Henry estaba allí sentado, con su serena paciencia, su ordenador portátil y su mente organizada e inocente. Se dio cuenta de que siempre que describía a Henry lo minimizaba. Bueno, inofensivo, organizado. Lo dibujaba como si fuera más pequeño de lo que ella sabía que era, como si intentara meterlo dentro de sí y protegerlo. Mientras subía por las escaleras, Maggie intentaba descubrir qué había en Henry que lo hacía tan atractivo, y a la vez tan hiriente para los demás. Sabía perfectamente en qué residía su atractivo, pero eso no le importaba a nadie. Quizás era su coherencia, sus definidos valores morales que destacaban tanto como la luz en su ventana; quizás en esto radicaba su normalidad. Ella siempre había deseado ser normal; era como una barrera, un lecho de rocas; significaba ser una persona que obedecía los diez mandamientos como si fueran perfectamente lógicos. No desearás a la mujer de tu prójimo, no robarás, no matarás, no dejarás de lavar el coche y no sentirás autocompasión. Henry estaba libre de todo aquello.

De todo lo que descubrió aquella tarde, no había nada que no supiera desde antes, nada que no estuviera en las declaraciones que se sabía de memoria y, por consiguiente, nada de que informar al bueno y normal de Henry, salvo lo relativo a Neil. Una música suave salía de su habitación; tenía un pequeño reproductor de discos compactos que ella envidiaba. La puerta estaba entreabierta. Maggie llamó con los nudillos y la empujó.

Henry estaba de espaldas a la puerta, con los ojos clavados en la pantalla silenciosa de la tele. Estaba sentado en el suelo, con las piernas cruzadas, con el mando en la mano y la mirada fija en las imágenes que se movían ante sus ojos. Un vídeo doméstico, una cámara que se movía a saltos, la grabación de un paseo familiar hecha por un aficionado. Era una escena veraniega luminosa, cielo azul y hierba verde, con una pelota roja junto a una silla plegable. Por la derecha de la escena entró una niña pequeña hasta quedar en foco, y se subió a la silla con una muñeca en la mano. Miró retadora a la cámara, el tirante del bañador se le caía del hombro, las piernas separadas, toda ella tensa y agresiva, los ojos le bizqueaban. La cámara se aproximó, captando la textura de su piel pálida y sus brazos delgados como palitos; la niña sonrió, una visión súbita de júbilo y bienvenida, pero en aquellas tomas indagatorias había algo que no le gustó. Cuando la cámara se acercó más a su rostro, su expresión se retorció con una ferocidad asombrosa. Entonces, escupió; fue como si un globo de flema golpeara la lente. La niña se cubrió los ojos. La cámara se alejó abruptamente, abandonada a toda prisa sobre el suelo. El vídeo siguió unos segundos más, mostrando hierba, cielo y un par de pies descalzos. Después se detuvo y empezó de nuevo, captando a la niña que dormía en la misma silla de extensión, hecha una rosquilla, con su pequeño trasero al aire dentro de un bañador demasiado grande, y la manita de la muñeca en su boca, como un títere. Se cubría el cabello con un sombrero blanco para protegerse del sol. El resto de la muñeca yacía en pedazos alrededor de la silla. La cámara recorrió con cariño sus piernas. Tenía tenues cicatrices en los muslos.

Henry hizo que el vídeo avanzara rápido. Allí estaba la misma niña, inconfundible, semidesnuda, balanceándose sobre los guijarros al borde del mar, con sus bracitos delgados extendidos, explorando el agua con la punta de un pie. Asustada, retrocedía a causa del frío, incapaz de moverse sin intentarlo de nuevo, dubitativa, ansiosa, pateando después el agua para castigarla. La cámara se alejó de ella antes de que se volviera hacia la lente, tomó una panorámica del reflejo del atracadero en el mar, tan sereno como un estanque. Aquello pareció captar la atención de Henry durante un segundo; enseguida, la cámara volvió a la niña en bañador y a sus piernas flacas en la tumbona plegable, y congeló la imagen. Por primera vez, Maggie reconoció a Tanya, más pequeña y feroz, dispuesta a escupir. Se aproximó a la espalda de Henry, fascinada y asqueada.

«Degenerado.» Solo en una habitación vacía, examinando imágenes de una niña a medio vestir, demorándose en su piel. Lo contempló adelantar la cinta donde aparecían otros adultos desconocidos, la escena de una fiesta de cumpleaños, hasta volver a encontrar a Tanya. Era la estrella, siempre tomada de espaldas, con una cabellera brillante que la identificaba. Regresó a la escena junto al mar. De repente, Maggie pensó que Angela podía tener razón. El normal Henry Evans estaba anormalmente interesado en imágenes de niñas pequeñas, «Agghh». Estaba tan cerca que podía tocarle el hombro, pero no quería hacerlo. Henry había cruzado los brazos en el pecho y se balanceaba hacia delante y hacia atrás. Ella se sintió como si lo hubiera descubierto masturbándose y dio un paso atrás.

–Cielos, cielos, cielos –suspiró Henry–. ¡Oh, mierda!

La voz hizo que Maggie entrara de nuevo en la habitación. Lo vio rascarse la cabeza, apartar el rostro y secarse las lágrimas con el puño. De repente era como un niño, perfectamente normal, o alguien que sintonizara el canal equivocado y quería que terminara el programa.

–¿Qué coño estás haciendo, Henry?

Le habló en voz alta, pero eso no pareció sobresaltarlo, ni tampoco su presencia, como si todo el tiempo hubiera sabido que estaba allí.

Henry extendió las piernas, se inclinó hacia atrás, apoyándose sobre las manos, y estiró los dedos de los pies. Por la ventana entraba una corriente de aire. Su mejilla izquierda estaba enrojecida, por haber permanecido cerca del fuego, y tenía el cabello despeinado. Los pantalones estaban arrugados y Maggie notó que sus calcetines eran de colores diferentes.

–¿Quieres un trago? –preguntó, señalando con la cabeza una botella de jerez y dos vasos, sobre la mesita de noche–. Viene bien en una noche fría. Es mejor que la cerveza, aunque cualquier cosa es mejor que la cerveza. Se suponía que no debía dejarte beber, pero no tenía ganas de predicar con el ejemplo.

En su rostro no había el menor indicio de culpa, ni pizca de la expresión furtiva de un hombre atrapado en medio de sus fantasías sexuales privadas. Maggie intentó recuperar su suspicacia, su virtuosa indignación y la fugaz creencia de que él estaba allí por un motivo diferente, espantoso, inconfesable, que había llegado para buscar a una niña como Tanya... pero era solo el Henry que ella admiraba, con acento norteamericano y rastros de lágrimas en torno a los ojos, que se levantaba con dificultad, torpe por haber pasado mucho rato sentado. Maggie ocupó su lugar en el suelo mientras él servía el vino. A ella, el jerez le traía recuerdos de su vicario, de las fiestas en casa, de los cócteles, las comidas y los aperitivos vespertinos, ya pasados de moda en aquella época, antes de que se declarara la devoción universal al vino. Había olvidado la textura reconfortante del jerez, una bebida hecha para tranquilizar y reconfortar, más que para embriagar.

–Buen licor –dijo Maggie.

–¿Qué?

–Nada. No tiene importancia.

Quería tranquilizarlo. Parecía febril: su rostro se arrugó, estornudó y luego se sonó en un pañuelo, con un sonido de trompeta. Todos aquellos actos hicieron que se repusiera. Puso otro leño en el fuego y se sentó junto a ella, con la espalda recostada contra la cama.

–¿Todas esas cintas son de Francesca?

Maggie describió un círculo con la mano, abarcando el montón de cintas que rodeaba el televisor.

–Creo que sí. No aparece en ninguna de ellas, y por eso supongo que era quien llevaba la cámara. O la llevaba otra persona, que nunca la filmaba porque sabía que ella lo odiaba. Alguien que quería hacer tomas de los niños en su ambiente, registrar su crecimiento, algo que ella pudiera ver cuando crecieran y se marcharan, para recordar cómo eran. –Maggie le ofreció un cigarrillo–. Esa niña, Tanya, tenía cicatrices de quemaduras. Alguien la maltrató sin piedad.

–Ya te lo había dicho.

–Sí, pero no te creí; hasta ahora. Creo que eran quemaduras de cigarrillos, eso me da ganas de dejar de fumar. No sé mucho acerca del amor; desconozco si las personas que no tienen niños saben algo sobre ese tipo de amor. Uno cree saberlo todo. Pero solo conoce el modelo de amor que se rompe, el que uno puede romper cuando quiera, el que exige un pequeño sacrificio, no mucho. Hay que cambiarlo por otro modelo.

Maggie se dio cuenta de que estaba bastante borracho. O se sentía mal. Borracho, pero bajo control, revisando los vídeos, buscando una imagen de Francesca que no estaba allí. Manejando con tosquedad las palabras, braceando en lugar de ahogarse. Se sintió excluida. Lo contempló mientras a Henry se le cerraban los ojos y los abría después súbitamente.

–No creo que Tanya sea hija de Francesca, ¿verdad?

–No. Claro que no. Es su hija, en cierto sentido, pero no su verdadera hija.

–Ah, qué lástima. Eso lo habría explicado todo. No entiendo un amor como ese –repitió Henry–. De veras, no lo entiendo. Hace que las demás clases de amor parezcan... incompletas, corrompidas.

–Perdón –dijo Maggie, enojada–. ¿Y qué me dices del cariño?

–«Y si en la podredumbre lóbrega, ensombrecida, quedara

un pensamiento que tuve alguna vez» –entonó Henry, soñoliento–. Vamos, dime el verso que sigue.

–¿Y cómo rayos voy a saberlo?

–¿Cómo rayos? «Será mucho mejor que olvides y sonrías, antes que recordarme para sufrir después.» Casi es mejor que ella no lo recuerde. Pobrecita.

–¿Quién es la pobrecita, Henry?

Tras varios ademanes expansivos, Henry se deslizó lentamente por el suelo.

–Todos nosotros. Todos, pobrecitos. Soy un estúpido por no haberme dado cuenta antes. Era obvio. Pero no sé qué es lo que sé. ¿Por qué haces como si no conocieras el último verso?

Maggie observó sin decir una palabra cómo Henry se ponía de pie y a continuación, sin estar seguro de lo que haría después, se dejaba caer de repente en la cama. Se levantó de nuevo y caminó hacia el fuego. Se apoyó contra la repisa; una parodia de indiferencia. Maggie lo veía como si fuera un académico arcaico en un estudio, apoyado en la cátedra, explicando los aspectos más sobresalientes de Chaucer. No estaba hecho para el mundo real. Henry se agachó junto al fuego y se calentó las manos al resplandor.

–Vi a Angela –dijo Maggie, sin entrar en detalles–. También sitúa a Neil en el lugar de los hechos. Golpeó a Harry, no le gustaba el niño. Todo fue por un perro. Le pegó.

Lo observaba, tensa y precavida. Había una extraña tentación en el fuego: como el agua, lo atraía a uno hacia la destrucción y prometía no hacer daño alguno. Las manos de Henry se acercaron a las llamas, estiró sus largos dedos como un pianista que se dispusiera a tocar, después introdujo dos de ellos en el vaso de jerez medio lleno y dejó caer unas gotas de vino. Las llamas chisporrotearon en respuesta. Sus manos agarraron de nuevo el vaso en un ángulo absurdo.

–No pongas las manos cerca del fuego –dijo Henry–. Mi padre me lo decía, pero yo lo hacía de todos modos. Un perro, ¿eh? No hubieran podido tener una mascota.

Los ojos de Henry emitían destellos, Maggie hubiera querido calmarlo, prepararlo para la jaqueca que tendría por la mañana, nublada por el jerez, densa, debido a un resfriado que lo haría moquear, aunque también sospechaba que estaba actuando.

–¿Te dije lo de Neil? Se metió aquí, buscando Viagra. Fue él quien se llevó tu chal, yo lo recuperé... Te lo dejé sobre la cama. La mañana en que Harry cayó al agua, Neil pudo haber estado pescando en el atracadero, ¿sabes?...

–¡No era un barco, mierda! –gritó Henry–. No lo echaron al agua con una puñetera botella de champaña, lo empujaron al mar. Leí la declaración, sé leer. ¿Crees que ese cabrón de Neil pudo haberlo hecho? ¿Y por qué suponía que yo podía tener Viagra?

Se rascó la nariz. Cualquier cosa era mejor que verlo tender sus largos dedos hacia el fuego. Maggie se movió, sintiéndose culpable. Quería que Henry no hiciera nada más, ni siquiera recitar poesía en tono aburrido y lloroso, de la misma manera que ella lo hacía a veces, aunque sus gustos parecían haberse vuelto últimamente más toscos, y su memoria para los versos más selectiva. «Oh, mi amor, sigue a mi lado, como un dedito embarrado, con tu dedo en el torpedo, ¿me eres fiel?[1]», recordó para sus adentros.

–No tengo la menor idea –respondió, crispada–. ¡Si quieres, pregúntale a él!

«Mete tu polla en la taza, no cortarás la mostaza, oh, mi vida, esa persona, ¿serás tú?[2]» ¿De dónde habría salido aquello? De una botella vacía de vino, como un genio, era algo que había compuesto para Philip.

–¿Preguntar a Neil? –repitió Henry estúpidamente, con los ojos sobrios de repente, llenos de esperanza–. ¿Neil? ¿A ese tipo? ¿Dónde está? Tengo que hablar con él. Aunque sea con él.

–Está fuera, en la playa, pescando. Con su perro. El negro.

–Oh, mierda. Aunque sea con él.

Sus ojos se cerraron y soltó el vaso con cuidado, se levantó de nuevo y caminó hacia la cama. Se acostó sobre el edredón

1. *Oh love, will you not linger, like a sticky little finger, With your digit on the fidgit, are you true?* Estos versos corresponden a última estrofa del poema «Remember» de la escritora inglesa Christina Rossetti (1830-1894). *(N. de la T.)*

2. *If you stir your cock in custard, It will never cut the mustard, Oh my darling is this person really you? Ibid. (N. de la T.)*

de seda, mirando al techo, con las manos bajo la cabeza. Su aspecto no era muy saludable.

–Sí, necesito hablar con él. Pero es obvio que no ahora. Podría arruinar mi reputación. –Se echó a reír–. Lo lamento. Estoy indispuesto. No sé qué hacer. Tengo que pensarlo otra vez. Pobrecillos. Hablaré con él por la mañana.

Maggie amontonó las cintas de vídeo, vio las descripciones de los contenidos anotadas en las cajas con la letra cuidadosa de Francesca, recogió los vasos y la botella, apagó la luz del techo, colocó la rejilla ante el fuego y fue a cerrar la ventana.

–Maggie, no vuelvas con ese marido –le dijo Henry, hablando por la comisura de la boca–. Mira lo que te ha hecho. Te quitó la poesía. Y no cierres la ventana, por favor, no la cierres.

## Capítulo 13

Después de que Maggie se marchara, Henry aguardó. Contempló el techo y descubrió las grietas que no había notado antes e intentó recordar el rostro de Francesca tal como lo había visto por última vez en el autobús que se la llevara veinte años atrás.

La luz distorsionaba los rostros y les daba una textura diferente. Si pudiera verla ahora, con la misma luz de aquel instante, seguro que la reconocería, pero nunca la había visto bajo los cielos grises que habían ejercido su influencia sobre su cutis impecable. No podía recordar su rostro, o qué tenía para convencerle de la bondad interior de Francesca. Mientras viajaba a Warbling en el tren, intentó recordarlo e hizo un doloroso esfuerzo por imaginar el aspecto que tendría ahora. Solo pudo acordarse de una serie de detalles sueltos, tales como las cejas prominentes, mucho más oscuras que su cabello, los pómulos tostados, la ausencia de joyas, su perfil contra el sol, la manera en que extendía una mano de uñas mordidas para apartar la cámara que él había llevado consigo a través de un continente entero. La forma en que se recogía el cabello largo y hermoso sobre la nuca, y cuán suave le parecía cuando lo acariciaba. Recordaba el júbilo que ella aportaba al acto de hacer el amor. «¿Cuándo comencé a desearte, Henry?» ¿Tenía cinco, seis o siete años? Para un hombre, era típico recordar mucho mejor los detalles de aquel cuerpo esbelto que del rostro. Y la sensación de calidez y pertenencia; la aceptación de que ella era el centro de su universo, de la misma manera que él lo era para ella y siempre lo sería. Qué poca importancia había tenido en el esquema de las cosas, qué ingenuo, egoísta e inseguro al sentirse resentido por otras lealtades. Él no era el amor de su vida, era solo uno de ellos. Francesca tenía un conjunto de prioridades rígidamente establecido, igual que su propio padre.

–Papá –suspiró Henry–, ¿qué harías en mi lugar?

Tenía la frente pegajosa a causa del sudor.

Se levantó de la cama, salió de puntillas y bajó las escaleras hasta el descansillo siguiente. Miró la planta baja y pudo ver el chal sobre la barra de la escalera, la señal de Maggie de que estaba tomando un baño nocturno, y oyó el ronroneo lejano de las tuberías. Regresó a su habitación, cogió sus zapatos y revolvió en su maleta en busca de la ligera capa impermeable que había empaquetado con tanto esmero que casi había olvidado su existencia. El tejido plástico crujió en el descenso. Llevó los zapatos en la mano hasta la puerta de entrada.

Era mucho más fácil fingir una borrachera cuando la congoja lo hacía sentirse embriagado. Podía percibir el alcohol en el fondo de la garganta como un sabor metálico con una última nota de jerez, un solo vaso de una botella que duraba toda la semana. No le gustaba mucho. La sensación de mareo persistía y el sudor se congelaba. El frío barrió los últimos vestigios del vino y la cerveza que había bebido antes. Entre aquel lugar y el castillo, en la playa, solitario: ahí le habían dicho que se encontraba Neil. Neil era la última esperanza. No iba a hablar voluntariamente, ahora ninguno de ellos lo haría. Había que tomarlo por sorpresa. Henry cambió el paso por un trote ligero.

La neblina estaba húmeda. Cubrió su cabeza con el capuchón de la capa. La oscuridad no lo intimidaba, a no ser que estuviera encerrado. Hubiera podido oír sus propios pasos a dos kilómetros de distancia. Habían transcurrido semanas desde que hiciera *jogging* o algo juicioso por última vez, y sintió que las piernas le chirriaban, protestando, y su aliento le decía que se detuviera. El calzado no le ayudaba en nada. Podía ver la luz de la hoguera en la playa, un poco más adelante, así como la sombra de un paraguas negro. Ralentizó el paso. Si cruzaba ahora hacia la playa, el ruido de sus pisadas despertaría a los muertos, y no sería tan rápido como debería. Henry permaneció en el lado de la carretera que daba a tierra, pegándose a las casas hasta dejar atrás la hoguera. Aunque no se trataba de una hoguera, sino de una linterna de Camping Gas, suficiente para dar luz y calentarse las manos. Dos siluetas se movían en torno a ella. Si se saltaba los peldaños en el punto más cercano, Neil no tendría tiempo de moverse. Henry se le acercaría con lentitud, como un pescador que se dispusiera a preguntarle por su suerte, si picaban o no.

El sonido de sus pies al caer sobre los guijarros le pareció exageradamente fuerte. El salto fue más largo de lo que había calculado y se sintió como si se hubiera estrellado en el suelo. Las dos siluetas junto al paraguas se movieron cuando Henry se aproximó, se separaron y duplicaron su tamaño. La brisa hizo que su capa aleteara y emitiera un ruido crujiente mientras se acercaba a ellos, preparado para saludarlos, como si aquel encuentro de medianoche fuera natural. Hizo un gesto de saludo y la capa lo imitó. Levantaron la linterna para iluminar su silueta a medida que se aproximaba, como una enorme polilla con grandes alas de nailon. Hubo un suspiro abrupto, la linterna cayó al suelo, el perro ladró y Neil retrocedió. Henry tuvo una momentánea visión de una boca torcida en una mueca, y a continuación el otro hombre echó a correr, apartándose de él con un salto lateral. Conocía mejor la topografía de la playa y estaba más acostumbrado a moverse sobre los guijarros. Cuando llegó al borde, subió corriendo los peldaños que Henry no había visto, con el perro pegado a sus talones.

–¡Regrese! –le gritó Henry, pero las palabras salieron como un susurro.

Lo siguió, memorizando los pasos del hombre. Cuando llegó a la acera, lo vio encaminarse hacia el castillo y el atracadero. De repente, se sintió furioso, como si el hombre lo hubiera abofeteado sin motivo alguno o apartado de un empujón. «Solo quiero conversar, ¿por qué no hablas conmigo?» Nadie quería hablar con él y eso lo enfurecía. Reanudó su carrera a buen ritmo, impulsado ahora por una determinación malhumorada. Neil corría de manera irregular, su cuerpo poco atlético llevaba encima suficiente peso extra para obligarlo a aminorar la marcha. El perro saltaba a su alrededor como si se tratara de un juego. Henry podía verlos bajo las farolas, sus tamaños diferentes los hacían parecer un equipo extraño y cómico. Entonces, el perro se metió entre los pies de Neil, y este tropezó, tratando de recuperar el equilibrio antes de tocar el suelo, perdiendo el ritmo de la carrera y moviéndose cada vez más despacio. El animal, al parecer, intentaba detenerlo y Neil se comportaba como si hubiera olvidado dónde estaba y qué dirección tomar. Miró por encima del hombro y, en ese momento, el perro se detuvo. Se quedó quieto un segundo, mientras en su pecho se escuchaba un gruñido y su cuerpo se tensaba. Se lanzó hacia delante y corrió en dirección a Henry. Al aproximarse parecía más grande, hasta llegar a convertirse en un enorme lobo negro.

Henry permaneció sin moverse durante un momento de terror, con los ojos clavados más en el hombre que en el animal, esperando a que diera una orden, convencido de que le saltaría a la garganta, lo derribaría y lo destrozaría. Cerró los puños bajo la capa, pero el perro se limitó a girar hasta que se detuvo jadeando a su lado. Con la vista clavada en Neil, Henry pudo percibir que sus hombros se encorvaban con expresión de desencanto, como si estuviera diciendo: «Traidor, maldito traidor, ahora me abandonas». Henry comenzó de nuevo a moverse, caminó hasta detenerse frente al hombre, con el perro entre los dos. Cuando estuvo lo bastante cerca, vio que el otro temblaba. En su caso sería de miedo; en el de Henry, de ira.

–¿Por qué se comporta así? –preguntó.

Estaban junto a una de las arcaicas paradas de autobús que afeaban la costa a intervalos regulares. Eran como refugios sólidos de cemento frente al mar. Neil entró a la caseta con un gemido y se sentó; Henry lo siguió. Era un lugar muy desolado para refugiarse del mundo.

–Pensé que era un puñetero fantasma –dijo Neil–. Aleteando de esa manera, como una walkiria de mierda, sin cabello y con cola.

Comenzó a reír con un sonido brusco, casi sin aliento, más parecido a un jadeo, carente en absoluto de humor.

Henry se echó atrás la capucha de la capa. En la caseta hacía un frío glacial, pero él ardía de calor y no tenía la menor intención de disculparse. Estaba demasiado irritado como para eso.

–¿Un fantasma?

–Oh, los fantasmas que viven allí. –Señaló hacia el lugar en que las murallas del castillo se alzaban a poca distancia–. Esos fantasmas.

–Mentira –dijo Henry–. Estaba huyendo de mí.

Henry asintió mientras cesaban los temblores.

–Si hubiera sabido que era usted, quizá lo hubiera hecho, pero realmente intentaba escapar de ellos –Neil le dio la razón–. Siempre he sabido que el día menos pensado me atraparían.

–La noche menos pensada –lo corrigió Henry, respirando con dificultad.

–Sí, la noche. Por supuesto. Cuando el perro me abandonó, vi que no tenía sentido. Por fin me habían atrapado. –Volvió a reír–. Debería dar gracias de que solo se trate de usted.

Neil se desplazó en el banco, alejándose hasta una esquina, rechazando la proximidad y muy turbado al apercibirse ahora de la identidad de Henry. «Solo se trata de usted.» Su aspecto era deplorable.

–Supongo que le debo una disculpa –dijo, con resentimiento–. En realidad, varias. Debí haber estado en disposición de sacarlo del castillo, pero no me encontraba bien. No debí meterme en su habitación, pero lo hice. Lo lamento muchísimo.

Henry se encogió de hombros. Las disculpas lo desarmaban, siempre estaba dispuesto tanto a recibirlas como a darlas, no importa cuáles fueran las circunstancias. Asintió con la cabeza.

–No encontraría gran cosa –dijo–. Lo único que llevo conmigo son vitaminas, y si quería Viagra, es muy fácil. Puede hacer un pedido por Internet como todo el mundo.

Neil comenzó a reírse de nuevo, una mezcla de histeria y alivio.

–¿De verdad? Oh, Dios, por qué no se me ocurriría antes. Cristo. –Después se tranquilizó y suspiró profundamente–. Será mejor que me dedique solo a pescar. Al menos, sabré lo que estoy haciendo.

–¿Se pesca mucho? –preguntó Henry, locuaz.

–No, no se trata de eso.

Nunca entendería a los ingleses. Pescar sin querer capturar peces.

–Estoy en deuda con usted –dijo Neil–. Bien pudo acusarme a la policía. Debo haber dejado huellas dactilares por todas partes. O haberse quejado cuando lo dejaron encerrado... Maggie podía haberme acusado de no prestar atención a la alarma, estoy en deuda con usted.

Henry levantó la mano para poner fin a aquel balbuceo. No iba a decirle que era casi imposible hallar huellas, debido a la manía de frotar y limpiar de Peter y Tim, y tampoco iba a contarle que no se le habría ocurrido acercarse ni un milímetro a la policía, no fuera a ser que lo metieran a él en un calabozo.

–No me debe absolutamente nada. Necesito saber algunos hechos.

–¿Hechos? –dijo Neil con desdén–. No me ocupo de hechos. Solo de la historia.

–Se trata de historia. Lo único que quería preguntarle era si pensaba que Francesca había matado a su hijo. –Las palabras le salieron con dificultad; se estaba armando un lío–. Quiero decir, ¿las cosas marchaban realmente tan mal? Usted los conocía, y su esposa no quiere hablar conmigo.

Neil comenzó a temblar de nuevo. El refugio de la parada los salvaba de la brisa que barría la neblina. Parecía que era nuevamente presa del miedo que lo había hecho salir corriendo y miraba a Henry como si fuera el espíritu salvaje de sus pesadillas.

–No –dijo–. Eso no, por favor. No es justo.

–Es más que justo. Ni siquiera le pidieron que hiciera una declaración, ¿verdad? Cuando llegaron a usted, ya no era necesario. Tenían todas las respuestas. Ella se las había dado. Limítese a decirme qué cree, eso es todo. No se lo voy a explicar a nadie más, solo quiero saberlo.

Henry cruzó los dedos para eludir la maldición de decir una mentira. Hubo un silencio, marcado por el sonido del mar y el suspiro del perro, que había apoyado la cabeza sobre su rodilla. En cualquier otro momento se hubiera sentido absurdamente reconfortado por aquel gesto de obediencia, pero por ahora se sentía complacido con el animal por conspirar con él para aislar a su amo. O a quien asumía como amo. Henry hubiera podido, incluso, admirar a Neil Hulme por ser un pescador devoto, menos por el hecho de que aquel perro, que era suyo sin duda alguna, vagaba solo todo el día, y eso era muy cruel. El silencio se prolongó y los temblores aumentaron. Parecían hacerse extensivos a las paredes.

–Está bien, está bien –dijo Henry, inclinándose para acariciar las orejas del perro; eran suaves y sedosas, después de todo no era tan mal amo, solo más negligente que cruel–. Solo descríbame la mañana en que ocurrió todo. Usted fue a buscar a Tanya, para llevarla a la escuela... así que estaba allí...

–¿Ella le dijo eso? La zorra, la muy zorra... ¿Por qué tenía que mencionarme? Solo sirvo para eso. Como una maldita coartada... la muy zorra.

–No, no es eso. En realidad, ella también le sirve a usted de coartada. En caso de que alguien se dé cuenta de que usted se encontraba en ese atracadero de mierda pescando, absorto, con la mente lejos de allí, cuando de repente llega ese irritante niño que tira la carnada de una patada, rompe los sedales y lo saca de quicio precisamente cuando usted tiene una resaca del demonio y ha pasado una mala noche con una mujer, la vida es una mierda y está fuera de control, verdaderamente fuera de control. –Henry exageró su entonación y sus extraños sonidos de vocales, convirtiéndose en la caricatura de un americano–. Vosotros, pescadores, fieras irritables, gente que se pasa la vida sola cuando los demás hijos de puta andan metidos en la cama con sus nenas...

La respuesta no tuvo que ver nada con sus expectativas. Si hubiera hecho alguna predicción sobre el resultado de aquella escena que estaba improvisando, habría esperado que le pegaran un puñetazo en la nariz, cosa que no le habría molestado tanto, sobre todo cuando estaba metido en el personaje de un *sheriff* de segunda en una película de serie B. Henry no esperaba oír aquel suspiro de alivio, ni la risa nerviosa, lenta y espontánea que le siguió, tan carente de artificios que se le arrugó el corazón. Neil no era la respuesta. Neil no iba a darle una explicación alternativa a la que él creía ya conocer.

–Oh, ¿se trata de eso? Bien. Me hago cargo. Sí, maté al chiquillo de mierda, de todos modos nunca me gustó. Febrero es una mala época del año. No me importa, no me importa. Cambio mi declaración. Yo creía que lo que iba a decir era... era... era... Oh, Jesús.

Metió la mano en el bolsillo y sacó un porro ya listo, sacó un mechero de otro bolsillo, encendió el canuto e inhaló con ansiedad. Henry no pudo evitar la curiosidad de su personalidad mojigata, que se preguntaba por qué aquel porro cubierto de saliva que le ofrecían con inusual cortesía podía ser un reto importante. Lo tomó y aspiró el humo con cuidado, recordando un código de comportamiento abandonado mucho tiempo atrás. «Devuélvelo. Haz caso omiso del mal sabor de su asquerosa textura y finge gratitud.» Neil había dejado de temblar. Si aquello era todo lo que hacía falta para quitarse el frío y arrinconar las emociones, debería probarlo. Otro largo suspiro trémulo salió de la boca de Neil cuando se recostó contra el cemento inhóspito de la caseta. Arriba, en la esquina donde estaba, crecía una sombra de musgo. Henry miró al techo informe, gris, amarillo, con manchas negras, tan gastado y sucio como su propia conciencia.

–Pensé que iba a decir que era obvio. Que ella lo hizo. Angela. Ella lo despreciaba, pobre bestezuela. Tuvo tiempo para hacerlo, porque yo llegué tarde, ¿lo ve? Muy tarde, por lo que sé. Y no había nadie más allí, nadie más. Todos se habían ido ya. Las luces estaban encendidas, pero no había nadie en casa, como en el María Celeste, con las puertas cerradas. Después, miré el reloj y pensé: «Dios, se me ha hecho tarde. Les está bien empleado. No me esperan, solo me utilizan, ni siquiera quieren a mi perro». Pero yo había perdido al perro. –Se volvió pensativo–. Es verdad. Se lo dejé a la abuela para que lo cuidara un par de días. Siempre se lo dejo a la abuela por uno o dos días, y siempre se escapa, maldito perro. De todos modos, aquella mañana... Jesús, me alegré de que Francesca admitiera que fue ella la que le hizo eso al niño, porque pensé que había sido Angela.

–¿Que Angela empujó a Harry a través de los tablones rotos?

Neil se miró a los pies.

–Sí –asintió, sintiendo que estaba tristemente de acuerdo consigo mismo–. Sí, ella hubiera podido hacerlo. Tiene un temperamento que nadie se imagina, usted ya lo habrá notado. Cuando pierde los estribos, los pierde de veras.

–Había un pescador en el atracadero –comenzó a decir Henry.

El humo inhalado una sola vez lo había mareado y lo había vuelto lento; cuando el canuto volvió a sus manos, fingió que le daba una calada y lo devolvió.

–No, no había nadie –dijo Neil con precisión inesperada–. Había un paraguas y una cajita con carnada, eso sí lo recuerdo, ¿cómo iba a olvidarlo? Pensará que soy rico, porque ando dejándome las cosas por ahí. Siempre me pasa igual. Bah, a tomar por culo. Tengo que volver. –Se levantó, y volvió a sentarse abruptamente. Regresó a su rincón, y de nuevo miró el techo con morosidad–. Esa es la razón de que se me hiciera tarde. Fui temprano a pescar, solo porque me entraron ganas. Cuando uno está esperando a que pique un pez, no mira el reloj. Entonces, la abuela dejó salir al perro. Andaba vagando por aquí. Yo lo espanté y me marché a casa con la caña. Nadie quiere a ese perro, nadie. Iba a regresar más tarde a recoger mi paraguas, la carnada y los porros, pero después de lo ocurrido no lo hice. No iba a decir que eran míos, de eso nada, nadie lo hubiera hecho. Decir que había indicios de la presencia de un pescador no significa decir que había un pescador. Yo me había marchado hacía rato. ¿Piensa en realidad que fui yo quien ahogó a ese niño? Yo estaba limpiando pescado. Déjenos en paz. Solo sirvo para pescar. Así que mejor voy a buscar mi caña. –Se volvió con aire beligerante hacia el perro, que continuaba con el hocico apoyado sobre la rodilla de Henry y los ojos cerrados, como si temiera escuchar algo que lo desacreditara–: ¿Vienes o no? –le preguntó.

Henry percibía el peso de la cabeza del perro y su hocico húmedo, que le manchaba los pantalones marrones. Le acariciaba las orejas sin parar y eso le daba una inmensa sensación de laxitud.

–¿Adónde lo lleva?

–Conmigo, a casa, es demasiado tarde para llevarlo a la de la abuela. No se preocupe. Está bien alimentado y tiene donde dormir. Vagabundea, pero siempre tiene un lugar a donde ir.

El sonido de sus botas al golpear contra el suelo de cemento hizo que el perro volviera a la vida. Henry sintió el golpeteo de su cola en las piernas cuando se incorporó y Neil le acarició el lomo con indiferencia. Nunca estaría seguro de él.

–Siempre estás buscando algo, ¿no? –preguntó Neil al animal, sin hostilidad–. Entonces, llévame a donde dejé mi puñetera caña. Y ya que estás, dile... a la mierda, no le digas nada. –Levantó los brazos por encima de su cabeza–. Dile que yo no podría hacer daño a nadie a quien no quiera. Como tú. Puede que no sea muy bueno contigo, perrito, ni siquiera he podido darte un nombre, pero solo hago daño a los que amo.

El perro, indeciso, estaba entre ambos, mirándolos por turno.

–Le pegué a Harry una vez –admitió Neil con voz ronca, más locuaz ahora que estaba en movimiento–. Pero no hubo nada más, y tampoco lo lamenté mucho. Gritaba de una manera que ponía los pelos de punta, uno haría cualquier cosa con tal de que se callara. Pero no tengo el coraje suficiente para hacer nada más. A diferencia de mi esposa. –Se acarició la quijada como recordando un puñetazo, asintió con una triste expresión sorprendida y una leve sonrisa que le alteraba los rasgos–. No tengo la suficiente pasión. No soy como esas dos, Francesca y Angela. Una pareja de furias. –Miró al perro–. Vámonos, chaval.

–Ve –dijo Henry con suavidad.

Emprendieron el camino de regreso, en el mismo orden en que habían llegado allí. El perro iba con Neil: eso había quedado establecido. Encontraría la caña de pescar en la playa en plena oscuridad, y sería recompensado por su habilidad.

–Cuando Harry murió, todo el mundo dejó de reírse –dijo Neil; señaló al perro–. Pensé que Tanya lo querría luego, pero no fue así. No me dejaron entrar en la casa durante meses. Tanya dejó de hablar, y no iba a la escuela. Pasaron el verano en la playa, lejos de todo el mundo. Solo en otoño volvió la normalidad. La normalidad de siempre. Llegó de nuevo la Navidad y no estuvo nada mal. Después, llegó usted, cretino. –Lo dijo sin recriminación, como enunciando un hecho lamentable. Se detuvo y se llevó las manos a la cintura, frente a Henry, bajo el oscuro alero del hotel–. Arma un lío porque estaba seguro de que Francesca no podía ser una asesina. Pero ¿cómo podría saberlo? ¿Cómo podría saberlo nadie?

Henry movió la cabeza en gesto de asentimiento, con una súbita ansiedad por explicar sus motivos, al menos para hacerse entender.

–Comencé creyendo que ella tenía que ser inocente –dijo con seriedad–. Comencé creyendo en su virtud. Pero no fue por eso por lo que seguí adelante. Lo hice porque los hechos no encajaban... Me irrita que los hechos no encajen. Eso me hiere.

Siguieron caminando un rato, algo más rápido debido al frío. Las mandíbulas del perro castañetearon levemente.

–Bueno, ahora que ya ha logrado que encajen, volverá pronto a su casa.

Henry se detuvo, sintiendo que la sola idea lo inhibía, lo acongojaba. El animal se detuvo junto a él, precavido ante la presencia de ambos, esperando un gesto de agresión.

–Sí –dijo Henry muy despacio–. Sí, es probable que lo haga.

La luz de su habitación brillaba en la distancia. El cielo estaba ominosamente limpio. Peter le había explicado que los cielos despejados anunciaban tormentas inminentes, y que si podía ver desde su ventana las costas septentrionales de Francia, el pronóstico era malo. Es mejor huir de una tormenta que enfrentarse a ella. Se volvió hacia Neil.

–Le conseguiré la Viagra. Es lo menos que puedo hacer.

–¿Por qué?

La voz de Neil rebosaba sorpresa y conmoción.

Henry se encogió de hombros.

–Para poner punto final a algo. Para obligarme a mirar la verdad cara a cara.

No se despidieron con un apretón de manos. No se trataba de un negocio; eran dos hombres que se separaban, uno de ellos dueño de un animal que el otro quería con todas sus fuerzas. Solo el perro miró atrás.

Cuando Henry se acercó, pudo ver una cabeza asomando por la ventana superior de la Casa Encantada. La cabeza retrocedió deprisa. En una ciudad de esas dimensiones había muy pocas cosas que se pudieran hacer sin que alguien lo notara. Excepto matar a un niño, tirar piedras, romper corazones. La cabeza retrocedió cuando él llego a la altura de la casa y la saludó con un gesto de la mano. La ventana permaneció abierta. Henry se sintió algo paleto por estar vigilado, de la misma manera que se había sentido tonto cuando lo rescataron. Hubiera querido rechazarla y no entrar, largarse simplemente, para hacer que alguien se preocupara. Como había hecho él mismo un par de veces en su infancia, como hacían todos los niños. Excepto Harry, que probablemente prefería quedarse sentado en casa que salir a la calle cuando llovía y hacía frío. Era demasiado pequeño y frágil para permitirse el lujo de fingir que se escapaba de casa. «Lástima de niño, de lo que pudo llegar a ser. Francesca habría hecho que mejorara mucho.»

Henry se sentó, notando una súbita debilidad en las piernas. Parecía destinado a permanecer sentado junto a la pared exterior de la casa, al otro lado del estrecho camino que llevaba a la enorme puerta de entrada, mirando al mar y calculando cuánto tiempo más permanecería contemplándolo. Cuando regresara al hogar, no importa lo que eso quisiera decir, qué haría al llegar allí, a quién escribiría correos electrónicos, a quién le enviaría faxes con sus intenciones inmediatas. A quienquiera que fuera.

Ella me cautivó
con tal encanto, con tanta dulzura
que nunca supe cuándo me laceró,
y al descubrirlo, me abracé a la herida[1].

¿Quién había escrito aquello? Francesca lo sabría. Estaba allí sentado, sin moverse, por puro agotamiento, por la aversión a subir los peldaños que lo llevarían o bien a una noche de pesadillas o a Maggie, que estaría de guardia como un ama de casa protectora, regañándolo por haber salido a la calle. Que esperara: ella no era su guardián, pero de todos modos había un cier-

1. *«She bewitched me / With such a sweet and genial charm, / I knew not when I wounded was, / And when I found it hugged the harm.»* Estos versos corresponden a la primera estrofa del poema «She bewitched me», del autor inglés Thomas Burbridge (1816-1895). *(N. de la T.)*

to placer en la constatación de que alguien se preocupaba por él; era una sensación novedosa saber que alguien tomaba nota de sus idas y venidas, y había transcurrido mucho tiempo desde que le ocurriera algo así. Comenzaba a disfrutar del regreso a una casa habitada, y sentía que iba volviéndose inmune al frío. Nada parecía tener que ver con él. Sacó un cigarrillo y comenzó a fumar con aire contemplativo.

¿Diez minutos? ¿Quince? Dos cigarrillos y se le entumecieron los dedos. Era sorprendente la diferencia en el tiempo que les tomaba a dos personas fumar un cigarrillo. Para unos, no era más de dos minutos, pero otros parecían hacer que durara media hora. El paso del tiempo resultaba asombroso. Cuánto rato podía permanecer uno sentado, sin moverse, en un estado indeciso de conmoción, de congoja por un niño al que no había conocido, de admiración por el sacrificio, mientras te dabas cuenta de que te sentías demasiado enfermo como para incorporarte, como una persona que caía en la nieve y descubría que se trataba de un sitio cálido, bueno para quedarse allí, cómodo para dormir. Podía permanecer allí toda la noche mirando al mar, esperando a que se formara escarcha. Podía clasificarlo todo según un orden clínico, etiquetar sus conclusiones y embotellarlas. Podía fumar otro cigarrillo siempre que lograra recordar dónde había puesto la cajetilla de tabaco. Sintió que algo le golpeaba la espalda con un sonido sordo. A continuación, otro objeto pequeño voló sobre su cabeza y se estrelló a su lado, en la acera. Se inclinó para ver de qué se trataba y vio un frasco marrón hecho pedazos y varios comprimidos de un tamaño conocido y de color indistinguible. Siguió una cajita de plástico, y mientras se inclinaba para recogerla, supo por su forma de qué se trataba. Henry descubrió que le costaba trabajo volver la cabeza hacia la ventana, como si se hubiera congelado en aquel sitio. Se llevó las manos a la cara y descubrió que tenía los dedos entumecidos. Miró bizqueando a la luz, vio otro proyectil, y se dio cuenta de lo que estaba haciendo Maggie. Tirando por la ventana sus reservas de vitaminas y medicamentos. Quizá también le había gritado algo, pero él no lo había oído. Intentó recoger una de las píldoras de ginseng, pero sus dedos no eran capaces de agarrarla. Henry se puso de pie lentamente, con gesto de rendición. Se dio cuenta de que ella tenía razón: apenas podía moverse. Estaba bastante resfriado; todo se había detenido y la imagen de la casa, al otro lado de la carretera, comenzaba a difuminarse. Pensó en el niño que no podía agarrar nada con su mano derecha.

Se oyó el retumbar de un trueno.

Cuando llegó a la puerta, Maggie estaba detrás de ella. La cerró con suavidad a espaldas de Henry y comenzó a empujarlo escaleras arriba. Las manos de él eran de un blanco fantasmal. Los peldaños parecían no terminar nunca.

–Hay gente que muere de neumonía, Henry –fue cuanto dijo Maggie, bastante calmada pero con un toque de ansiedad que él pudo tomar por otra cosa.

Los dientes de Henry castañeteaban, y no lograba impedirlo.

Bajo el cubrecama de seda, el calor comenzó a retornar con lentitud; poco después era presa de la fiebre y sentía fuego en el pecho. Maggie salió y volvió en varias ocasiones, con agua y un comprimido que, al tragarlo, tenía el mismo sabor amargo de la aspirina. La ausencia de la mujer y las fluctuaciones de temperatura lo alarmaron; tanto deseo de soledad, y ahora no quería quedarse solo ni un instante.

–No te vayas –le dijo–. Por favor, no te vayas.

–No, claro que no me voy. Nunca debí marcharme.

El resplandor del fuego la convertía en una mera silueta, en una criatura de dulce aroma que vestía una camiseta de dormir masculina.

–¿Dónde dejaba ella sus diarios y cartas? –preguntó Henry con petulancia, cerrando los ojos por el esfuerzo de intentar mantenerlos abiertos.

–En la caseta infantil, pero no sirven de nada, de verdad.

–Oh.

Descubrió que estaba apretando con fuerza la mano de Maggie, y aflojó la presa. Podía agarrarla; podía contar los dedos de la mujer; podía aprender a pescar. Intentó evocar una vez más una imagen precisa del rostro de Francesca, e imploró su perdón.

*Le pregunté dónde estaba Henry. En ocasiones formales me refería a él como Henry. «Yo lo empujé –me dijo–. Yo lo empujé ahí abajo. Es un idiota, Harry es un idiota, no quiere dejarme en paz. El perro vino al atracadero y él se puso a gritar; él me empujó primero. Es un chiquitajo, es un llorica.» ¿Dónde? Yo gritaba; pensé que nos oirían hasta en la luna, pero llovía y el mar se estrellaba contra la costa. Enséñame dónde. «No, no y no.» La arrastré por todo el atracadero, dejando atrás el sitio donde había estado el pescador. Comenzamos a correr. Llegamos hasta el final, allí me enseñó la barrera a la que había trepado mientras él la seguía, quejándose. Me dijo que trataba de alejarse de él; el niño no podía correr tan rápido. Ella quería saltar por encima de los tablones rotos, y entrar, y así lo hizo; era el tipo de cosas que yo le había enseñado. Cuando el perro apareció, él estaba asustado, llorando y pidiendo compañía. Y entonces, el terror le obligó a saltar la barrera. «Corrió hacia mí –me dijo ella–, me empujó y resbaló. Era solo un perro, era mi perro, el que yo no podía tener por culpa de Harry. Después resbaló en la grieta y se atascó. Me reí de él, y se puso a gritar. Entonces, me acerqué con intención de sacarlo. Tenía un aspecto ridículo. Me agarró y mordió mi chaqueta, mi preciosa chaqueta nueva. La desgarró con sus dientes y yo lo empujé con los pies. Qué desgarrón. Le grité: ¿adónde quieres ir? ¿Vas a nadar o a esperar al perro? ¡Muerdes como un perro! Entonces, lo empujé hacia abajo con los pies. Desapareció, yo...». «¿Le golpeaste la cabeza?» «Sí.» «¿Atravesó el tablón la primera vez que usaste los pies?» «No, pero le oí golpearse con la barandilla allá abajo. Oí un golpetazo. Pensé que subiría los peldaños del otro lado. Pero no lo hizo.» «El perro seguía ladrando, ¿no? Lo empujaste con fuerza, ¿verdad?» «Sí, sí; tenía la camiseta enrollada al cuello, no acababa de caer...» «¿Cuánto tiempo transcurrió?» Siempre se le ha dado bien calcular el tiempo, sabía cuánto tardaba cada cosa. «Bueno –dijo–, esperé a que saliera a flote, el perro hacía ruido y me puse a caminar de un lado para otro. ¿Quince minutos?»*

*Tuve deseos de matarla allí mismo, en ese momento. Sabía que era demasiado tarde para salvarlo. Harry sabía nadar un poco, pero nadie puede nadar contra esa corriente. Me quité el abrigo para saltar a buscarlo, pero ella se colgó de mí, recordándome que no tenía sentido. Fue lo más amargo. Para un hombre adulto, en febrero, el tiempo de supervivencia es de cinco minutos, y él estaba herido. Yo conozco este mar: era mi campo de juegos, mi amigo, mi enemigo. Mientras regresábamos, la obligué a contármelo todo de nuevo, golpe por golpe, por si acaso. El perro estaba sentado al final del atracadero, aullando. Yo sabía que estaba muerto. Y sabía que la persona a la que llevaba agarrada por aquel hermoso cuello era una niña que no tenía la menor idea de lo que había hecho. Nadie apareció; nadie en absoluto, hasta que vi a Angela en la puerta. E hice que Tanya se lo contara una vez más.*

*Así que sabía lo que debía decir cuando me interrogaron. Sabía cómo le habían causado cada herida. Sabía que lo hallarían pronto. El mar siempre devuelve a los muertos. Sabía que interrogarían ante todo a los familiares. Los que aman a otra persona son los que cometen los asesinatos. Si llegaban hasta Tanya, sería demasiado tarde. Si se la quitaban a su madre, se perdería cuanto se había ganado. La aislarían, la encerrarían en una institución; se convertiría en otro niño perdido. Podría llegar a ser una de las niñas sin rostro que habitan esta prisión.*

*Y Harry seguiría estando muerto.*

*Aún extraño el mar, más que a nada. Me ayuda a no recordar que ya no tengo a nadie a quien amar. Ningún niño a quien amar. Y yo los amaba a ambos, con todo mi corazón.*

*Sabía que no me creería, pero el capellán dice que la catarsis es buena para el alma.*

*Así ha transcurrido el aniversario de mi llegada.*

*Todo tiene un propósito y yo he conseguido el mío. Mi única intención fue que me creyeran cuando mentía.*

FMC

# Capítulo 14

Después de la lluvia, la temperatura subió. La oficina estaba caldeada.

–Nadie lo creerá –dijo Edward–. ¿Está bien de la cabeza?

–No mucho. No se puede decir que una persona con semejante fiebre esté bien, pero va mejorando. Habla menos que antes. Ya no delira.

La espiral de humo del cigarrillo se elevó en el aire. Maggie parecía haber adelgazado en solo cuatro días. Los pequeños pendientes dorados en sus orejas eran su rasgo más vibrante. Edward se maravillaba de que no olvidara ponerse los pendientes, o cepillarse el cabello.

–He estado muy preocupada. Pensé que pudimos haberlo matado.

–Tú pudiste hacerlo. Mi parte no tuvo importancia. Lo único que hice fue confirmarlo todo con el falso tío Joe.

–Sí. Pude haberlo matado. Yo. Margaret F. Chisholm. Yo.

Miró el pez con su perfil inanimado. Los dedos de Edward, libres de sus guantes negros, tamborilearon suavemente sobre la mesa. Tosió para limpiarse la garganta de los restos del último cigarrillo antes de encender el siguiente. En la habitación donde convalecía Henry los cigarrillos estaban prohibidos, pero en los demás sitios Maggie fumaba como si de ello dependiera su supervivencia.

–Un resfriado a la antigua equivale a una neumonía. Pesa mucho para moverlo. Le encanta que lo cuiden, y la mente clara ayuda a la recuperación. Eso me recuerda cuánto me gusta cuidar a un hombre y cuánto odio a ese tipo de machos que no se rinden a la debilidad.

–Nunca pensé que fueras una enfermera nata, pero resulta que lo eres, ¿verdad? –Edward hizo una pausa–. Supongo que te refieres a Philip. Vino aquí buscando instrucciones.

–¿Y qué le pasa? Llegó sin avisar. Yo estaba demasiado ocupada con Henry y sus pesadillas, tan vívidas. Philip echó un vistazo a los chicos, a la Casa Encantada y finalmente a mí. Está aún más ciego que muchos otros, el pobre. –Maggie rió con delicadeza–. Nos echamos un vistazo mutuo. Es tan distinguido... Llevaba puesto un traje. Nació vistiendo uno.

–Yo también –dijo Edward, mientras se examinaba los gemelos, con los brazos extendidos y quietos para calcular mejor la desigual longitud de sus mangas oscuras.

–Pero no con ese tipo de traje, ni nada que se le parezca. Philip se moriría de la vergüenza. De todos modos –añadió Maggie, como al descuido, mientras examinaba las grietas en la taza de café–, a Henry le gustaron las flores.

Edward estaba de pie, contemplando el bullicio de la calle Mayor por la ventana. Desde donde estaba, podía observar a la gente que entraba y salía de la tienda de verduras y aventurar suposiciones sobre lo que llevaban en sus bolsas. Su esposa le había dicho que en la tienda vendían cinco tipos de patatas. Se oyeron las sonoras campanadas del reloj de la iglesia que marcaban el mediodía, un recordatorio del trabajo aún pendiente y que debía terminar. Se sintió aliviado y deprimido: la verdad era mejor que la ficción, pero no siempre resultaba tan alegre. Se sentía como en un receso entre una jaqueca y la siguiente. Las tormentas lo habían lavado todo; el hotel se había inundado de nuevo, aunque menos. El dueño quería venderlo. Estaban al principio de la temporada de tormentas. Pescar quedaba excluido. Quería estar fuera, para aprovechar la bendición temporal del sol.

–¿De veras que no tenías la menor idea? –preguntó Edward por encima del hombro.

Maggie negó con la cabeza. Hasta su cabello parecía haberse encogido levemente.

–No, pero debí imaginarlo. Debería haber sido capaz de deducirlo, de la misma manera que lo hizo Henry, porque encajaba con exactitud en la manera de ser de Francesca. Corresponde perfectamente con lo que ella habría hecho. Se culparía a sí misma con la celeridad suficiente para que no interrogaran a Tanya, porque la niña se habría derrumbado. Henry tiene una imaginación inmensa, o quizá la conocía mejor que cualquiera de nosotros. A un nivel diferente. Me contó la historia tal como la concebía, con todo detalle, como si hubiera estado presente allí. Todo encaja. Angela, tan protectora, tan a la defensiva, tratando de mantener apartada a Tanya...

–... Francesca escondiendo los libros de medicina en casa de alguien que nunca los leería, y los vídeos donde nadie los vería para darse cuenta de cuán asiduamente había filmado a Tanya. Con amor y curiosidad. Nadie debía ver cómo podía ser Tanya. Nadie podía ver cómo era Harry. Cuánto o cuán poco había cambiado ella. Qué triste, carajo. ¿Sabe Henry lo que te ha contado?

–Sí, lo sabe. Lo repitió todo cuando recuperó la conciencia, ya me entiendes. Pero si no hubiera estado tan enfermo, dudo que dijera una sola palabra. Lo hubiera mantenido oculto, limitándose a decir: «Ahora no puedo hablar». Y supongo que nosotros tampoco.

–No, sin permiso, no. Envié un fax a la prisión. En cualquier momento recibiremos una respuesta, diciendo si ella lo quiere ver. Vamos a dar un paseo antes de que vuelva a llover.

–Por el atracadero, no. Al menos hoy.

–No. Por otro lugar. Regresemos.

Era demasiado conocido para andar por la calle Mayor. En un día en que brillaba un sol de finales de febrero y la gente estuviera ocupada en asuntos que de otra manera hubieran rechazado, a Edward le hubiera llevado media hora responder a los saludos, las charlas y el deber de reconocer la auténtica dimensión de sus relaciones sociales. Francesca le había dicho una vez que a ella le pasaba lo mismo: no podía caminar por allí sin tropezarse con el padre de un niño, con un niño, quizá con un ex alumno de la escuela, y esperaba que fuera así hasta que viera a sus ex alumnos paseando por allí en compañía de sus propios hijos, pero a veces quería hacer sus compras en el anonimato para que le llevaran menos tiempo. Intentó recordar lo que le había escrito, el tipo de código utilizado, de modo que solo ella y nadie más entendiera el significado; entonces se acordó que había renunciado a parecer listo, desde hacía tiempo, pues las palabras de más de una sílaba rara vez resultaban comprensibles.

Querida F.:

Un detective llamado doctor Henry Evans (mencionado anteriormente) ha desenterrado la verdad sobre T; no solo los pros y los contras, sino también los porqués. Espera instrucciones ulteriores, igual que yo. ¿Desea verlo? En ese caso, se podría arreglar. Es una persona discreta, que desaparecerá cuando se le pida; no pretende aprovecharse. Tan discreto como yo. Lamento informarle que el tío Joseph Chisholm ha fallecido.

Reciba mi más profunda comprensión y condolencias.

–No entiendo –estalló–. Puede telefonear, le permiten telefonear. Si está preocupada, siempre puede telefonear. No lo hace.

–Podría hablar de más. Ahora no puede hablar. Nunca podrá, ¿no se da cuenta? Henry sí. Henry se da cuenta de todo.

–Yo, no. ¿Por qué hay tantos niños en la calle? Oh, a la mierda. Las vacaciones escolares. Están pisoteando los narcisos.

Se aproximaban al castillo por la parte de atrás, donde el puente sobre el foso seco se unía a la carretera. Allí estaba el aviso de los horarios de apertura y cierre. El castillo parecía una bestia al acecho. Estaba allí, como una enorme seta sólida. Casi hermoso bajo aquella luz, se dijo, para quien le gustaran todas las variedades del gris. «Míralo –se dijo Edward–: Un sitio lóbrego, como una prisión.» Las prisiones victorianas debieron construirse siguiendo aquellas mismas líneas, con la pequeña diferencia de que estarían diseñadas para encerrar, no para mantener fuera a los demás. Una pequeña enmienda. El interior podía ser tan espartano como uno quisiera, para asegurar los rigores del espíritu. Sin duda, la prisión de Francesca tenía algunas comodidades más, pensó con amargura, tales como televisor, agua caliente y calefacción, como si eso pudiera cambiarlo todo. Probablemente, debido a su propia niñez, en cierto sentido estaba acostumbrada al confinamiento. Edward se dijo aquello para sus adentros, a fin de sentirse mejor.

–Un sitio miserable –dijo–. Échale un vistazo. No sé por qué nadie se molesta.

–No hay opción. Es imposible destruirlo, y no puede derrumbarse solo.

Habían salido de la carretera hacia el lado del mar, donde una franja de hierba delimitaba los alrededores del castillo, hundido en su enorme pozo. Siguieron las barandillas del perímetro, erigidas para proteger a los incautos. Dentro, al nivel del mar, estaba oscuro, y en los pasadizos, bajo el mar, la oscuridad era aún mayor. Edward buscaba los narcisos, que se sembraban de forma habitual en la franja de hierba. Por lo general, florecían durante las tormentas sin saber por qué. Cualquier cosa sensata se mantendría bajo tierra hasta que el invierno terminara y la primavera reinara con toda la certeza posible. Que nunca era mucha. Podía ver los brotes verdes y solo un único capullo amarillo.

–¿Cómo es posible que no te guste, Edward? Es tu legado. Mira.

Maggie lo arrastró a través de la hierba, se recostaron contra el pasamanos y miraron abajo, al foso. Había charcos de agua y brotes de azafrán alpino, azul y amarillo brillante incluso en la sombra. Cotoneaster, arbustos de verónica, aligustro y rododendro, nada que diera sombra.

–Aquí crece cualquier cosa –informó Maggie–. Es un vivero. –Lo llevó de regreso, desde el precipicio al banco frente a la playa, donde el sonido del mar reconfortaba y nadie se quedaba largo rato a causa del viento, que azotaba el dorso de las piernas y hacía tremolar los pendones–. Por favor, Edward, no seas cínico, en serio. Era maravilloso estar aquí, te aseguro que lo era. Nos poníamos junto a aquella ventana. Tenías que ponerte de pie para mirar fuera, uno se acostumbraba. En aquella.

Señalaba hacia el torreón central, donde una insignificante torreta de madera asomaba por encima del resto. Era como los mechones de un nido que sobresalían de un árbol.

–Qué lugar más frío para vivir. ¿Quiénes se ponían allí?

–Oh, Francesca y yo, mi tío y mi tía. Después de la muerte de mis padres.

Maggie quiso decir algo más, pero Edward se levantó de un salto. Señalaba algo, sin quitarse los guantes, sacudido por la preocupación y la rabia.

–¿Has visto eso? ¿Lo has visto? Me cago en Dios, deberían pegarle un tiro, mira eso. Quién se lo permite, mecagoendiós. ¡Baja! –gritó, haciendo bocina con las manos, con las mejillas hinchadas como las de un trompetista–. ¡Baja!

Se veía una silueta que bailaba sobre las murallas. El espectáculo recordaba la danza de una mariposa en una mancha de luz solar que arrancaba destellos de su cabello castaño rojizo, agitado por la brisa y formando un halo. Bailaba al son de su propia música, saltando con gracia de ladrillo en ladrillo sobre las murallas curvas, inclinadas hacia dentro, de la fortaleza interior más cercana, con los brazos extendidos y la elegancia de una bailarina de ballet, sin prestar la menor atención a la altura, el declive y los restos de escarcha. Se sintió segura y comenzó a moverse más rápido. Intentó un salto, resbaló y aterrizó con las largas piernas flacas a los lados de su cuerpo, apoyada en las manos. Se levantó ayudándose de ellas, con un movimiento ingrávido, extendió los brazos de nuevo y siguió adelante. Comenzó a avanzar con un elegante paso de ganso, levantando mucho cada pierna y extendiendo el brazo contrario hasta tocar los dedos del pie. A continuación, se sentó en el último rincón soleado de la muralla y contempló el abismo sin el menor atisbo de miedo, se registró el bolsillo de la chaqueta corta en busca de algo que masticar. Se tendió en el declive de la muralla y miró el cielo, cruzó las piernas como quien toma un baño de sol, se levantó de un salto y prosiguió su actuación, haciendo chasquear los dedos al ritmo de algo inaudible que hacía vibrar su cuerpo.

–Esa es Tanya.

–Ah, ahora entiendo lo que Francesca quería decir, Dios mío. Vámonos de aquí. No puedo seguir mirando. Se va a caer, la muy puñetera se va a caer.

–No, no se caerá –dijo Maggie, mientras tiraba de él–. No, si la dejan sola. Cuando la dejan sola, se las arregla bien.

El despacho de Edward había alcanzado una temperatura casi intolerable. El edificio estaba desierto: era la hora de comida. El fax destacaba por encima del desorden reinante en el escritorio.

Queridos Edward y Maggie:

Así que esa es la razón por la que no has venido a verme, Maggie. Has roto tus promesas, y aunque te quiero mucho por ello, ¿por qué no puedes limitarte a aceptar? Acepta que, de todas las personas involucradas en la mañana «en cuestión», yo era, sin duda, la única que sabía lo que hacía. He dejado atrás lo peor; puedo soportarlo, aunque sea porque la alternativa me rompería el corazón. O lo que queda de él. No hagas nada. No quiero apelar. Por lo menos hasta que ella sea mayor. ¿Es que no entiendes que lo mejor es no hacer nada?

¿Henry Evans? Claro que no quiero verlo. ¿Qué estás tramando? Trae unos narcisos, para que pueda echarles un vistazo. Planta un jardín y háblame de él. Consigue tener una puñetera vida y cuéntamela.

Estas son mis instrucciones oficiales.

Decidle a Evans que se vaya.

Te quiero mucho, Maggie Chisholm. Eres más que una hermana. Te he dado muchos consejos inútiles en tu vida, pero este es de verdad.

Edward, vete a pescar.

FMC

Maggie miró el fax y se preguntó cuánto le habría costado escribirlo. Todos los Chisholm tenían talento para la soberbia. «Si esto es lo que has conseguido, sigue adelante.» Descubrió que lloraba con lágrimas copiosas, sin esfuerzo.

Henry se peinó y trató de seleccionar de su maleta una prenda que no estuviera echada a perder por sus aventuras o por los intentos entusiastas de Tim a la hora de lavarlas. Era menos capaz que Peter, aunque mostraba más voluntad. Henry no había llegado a comprar un sustituto para el gorro original, y de haberlo hecho quizá no se sentiría ahora tan débil. «La mitad del calor corporal se pierde por la cabeza», le había dicho alguien una vez, y lo creía. En última instancia, tenía algo de placentero permanecer acostado allí escuchando las tormentas, olvidando por un momento que se hallaba en otro sitio, y no al timón de un buque grande y seguro, cruzando el mar hacia un promontorio; en otros sueños se hundía bajo las olas, cargado de tristeza y con el deseo de haber aprendido a pescar.

Bajó las escaleras enfundado en una abigarrada selección de ropa, dispuesto a competir con sus anfitriones por el premio a la persona vestida de manera más inepta, algo que no le importaba. Le había dicho a los de Fergusons que aplazaran lo del trabajo y tampoco podía obligarse a que eso le importara. En aquella tierra de gente relativamente pobre, él era aún relativamente rico. Pudo notar la mano de Maggie sobre su frente febril y se oyó a sí mismo hablar más de lo que había hablado nunca. Pero por mucho que dijera, no sabía qué hacer. El conocimiento no apuntaba hacia ninguna dirección.

–Mire –dijo a Peter en la cocina, mientras observaba cómo servía el té de la tetera, que parecía pesada y difícil de levantar–, por naturaleza, nosotros, los americanos, creemos que las cosas pueden arreglarse. No se ha roto nada que no pueda repararse. No hay enfermedad que no pueda curarse. No hay tragedia a la que no se le pueda dar la vuelta hasta llegar a un final feliz. No hay desastre que no pueda convertirse en un éxito. Estoy inmerso en eso. El positivismo. El secreto de nuestro éxito. El compromiso es algo impensable.

–Qué cosa más antinatural. Todo es puro compromiso, ¿verdad? ¿Y cuál es el sentido de esforzarse toda la vida? Lo que no puede aceptar es que la vida esté llena de misterio y no se supone que uno deba conocer todas las respuestas. El secreto consiste en aceptar. No hay ninguna dificultad en seguir adelante con un montón de cosas rotas. Hay que aceptar el destino, de la misma manera que hay que aceptar una gran dosis de ignorancia. Siga la corriente, Henry. En realidad, no puede cambiar nada.

Henry lo siguió al jardín, donde Timothy estaba limpiando. Oyó el sonido reconfortante de la escoba que barría las piedras del suelo con un ritmo constante, reuniendo en un montón ramitas partidas y hojas dispersas. La puerta de la caseta infantil estaba abierta y en su interior solo había dos archivadores llenos de papeles y un viejo portafolios de cuero.

–Quería hacer una hoguera –dijo Tim–. Deshacerme de todo.

–¿De qué?

–De las cosas de Harry. Se ha ido. Creo que se ha ido a alguna parte con su madre. Le dije que no nos importaba, pero no creo que vuelva. Dejaremos la caseta, por si acaso. Ahí cabría un avestruz.

–¿Por qué cree que se ha ido? –preguntó Henry, con un nudo en la garganta; Timothy movió la cabeza, como en gesto de advertencia–. Quizás usted lo sepa, pero nosotros no. No queremos saberlo. No es un asunto de nuestra incumbencia. Pero algo ha sido resuelto. Él ha dejado de aletear por aquí. Creo que finalmente ha comprendido que no todo fue en vano. Buscaba el propósito, ¿sabe? No sé cuál es. No quiero saberlo, pero él lo ha descubierto. Creo que por fin ha comprendido que... lo querían.

–No quemen las cartas y el resto de las cosas, por favor.

–¿No debemos hacerlo?

–No. Consérvenlas. Con los vídeos. Un día, ella querrá recuperarlo todo.

–¿Ella?

–Ella. Alguien.

La caseta infantil estaba tan limpia que relucía gracias a la lluvia y al detergente. Los colores del plástico estaban desvaídos a causa de los elementos y habían perdido su espectacularidad original. Henry se la podía imaginar como la casita que adorna una tarta, amortajada con arbustos. Parecía muy cómoda en aquel ambiente. Quizás era verdad que las cosas crecían en los lugares que les pertenecían. *Senta* recorrió la zona con desdén, olfateando, extrañamente tranquila. Olisqueó los tobillos de Henry y mostró bastante animación.

–Lo extraña mucho –dijo Peter–. Se hacían compañía cuando estábamos ocupados. Siempre ha sido así. Somos algo viejos para ella, ese es el problema, ¿verdad, *Senta*? No estamos a su altura.

Henry se preguntó por la persona que él mismo había sido apenas dos semanas antes, la que hubiera levantado despectiva la cabeza ante aquella ironía y sentido náuseas ante todos esos sentimentalismos de conversar con animales y fantasmas, la que hubiera odiado aún más todo aquello por no poner en duda su aplastante sinceridad. Pasó el brazo por encima de los gruesos hombros de Peter.

–¿Qué quiere decir «viejo», viejo? La edad madura es la de mayor dignidad del hombre, su *pièce de résistance*, la edad de la sabiduría, cuando aún queda suficiente vigor para continuar. Tengo una idea. No la rechacen. Si Harry no vuelve, no se puede desperdiciar la caseta. ¿Qué les parecería otro perro? Sé de una preciosidad...

–Una preciosidad negra –dijo Timothy, soñador–. Anda todo el día vagando por ahí y, de noche, busca un lugar en que guarecerse. Me encantaría, ¿usted podría traerlo? Nunca sé dónde se mete. Oh, sí. Vaya, ¿cómo imaginaba yo que iba a sugerir precisamente eso?

–Debe de ser telépata –dijo Henry, locuaz, pero su corazón latía de manera extraña, katum, katum, katum, y se sintió mareado, por lo que sus palabras salieron como al descuido–. Creo que puedo conseguirlo. O hacer que Maggie lo traiga. Tengo algo que negociar.

–Tráigalo –gritó Tim y lanzó la escoba al aire.

Henry respiró hondo.

–¿Recuerdan la noche de mi llegada? ¿Cómo sabían que iba a venir? ¿También fue gracias a la telepatía?

Peter tenía el don de aparentar astucia, y se miró los zapatos; eran del más violento color marrón que se hubiera fabricado jamás, pulidos como un piano barnizado, lo más adecuado para compensar unos calcetines amarillo canario. Unos sacaban mejor partido de las tiendas de artículos usados que otros. Estaba allí, de pie, con las manos cruzadas a la espalda, mirando sus zapatos con tanta atención que Henry pensó que podría caerse y se dispuso a agarrarlo.

–Maggie debía controlar cada día los registros del hotel, para cerciorarse de que se cumplimentaban correctamente. Supongo que debió de ver su nombre. Y les dijo que lo mandaran a otra parte. Aquí.

En cierto modo, aquello no lo sorprendió. Se sintió aliviado al descubrir un episodio de picardía cooperativa, y no algo tan inusual como la telepatía, aunque si la explicación hubiera sido lo bastante confusa como para contener un mensaje, fuera de Dios o del diablo, tampoco se habría sorprendido. Henry estaba más allá de la sorpresa, en el anticlímax.

Sabía dónde estaba el perro, lo había observado desde su ventana. Lo veía todo desde allí, como si filmara cada escena. Siempre podía llegar hasta la ventana y contemplar a la gente, sin que ellos pudieran observarlo a él. «Vigila al perro y sabrás dónde se refugia»; sabía que, cada día, llegaba hasta la puerta de la casa, y sabía dónde estaba ahora, tomando el sol en un rinconcito luminoso sobre los guijarros, aprovechando su escasa duración.

–Discúlpenme –dijo.

La luz del sol lo atontaba un poco, no sabía por qué, era una luz solar bastante pálida, que solo parecía brillar en comparación con el mar y las nubes oscuras que se amontonaban de nuevo en el horizonte, dispuestas a escupir, a soplar, a morder y arrancar y pelear. «El dios del trueno fue a cabalgar», recitó y no pudo recordar el verso siguiente. Cruzó la carretera y silbó. «Es lo único que sé hacer –se dijo para sus adentros–. Puedo silbar para que venga el perro que nunca he tenido. Puedo silbar al viento y que me oigan en otro planeta, cualquier especie que no sea la mía.»

El perro llegó desde la playa haciendo cabriolas, y le olisqueó los tobillos.

–Daría cualquier cosa por poder correr como tú –le dijo Henry–. Y cuando estés dentro, pórtate bien, ¿eh? Ya lo resolveré todo más tarde: dinero para diez años de alimentos, algo para la abuela y comprimidos para Neil.

El perro quería subir las escaleras. Henry se lo impidió y oyó cómo lo recibían en la cocina con gritos de alegría. Las escaleras parecían cada vez más largas; a medio camino escuchó un portazo, pero no se volvió. No quería hablar con ella en aquel momento. Maggie solo lo había visto en aquellas ocasiones en las que él era patético y ella tenía el control. Cuando él parecía una mierda, ella era como una fiesta de cumpleaños; cuando él se sentía como una mierda, ella acudía al rescate, y cuando él pensaba «mierda», ella lo había pensado antes. Y lo había utilizado, manipulado. Cómo una mujer como esa podía tener una prima como aquella, pero de todas maneras...

De todas maneras...

De todas maneras... Se sentía débil en el último piso, miró de nuevo el paisaje por la ventana, solo para asegurarse de que el perro no estaba en la playa. Sobre la cama había una copia de un fax, nítidamente blanca y negra, tibia aún. Henry la leyó, una, dos, tres veces, asimiló el mensaje: «Dejadme en paz, dejadme en paz. ¡Dejadme en paz!», hasta que creyó haberlo entendido. Bien, ¿qué había esperado? ¿Gratitud? ¿Por qué? ¿De quién? Aquello no iba tan bien como antes de que él llegara y aprendiera a decir tacos, y no iba bien ahora, pero al menos alguien sabía muchas más verdades que antes y, demonios, no querían saber nada y no se habrían molestado si no lo supieran, y no había nada que él pudiera hacer. Que pudiera hacer, qué coño podía hacer. «¡Ni un carajo!», le gritó a la pared.

La gélida señora Chisholm. «Ya puedes irte, Henry, déjanos retomar nuestras vidas. Ella no quiere verte. Tú deberás decidir cuál será tu próximo movimiento. Muchas gracias.» Distribuyó su dinero en varios montones. Los primeros días en aquel Warbling arcaico le habían enseñado que el dinero en efectivo era lo más importante. Contó a toda prisa: alimentos para el perro, un regalo para la abuela, la Viagra la mandaría, no necesitaba efectivo, una buena cantidad para P. y T. Edward se había negado a cobrarle. Tocó el chal, que ya no era tan suave porque Maggie se lo había enrollado en torno a la garganta cuando la fiebre subía sin parar y él le gritaba que no cerrara la ventana. Lo metió en un sobre y garabateó encima el nombre de la mujer. Maggie sabría lo que intentaba decirle; nunca pediría nada más. Consultó su reloj. Era la hora en que se preparaba la comida.

Su maletín era ligero en extremo. Sin pociones, sin minerales, sin memeces, unos cuantos antibióticos en su neceser y las gaviotas fuera enloquecidas por las vitaminas y el ginseng; intentó animarse con aquella idea y volvió a mirar el reloj. Los trenes eran puntuales. El cielo era de color pizarra y el viento, ominoso. Si se marchaba en aquel momento, en silencio, tendría que esperar, pero si no se movía sería presa de otro tipo de locura. El horror de no hacer, de no ser nada.

No tenía gorro. El día era templado para la época del año, acumulaba energía para otra tormenta, pronto todo se volvería horrible. Horrible: jugó con la palabra mientras caminaba hacia la estación, siguiendo la ruta trasera. Era una descripción con la que no estaba familiarizado e intentó pensar qué habría dicho en su lugar. «Espantoso, terrible, increíble, feo.» No bello. La estación estaba desierta, a excepción de tres chavales con una bicicleta. El más pequeño se sentó y pateaba las ruedas como si fuera un enemigo en lugar de un medio de transporte. Esperó sentir alivio. Repasó, contando con los dedos, las cosas hechas y las que quedaban por hacer. Esperó.

# Capítulo 15

Había estorninos bajo los aleros de la estación, llamándose, piando en busca de su madre. Caminó hasta el borde del andén y siguió andando a lo largo de una línea amarilla, explicada por un aviso: NO CRUZAR. Miró las plantas que se marchitaban en el espacio entre uno y otro carril. El tren no llegaba aún. Había ido demasiado temprano a la estación, y el próximo interurbano se retrasaría, debido al estado del tiempo. El cielo color pizarra se volvió negro y hasta los pájaros quedaron en silencio cuando el viento comenzó a soplar. Henry revisó una vez más el bolsillo superior de su chaqueta, como si no fuera a tener otra ocasión de hacerlo, como si no pudiera revisarlo de nuevo una y otra vez. De regreso en el siglo XXI, que Warbling había logrado aplazar, podía darse cuenta de que volvía a imbuirse de la neurosis benigna de las preocupaciones cotidianas, la necesidad de documentos cotidianos.

Apareció una mujer que se encargaba del niño que pateaba la bici, y le dio una azotaina. Henry se levantó de un salto, a punto de intervenir, y enseguida volvió a sentarse, pues la mujer solo añadió un regañina y un paquete arrugado de patatas sacado de su bolso. Caminó hasta el extremo más lejano del andén y se sentó afuera, al viento, en un banco de metal. Se ajustó la bufanda y los guantes, mientras mantenía los pies calientes en las botas. Estaba bien abrigado, y no le importaba tener el aspecto de un vagabundo.

Debió haber dicho adiós, pero qué falta le hacía a nadie un adiós. Era el punto final del capítulo. Se dedicó a imaginarse la reacción de los dos hombres cuando descubrieran que se había marchado, se dijo que el pago, más que generoso, no los reconciliaría con el hecho, a los ingleses que había conocido eso no les importaba mucho. El dinero, en grandes cantidades, no era importante; eran tan raros como para pensar así. ¿Y ella? ¿Se encogería de hombros y se diría a sí misma que se había comportado exactamente como ella esperaba? De todos modos, ¿qué esperaba de él? Necesitaba lo que él había conseguido, sin romper ninguna de las ridículas promesas hechas a su prima. A él no lo necesitaba. Si esa mujer quería algo, no iba a decirlo. Miró hacia los árboles en el extremo más alejado del andén, erguidos tras la alta baranda y sacudidos por el viento. Las olas serían enormes en la orilla; le gustaban cuando eran tan grandes que lanzaban piedrecillas en la carretera.

Un tren pasó en dirección contraria, un proyectil de luz que se desplazaba con lentitud. Probablemente sería el único tren en la línea, que haría todo el recorrido hasta el final antes de regresar a por los pocos que esperaban en aquel andén. Deberían tirarle algo, como protesta. Nunca más iba a volver a fumar y solo comería alimentos nutritivos.

Si contemplara a Maggie desde fuera, como un extraño, ¿qué vería? A alguien que había movido cielo y tierra para descubrir la verdad sobre la prima a la que quería como a una hermana. A alguien que seguía trabajando en beneficio de esa misma persona, cumpliendo sus órdenes, permaneciendo fiel a ella, limitada por promesas ridículas hechas a una asesina confesa, como si eso no cambiara nada en el amor o la lealtad. Quizá no lo cambiaba. Quizás eso hacía que uno dejara de razonar. Si uno amaba a alguien, no lo abandonaba, hiciera lo que hiciera. De la misma manera que Angela no abandonaría a su hija, o Peter a Tim. Uno haría cualquier cosa. Para empezar, mentiría; se aprovecharía del afecto, de los sentimientos. Hasta se podía chantajear a la gente con su propia decencia. Uno se pondría en un segundo plano, se borraría del mapa.

En uno de los bolsillos de la chaqueta había un bultito desconocido que le presionó el muslo cuando se sentó en el banco de metal. Henry introdujo la mano y halló una chocolatina y un tubo de caramelos de menta. Los examinó con cuidado. ¿Quién los habría puesto allí? ¿Alguien que sabía que olvidaba comer y necesitaba un poco de aquello para subir la concentración de azúcar en la sangre, en su estado de debilidad? «No salgas sin llevar algo de comer», le había reñido ella el día anterior con ese talante maternal que había utilizado con su paciente. No podía culparla por haber enfermado, pero lo hacía. Ella no era responsable de que él pasara por alto los efectos del frío y la conmoción, con la consecuencia casi inevitable de enfermar, pero era Maggie quien lo había iniciado todo. Henry intentaba sentirse enojado, pero la presencia de la chocolatina lo impedía.

No podía reprochar la manera en que ella lo cuidó durante los últimos días, o la forma en que respondiera a sus palabras. Se había cerciorado de que él no se avergonzara de su indefensión; le permitió mantener su dignidad. Había sido particularmente delicada con sus presencias y sus ausencias. La extrañaría, claro que la extrañaría; la había extrañado siempre.

«Uno no se limita a abandonar a la gente, Henry, que es lo que siempre haces. En cuanto las cosas se enredan, se complican o se vuelven dolorosas, desapareces.» La voz de su padre; la voz de Francesca, ambas diciendo lo mismo con acentos diferentes. «No –se dijo, discutiendo consigo mismo–, eso no es lo que hago, al menos ya no lo hago. Esta vez no lo he hecho, no. Y nadie me pidió que me quedara; está claro que no me quieren. Francesca no me quiere; ella no me quiere.» «¿Cómo lo sabes? Nunca se lo has preguntado. Quizá te lo habría dicho si hubieras tenido la paciencia de preguntarlo. No eres el único que necesita que lo alienten para sobreponerse a sus propias limitaciones; no eres el único que elude la confrontación, como un animal asustado junto a una cerca. Francesca hace lo mismo. No importa cómo se llame.»

«Me ha tomado por idiota –se dijo–. Así que la vas a dejar con su tristeza, enfrentándose a la frustración de no hacer nada, solo por eso, ¿verdad? Ella tiene aún mucho a que enfrentarse. Vagabundo. Te has pasado media vida cargando por ahí trozos y restos de asuntos emocionales no finiquitados, con miedo a que te descubran. ¿Quién eres tú para criticar? El miedo al ridículo pesa más que las vitaminas, el agua o la ropa. Vamos. Hay momentos en los que no puedes dejar que la gente siga encerrada en su intimidad. Ni aunque sea eso lo que quieran.»

Henry pidió al vendedor de billetes que le vigilara la maleta. «Tengo que regresar a buscar algo.» «Va a perder el tren», dijo el hombre. «Bien, si pierdo el tren, ya pasará otro. Hay trenes que uno no debía ni siquiera intentar tomar», dijo. Hay autobuses que nunca deberían partir a la hora. Salió caminando de la estación.

El viento le agitó el cabello y fue como si lo separara de su cráneo. Mantuvo las manos en los bolsillos y atravesó el aparcamiento. Aún no llovía, era solo el maldito viento que lo empujaba colina abajo, más allá de las tiendas que cerraban y echaban las persianas para protegerse de la tormenta más que de los vándalos. Hubo un momento de calma en la hondonada junto al cruce, y fue como si entrara en otra zona climática. Después, la carretera volvía a subir hacia el mar. El clima era mejor enemigo que la mayoría, pensó. Al menos, era siempre imparcial, impersonal e indiferente, y uno no tenía que perder tiempo razonando con él. Las calles se vaciaban con rapidez, todo el mundo se apresuraba a ponerse a cubierto, haciendo que la tarde tuviera un final prematuro. Todos sabían lo que tenían que hacer. Nadie discutía con el clima inglés, simplemente se huía de él. A no ser que se tratara de Maggie Chisholm, a quien le gustaba esconderse en el fondo de la casa, pero también disfrutaba quedándose fuera en una tormenta.

Henry estaba parado frente al hotel, y meditó un momento la dirección a seguir. Sin equipaje ni lluvia. El viento era excitante y el mar rebosaba una ira gloriosa. Cruzó la carretera, llegó a la entrada del atracadero y se detuvo bajo el inadecuado refugio de la estatua del pescador. Tocó el metal frío con afecto. El atracadero era su lugar favorito, eso había dicho ella, y se había convertido también en el suyo a pesar de los sucesos asociados con aquel sitio. Sobre todo en ese momento, con olas tan grandes que lamían el pavimento, sorbían la estructura y hacían volar chorros de agua pulverizada. Toda la estructura vibraba y resonaba con el rugido del mar. Se preguntó sorprendido por qué algún prudente funcionario local no habría cerrado el portón. Pero nadie lo había hecho. Parecía más peligroso de lo que era en verdad y si todo aquello iba a derrumbarse, no sería en ese momento. Lejos, en el horizonte, los grandes buques navegaban sin problemas. Si el viento le azotaba un costado, lo único que tenía que hacer era sentarse. Sentarse y pensar, pero ya había dejado de pensar. Recorrió el atracadero, tan largo como el *Titanic*, con paso firme, los ojos clavados en las ventanas oscuras de la cafetería del extremo. Podía ver al final una figura que se agarraba al pasamanos, de espaldas a la orilla.

«Aquí estoy, diría. Mírame, diría. Si te quedas a la intemperie, diría, te resfriarás, te pondrás enferma, y no puedo permitirlo, ¿sabes? Tú no me dejarías hacerlo, ¿no? Me cuidas cuando estoy enfermo. Lo hiciste hace veinte años y lo has vuelto a hacer esta semana, y ya estoy harto de eso. Ahora es mi turno. ¿Me oyes?» Eso es lo que él diría si pudiera gritar las palabras. «Estoy harto de eso, Francesca.»

Allí estaba su cabello dorado, salpicado de gotas de agua. Ahora podía verla con claridad, y Henry hubiera querido aullar de alivio. No era demasiado tarde. Esta vez había regresado a tiempo. Mientras se le acercaba, ella se movió hasta el banco junto a la puerta de la cafetería y se sentó, más o menos protegida por un saliente, en el lugar donde él durmiera el primer día tras un desayuno tardío, un siglo atrás, para despertarse al notar que alguien lo estaba observando. Ella no prestaba ninguna atención a su presencia. Henry tenía el recuerdo, agudo y espantoso, de aquella cara en el autobús hindú destartalado, dos décadas atrás. El chal en torno a su cuello, pegado a su rostro, su piel rosada e hinchada de llorar. No en su mejor momento, entonces no. O cuando debió haber dicho: «Por favor, no me dejes, te necesito», en lugar de decir: «Debes hacer lo que consideres mejor, Henry». Ella no imploró y él no se ofreció. Qué par de idiotas. Henry se recordó a sí mismo echando a correr, dando un puñetazo contra el sucio vidrio trasero del autobús, gritando: «Espérame, no soy un pasajero cualquiera, soy yo. He vuelto». Y con la misma descoordinación con la que había corrido entonces, se echó a correr ahora.

Ella se volvió y lo vio acercarse desmañadamente. En su rostro apareció una sonrisa trémula. Al instante reemprendió lo que había ido a hacer allí: llorar. Sollozaba en un pañuelo empapado de lágrimas o de gotas de agua, Henry no sabía de qué. Se detuvo, frenado por la sacudida del reconocimiento. El rostro lloroso fue sustituido por el contorno de un rostro infantil y asumió su propia e inconfundible distinción. Era la misma cara que había llorado junto a la ventana de aquel autobús. Llorando de esa manera la reconocía al instante y se preguntó por qué había dudado en algún momento, cómo se pudo dejar engañar por su estatura, sus tacones altos, su brillo, los pequeños adornos de bisutería, los efectos engañosos de los años, por todo lo que conspiraba para confundirlo como si una persona no fuera más que la suma de todos sus detalles visibles. Lo había sabido; lo había pasado por alto, pero entonces él era un hombre literal que tendía a creer lo que le decían. Era el científico que creía en lo que sus propios ojos veían y en informes de primera mano, fuentes fiables. Dejaba que su instinto pasara a un segundo plano, y ahora, sentado junto a ella, escuchando el rugido del mar, intentó recordar cuándo adivinó su identidad y si el momento preciso de su iluminación y su disimulo tenía en realidad alguna importancia. Él estaba allí; ella estaba allí y nada más tenía importancia. Ella era la única. Francesca. Maggie, Francesca. Se habían difuminado, pero eran totalmente distinguibles.

–Shhh –dijo Henry–. Vamos, shhhh. No sé ni la mitad, ¿verdad?

Ella continuó llorando. Si emitía algún sonido, el mar lo acallaba.

–No importa –dijo Henry, pasando el brazo por encima de los hombros de la mujer–. No debes pensar que tiene la menor importancia. Es que no sé cómo llamarte, de veras que no. Eso me confunde. No puedo llamarte Fran. Odiabas el diminutivo de tu nombre. Me sorprende que hayas aceptado que te llamen Maggie. Me gusta más Margaret, pero ahora ya no me podré acostumbrar. No podría resistir un nuevo cambio, así que serás Maggie, ¿vale? ¿Todavía te muerdes las uñas? Nunca pensé que te teñirías el cabello. En aquella época no parecías de las que se teñían el cabello, pero quién sabe. E ibas a ser maestra.

Maggie siguió llorando, sin hacer el menor esfuerzo por serenarse. Henry la abrazó con más fuerza, buscó un pañuelo en su bolsillo, encontró la chocolatina y se la ofreció. Ella sonrió ante el gesto y negó con la cabeza. Permanecieron sentados en esa posición. Hasta los huesos de su hombro le resultaban familiares. La mujer no podía dejar de sollozar compulsivamente. Henry se dijo que, por una vez, él tenía el control, pero dudaba de su talento para dominar el temblor de la voz. Parecerían una pareja de vagabundos excéntricos, pero eso importaba una mierda.

–Francesca Margaret Chisholm está en prisión –dijo Henry, con certeza–, y Margaret Francesca Chisholm ejerce como abogada. ¿Por qué te presentaste como Francesca en los años en que viajaste a la India? ¿Qué importancia tiene un nombre? Vamos, Maggie, dímelo, por favor.

Ella se irguió, se sonó la nariz hasta que se le enrojeció, e intentó guardarse el pañuelo en el bolsillo. Flotó hasta el suelo y el viento se lo llevó volando en dirección a Francia.

–Porque es un nombre mucho más hermoso que Maggie –dijo, con rudeza–. Odiaba que me llamaran Maggie. Y Francesca era una persona mucho más encantadora. Encantadora y buena. Esa fue la razón principal por la que me fui de viaje. Para ser otra persona. Hubiera querido ser yo la que viviera en el castillo. Era mi segunda casa. Quería que sus padres ocuparan el lugar de mis padres fallecidos, y fui tan buena como ella. Y aunque su padre no era el mío, era tan bueno como... y me quería como si yo fuera... oh, mierda. Debería llorar por Harry. Estoy llorando por Harry. Estoy llorando por cualquier cosa, qué mierda.

Henry asintió, a punto también de echarse a llorar. Nadie se daría cuenta de que no se trataba de las gotas de agua pulverizada.

–Y no soy Francesca –murmuró Maggie–. Soy lo que queda de mí. Soy un puñetero lío.

–Tú eres la que recordaba versos. La loca que me cuidaba y me hizo sentirme... pleno. La que se reía conmigo, nunca de mí. Esa eres tú. El hecho de que te gusten los acertijos no cambia nada. Sé quién eres. Lo que no sé es por qué tenías que seguir con tus adivinanzas. ¿No podías confiar en mí?

La lluvia comenzó a tamborilear contra el cemento. Maggie lloró un poco mas y se secó la cara con la manga de la chaqueta.

–¿Confiar en ti? –gritó, por encima de la tormenta–. Yo confié en ti. Pero no en todo, y menos en eso. Me habrías desdeñado. –Sorbió por la nariz–. Qué patético es adoptar la identidad de otra persona, aunque sea a los dieciocho años. Autoengrandecimiento. ¿Por qué debes ayudar a la pobre e ilusa Maggie Chisholm, que viajaba con colores falsos? Pero pensé... pensé... que tendrías la suficiente curiosidad para indagar en la vida de Francesca, porque la admirabas en secreto. Nunca admiraste a Maggie. A mí, nunca.

Henry recordó dónde estaba. Le vino a la mente la historia que había leído, sobre los marinos en tiempo de guerra, que ponían banderas falsas para aproximarse al enemigo. Colores falsos.

–No eran colores falsos –dijo–. Simplemente, añadiste una o dos franjas. Alteraste los tonos. De todos modos, soy daltónico. Yo te conocía a ti. –Alzó la voz, hasta convertirla en un grito; era una manera delirante de sostener una conversación–. Ahora te conozco y te digo que no hay tantas sorpresas. Tú eres la bondadosa. Pero me utilizaste. No importan los colores falsos. Me atrapaste como a un pez, y después soltaste el sedal.

Los sollozos continuaron.

–Sí. Lo hice y lo siento. No había nadie más.

–Fue algo calculado.

–Sí –gritó ella.

–Eres mentirosa y deshonesta.

–¡Sí! Es verdad, sí.

Henry le acarició el cabello con delicadeza y le recostó la cabeza sobre su hombro. El llanto fue cesando gradualmente. La tormenta se redujo hasta una calma temporal, como si tomara aliento.

–Siento haberte dejado aquella primera vez –dijo Henry–. No debí haberlo hecho. Nunca lo he olvidado. Creo que estamos a la par. ¿Crees que podemos comenzar de nuevo?

Ella levantó la vista, con una expresión de sorpresa salpicada de lágrimas, el rostro hinchado y pálido, la nariz roja.

–No seas ridículo. ¿Por qué?

–¿Tienes un cigarrillo?

–Sí, por alguna parte.

Sacó un paquete de tabaco del bolso. Henry contempló sus manos, blancas y pálidas, que ya no escondían las uñas mordidas. Maggie giró la cabeza bajo el refugio de la siniestra chaqueta que él había tendido sobre los dos, a fin de dejar fuera la lluvia y el viento el tiempo suficiente para encender un cigarrillo, y después otro para él con el fuego del primero.

–El tabaco te hace daño, Henry –dijo Maggie, muy seria, mientras le daba un cigarrillo–. Te lo dije hace veinte años, no copies mis malos hábitos. Y, de todas maneras, ¿por qué?

Una inhalación, y el cigarrillo le supo a sal. Nunca más. La lluvia le empapaba la mano. Se sentía total y desconcertantemente seguro, y tan obstinado como el clima.

–Porque siempre te he amado. Y quiero decir a ti. Es mucho, mucho tiempo. Y lo quiero todo. El perro, el jardín, cuidar de tu prima. Cosas como esas.

–Estás loco. Yo no soy Francesca.

–No quiero a Francesca. Te necesito a ti. No te abandonaré nunca más.

Una ola enorme golpeó el atracadero en el extremo más cercano al portón. Alguien, junto a la entrada, flanqueado por la silueta de un perro, les hacía señales ansiosas y gritaba, pero la voz se perdía en el estruendo. La ola se deshizo en un chorro de espuma, lavando el suelo con un maligno «shhhh» y retrocediendo furtivamente. Le siguió otra. La superficie que tenían delante se inundaba y burbujeaba con rapidez. Las olas golpearon de nuevo, con acometidas irregulares y precisión homicida. La marea podía seguir subiendo. Henry tiró el cigarrillo empapado.

–Bueno, querida Margaret, podemos quedarnos aquí toda la noche o salir corriendo. ¿Qué prefieres?

Ella primero le abotonó la chaqueta, después se abrochó su propio abrigo, estimando de reojo la longitud del atracadero, midiendo la distancia. Dio un pisotón con sus botas de tacón como un soldado en un desfile, probando la circulación de los pies, y tomó la mano de Henry.

–Corre –dijo–. Ahora.

[illegible] un paquete de tabaco [illegible] y contempló [illegible] que ya no recordaba [illegible] la cabeza bajo [illegible] sobre [illegible] hasta la llave y [illegible] el tiempo [illegible] para [illegible] después [illegible] del [illegible].

El [illegible] —dijo Maggie— muy [illegible] Hace veinte años no [illegible] Y de [illegible] manera, ¿por qué [illegible]? Nunca más [illegible] como el [illegible].

—Yo me [illegible] siempre [illegible] Y [illegible] El [illegible] Cosas como esa.

—Bah, pues. Yo no soy francesa.

—No, que no eres francesa [illegible]

[illegible] Alguien [illegible] que [illegible] cuerpo [illegible] en un [illegible] y [illegible] mientras [illegible] de [illegible] hasta [illegible]

[illegible] que [illegible]

[illegible] después [illegible] como [illegible] de la [illegible] cuando [illegible]

—[illegible]

Título de la edición original: *Undercurrents*
Traducción del inglés: Cristina Macía y Justo E. Vasco
Diseño: Eva Mutter
Ilustración: IDEE

Círculo de Lectores, S. A. (Sociedad Unipersonal)
Travessera de Gràcia, 47-49, 08021 Barcelona
www.circulo.es
1 3 5 7 9 2 0 1 0 8 6 4 2



Depósito legal: B. 32687-2002
Fotocomposición gama, s. l., Barcelona
Impresión y encuadernación: Printer industria gráfica, s. a.
N. II, Cuatro caminos s/n, 08620 Sant Vicenç dels Horts
Barcelona, 2002. Impreso en España
ISBN 84-226-9678-9
N.º 33217